Das Buch

»Die Welt ist, was sie ist; Menschen, die nichts sind, die sich erlauben, nichts zu sein, haben in ihr keinen Platz.« Deshalb verläßt Salim, ein indischer Kaufmannssohn von der Ostküste Afrikas, sensibel für politische Veränderungen, die Heimat, kurz bevor sich hier ein Umbruch vollzieht, und übernimmt in einer innerafrikanischen Stadt ein heruntergekommenes Geschäft. Er versucht Wurzeln zu schlagen, Perspektiven zu gewinnen, aber die Verhältnisse bleiben labil. Wellen der Erschütterung kommen aus der Hauptstadt, wo der »Große Mann« regiert, oder von der Befreiungsarmee aus dem Busch. Die Stadt, taumelnd zwischen Boom und Depression, wird hektisch, ein Schauplatz wechselnder Einflüsse. Salims Freundschaften, seine Liebe zu der Belgierin Yvette, seine fast familiäre Verbundenheit mit dem früheren Sklaven Metty zerbrechen.

Der Autor

Vidiahar Suraiprasad Naipaul wurde am 17. August 1932 in Trinidad geboren und lebt seit 1950 in Großbritannien. Werke u. a.: ›Der mystische Masseur‹ (1957), ›Ein Haus für Mr. Biswas‹ (1961), ›Herr und Sklave‹ (1967), ›Guerillas‹ (1975), Romane; ›Eine islamische Reise. Unter den Gläubigen‹ (1981).

dtv drei kontinente

Von V. S. Naipaul
ist im Deutschen Taschenbuch Verlag erschienen:
Eine islamische Reise. Unter den Gläubigen (11734)

Ungekürzte Ausgabe
April 1993
Deutscher Taschenbuch Verlag GmbH & Co. KG,
München

Titel der englischen Originalausgabe:
›A Bend in the River‹
(André Deutsch, London 1979)

ISBN 3-462-01402-1
Umschlagtypographie: Celestino Piatti
Umschlagbild: Rotraut Susanne Berner
Gesamtherstellung: C. H. Beck'sche Buchdruckerei,
Nördlingen
Printed in Germany · ISBN 3-423-11694-3

V.S. Naipaul:
An der Biegung des großen Flusses
Roman

Deutsch von Karin Graf

Deutscher
Taschenbuch
Verlag

dtv

Die zweite Rebellion

1

Die Welt ist, was sie ist; Menschen, die nichts sind, die sich erlauben, nichts zu sein, haben in ihr keinen Platz.

Nazruddin, der mir das Geschäft billig verkauft hatte, glaubte nicht, daß ich es leicht haben würde, wenn ich es übernahm. Das Land hatte wie andere in Afrika nach der Unabhängigkeit seine Schwierigkeiten gehabt. Die Stadt im Innern, an der Biegung des großen Flusses, hatte fast aufgehört zu bestehen, und Nazruddin sagte, ich müßte von vorn anfangen.

Ich fuhr in meinem Peugeot von der Küste aus hin. So eine Fahrt kann man heute in Afrika nicht mehr machen – von der Ostküste quer durch bis zur Mitte. Zu viele Siedlungen am Weg sind ausgestorben oder blutbefleckt. Und selbst zu der Zeit, als die Straßen mehr oder weniger offen waren, brauchte ich über eine Woche für die Fahrt.

Es waren nicht nur die Sandverwehungen und der Schlamm und die engen, sich windenden, aufgebrochenen Straßen oben in den Bergen. Es war das ganze Getue an den Grenzposten, dieses Feilschen im Wald vor Holzhütten, auf denen fremde Flaggen wehten. Ich mußte die bewaffneten Männer überreden, mich und mein Auto durchzulassen, nur um durch Busch und nochmals Busch zu fahren. Und dann mußte ich noch mehr reden und noch ein paar Geldscheine verteilen und noch mehr von meinen Konserven abgeben, damit ich – und der Peugeot – dort hinauskamen, wo ich uns hereingeredet hatte.

Einige dieser Palaver konnten einen halben Tag dauern. Der Anführer verlangte gewöhnlich etwas ganz Unmögliches – zwei- oder dreitausend Dollar. Ich sagte nein. Er ging in seine Hütte, als ob es nichts mehr zu sagen gäbe; ich wartete draußen, weil ich nichts anderes tun konnte. Nach ein oder zwei Stunden ging ich dann in die Hütte, oder er kam heraus, und wir einigten uns auf zwei oder drei Dollar. Es war, wie Nazruddin gesagt hatte, als ich ihn nach den Visa gefragt hatte und er antwortete, Banknoten wären besser. »Man kommt immer in diese Länder hinein. Was schwer ist, ist herauszukommen. Das ist ein privater Kampf. Jeder muß seinen eigenen Weg finden.«

Als ich tiefer nach Afrika hineinkam – Gestrüpp, Wüste, ein felsiger Aufstieg ins Gebirge, Seen, Nachmittagsregen, Schlamm und dann auf der anderen, der niederschlagsreichen Seite des Gebirges die Farnwälder und Affenwälder – als ich tiefer hineinkam, dachte ich: »Das ist verrückt. Ich fahre in die falsche Richtung. Es kann einfach am Ende kein neues Leben sein.«

Aber ich fuhr weiter. Die täglich zurückgelegte Strecke war wie eine Errungenschaft; die Errungenschaft jedes Tages machte es mir schwerer, umzukehren. Und ich mußte immer daran denken, daß es früher mit den Sklaven genauso war. Sie hatten die gleiche Reise gemacht, zu Fuß natürlich und in der entgegengesetzten Richtung, vom Innern des Kontinents zur Ostküste. Je weiter sie vom Innern und ihren Stammesgebieten weg kamen, desto weniger wollten sie von den Transporten weg und nach Hause zurücklaufen, desto nervöser wurden sie gegenüber den fremden Afrikanern, die sie sahen. Bis sie am Ende, an der Küste, überhaupt keinen Ärger mehr machten und ängstlich bestrebt waren, auf die Boote zu gehen und über das Meer in eine sichere Heimat gebracht zu werden. Wie die Sklaven weit weg von zu Hause drängte es mich nur, anzukommen. Je größer die Entmutigungen der Reise, desto erpichter war ich darauf, vorwärts zu kommen und mein neues Leben zu ergreifen.

Als ich ankam, entdeckte ich, daß Nazruddin nicht gelogen hatte. Der Ort hatte seine Schwierigkeiten gehabt: die Stadt an der Flußbiegung war mehr als halb zerstört. Die ehemalige europäische Vorstadt in der Nähe der Stromschnellen war niedergebrannt, und Gebüsch war über die Ruinen gewachsen. Es war schwer zu unterscheiden, was Garten und was Straße gewesen war. Das Büro- und Handelsviertel in der Nähe des Hafens und Zollamts und einige Wohnstraßen im Zentrum hatten überlebt. Aber viel mehr gab es nicht. Sogar die afrikanischen *cités* waren nur in Ecken bewohnt und verfielen. Viele der niedrigen, schachtelähnlichen Betonhäuser in Hellblau oder Hellgrün waren verlassen, überhangen mit schnell wachsenden, schnell sterbenden tropischen Kletterpflanzen, Matten von Braun und Grün.

Nazruddins Geschäft lag am Marktplatz im Handelsviertel. Es roch nach Ratten und war voller Unrat, aber es war ganz. Ich hatte Nazruddins Lagerbestand gekauft – aber davon war nichts vorhanden. Ich hatte auch die Kundschaft übernommen – aber das hieß nichts, weil so viele Afrikaner in den Busch zurückgegangen waren, in die Sicherheit ihrer Dörfer, die an kleinen versteckten, schwer zugänglichen Nebenflüssen lagen.

Nach meiner langersehnten Ankunft gab es wenig zu tun für mich. Aber ich war nicht allein. Es waren noch andere Händler da, andere Ausländer; einige waren während der ganzen Unruhen da gewesen. Ich wartete mit ihnen. Die Ruhe hielt an. Allmählich kamen Menschen in die Stadt zurück; die *cité*-Höfe füllten sich. Die Leute fingen an, die Güter zu brauchen, die wir liefern konnten. Und langsam ging es mit dem Geschäft aufwärts.

Zabeth war eine meiner ersten regelmäßigen Kunden. Sie war eine *marchande*, keine Marktfrau, sondern eine Einzelhändlerin bescheidenen Stils. Sie gehörte zu einem Fischerdorf, beinah ein kleiner Stamm, und kam fast jeden Monat aus ihrem Dorf in der Stadt, um ihre Sachen en gros einzukaufen

Von mir kaufte sie Bleistifte und Schreibhefte, Rasierklingen, Spritzen, Seife und Zahnpasta und Zahnbürsten, Stoff, Plastikspielzeug, Eisentöpfe und Aluminiumpfannen, emaillierte Teller und Schüsseln. Das waren einige der einfachen Dinge, die Zabeths Fischer von der Außenwelt brauchten und ohne die sie während der Unruhen auskommen mußten. Keine Lebensnotwendigkeiten, keine Luxusgüter, aber Dinge, die das alltägliche Leben erleichterten. Die Menschen hier beherrschten viele Fertigkeiten, sie konnten sich selbst versorgen. Sie gerbten Leder, webten Tuch, schmiedeten Eisen, sie höhlten große Baumstämme für Boote aus und kleine für Mörser. Aber man muß sich vorstellen, welch ein Segen eine Emailschüssel war für Leute, die einen großen Behälter suchten, der Wasser und Essen nicht verdarb und der nicht leckte.

Zabeth wußte genau, was die Leute in ihrem Dorf brauchten und wieviel sie dafür bezahlen konnten oder wollten. Die Händler an der Küste (auch mein Vater) sagten immer – besonders wenn sie sich über einen schlechten Einkauf trösteten –, daß alles irgendwann seinen Käufer fand. Das war hier nicht so. Die Leute waren an neuen Sachen – wie den Spritzen, was mich überraschte – und sogar an modernen Sachen interessiert, aber ihr Geschmack war auf die ersten Beispiele der Dinge, an die sie sich gewöhnt hatten, festgelegt. Sie vertrauten einer bestimmten Ausführung, einer bestimmten Marke. Es war sinnlos für mich, Zabeth etwas »verkaufen« zu wollen; ich mußte mich soweit wie möglich an den bekannten Bestand halten. Das machte das Geschäft langweilig, verhinderte aber Komplikationen. Und es machte Zabeth zu der guten und geraden Geschäftsfrau, die sie – ungewöhnlich für eine Afrikanerin – war.

Sie konnte weder lesen noch schreiben. Sie hatte ihre komplizierte Einkaufsliste im Kopf, und sie erinnerte sich, was sie bei vorhergehenden Besuchen für die Waren bezahlt hatte. Sie bat nie um Kredit – davon hielt sie überhaupt nichts. Sie bezahlte bar und nahm das Geld aus dem Kosmetikköfferchen, das sie mit in die Stadt brachte. Jeder Händler kannte Zabeths Kosmetikköfferchen. Es lag nicht daran, daß sie den Banken mißtraute; sie verstand sie nicht.

Ich sagte ihr oft in dem Sprachgemisch, das wir am Fluß gebrauchten: »Eines Tages, Beth, wird dir einer deinen Koffer wegreißen. Es ist nicht sicher, so mit Geld herumzureisen.«

»Der Tag, an dem das passiert, Mis' Salim, an dem weiß ich, daß die Zeit gekommen ist, zu Hause zu bleiben.«

Das war eine seltsame Art zu denken. Aber sie war eine seltsame Frau.

»Mis'«, wie Zabeth und andere es brauchten, war die Abkürzung für »Mister«. Ich war »Mister«, weil ich Ausländer war, einer von der weit entfernten Küste, und Englisch sprach, und ich war »Mister«, damit ich von den anderen ansässigen Ausländern unterschieden werden konnte, die »Monsieur« waren. Das war natürlich, bevor der Große Mann auftauchte und uns alle zu *citoyens* und *citoyennes* machte. Das war eine Zeitlang in Ordnung, bis die Lügen. die er uns zu leben zwang, die

Menschen verwirrten und erschreckten und sie zu der Entscheidung trieben, alles zu beenden und von vorn anzufangen, als ein stärkerer Fetisch als seiner gefunden war.

Zabeths Dorf war nur ungefähr sechzig Meilen weit weg. Aber es lag in einiger Entfernung von der Straße, die kaum mehr als ein Pfad war, und ein paar Meilen landeinwärts vom Hauptfluß. Zu Land oder zu Wasser war die Reise beschwerlich und dauerte zwei Tage. Zu Land konnte sie während der Regenzeit drei Tage dauern. Am Anfang nahm Zabeth den Landweg, sie zog mit ihren Helferinnen zur Straße und wartete dort auf einen Last- oder Lieferwagen oder den Bus. Als die Dampfer ihren Betrieb wieder aufnahmen, fuhr Zabeth auf dem Fluß, und das war nicht viel einfacher.

Die geheimen Kanäle, die vom Dorf ausgingen, waren seicht, voller Baumstümpfe, und es summte nur so von Moskitos. Durch diese Kanäle stakten und schoben Zabeth und ihre Frauen ihre Einbäume zum Hauptfluß. Dort warteten sie nahe am Ufer auf den Dampfer, die Einbäume voller Waren – gewöhnlich Lebensmittel, die den Leuten auf dem Dampfer und dem Kahn, den der Dampfer zog, verkauft werden sollten. Das Essen bestand hauptsächlich aus Fleisch oder Affe, frisch oder *boucané* – nach Art des Landes geräuchert, mit einer dicken schwarzen Kruste. Manchmal gab es eine geräucherte Schlange oder ein kleines geräuchertes Krokodil, ein schwarzer Klumpen, kaum erkennbar als das, was es einmal war – aber mit weißem oder zartrosa Fleisch unter der verkohlten Kruste.

Wenn der Dampfer mit seinem Passagierkahn im Schlepp erschien, stakten oder ruderten Zabeth und ihre Frauen in die Mitte des Flusses und trieben mit der Strömung am Rand der Fahrrinne. Der Dampfer fuhr vorbei, die Einbäume schaukelten auf den Wellen, und dann kam der kritische Augenblick, in dem die Einbäume und der Kahn nahe zusammen kamen. Zabeth und ihre Frauen warfen Taue auf das untere Blechdeck des Kahns, wo immer irgendwelche Hände die Taue aufschnappten und sie an einem Poller festbanden. Die Einbäume drehten sich jetzt, statt flußabwärts und gegen die Seite des Kahns zu treiben, in die andere Richtung, während die Leute auf dem Kahn Papier- oder Stoffetzen auf die Fische oder Affen warfen, die sie kaufen wollten.

Das Festmachen der Einbäume am fahrenden Dampfer oder Kahn war althergebrachter Brauch auf dem Fluß, aber er war gefährlich. Bei fast jeder Fahrt, die der Dampfer zurücklegte, gab es einen Bericht über einen Einbaum, der irgendwo auf der tausend Meilen langen Strecke gekentert war, und über Leute, die ertrunken waren. Aber das Risiko lohnte sich: danach wurde Zabeth ohne Mühe, als *marchande,* die ihre Ware verkaufte, den Fluß hinaufgeschleppt bis zum Stadtrand, wo sie ihre Einbäume bei den Trümmern der Kathedrale loskoppelte; kurz vor der Anlegestelle, um die Beamten dort zu umgehen, die immer erpicht darauf waren, ein paar Abgaben zu fordern. Was für eine Reise! Soviel Arbeit und Gefahr, um einfache Dorfsachen zu verkaufen und andere Waren für die Dorfbewohner mitzunehmen.

Bevor der Dampfer kam, war ein, zwei Tage lang Markt und ein Lager auf dem offenen Feld vor dem Schleusentor. Zabeth gehörte zu diesem Lager, während sie in der Stadt war. Wenn es regnete, schlief sie auf der Veranda eines Gemüseladens oder einer Bar; später übernachtete sie in einer afrikanischen Pension, aber anfangs gab es so etwas nicht. Wenn sie ins Geschäft kam, verriet ihr Aussehen nichts von ihrer umständlichen Reise oder ihren Nächten im Freien. Sie war korrekt gekleidet, nach afrikanischem Stil, in Kattun gehüllt, der durch Falten und Drapierungen ihren dicken Hintern noch betonte. Sie trug einen Turban nach der Mode vom unteren Flußlauf, und sie hatte ihr Kosmetikköfferchen mit den zerknitterten Scheinen, die sie von Leuten in ihrem Dorf und auf dem Dampfer und Kahn bekommen hatte. Sie kaufte ein, sie bezahlte, und ein paar Stunden, bevor der Dampfer wieder ablegte, kamen ihre Frauen – dünn, klein, kahlköpfig und in zerrissener Arbeitskleidung –, um die Waren abzuholen.

Das war eine schnellere Reise, flußabwärts. Aber sie war genauso gefährlich, mit demselben An- und Abkoppeln der Einbäume und des Kahns. Damals verließ der Dampfer die Stadt um vier Uhr nachmittags; es war also tiefe Nacht, wenn Zabeth und ihre Frauen dahin kamen, wo sie vom Dampfer abstoßen mußten. Zabeth achtete darauf, nicht die Einfahrt zu ihrem Dorf zu verraten. Sie stieß ab und wartete, bis Dampfer, Kahn und Lichter verschwunden waren. Dann stakten sie und ihre Frauen ein Stück zurück oder ließen sich ein Stück abwärts treiben bis zu ihrem geheimen Kanal und ihrer nächtlichen Arbeit des Stakens und Schiebens unter den überhängenden Bäumen.

Nachts nach Hause fahren! Ich war nicht oft nachts auf dem Fluß. Ich mochte das nie. Ich fühlte mich nie Herr der Lage. In der Dunkelheit des Flusses und Urwaldes konnte man sich nur dessen sicher sein, was man sah – und sogar in einer mondhellen Nacht konnte man nicht viel sehen. Wenn man ein Geräusch machte – ein Ruder ins Wasser tauchte –, hörte man sich, als ob man jemand anders wäre. Fluß und Urwald waren wie allgegenwärtige Geister und viel mächtiger als man selbst. Man fühlte sich unbeschützt, ein Eindringling.

Bei Tageslicht – obwohl die Farben im Hitzeschleier, der manchmal ein kühleres Klima vorgaukelte, sehr bleich und gespenstisch waren – konnte man sich die Stadt vorstellen wie sie wieder aufgebaut wurde und sich ausdehnte. Man konnte sich vorstellen, wie der Wald gerodet wurde, Straßen durch Flüsse und Sümpfe gelegt wurden. Man konnte sich vorstellen, wie das Land in die Gegenwart eingebracht wurde: so drückte der Große Mann es später aus, als er uns die Vision eines zweihundert Meilen großen Industriegebietes am Fluß anbot. (Aber das hatte er nicht wirklich vor; sein einziger Wunsch war, ein größerer Magier zu sein als das Land je gekannt hatte.) Bei Tageslicht konnte man jedoch an diese Zukunftsvision glauben. Man konnte sich vorstellen, wie das Land in Ordnung gebracht wurde, geeignet für Menschen wie man selbst. So wie kleine Teile davon vor der Unabhängigkeit für kurze Zeit in Ordnung gebracht worden waren – genau die Teile, die jetzt in Trümmern lagen.

Aber wenn man nachts auf dem Fluß war, das war etwas anderes. Man fühlte, das Land führte einen zurück zu etwas Vertrautem, das man einmal gekannt, aber vergessen oder ignoriert hatte, das aber immer da war. Man fühlte, das Land führte einen zurück zu dem, was vor hundert Jahren da war, was immer da gewesen war.

Welche Reisen Zabeth machte! Es war, als ob sie jedesmal aus ihrem versteckten Dorf käme, um der Gegenwart (oder der Zukunft) eine wertvolle Fracht zu entreißen die sie ihren Leuten mitnahm – die Rasierklingen zum Beispiel, die aus ihren Paketen genommen und einzeln verkauft wurden, metallene Wunder – Fracht, die immer wertvoller wurde, je weiter sie von der Stadt wegkam, je näher sie ihrem Fischerdorf kam, der wahren, sicheren Welt, vor anderen Menschen durch Urwald und verstopfte Wasserwege geschützt. Und auch noch anders geschützt. Jeder hier wußte, daß er von oben von seinen Vorfahren beobachtet wurde, die in einer höheren Sphäre ewig lebten, ihr Weg auf Erden nicht vergessen, sondern ganz besonders bewahrt, Teil der Allgegenwärtigkeit des Urwaldes. Im tiefsten Urwald war die größte Sicherheit. Das war die Sicherheit, die Zabeth zurückließ, um ihre kostbare Fracht zu holen; das war die Sicherheit, zu der sie zurückkehrte.

Niemand verließ gern sein Stammesgebiet. Aber Zabeth reiste ohne Furcht; sie kam und ging mit ihrem Kosmetikköfferchen und niemand belästigte sie. Sie war keine gewöhnliche Person. Sie sah schon ganz anders aus als die Menschen unserer Gegend. Die waren schmal und schmächtig und sehr schwarz. Zabeth war eine kräftige Frau mit einer kupfernen Farbe; manchmal, besonders auf ihren Wangenknochen, sah der Kupferschimmer aus wie Make up. Da war noch etwas an Zabeth. Sie hatte einen besonderen Geruch. Er war streng und unangenehm, und anfangs dachte ich – weil sie aus einem Fischerdorf kam –, daß es ein alter und intensiver Fischgeruch sei. Dann dachte ich, es läge an ihrer eintönigen dörflichen Ernährung. Aber die Leute von Zabeths Stamm, die ich traf, rochen nicht wie Zabeth. Auch Afrikanern fiel ihr Geruch auf. Wenn sie in das Geschäft kamen und Zabeth war da, rümpften sie die Nase, und manchmal gingen sie weg.

Metty, der halbafrikanische Diener, der im Haus meiner Familie an der Küste aufgewachsen und zu mir gekommen war, sagte, daß Zabeths Geruch stark genug sei, um Moskitos fernzuhalten. Ich selbst dachte, dieser Geruch hielte die Männer von Zabeth trotz ihrer Beleibtheit (die die Männer hier mochten) und trotz ihres Kosmetikköfferchens fern. Denn Zabeth war nicht verheiratet und lebte, soweit ich wußte, mit keinem Mann zusammen.

Aber der Geruch war dazu gedacht, Menschen auf Distanz zu halten. Es war Metty – der die örtlichen Gebräuche schnell lernte – der mir sagte, daß Zabeth eine Zauberin und in unserer Region als Zauberin bekannt war. Der Geruch war der Geruch ihrer Schutzsalben. Andere Frauen benutzten Parfüm und Duftstoffe, um anzuziehen; Zabeths Salben stießen ab und warnten. Sie war geschützt. Sie wußte es, und andere Menschen wußten es.

Bis dahin hatte ich Zabeth als *marchande* und gute Kundin behandelt. Jetzt, da ich wußte, daß sie in unserer Region eine Persönlichkeit mit Macht war, eine Seherin, konnte ich das nie vergessen. So wirkte der Zauber auch auf mich.

2

Afrika war meine Heimat, war seit Jahrhunderten die Heimat meiner Familie gewesen. Aber wir kamen von der Ostküste, und das machte einen Unterschied. Die Küste war nicht wirklich afrikanisch. Sie war arabisch – indisch – persisch – portugiesisch, und wir, die da lebten, waren eigentlich ein Volk des Indischen Ozeans. Das wahre Afrika lag in unserem Rücken. Meilenweiter Busch oder Wüste trennten uns von den Leuten im Hinterland; wir schauten nach Osten auf die Länder, mit denen wir Handel trieben – Arabien, Indien, Persien. Das waren auch die Länder unserer Vorfahren. Aber wir konnten nicht mehr sagen, wir wären Araber oder Inder oder Perser; wenn wir uns mit diesen Völkern verglichen, fühlten wir uns wie ein Volk Afrikas.

Meine Familie war islamischen Glaubens. Aber wir waren eine besondere Gruppe. Wir unterschieden uns von den Arabern und andren Moslems an der Küste; mit unseren Bräuchen und unserer Geisteshaltung standen wir den Hindus aus Nordwestindien näher, von wo wir ursprünglich kamen. Wann wir gekommen waren, konnte mir niemand sagen. Zu diesen Leuten gehörten wir nicht. Wir lebten einfach; wir taten, was man von uns erwartete, was wir die vorherige Generation hatten tun sehen. Wir fragten nie, warum; wir überlieferten nichts. Wir fühlten tief im Innern, daß wir ein altes Volk waren, aber wir schienen kein Gefühl für den Ablauf der Zeit zu haben.

Weder mein Vater noch mein Großvater konnte seine Geschichten datieren. Nicht weil sie vergeßlich oder zerstreut waren, die Vergangenheit war einfach die Vergangenheit.

Ich erinnere mich, daß ich von meinem Großvater hörte, er hätte einmal ein Boot voll Sklaven als eine Ladung Kautschuk deklariert verschifft. Er konnte mir nicht sagen, wann er das getan hatte. Es war einfach da in seinem Gedächtnis, trieb ohne Datum oder andere Assoziationen darin umher, als ungewöhnliches Ereignis in einem ereignisarmen Leben. Er erzählte es nicht als eine Schurkentat oder Gaunerei oder einen Witz; er erzählte es wie etwas Ungewöhnliches, das er getan hatte – nicht die Sklaven zu verschiffen, sondern sie als Kautschuk zu deklarieren. Und ohne meine Erinnerung an die Erzählung des alten Mannes wäre diese Episode der Geschichte vermutlich für immer verloren gewesen. Ich glaube aufgrund meines späteren Bücherstudiums, daß die Idee mit dem Kautschuk meinem Großvater in der Zeit vor dem Ersten Weltkrieg kam, als Kautschuk das große Geschäft – und später ein großer Skandal – in Zentralafrika wurde. So sind mir Sachverhalte bekannt, die meinem Großvater verborgen blieben oder uninteressant erschienen.

Von dieser ganzen Zeit des Umbruchs in Afrika – der Verdrängung der Araber, der Ausdehnung Europas, der Aufteilung des Kontinents – ist das die einzige Familiengeschichte, die ich habe. Alles, was ich über unsere Geschichte und die Geschichte des Indischen Ozeans weiß, habe ich aus Büchern, die von Europäern geschrieben wurden. Wenn ich sage, daß unsere Araber zu ihrer Zeit große Abenteurer und Dichter waren; daß unsere Seeleute dem Mittelmeer das Lateinsegel gaben, das die Entdeckung Amerikas ermöglichte; daß ein indischer Steuermann Vasco da Gama von Ostafrika nach Calicut führte; daß sogar das Wort »Scheck« zuerst von unseren persischen Kaufleuten benutzt wurde; wenn ich das alles sage, dann, weil ich es aus europäischen Büchern habe. Das war nicht Bestandteil unseres Wissens oder Stolzes. Ohne Europäer, denke ich, wäre unsere ganze Vergangenheit weggewaschen wie die Spuren der Fischer am Strand vor unserer Stadt.

An diesem Strand gab es eine Pfahlfestung. Die Wände waren aus Ziegel. Sie war schon eine Ruine, als ich ein kleiner

Junge war, und im tropischen Afrika, Land des unbeständigen Bauens, war sie wie ein seltenes Relikt der Geschichte. In dieser Festung wurden die Sklaven gehalten, nachdem sie in Trecks aus dem Innern hergebracht worden waren; hier warteten sie, bis Dhaus sie über das Meer brachten. Aber wenn man das nicht wußte, dann bedeutete der Ort nichts, nur vier zerfallende Mauern in einem Panorama von Strand und Kokospalmen wie auf einer Ansichtskarte.

Einst hatten die Araber hier geherrscht, dann waren die Europäer gekommen, nun gingen die Europäer bald weg. Aber in den Gebräuchen oder Gedanken der Menschen hatte sich wenig geändert. Die Fischerboote am Strand waren am Bug immer noch mit großen Augen bemalt, die Glück bringen sollten, und die Fischer konnten sehr zornig werden, sogar mörderisch, wenn ein Reisender sie zu fotografieren versuchte – sie ihrer Seelen zu berauben versuchte. Die Menschen lebten, wie sie es immer getan hatten; es gab keinen Bruch zwischen Vergangenheit und Gegenwart. Alles, was in der Vergangenheit geschehen war, war weggewaschen; es gab immer nur die Gegenwart. Es war, als ob das frühe Morgenlicht sich durch irgendeine Störung der Himmelssphären immer wieder in die Dunkelheit zurückzog und die Menschen in immerwährender Dämmerung lebten.

Die Sklaverei an der Ostküste war nicht wie die Sklaverei an der Westküste. Niemand wurde auf Plantagen verschifft. Die meisten, die von unserer Küste abfuhren, kamen als Hausdiener in arabische Häuser. Einige wurden Mitglieder der Familien, denen sie zugeeignet worden waren; einige wenige wurden aus eigenem Recht mächtig. Ein Afrikaner, ein Kind des Urwalds, der mehrere hundert Meilen vom Landesinnern marschiert und weit weg von seinem Dorf und Stamm war, war lieber unter dem Schutz einer ausländischen Familie als allein unter fremden und unfreundlichen Afrikanern. Das war ein Grund, weshalb der Handel noch lange, nachdem er von den Europäern geächtet worden war, fortdauerte und mein Großvater zu einer Zeit, in der die Europäer mit einer Art von Kautschuk handelten, gelegentlich noch mit einer anderen handeln konnte. Das war auch der Grund, weshalb bis vor kurzem an der Küste eine heimliche Sklaverei fortbestand. Die Sklaven oder die Leute, die man als Sklaven ansehen könnte, wollten bleiben, wie sie waren.

Im Anwesen meiner Familie lebten zwei Sklavenfamilien, und sie waren seit mindestens drei Generationen da. Daß sie gehen müßten, war das letzte, was sie hören wollten. Offiziell waren diese Leute nur Diener, aber sie wollten, daß alle – andere Afrikaner, arme Araber und Inder – wußten, daß sie in Wirklichkeit Sklaven waren. Es war nicht so, daß sie auf die Sklaverei als Lebensbedingung stolz waren, sie waren versessen auf ihre besondere Verbindung mit einer angesehenen Familie. Zu Leuten, die sie als unbedeutender als die Familie einschätzten, konnten sie sehr unfreundlich sein.

Als ich klein war, nahm man mich mit auf Spaziergänge in den engen, von weißen Mauern begrenzten Gassen des alten Teils unserer Stadt, wo unser Haus war. Ich wurde gebadet und angekleidet, man schwärzte meine Augenlidränder mit Kajal und hängte einen Talismann um meinen Hals, und dann hob mich Mustafa, einer unserer alten Männer, auf seine Schultern. So machte ich meinen Spaziergang: Mustafa stellte mich zur Schau, stellte den Wert unserer Familie zur Schau und stellte gleichzeitig seine eigene Vertrauensstellung in unserer Familie zur Schau.

Es gab ein paar Jungen, die es darauf anlegten, uns zu verspotten. Wenn wir diese Jungen trafen, setzte Mustafa mich ab, ermutigte mich, sie zu beleidigen, fügte selber Beleidigungen hinzu, ermutigte mich zu kämpfen, und dann, wenn die Sache zu heiß für mich wurde, zog er mich von den Füßen und Fäusten der Jungen fort und hob mich wieder auf seine Schultern. Und wir setzten unseren Spaziergang fort.

Diese Geschichte von Mustafa und Arabien, Dhaus und Sklaven hört sich vielleicht an wie aus Tausendundeiner Nacht. Aber wenn ich an Mustafa denke und auch wenn ich das Wort »Sklave« höre, denke ich an den Schmutz unseres Familienanwesens, eine Mischung aus Schulhof und Hinterhof: all diese Menschen, von denen immer jemand schrie, Unmengen von Kleidungsstücken, die an den Leinen hingen oder auf den Bleichsteinen ausgebreitet waren, der saure Geruch dieser Steine, der in den Geruch der Latrine und des abgetrennten Pissoirs überging, stapelweise schmutziges Email-

und Messinggeschirr auf dem Abwaschtisch mitten im Hof, Kinder, die überall herumliefen, ununterbrochenes Kochen in dem geschwärzten Küchengebäude. Ich denke an das Durcheinander von Frauen und Kindern, an meine Schwestern und ihre Familien, die Dienerinnen und ihre Familien, beide Seiten anscheinend in ständigem Wettstreit; ich denke an den Zank in den Familienräumen, Konkurrenzkämpfe im Dienertrakt. Wir waren zu viele in diesem kleinen Anwesen. Wir wollten all diese Menschen im Dienertrakt gar nicht. Aber sie waren keine einfachen Diener, und es kam nicht in Frage, sie loszuwerden. Wir saßen fest mit ihnen.

So stand es an der Ostküste. Die Sklaven konnten die Sache in die Hand nehmen, und das in mehr als einer Hinsicht. Die Menschen in unseren Dienerhäusern waren keine reinen Afrikaner mehr. Die Familie gab das nicht zu, aber irgendwo in der Abstammungsreihe, oder an vielen Stellen der Reihe, war asiatisches Blut in diese Menschen gekommen. Mustafa hatte Blut aus Gujarat in seinen Adern; ebenso Metty, der Junge, der später quer durch den ganzen Kontinent zu mir kam. Dies war jedoch eine Blutübertragung vom Herrn auf den Sklaven. Bei den Arabern an unserer Küste hatte der Prozeß umgekehrt stattgefunden. Die Sklaven hatten die Herren überschwemmt; die arabische Herrenrasse war im Grunde genommen verschwunden.

Einst hatten die Araber, große Forscher und Krieger, geherrscht. Sie waren weit ins Innere vorgedrungen und hatten Städte gebaut und Obstgärten im Urwald angelegt. Dann war ihre Macht durch Europa gebrochen worden. Ihre Städte und Obstgärten verschwanden, vom Urwald verschluckt. Sie wurden nicht mehr von dem Gedanken an ihre Position in der Welt angetrieben, und ihre Energie ging verloren; sie vergaßen, wer sie waren und woher sie kamen. Sie wußten nur, daß sie Moslems waren, und nach Art der Moslems brauchten sie Frauen und nochmals Frauen. Aber sie waren von ihren Wurzeln in Arabien abgeschnitten und konnten ihre Ehefrauen nur unter den afrikanischen Frauen finden, die einmal ihre Sklavinnen gewesen waren. Bald konnte man deshalb die Araber oder die Leute, die sich Araber nannten, nicht mehr von Afrikanern unterscheiden. Sie hatten kaum noch eine Vorstellung von ihrer ursprünglichen Zivilisation. Sie hatten den Koran und seine Gesetze, sie hielten an bestimmten Bekleidungsgewohnheiten fest, trugen eine bestimmte Kappe, hatten eine besondere Barttracht, und das war alles. Sie hatten kaum Ahnung von dem, was ihre Vorfahren in Afrika getan hatten. Sie hatten nur ein Gewohnheitsrecht auf Autorität ohne die Energie oder Bildung, diese Autorität zu unterstützen. Die Autorität der Araber – die überall spürbar war, als ich ein kleiner Junge war – war nur Gewohnheitssache. Sie konnte jederzeit weggeblasen werden. Die Welt ist, was sie ist.

Ich machte mir Sorgen um die Araber. Ich machte mir auch Sorgen um uns. Weil es, was Macht betraf, keinen Unterschied zwischen den Arabern und uns gab. Wir waren beide kleine Gruppen, die unter europäischer Flagge am Rand des Kontinents lebten. Im Haus unserer Familie hörte ich als Kind nie eine Diskussion über unsere Zukunft oder die Zukunft der Küste. Man schien allgemein anzunehmen, daß alles so weiterlief, daß weiterhin Ehen zwischen einig gewordenen Parteien geschlossen würden, daß Handel und Geschäft weitergingen, daß Afrika für uns bleiben würde, wie es gewesen war.

Meine Schwestern heirateten traditionell; man nahm an, daß ich auch, wenn die Zeit kam, heiraten und das Leben in unserem Familienhaus vermehren würde. Aber schon als ich ganz jung war, noch die Schule besuchte, ging mir auf, daß unsere Lebensart veraltet und dem Ende nahe war.

Kleine Dinge können uns auf neue Gedanken bringen, und ich wurde durch die Briefmarken unserer Gegend darauf gebracht. Die britische Verwaltung gab uns wunderschöne Marken. Diese Briefmarken zeigten Ortsansichten und ortsübliche Gegenstände; eine hieß »Arabisches Dhau«. Die Marken sahen aus, als hätte ein Ausländer gesagt: »Das ist das, was an diesem Ort am eindrucksvollsten ist.« Ohne die Marke mit dem Dhau hätte ich die Dhaus wahrscheinlich als selbstverständlich hingenommen. So lernte ich, sie anzusehen. Immer wenn ich sie zusammengebunden am Strand liegen sah, dachte ich an sie als an etwas, das unserer Gegend eigentümlich war, etwas Kurioses, etwas, das dem Fremden auffallen würde, etwas, das nicht ganz modern war und bestimmt nicht so wie die Passagier- und Frachtschiffe, die an ihren eigenen modernen Docks festmachten.

So entwickelte ich vom frühen Alter an die Gewohnheit, etwas anzuschauen, mich loszulösen von einem vertrauten Anblick und zu versuchen, ihn aus der Entfernung zu betrachten. Durch diese Sehgewohnheit kam ich zu der Ansicht, daß wir als Gemeinschaft zurückgeblieben waren. Und das war der Anfang meiner Unsicherheit.

Ich betrachtete dieses Gefühl der Unsicherheit immer als eine Schwäche, einen Charaktermangel, und ich hätte mich geschämt, wenn es jemand entdeckt hätte. Ich behielt meine Gedanken über die Zukunft für mich, und in unserem Haus, wo es, wie ich schon sagte, nie so etwas wie eine politische Diskussion gab, war das leicht. Meine Familie war nicht dumm. Mein Vater und seine Brüder waren Händler, Geschäftsleute; in ihrer Art mußten sie mit der Zeit Schritt halten. Sie konnten Situationen abschätzen, sie nahmen Risiken auf sich und konnten manchmal sehr kühn sein. Aber sie waren so fest in ihrem Leben verankert, daß sie nicht davon Abstand nehmen und die Wirklichkeit ihres Lebens betrachten konnten. Sie taten, was sie tun mußten. Wenn etwas schief lief, hatten sie die Tröstungen der Religion. Das war nicht nur Bereitwilligkeit, das Schicksal zu akzeptieren, es war eine ruhige und tiefe Überzeugung von der Nichtigkeit alles menschlichen Strebens.

Ich konnte mich nie so hoch emporschwingen. Mein eigener Pessimismus, meine Unsicherheit waren irdisch. Ich hatte nicht die Religiosität meiner Familie. Die Unsicherheit, die ich fühlte, lag an meinem mangelnden wahren Glauben und war wie das Kleingeld des ermutigenden Pessimismus unseres Glaubens, eines Pessimismus, der Menschen zu Wundertaten antreiben kann. Das war der Preis für meine mehr materialistische Haltung, meinen Versuch, einen Mittelweg zu finden zwischen völligem Aufgehen im Leben und Schweben über den irdischen Nöten.

Falls die Unsicherheit, die ich wegen unserer Lage an der Küste fühlte, an meinem Charakter lag, dann geschah wenig, um mich zu beruhigen. Die Ereignisse in diesem Teil Afrikas fingen an, sich zu beschleunigen. Im Norden gab es eine blutige Rebellion eines Inlandstammes, die die Briten anscheinend nicht niederschlagen konnten, und auch in anderen Gebieten gab es Explosionen von Ungehorsam und Wut. Sogar Hypochonder werden manchmal richtig krank, und ich glaube, nicht nur meine Nervosität allein gab mir das Gefühl, daß unser vertrautes politisches System sich seinem Ende näherte und der Ersatz dafür nicht angenehm sein würde. Ich fürchtete die Lügen, daß die Schwarzen die Lügen der Weißen übernehmen würden.

Wenn Europa uns an der Küste einen Begriff von unserer Geschichte gegeben hatte, dann machte Europa uns auch, denke ich, mit der Lüge bekannt. Diejenigen von uns, die vor den Europäern in diesem Teil Afrikas gewesen waren, hatten nie über uns gelogen. Nicht, weil wir moralisch waren. Wir logen nicht, weil wir uns nie bewerteten und nicht glaubten, es gäbe etwas zum Lügen für uns; wir waren Menschen, die einfach taten, was wir taten. Aber die Europäer konnten etwas tun und etwas ganz anderes sagen; und sie konnten sich so verhalten, weil sie eine Vorstellung von dem hatten, was sie ihrer Zivilisation schuldig waren. Das war ihr großer Vorteil uns gegenüber. Die Europäer wollten Gold und Sklaven wie alle anderen auch; aber zur selben Zeit wollten sie sich als Menschen, die Gutes für die Sklaven getan hatten, Denkmäler errichten. Da sie intelligent und energisch waren und auf der Höhe ihrer Macht, konnten sie beide Seiten ihrer Zivilisation zur Geltung bringen; und sie bekamen sowohl die Sklaven als auch die Denkmäler.

Weil sie sich bewerten konnten, waren die Europäer besser ausgestattet als wir, um mit Veränderungen fertig zu werden. Und wenn ich die Europäer mit uns verglich, sah ich, daß wir in Afrika nichts mehr zählten, daß wir wirklich nichts mehr zu bieten hatten. Die Europäer bereiteten sich darauf vor, wegzugehen oder zu kämpfen oder den Afrikanern auf halbem Wege entgegenzukommen. Wir lebten weiter, wie wir es immer getan hatten – blind. Sogar in diesem Spätstadium gab es in unserem oder in den Häusern von bekannten Familien nie so etwas wie eine politische Diskussion. Das Thema wurde gemieden. Ich ertappte mich dabei, daß ich es mied.

Gewöhnlich spielte ich zweimal in der Woche Squash auf

dem Squashplatz meines Freundes Indar. Sein Großvater war aufgrund eines Kontraktes als Eisenbahnarbeiter aus dem Pandschab in Indien gekommen. Der alte Pandschabe hatte es zu etwas gebracht. Als sein Vertrag ausgelaufen war, hatte er sich an der Küste niedergelassen und war Geldverleiher auf dem Markt geworden. Er verlieh je zwanzig oder dreißig Schilling an Standinhaber auf dem Markt, die knapp bei Kasse waren und von diesen kleinen Darlehen abhingen, um ihre Waren einzukaufen. Für zehn Schilling, die in der einen Woche verliehen wurden, mußte man in der nächsten zwölf oder fünfzehn zurückzahlen. Nicht das vornehmste Geschäft; aber ein aktiver Mann (und ein zäher Mann) konnte sein Kapital innerhalb eines Jahres um ein Vielfaches vermehren. Nun, es war eine Dienstleistung und ein Lebensunterhalt. Und mehr als das. Die Familie war sehr bedeutend geworden. Sie waren auf inoffizielle Weise Handelsbankiers geworden, unterstützten kleine Gesellschaften, die Probeschürfe unternahmen und gewagte Handelsreisen nach Indien und Arabien und dem Persischen Golf (immer noch mit den arabischen Dhaus auf der Briefmarke).

Die Familie lebte in einem großen Anwesen auf einem asphaltierten Hof. Das Hauptgebäude lag an der Stirnwand, an der Seite waren kleinere Häuser für die Familienmitglieder, die für sich allein leben wollten, und andere Häuser für die Diener (richtige Diener, die man einstellen und wieder hinauswerfen konnte, nicht Kletten wie unsere); und es gab einen Squashplatz. Alles war von einer hohen ockerfarben getünchten Mauer umgeben, und es gab ein Haupttor mit einem Wächter. Das Anwesen lag im neueren Teil der Stadt; ich hielt es für unmöglich, unnahbarer oder geschützter zu sein.

Reiche Leute vergessen nie, daß sie reich sind, und ich betrachtete Indar als einen guten Sohn seiner Bankiersfamilie. Er war hübsch, sehr bedacht auf seine Erscheinung, ein wenig weichlich, mit einem etwas zurückhaltenden Ausdruck. Ich führte diesen Ausdruck auf seine Hochachtung vor dem eigenen Reichtum zurück und auf seine sexuellen Ängste. Ich vermutete, daß er oft heimlich ins Bordell ging und in der Angst lebte, entdeckt zu werden oder sich eine Krankheit zu holen.

Wir tranken gerade kalten Orangensaft und heißen schwarzen Tee nach unserem Spiel (Indar war bereits um sein Gewicht besorgt), als er mir sagte, er ginge fort. Er wollte weg, nach England zu einem dreijährigen Studium an einer berühmten Universität. Es war typisch für Indar und seine Familie, wichtige Neuigkeiten in dieser gleichgültigen Weise mitzuteilen. Die Neuigkeit deprimierte mich ein bißchen. Indar konnte das nicht nur machen, weil er reich war (ich verband ein Auslandsstudium mit großem Reichtum), sondern auch, weil er das englisch-sprachige College am Ort bis zu seinem achtzehnten Lebensjahr besucht hatte. Ich war abgegangen, als ich sechzehn war. Nicht, weil ich nicht klug genug war oder keine Lust hatte, sondern weil in unserer Familie keiner mehr nach dem sechzehnten Lebensjahr zur Schule gegangen war.

Wir saßen im Schatten auf den Stufen des Squashplatzes. Indar sagte in seiner ruhigen Art: »Weißt du, wir sind hier gestrandet. Um in Afrika zu sein, muß man stark sein. Wir sind nicht stark. Wir haben noch nicht einmal eine Flagge.«

Er hatte das Unsagbare gesagt. Und sobald er sprach, erkannte ich, wie sinnlos die Mauern dieses Anwesens waren. Zwei Generationen hatten gebaut, was ich sah; und ich trauerte um diese vergebliche Mühe. Sobald Indar sprach, merkte ich, daß ich seine Gedanken lesen und sehen konnte, was er sah – die nur scheinbare Überlegenheit dieser Herrlichkeit, des Tors und des Wächters, die die wirkliche Gefahr nicht würden abhalten können.

Aber ich gab nicht zu erkennen, daß ich verstand, worüber er redete. Ich benahm mich wie die anderen, die mich wütend und traurig gemacht hatten, weil sie sich weigerten zuzugeben, daß unser Teil der Welt sich veränderte. Und als Indar dann fragte: »Was wirst du tun?« sagte ich, als ob ich überhaupt kein Problem darin sähe: »Ich bleibe. Ich trete ins Geschäft ein.«

Das stimmte überhaupt nicht. Es war das Gegenteil dessen, was ich fühlte. Aber sobald mir die Frage gestellt worden war, spürte ich, daß ich meine Hilflosigkeit nicht eingestehen wollte. Instinktiv fiel ich in die Haltung meiner Familie. Aber mein Fatalismus war unecht; mir lag sehr viel an der Welt, und ich wollte nichts aufgeben. Ich konnte mich nur vor der Wahrheit verstecken. Und diese Entdeckung über mich selbst machte den Rückweg durch die heiße Stadt sehr beunruhigend.

Die Nachmittagssonne fiel auf die weiche schwarze Asphaltstraße und die hohen Hibiskushecken. Es war alles so alltäglich. Noch lauerte keine Gefahr in der Menge, den heruntergekommenen Straßen, den Gassen mit den weißen Mauern. Aber der Ort war vergiftet für mich.

Ich hatte oben in unserem Familienhaus ein Zimmer. Es war noch hell, als ich nach Hause kam. Ich sah hinaus über unser Anwesen, sah die Bäume und das Grün in den Nachbarhöfen und offenen Zwischenräumen. Meine Tante schimpfte mit einer ihrer Töchter: ein paar alte Messingvasen, die man in den Hof gebracht hatte, um sie mit Limonen abzureiben, waren nicht hereingeholt worden. Ich blickte auf diese gläubige Frau, die geschützt hinter ihrer Mauer stand, und sah, wie unbedeutend ihre Sorge um die Messingvasen war. Die dünne weißgekalkte Mauer (dünner als die Wände der Sklavenfestung am Strand) schützte sie so wenig. Sie war so verwundbar – ihre Person, ihre Religion, ihre Gebräuche, ihre Lebensart. Der laute Hof hatte so lange sein eigenes Leben umfangen, war seine eigene vollkommene Welt gewesen. Wie konnte jemand das nicht als gegeben ansehen? Wie konnte jemand aufhören zu fragen, was uns wirklich geschützt hatte?

Ich erinnerte mich an den Blick voller Verachtung und Entrüstung, den Indar mir zugeworfen hatte. Und die Entscheidung, die ich dann traf, war die: Ich mußte ausbrechen. Ich konnte niemanden schützen, niemand konnte mich schützen. Wir konnten uns selbst nicht schützen; wir konnten uns nur auf verschiedene Art vor der Wahrheit verstecken. Ich mußte aus unserem Familienanwesen und unserer Gemeinschaft ausbrechen. In meiner Gemeinschaft bleiben, vorgeben, ich müßte nur mit ihnen weitermachen, hieß, mit ihnen von der Zerstörung erfaßt zu werden. Ich konnte mein Schicksal nur meistern, wenn ich allein stand. Eine Strömung der Geschichte – die, von uns vergessen, nur noch in den Büchern der Europäer lebte, die ich noch lesen sollte – hatte uns hierhergebracht. Wir hatten unser Leben nach unserer Art gelebt, getan, was wir tun mußten, Gott verehrt und seinen Geboten gehorcht. Jetzt – um Indars Worte wiederzugeben – kam eine andere Strömung der Geschichte, um uns wegzuschwemmen.

Ich konnte mich nicht länger dem Schicksal unterwerfen.

Mein Wunsch war nicht, gut zu sein, wie unsere Tradition lehrte, sondern Güter zu erlangen. Aber wie? Was hatte ich zu bieten? Welches Talent, welche Fähigkeit, abgesehen von der afrikanischen Handelstüchtigkeit unserer Familie? Diese Angst begann, an mir zu nagen. Und aus dem Grund griff ich gierig zu, als Nazruddin mir ein Geschäft und Unternehmen anbot in einem weit entfernten Land, das aber noch in Afrika lag.

Nazruddin wirkte fremdartig in unserer Gemeinschaft. Er war ungefähr so alt wie mein Vater, sah aber viel jünger aus und war überhaupt mehr ein Mann von Welt. Er spielte Tennis, trank Wein, sprach Französisch, trug dunkle Brillen und Anzüge (mit sehr breiten Aufschlägen, deren Spitzen sich kräuselten). Bei uns war er bekannt (und hinter seinem Rükken ein wenig verspottet) wegen seiner europäischen Manieren, die er nicht aus Europa hatte (dort war er nie gewesen), sondern aus einer Stadt im Innern Afrikas, wo er lebte und sein Geschäft hatte.

Vor vielen Jahren hatte Nazruddin, einer Laune folgend, sein Geschäft an der Küste verkleinert und begonnen, landeinwärts zu ziehen. Die kolonialen Grenzen gaben seinen Unternehmen etwas Internationales. Aber Nazruddin folgte nur den alten arabischen Handelsrouten ins Innere; und nun war er im Innern des Kontinents angekommen, an der Biegung des großen Flusses.

So weit waren die Araber im letzten Jahrhundert gekommen. Dort waren sie auf Europa gestoßen, das aus der entgegengesetzten Richtung vordrang. Für die Europäer war es eine kleine Sondierung. Für die Araber in Zentralafrika bedeutete es alles; die arabische Energie, die sie nach Afrika hineingedrängt hatte, war an ihrer Quelle versiegt, und ihre Macht war wie das Licht eines Sterns, das weiterreist, nachdem der Stern selbst verloschen ist. Die arabische Macht war verschwunden; an der Biegung im Fluß war eine europäische Stadt und keine arabische entstanden. Und aus dieser Stadt brachte Nazruddin, der von Zeit zu Zeit bei uns auftauchte, seine fremdländischen Manieren und Vorlieben und seine Berichte über geschäftliche Erfolge mit.

Nazruddin war ein Exote, aber er blieb unserer Gemeinschaft verbunden, weil er Ehemänner und Ehefrauen für seine Kinder brauchte. Mir war bewußt, daß er in mir den zukünftigen Mann für eine seiner Töchter sah; aber ich hatte mit diesem Wissen so lange gelebt, daß es mich nicht störte. Ich mochte Nazruddin. Ich begrüßte seine Besuche, seine Berichte, sogar seine Fremdartigkeit, wenn er unten in unserem Wohnraum oder auf der Veranda saß und von den Reizen seiner entlegenen Welt sprach

Er war ein Mann voller Begeisterung. Er genoß alles, was er tat. Er mochte die Häuser, die er kaufte (immer gute Gelegenheitskäufe), die Restaurants, die er auswählte, die Gerichte, die er bestellt hatte. Alles ging gut aus für ihn, und seine Berichte über sein unfehlbares Glück hätten ihn unerträglich gemacht, hätte er nicht die Gabe besessen, alles so gut zu beschreiben. Er brachte es fertig, daß ich mich danach sehnte, zu tun, was er getan hatte, zu sein, wo er gewesen war. In mancher Hinsicht wurde er mein Vorbild.

Außerdem konnte er aus der Hand lesen, und seine Voraussagen waren geschätzt, weil er es nur tun konnte, wenn ihn die Stimmung dazu überkam. Als ich zehn oder zwölf war, hatte er mir aus der Hand gelesen und große Dinge in meiner Hand gesehen. Also respektierte ich sein Urteil. Von Zeit zu Zeit fügte er seinen Aussagen etwas hinzu. An eine Gelegenheit erinnere ich mich besonders. Er saß auf dem Rohrschaukelstuhl und schaukelte abrupt vom Teppichrand auf den Betonfußboden. Er brach mitten im Satz ab und verlangte, meine Hand zu sehen. Er betastete meine Fingerspitzen, bog die Finger, schaute kurz auf die Handfläche und ließ meine Hand dann los. Er dachte eine Weile über das, was er gesehen hatte, nach – es war seine Art, über das Gesehene nachzudenken, anstatt die Hand die ganze Zeit anzuschauen – und er sagte: »Du bist der aufrichtigste Mensch, den ich kenne.« Das gefiel mir nicht, mir schien, als böte er mir gar kein Leben an. Ich fragte: »Kannst du dir selber aus der Hand lesen? Weißt du, was auf dich zukommt?« Er sagte: »Was weiß ich, was weiß ich.« Der Klang seiner Stimme war dabei anders, und ich sah, daß dieser Mann, für den (laut seiner Erzählungen) alles gut ausging, in Wirklichkeit mit der Ahnung lebte, daß alles schlecht enden würde für ihn. Ich dachte: »So sollte ein Mann sich verhalten«, und danach fühlte ich mich ihm nahe, näher als Mitgliedern meiner eigenen Familie.

Dann kam der Zusammenbruch, den einige Leute heimlich für diesen erfolgreichen und gesprächigen Mann vorausgesagt hatten. Nazruddins Wahlheimat wurde unabhängig, ziemlich plötzlich, und die Nachrichten aus dieser Gegend berichteten wochen- und monatelang nur von Kriegen und Morden. Aus der Art, wie die Leute redeten, hätte man schließen können, daß die Ereignisse einen anderen Verlauf genommen hätten, wenn Nazruddin ein anderer Mensch gewesen wäre, wenn er weniger mit seinem Erfolg geprahlt hätte, weniger Wein getrunken hätte und sich schicklicher benommen hätte. Wir hörten, daß er mit seiner Familie nach Uganda geflohen war. Es gab ein Gerücht, daß sie auf der Ladefläche eines Lastwagens tagelang durch den Busch gefahren waren und fassungslos und verzweifelt in der Grenzstadt Kisoro aufgetaucht waren.

Wenigstens war er in Sicherheit. Zur gewohnten Zeit kam er an die Küste. Die Leute, die einen gebrochenen Mann erwarteten, wurden enttäuscht. Nazruddin war so munter wie immer und immer noch mit dunkler Brille und Anzug. Die Katastrophe schien ihn nicht im geringsten betroffen zu haben.

Gewöhnlich, wenn Nazruddin zu Besuch kam, wurden Anstrengungen unternommen, ihn gut zu empfangen. Der Wohnraum wurde extra geputzt, und die Messingvasen mit den Jagdmotiven wurden poliert. Aber weil man glaubte, er sei ein Mann in Schwierigkeiten und deshalb wieder gewöhnlich, genau wie wir, strengte sich diesmal keiner an. Der Wohnraum war unordentlich wie immer, und wir saßen draußen auf der Veranda zum Hof.

Meine Mutter brachte Tee, aber sie servierte ihn nicht wie sonst, als bescheidene Gastfreundlichkeit einfacher Leute, sondern benahm sich, als vollzöge sie einen notwendigen endgültigen Ritus. Als sie das Tablett absetzte, schien sie beinahe in Tränen auszubrechen. Meine Schwäger versammelten sich mit besorgten Gesichtern. Aber von Nazruddin kamen – trotz dieser Geschichte über die lange Fahrt hinten auf dem Lastwagen – keine Unglücksberichte, nur Geschichten von andauerndem Glück und Erfolg. Er hatte den Ärger kommen sehen; er war Monate vorher weggegangen.

Nazruddin sagte: »Es waren nicht die Afrikaner, die mich nervös gemacht haben. Es waren die Europäer und die anderen. Kurz vor einem Zusammenbruch werden die Leute verrückt. Wir hatten einen phantastischen Immobilienboom. Alle sprachen nur von Geld. Ein Stück Busch, das heute nichts kostete, ließ sich morgen für eine halbe Million Franc verkaufen. Es war wie Zauberei, aber mit richtigem Geld. Ich war selbst darin verwickelt und wäre fast darauf hereingefallen.

Eines Sonntagmorgens ging ich zu dem Bauland, von dem ich ein paar Parzellen gekauft hatte. Das Wetter war schlecht. Heiß und schwer. Der Himmel war dunkel, aber es fing nicht an zu regnen, es blieb so wie es war. Weit weg blitzte es – irgendwo anders im Urwald regnete es. Ich dachte: ›Was für ein Platz zum Leben!‹ Ich konnte den Fluß hören – das Gelände war nicht sehr weit von den Stromschnellen. Ich lauschte dem Fluß und sah zum Himmel auf, und ich dachte: ›Das ist kein Grundbesitz. Das ist nur Busch. Das ist immer nur Busch gewesen.‹ Danach konnte ich kaum bis Montagmorgen warten. Ich bot alles zum Verkauf. Billiger als zum gängigen Preis, aber ich wollte in Europa bezahlt werden. Ich schickte die Familie nach Uganda.

Kennt ihr Uganda? Ein wunderschönes Land. Kühl, neunhundert bis zwölfhundert Meter hoch, und die Leute sagen, es ist wie Schottland, mit den Hügeln. Die Briten haben dem Land die beste Verwaltung gegeben, die man sich wünschen kann. Sehr einfach, sehr leistungsfähig. Wunderbare Straßen. Und die Bantubevölkerung ist ziemlich aufgeweckt.«

Das war Nazruddin. Wir hatten ihn uns als ruinierten Mann vorgestellt. Statt dessen versuchte er, uns mit der Begeisterung über sein neues Land anzustecken und forderte uns auf, sein Glück nochmals zu bedenken. Er benahm sich durchaus gönnerhaft. Obwohl er offen nie etwas sagte, sah er uns an der Küste als bedroht an, und er war an jenem Tag gekommen, um mir ein Angebot zu machen.

Er hatte immer noch Besitz in seinem alten Land – ein Geschäft, ein paar Vertretungen. Er hatte es für klug gehalten, das Geschäft zu behalten, während er sein Vermögen außer Landes brachte, um zu verhindern, daß die Leute seine Geschäfte zu genau beobachteten. Und dieses Geschäft und die Vertretungen bot er mir jetzt an.

»Im Augenblick sind sie nichts wert. Aber das kommt wieder. Eigentlich sollte ich sie dir umsonst geben. Aber das wäre schlecht für mich und für dich. Man muß immer wissen, wann man sich zurückzieht. Ein Geschäftsmann ist kein Mathematiker. Denk daran. Laß dich nie von der Schönheit der Zahlen hypnotisieren. Ein Geschäftsmann ist jemand, der bei zehn kauft und froh ist, bei zwölf herauszukommen. Einer von der anderen Sorte kauft bei zehn, sieht den Wert auf achtzehn steigen und tut nichts. Er wartet, daß er auf zwanzig klettert. Die Schönheit der Zahlen. Wenn er wieder auf zehn fällt, wartet er darauf, daß er wieder auf achtzehn steigt. Wenn der Wert auf zwei fällt, wartet er, daß er wieder auf zehn steigt. Das passiert auch. Aber er hat ein Viertel seines Lebens verschwendet. Und alles, was er aus seinem Geld herausgeholt hat, ist ein bißchen mathematische Erregung.«

Ich sagte: »Dieses Geschäft – angenommen, du hast es bei zehn gekauft, für wieviel, sagen wir, würdest du es mir verkaufen?«

»Zwei. In zwei oder drei Jahren wird es auf sechs steigen. Das Geschäftsleben in Afrika stirbt nie, es wird nur unterbrochen. Für mich ist es Zeitverschwendung, zu warten, bis zwei auf sechs steigt. Baumwolle in Uganda bringt mir mehr. Aber für dich bedeutet es eine Verdreifachung deines Kapitals. Du mußt nur immer wissen, wann es Zeit ist, auszusteigen.«

Nazruddin hatte Aufrichtigkeit in meiner Hand gelesen. Aber er hatte falsch gelesen. Denn als ich sein Angebot annahm, hinterging ich ihn in einer wichtigen Sache. Ich hatte sein Angebot angenommen, weil ich ausbrechen wollte. Aus meiner Familie und Gemeinschaft auszubrechen bedeutete auch, aus meiner unausgesprochenen Verpflichtung gegenüber Nazruddin und seiner Tochter auszubrechen.

Sie war ein reizendes Mädchen. Einmal im Jahr kam sie für ein paar Wochen an die Küste, um die Schwester ihres Vaters zu besuchen. Sie war gebildeter als ich; man munkelte, daß sie Buchführung oder Jura studieren würde. Sie wäre ein nettes Mädchen zum Heiraten gewesen, aber ich schätzte sie, wie ich ein Mädchen meiner eigenen Familie geschätzt hätte. Nichts wäre leichter gewesen, als Nazruddins Tochter zu heiraten. Nichts wäre erdrückender für mich gewesen. Und von diesem Druck fuhr ich genauso weg wie von allem anderen, als ich die Küste mit dem Peugeot verließ.

Ich brach Nazruddin die Treue. Aber er – ein Lebenskünstler, ein Erfahrungssuchender – war mein Vorbild gewesen; und ich fuhr in seine Stadt. Alles, was ich über die Stadt an der Biegung des Flusses wußte, hatte ich aus Nazruddins Geschichten. Lächerliche Dinge können in Zeiten der Überanstrengung auf uns einwirken, und gegen Ende dieser mühsamen Fahrt hatte ich oft im Kopf, was Nazruddin über die Restaurants der Stadt gesagt hatte, über das europäische Essen und den Wein. »Der Wein ist von Saccone und Speed«, hatte er gesagt. Das war die Beobachtung eines Kaufmanns. Er hatte damit gemeint, daß sogar im Innern Afrikas der Wein von den Spediteuren an unserer Ostküste kam und nicht von den Leuten auf der anderen Seite. Aber in meiner Vorstellung erlaubte ich den Worten, für die pure Seligkeit zu stehen.

Ich war nie in einem richtigen europäischen Restaurant gewesen oder hatte Wein – der für uns verboten war – mit Vergnügen probiert; und ich wußte, daß das Leben, das Nazruddin beschrieben hatte, zu Ende war. Aber ich fuhr durch Afrika in Nazruddins Stadt als einen Ort, wo dieses Leben für mich neu erschaffen werden könnte.

Als ich ankam, sah ich, daß die Stadt, aus der Nazruddin seine Geschichten mitgebracht hatte wieder zurückgefallen war an den Busch, von dem er eine Vision gehabt hatte, als er sich zum Verkauf entschloß. Obwohl ich es nicht wollte, obwohl man mir alles über die jüngsten Ereignisse erzählt hatte, war ich schockiert, fühlte mich betrogen. Mein Treuebruch schien kaum noch von Bedeutung.

Wein! Die einfachsten Lebensmittel waren schwer zu beschaffen; und wenn man Gemüse haben wollte, bekam man es entweder aus einer alten – und teuren – Büchse, oder man züchtete es selbst. Den Afrikanern, die die Stadt verlassen hatten und in ihre Dörfer zurückgegangen waren, ging es besser; sie waren wenigstens zu ihrem traditionellen Leben zurückgekehrt und mehr oder weniger Selbstversorger. Aber für den

Rest in der Stadt, der Läden und Dienstleistungen brauchte – ein paar Belgier, einige Griechen und Italiener, eine Handvoll Inder – war es eine demontierte, eine Art Robinson-Existenz. Wir hatten Autos, und wir wohnten in ordentlichen Häusern – ich hatte eine Wohnung über einem leerstehenden Warenlager nahezu umsonst gekauft. Aber wenn wir Felle getragen und in Strohhütten gelebt hätten, wäre es auch nicht zu unpassend gewesen. Die Geschäfte waren leer; Wasser war ein Problem; Elektrizität war unberechenbar; und Benzin war oft knapp.

Einmal hatten wir ein paar Wochen lang kein Petroleum. Zwei leere Ölkähne waren von Leuten am unteren Flußlauf entführt, als Flußbeute in einen versteckten Nebenfluß geschleppt und in Wohnquartiere umgebaut worden. Die Leute hier legten ihre Höfe gern bis auf die rote Erde frei, um Schlangen abzuhalten; und die Blechdecks der Kähne boten eine ideale Wohnfläche.

An den Morgen ohne Petroleum mußte ich mein Wasser über einem in England hergestellten gußeisernen Holzkohlengrill kochen – Teil meines Lagervorrats, usprünglich für den Verkauf an Afrikaner auf dem Dorf gedacht. Ich stellte den Grillrost auf die Plattform der Außentreppe hinten am Haus, hockte mich hin und fachte das Feuer an. Rings um mich taten die Leute dasselbe; die Gegend war blau vor Rauch.

Und da waren noch die Ruinen. *Miscerique probat populos et iungi.* Diese lateinischen Wörter, deren Bedeutung ich nicht kannte, waren alles, was von einem Denkmal vor der Hafeneinfahrt geblieben war. Ich kannte die Worte auswendig; ich gab ihnen meine eigene Aussprache, und sie liefen in meinem Kopf ab wie unsinniges Wortgeklingel. Die Worte waren oben in einen Granitblock gemeißelt, sonst war der Granit jetzt leer. Die Bronzeskulptur unterhalb der Wörter hatte man weggerissen; die ausgezackten Stückchen Bronze, die im Granit verankert geblieben waren, ließen vermuten, daß der Bildhauer das obere Ende mit Bananenblättern oder Palmzweigen gestaltet hatte, um seiner Komposition einen Rahmen zu geben. Man sagte mir, daß das Denkmal erst wenige Jahre zuvor aufgestellt worden war, aus Anlaß des sechzigjährigen Bestehens der Schiffsverbindung mit der Hauptstadt.

So war das Dampferdenkmal, kurz nachdem es aufgestellt

worden war – zweifellos mit Reden über weitere sechzig Jahre Schiffsverbindung – wieder gestürzt worden. Mit all den anderen kolonialen Statuen und Monumenten. Piedestale waren geschleift worden, Schutzgitter breitgeschlagen, Flutlichter zertrümmert und dem Rost preisgegeben. Ruinen hatte man als Ruinen liegengelassen, man hatte keinen Versuch gemacht, sie aufzuräumen. Die Namen aller Hauptstraßen waren geändert worden. Rohe Bretter trugen die neuen, ungelenk geschriebenen Namen. Niemand benutzte die neuen Namen, weil keinem besonders viel daran lag. Man hatte nur den Wunsch gehabt, die alten loszuwerden, die Erinnerung an den Eindringling auszulöschen. Sie war entmutigend, die Tiefe dieser afrikanischen Wut, der Wunsch, zu zerstören, ungeachtet der Konsequenzen.

Aber entmutigender als alles andere war die zerstörte Vorstadt bei den Stromschnellen. Eine Zeitlang wertvoller Grundbesitz und jetzt wieder Busch, afrikanischem Brauch entsprechend Gemeinschaftsboden. Die Häuser waren eins nach dem anderen angezündet worden. Man hatte nur – vorher oder nachher – die Dinge demontiert, die die hiesigen Leute brauchten – Blechplatten, Rohrstücke, Badewannen und Becken und Klosettschüsseln (undurchlässige Gefäße, nützlich, um Maniokwurzeln darin einzuweichen). Die großen Rasen und Gärten waren wieder an den Busch zurückgefallen, die Straßen waren verschwunden, Kletter- und Schlingpflanzen waren über zerbrochene, ausgebleichte Mauern aus Beton oder hohlen Tonziegeln gewachsen. Hier und dort konnte man im Busch immer noch die Betongerippe von ehemaligen Restaurants (Wein von Saccone und Speed) und Nachtbars sehen. Eine Nachtbar hatte »Napoli« geheißen; der jetzt bedeutungslose Name, auf die Betonwand gemalt, war fast verblichen.

Sonne und Regen und Busch hatten es fertig gebracht, daß das Gelände alt aussah, wie der Schauplatz einer toten Zivilisation. Die Ruinen, die sich über viele Morgen erstreckten, schienen von einer endgültigen Katastrophe zu sprechen. Aber die Zivilisation war nicht tot. Ich existierte in dieser Zivilisation und arbeitete in Wirklichkeit noch darauf zu. Und das konnte ein seltsames Gefühl erzeugen: wenn man zwischen den Ruinen war, geriet das Zeitgefühl ins Wanken. Man fühlte sich wie ein Geist, nicht aus der Vergangenheit, sondern aus der Zukunft. Man fühlte, daß das eigene Leben und der Ehrgeiz schon für einen durchlebt worden waren und man auf die Überreste dieses Lebens sah. Man war an einem Ort, für den die Zukunft gekommen und gegangen war.

Mit ihren Ruinen und Mängeln war Nazruddins Stadt eine Geisterstadt. Und für mich als Neuankömmling gab es überhaupt kein gesellschaftliches Leben. Die freiwillig im Exil Lebenden waren nicht einladend. Sie hatten viel durchgemacht; sie wußten immer noch nicht, wie die Dinge sich entwickelten; und sie waren sehr gereizt. Die Belgier, besonders die jungen, waren voller Groll und litten unter einem Gefühl der Ungerechtigkeit. Die Griechen, hervorragende Familienväter mit der Aggression und Frustration von Familienvätern, blieben bei ihren Familien und engsten Freunden. Es gab drei Häuser, die ich besuchte; ich suchte sie werktags abwechselnd zum Mittagessen auf, das meine Hauptmahlzeit geworden war. Es waren alles asiatische oder indische Häuser.

Ein Paar kam aus Indien. Sie lebten in einer kleinen Wohnung, die nach Arznei roch und mit Papierblumen und grellbunten religiösen Bildern geschmückt war. Er war irgendein Experte bei den Vereinten Nationen, der nicht nach Indien zurück wollte, geblieben war und Gelegenheitsarbeiten verrichtete, nachdem sein Vertrag ausgelaufen war. Sie waren ein gastfreundliches Paar, und sie legten Wert darauf, (aus religiösen Gründen, glaube ich), verängstigten oder hierher verschlagenen Ausländern Gastfreundschaft zu erweisen. Sie verdarben ihre Gastfreundschaft, indem sie ein wenig zu viel darüber redeten. Ihr Essen war zu flüssig und gepfeffert für mich, und ich mochte die Eßmanieren des Mannes nicht. Er beugte seinen Kopf tief über das Essen, hielt seine Nase ein paar Zentimeter vom Teller weg und aß geräuschvoll, mit den Lippen schmatzend. Während er so aß, fächelte seine Frau ihm Luft zu, wobei sie die Augen nie von seinem Teller hob. Sie fächelte mit der rechten Hand, ihr Kinn in die linke Hand gestützt. Trotzdem ging ich zweimal die Woche dorthin, mehr um irgendwohin gehen zu können als wegen des Essens.

Das andere Haus, das ich besuchte, war unkomfortabel, einer Ranch ähnlich und gehörte einem älteren indischen Paar, dessen ganze Familie während der Unruhen weggegangen war. Der Hof war groß und staubig, voll ausrangierter Lastwagen, den Überresten eines Transportunternehmens zur Kolonialzeit. Das alte Paar schien nicht zu wissen, wo es war. Der afrikanische Busch lag vor ihrer Tür; aber sie sprachen kein Französisch, keine afrikanische Sprache, und aus ihrem Benehmen hätte man schließen können, daß der Fluß unten an der Straße der Ganges wäre, mit Tempeln und Priestern und Badetreppen. Aber es war tröstlich, bei ihnen zu sein. Sie erwarteten keine Unterhaltung und waren ganz froh, wenn man nichts sagte, wenn man aß und wieder ging.

Shoba und Mahesh waren die Leute, denen ich mich am nächsten fühlte, und ich betrachtete sie bald als Freunde. Sie hatten einen Laden, wo eigentlich die beste Geschäftslage hätte sein müssen, gegenüber dem van der Weyden-Hotel. Wie ich waren sie Auswanderer aus dem Osten und vor ihrer eigenen Gemeinschaft geflüchtet. Sie waren ein außergewöhnlich gut aussehendes Paar; es war seltsam, in unserer Stadt Leute zu finden, die so auf ihre Kleidung und ihr Aussehen bedacht waren. Aber sie hatten zu lange abseits von ihren Mitmenschen gelebt und vergessen, neugierig auf sie zu sein. Wie viele isolierte Menschen waren sie völlig von sich selbst in Anspruch genommen und nicht besonders an der Außenwelt interessiert. Und dieses schöne Paar hatte Tage voller Spannung. Shoba, die Dame, war eitel und nervös. Mahesh, der einfachere der Partner, konnte ängstlich besorgt um sie sein.

Das war mein Leben in Nazruddins Stadt. Ich hatte ausbrechen und neu anfangen wollen. Aber alles ist relativ, und ich empfand die Leere meiner Tage als Bürde. Mein Leben war nicht beengt, aber enger als je zuvor die Einsamkeit meiner Abende war wie ein anhaltender Schmerz. Ich dachte, ich hätte nicht die Kraft, durchzuhalten. Mein Trost war, daß ich außer Zeit wenig verloren hatte; ich konnte jederzeit weiterziehen – aber wohin, das wußte ich nicht. Und dann fand ich heraus, daß ich nicht weg konnte. Ich mußte bleiben.

Was ich für die Küste befürchtet hatte, geschah. Es gab einen Aufstand; und die Araber – Männer fast so afrikanisch wie ihre Diener – waren endlich gestürzt worden.

Ich hörte die Neuigkeit zuerst von meinen Freunden Shoba und Mahesh, die sie aus dem Radio hatten – die Gewohnheit der Auswanderer, BBC-Nachrichten zu hören, hatte ich noch nicht angenommen. Wir behandelten die Neuigkeit als Geheimnis, als etwas, das den ortsansässigen Leuten vorenthalten werden mußte; in dieser Situation waren wir froh, daß es keine Lokalzeitung gab.

Dann erhielten verschiedene Leute in der Stadt Zeitungen aus Europa und den Vereinigten Staaten und gaben sie weiter; und es war mir unverständlich, daß einige Zeitungen für das Gemetzel an der Küste gute Worte finden konnten. Aber so verhalten sich die Leute, wenn es um Länder geht, an denen sie nicht wirklich interessiert sind und in denen sie nicht leben müssen. Einige Zeitungen sprachen vom Ende des Feudalismus und dem Heraufdämmern eines neuen Zeitalters. Aber was geschehen war, war nicht neu. Man hatte Leute, die schwach geworden waren, körperlich vernichtet. In Afrika war das nicht neu; es war das älteste Gesetz des Landes.

Schließlich kamen Briefe von der Küste – ein ganzer Stapel – von Familienangehörigen. Sie waren vorsichtig abgefaßt, aber die Botschaft war klar. Es war kein Platz mehr für uns an der Küste; unser Leben dort war vorbei. Die Familie zerstreute sich. Nur die alten Leute blieben weiterhin in unserem Familienanwesen – endlich ein ruhigeres Leben dort. Die Diener der Familie, die bis zum Ende lästig waren, sich weigerten, wegzugehen, auf ihrem Sklavenstatus sogar zu dieser Zeit des Umbruchs beharrten, wurden auf die Familie verteilt. Und ein wesentlicher Punkt in den Briefen war, daß ich einen davon übernehmen mußte.

Es war nicht meine Sache, auszusuchen, wen ich wollte; ich war offensichtlich schon von jemand ausgesucht worden. Einer der Jungen oder jungen Männer aus den Dienerhäusern wollte so weit wie möglich von der Küste weg; und er war entschlossen, weggeschickt zu werden, »um bei Salim zu bleiben«. Der Junge sagte, er hätte »Salim schon immer besonders gern« gehabt, und er hatte soviel Aufhebens darum gemacht, daß sie beschlossen hatten, ihn zu mir zu schicken. Ich konnte mir die Szene vorstellen. Ich konnte mir das Geschrei, das Aufstampfen und das Schmollen vorstellen. So setzten die Diener in unserem Haus ihren Willen durch; sie konnten schlimmer als Kinder sein. Mein Vater, der nicht wußte, was andere aus der Familie geschrieben hatten, sagte in seinem Brief einfach, daß er und meine Mutter beschlossen hätten, jemanden zu schicken, der nach mir sah – er meinte natürlich, daß er mir einen Jungen schickte, den ich versorgen und ernähren mußte.

Ich konnte nicht »nein« sagen: der Junge war unterwegs. Daß dieser Junge mich »besonders gern mochte«, war mir neu. Ein besserer Grund für seine Wahl war, daß ich nur drei oder vier Jahre älter war als er, unverheiratet und wahrscheinlich eher bereit, mich mit seiner umherschweifenden Art abzufinden. Er war immer schon ein Vagabund gewesen. Als er klein war, hatten wir ihn zur Koranschule geschickt, aber er lief immer woandershin, obwohl seine Mutter ihn verprügelte. (Wie er dann schrie in der Unterkunft und wie seine Mutter schimpfte – beide übertrieben das Drama und versuchten, soviel Aufmerksamkeit wie möglich auf sich zu ziehen!) Niemand hätte sich so einen Hausdiener vorgestellt. Mit Unterkunft und Essen immer versorgt, war er eher ein Lebemann, freundlich und unzuverlässig, mit vielen Freunden, immer willig, immer hilfsbereit, ohne je ein Viertel von dem zu tun, was er versprach.

In einem von Daulats Lastwagen tauchte er eines Abends bei mir auf, nicht lange, nachdem ich die Briefe mit der Mitteilung, daß er geschickt worden war, bekommen hatte. Und mein Herz flog ihm zu: er sah so verändert aus, so müde und verängstigt. Er stand immer noch unter dem Schock der Ereignisse an der Küste; und die Reise durch Afrika hatte ihm gar nicht gefallen.

Die erste Hälfte der Reise hatte er mit dem Zug zurückgelegt, der mit einer Durchschnittsgeschwindigkeit von zehn Meilen in der Stunde fuhr. Dann war er auf Busse umgestiegen und schließlich auf Daulats Lastwagen – trotz Kriegen, schlechten Straßen und abgenutzten Fahrzeugen hatte Daulat, ein Mann aus unserer Gemeinde, einen Transportdienst zwischen unserer Stadt und der Ostgrenze aufrechterhalten. Daulats Fahrer halfen dem Jungen an den verschiedenen Beamten vorbei. Aber der lebemännische Mischling von der Küste war immer noch Afrikaner genug, um von seiner Reise durch die fremden

Stämme des Innern verwirrt zu sein. Er konnte sich nicht überwinden, ihre Speisen zu essen und hatte tagelang nichts gegessen. Ohne es zu wissen, hatte er die Reise, die einige seiner Vorfahren vor einem oder mehreren Jahrhunderten gemacht hatten, in der entgegengesetzten Richtung gemacht.

Er warf sich in meine Arme und verwandelte dabei die Umarmung der Moslems in das Festklammern eines Kindes. Ich klopfte ihm auf den Rücken, und das verstand er als Signal, das Haus zu Boden zu schreien. Sofort, unter Schreien und Kreischen, begann er mir von dem Morden zu erzählen, das er zu Hause auf dem Markt gesehen hatte.

Ich verstand nicht alles, was er sagte. Ich war wegen der Nachbarn beunruhigt und versuchte, ihn dazu zu bringen, sein Schreien zu dämpfen, versuchte, ihm verständlich zu machen, daß diese Art von wichtigtuerischem Sklavenbenehmen an der Küste angebracht wäre, aber daß die Leute hier das nicht verstünden. Er fing außerdem an, ein bißchen über die Rohheit der *kafar*, der Afrikaner, herzuziehen und benahm sich, als wäre meine Wohnung das Familienanwesen und er könnte alles, was er wollte, über die Leute draußen herausschreien. Und die ganze Zeit über kam Daulats freundlicher afrikanischer Packer die Außentreppe mit Gepäck hoch – nicht viel, aber in vielen kleinen, unhandlichen Einzelteilen: ein paar Bündel, ein Weidenkorb mit Wäsche, einige Pappkartons.

Ich befreite mich von dem kreischenden Jungen – ihn beachten hieß ihn ermutigen – und befaßte mich mit dem Packer, ging mit ihm hinunter auf die Straße, um ihm ein Trinkgeld zu geben. Das Kreischen oben in der Wohnung ebbte ab, wie ich vermutet hatte; Alleinsein und die fremde Wohnung taten ihre Wirkung; und als ich wieder hinaufging, weigerte ich mich, noch etwas von dem Jungen zu hören, bis er gegessen hatte.

Er wurde ruhig und korrekt, und während ich Toast mit Käse und Baked Beans zubereitete, kramte er aus seinen Bündeln und Schachteln die Sachen hervor, die meine Familie mir geschickt hatte: Ingwer und Soßen und Gewürze von meiner Mutter. Von meinem Vater zwei Familienfotos und ein Wandbild auf billigem Papier von einer unserer heiligen Stätten in Gujarat, das sie jedoch als einen modernen Ort zeigte. Der Künstler hatte in den umliegenden Straßen kunterbunt durcheinander Autos und Motorräder und Fahrräder und sogar Züge hineingemalt. Damit wollte mein Vater sagen, daß ich – wenn ich auch modern war – zum Glauben zurückkehren würde.

»Ich war auf dem Markt, Salim«, sagte der Junge, nachdem er gegessen hatte. »Zuerst dachte ich, es wäre nur ein Streit an Mians Stand. Ich konnte nicht glauben, was ich sah. Sie benahmen sich, als würden Messer nicht schneiden, als wären Menschen nicht aus Fleisch. Ich konnte es nicht glauben. Am Ende war es, als hätte man eine Meute Hunde in den Metzgerstand gelassen. Ich sah Arme und Beine blutend herumliegen. Einfach so. Die waren am nächsten Tag immer noch da, diese Arme und Beine.«

Ich versuchte, ihn zu unterbrechen. Ich wollte nicht mehr hören. Aber es war nicht einfach, ihn zu bremsen. Er erzählte weiter über die abgehackten Arme und Beine, die Leuten gehörten, die wir seit unserer Kindheit kannten. Es war schrecklich, was er gesehen hatte. Aber ich merkte, daß er versuchte, sich aufzuregen, um noch ein bißchen zu weinen, nachdem er aufgehört hatte, weinen zu wollen. Ich merkte, daß es ihn beunruhigte, zu entdecken, daß er von Zeit zu Zeit vergaß und an andere Dinge dachte. Er wollte sich anscheinend wieder und wieder davon packen lassen, und das störte mich.

Nach ein paar Tagen wurde er jedoch zugänglicher. Und über die Ereignisse an der Küste wurde nie wieder gesprochen. Er gewöhnte sich leichter ein, als ich erwartete. Ich hatte erwartet, daß er schmollend und zurückgezogen war; ich hatte gedacht, daß er, besonders nach seiner unglücklichen Reise, unsere abgelegene Stadt haßte. Aber er mochte sie; und er mochte sie, weil man ihn mochte, so wie nie zuvor.

Körperlich unterschied er sich sehr von den ortsansässigen Leuten. Er war größer, muskulöser, freier und energischer in seinen Bewegungen. Die hiesigen Frauen machten in ihrer üblichen freien Umgangsart kein Geheimnis daraus, daß sie ihn begehrenswert fanden – sie forderten ihn auf der Straße heraus, blieben stehen und starrten ihn mit mutwilligen, halb lächelnden (und leicht schielenden) Augen an, die zu sagen schienen: »Nimm es als einen Witz und lache. Oder nimm es ernst.« Meine eigene Art, ihn anzusehen, änderte sich. Er war nicht länger einer der Jungen aus den Dienerhäusern. Ich sah, was die hiesigen Leute sahen; in meinen eigenen Augen wurde er hübscher und individueller. Für die Ansässigen war er kein richtiger Afrikaner, und er weckte bei keinem Stamm Unbehagen; er war ein Fremder, der mit Afrika verbunden war und den sie für sich beanspruchen wollten. Er blühte auf. Er eignete sich die Landessprache schnell an, und er bekam sogar einen neuen Namen.

Zu Hause hatten wir ihn Ali genannt oder – wenn wir die besonders wilde und unzuverlässige Natur dieses Ali andeuten wollten – »Ali-wa«. (»Ali! Ali! Wo steckt dieser Ali-wa schon wieder?«) Diesen Namen wies er jetzt zurück. Er wollte lieber Metty gerufen werden, wie ihn die Leute hier nannten. Es dauerte einige Zeit, bevor ich verstand, daß das kein richtiger Name war, daß es nur das französische Wort *métis,* Mischling, war. Aber so benutzte ich es nicht. Für mich war es nur ein Name: Metty.

Hier wie an der Küste war Metty ein Vagabund. Sein Zimmer lag gegenüber der Küche; es war die erste Tür rechts, wenn man von der Plattform der Außentreppe hereinkam. Ich hörte ihn oft spätnachts nach Hause kommen. Das war die Freiheit, wegen der er zu mir gekommen war. Aber der Metty, der diese Freiheit genoß, war ein anderer als der Junge, der schreiend und kreischend angekommen war, mit dem Benehmen eines Hausdieners. Dieses Benehmen hatte er schnell abgelegt; er hatte eine neue Vorstellung von seinem Wert entwickelt. Er wurde im Geschäft nützlich; und seine umherschweifende Art – die ich gefürchtet hatte – machte seine Gegenwart in der Wohnung unauffällig. Aber er war immer da, und in der Stadt war er wie einer der meinen. Er minderte meine Einsamkeit und machte die leeren Monate erträglicher – Monate des Wartens darauf, daß der Handel wieder auflebte. Was er auch ganz langsam tat.

Wir ließen uns ein gemeinsames Frühstück zur Regel werden, dann Geschäft, getrenntes Mittagessen, Geschäft, getrennte Abende. Herr und Diener trafen sich manchmal als Gleiche mit den gleichen Bedürfnissen in den dunklen kleinen Bars, die in unserer Stadt aus dem Boden schossen, Zeichen des wiedererwachenden Lebens: unfertige kleine Zellen mit

Wellblechdächern, ohne Zimmerdecken, mit dunkelblau oder grün gestrichenen Betonwänden, roten Betonfußböden. In einem dieser Häuser besiegelte Metty eines Abends unsere neue Beziehung. Als ich eintrat, sah ich ihn bizarr tanzen – mit schlanker Taille, schmalen Hüften, herrlich gebaut. Er hörte auf, sobald er mich sah – sein Dienerinstinkt. Aber dann verbeugte er sich und zog eine Begrüßungsshow ab, so, als gehöre das Lokal ihm. Er sagte mit dem französischen Akzent, den er aufgeschnappt hatte: »Ich darf vor dem *patron* nichts Ungehöriges tun.« Und genauso verhielt er sich von da an.

Er lernte also, sich zur Geltung zu bringen. Aber es gab keine Spannungen zwischen uns. Und er wurde immer mehr zu einer echten Hilfe. Er wurde mein Angestellter für den Zoll. Mit den Kunden kam er gut aus und gewann mir und dem Geschäft viel Entgegenkommen. Als Fremder, als Privilegierter, war er der einzige in der Stadt, der mit Zabeth, der *marchande,* die auch Zauberin war, zu scherzen wagte.

So stand es mit uns, als die Stadt wieder auflebte, als die Dampfer wieder einmal in der Woche, dann zweimal in der Woche von der Hauptstadt heraufkamen, als die Leute von den Dörfern in die *cités* der Stadt zurückkamen, als der Handel zunahm und mein Geschäft, das so lange bei Null gestanden hatte (um Nazruddins Maßeinteilung von zehn zu gebrauchen), wieder auf zwei stieg und mir sogar Hoffnung auf vier gab.

3

Zabeth als Zauberin oder Magierin hielt sich von Männern fern. Aber das war nicht immer so gewesen. Zabeth war nicht immer eine Magierin gewesen. Sie hatte einen Sohn. Sie erzählte mir manchmal von ihm, aber sie sprach von ihm, als gehörte er zu einem Leben, das sie längst hinter sich gelassen hatte. Sie ließ diesen Sohn so weit weg erscheinen, daß ich dachte, der Junge sei tot. Dann brachte sie ihn eines Tages mit ins Geschäft.

Er war ungefähr fünfzehn oder sechzehn und schon ziemlich

kräftig, größer und schwerer als die Männer unserer Gegend, die im Durchschnitt ungefähr ein Meter sechzig groß waren. Seine Haut war vollkommen schwarz, hatte nichts von der Kupferfarbe seiner Mutter, sein Gesicht war länger und fester geformt; und aus dem, was Zabeth sagte, schloß ich, daß der Vater des Jungen einem der südlichen Stämme angehörte.

Der Vater des Jungen war ein Händler. Während des erstaunlichen Friedens in der Kolonialzeit, in der die Leute, wenn sie wollten, die Stammesgrenzen nicht beachten mußten, war er als Händler im Land herumgereist. So hatten Zabeth und er sich auf seinen Reisen kennengelernt, von diesem Händler hatte Zabeth ihre Handeltüchtigkeit gelernt. Mit der Unabhängigkeit waren die Stammesgrenzen wieder wichtig geworden, und Reisen war nicht mehr so sicher wie vorher. Der Mann aus dem Süden war in sein Stammesland zurückgegangen und hatte den Sohn, den er von Zabeth hatte, mitgenommen. Ein Vater konnte immer Anspruch auf sein Kind erheben, unzählige Volksweisheiten drückten dieses fast allgemeingültige afrikanische Gesetz aus. Und Ferdinand – das war der Name des Jungen – hatte die letzten Jahre fern seiner Mutter verbracht. Er war in einer der Bergwerksstädte im Süden zur Schule gegangen und war dort während der ganzen Unruhen nach der Unabhängigkeit, besonders dem langen Sezessionskrieg, geblieben.

Aus irgendeinem Grund – vielleicht, weil der Vater gestorben war oder wieder geheiratet hatte und Ferdinand loswerden wollte, oder einfach, weil Zabeth es wollte – hatte man Ferdinand nun zur Mutter zurückgeschickt. Er war ein Fremder im Land. Aber niemand hier durfte ohne Stamm sein; und Ferdinand wurde, wiederum Stammesgebräuchen gehorchend, in den Stamm seiner Mutter aufgenommen.

Zabeth hatte beschlossen, Ferdinand.auf das Lycée unserer Stadt zu schicken. Das hatte man gründlich gesäubert und wieder funktionsfähig gemacht. Es war ein solides zweistöckiges Steingebäude im Stil der Kolonialministerien, mit zwei Schulhöfen und großen Veranden oben und unten. Obdachlose hatten das Erdgeschloß in Beschlag genommen, hockten über Feuerstellen auf der Veranda und warfen ihre Abfälle auf die Schulhöfe und Sportplätze. Seltsamer Abfall, nicht Büchsen,

Papier, Schachteln und andere Behälter, die man in einer Stadt erwartet, sondern feineren Müll – Muscheln und Knochen und Asche, verbrannte Säcke – der die Müllhaufen wie grauschwarze Hügel aus gesiebter Erde aussehen ließ.

Die Rasen und Gärten waren vollkommen zertrampelt. Aber die Bougainvillea war wild gewuchert; sie erstickte die hohen Gemüsepalmen, ergoß sich über die Grenzmauern des Lycées und kletterte die quadratischen Pfeiler des Haupttors hoch, um sich um den dekorativen Metallbogen zu ranken, auf dem in metallenen Buchstaben noch das Schulmotto stand: *Semper Aliquid Novi*. Die dort Hausenden, scheu und halb verhungert, waren ausgezogen, sobald man sie dazu aufgefordert hatte. Man hatte einige Türen, Fenster undLäden ersetzt, die Installationen repariert, das Haus angestrichen, den Abfall von den Sportplätzen weggeschafft, die Plätze neu asphaltiert, und in dem Gebäude, das ich für eine Ruine gehalten hatte, erschienen die ersten weißen Gesichter von Lehrern.

Ferdinand kam als Lycée-Schüler ins Geschäft. Er trug das vorgeschriebene weiße Hemd mit kurzer weißer Hose. Es war eine einfache, aber bezeichnende Uniform, und sie bedeutete Ferdinand wie auch Zabeth viel, obwohl die kurzen Hosen an jemandem, der so kräftig war, ein wenig absurd wirkten. Zabeth lebte rein afrikanisch, nur Afrika war für sie wirklich. Aber für Ferdinand wünschte sie sich etwas anderes. Darin sah ich keinen Widerspruch; es schien mir natürlich, daß jemand wie Zabeth, die solch ein mühseliges Leben führte, für ihren Sohn etwas Besseres haben wollte. Dieses bessere Leben lag außerhalb der zeitlosen Bräuche von Dorf und Fluß. Es lag in Bildung und dem Erwerb neuer Fähigkeiten; und für Zabeth wie für viele Afrikaner ihrer Generation war Bildung etwas, das nur Ausländer geben konnten.

Ferdinand sollte Internatszögling im Lycée werden. An diesem Morgen hatte Zabeth ihn ins Geschäft gebracht, um ihn mir vorzustellen. Sie wollte, daß ich in der fremden Stadt ein Auge auf ihn hatte und ihn unter meinen Schutz nahm. Zabeth wählte mich für diese Aufgabe nicht nur, weil ich ein Geschäftspartner war, zu dem sie Vertrauen gefaßt hatte, sondern auch, weil ich Ausländer war, ein englischsprachiger außerdem, jemand, von dem Ferdinand Benehmen und Umgangsformen der Welt draußen lernen konnte. Ich war jemand, mit dem Ferdinand üben konnte.

Der große Junge war ruhig und respektvoll. Aber ich hatte das Gefühl, daß das nur so lange anhielt, wie seine Mutter da war. In seinen Augen lag etwas Abweisendes und leicht Spöttisches. Er schien nur seiner Mutter, die er gerade erst kennengelernt hatte, einen Gefallen zu tun. Sie war eine Dorfbewohnerin, und er hatte schließlich im Süden in einer Bergwerksstadt gelebt, wo er Ausländer mit bedeutend mehr Stil, als ich hatte, gesehen haben mußte. Ich konnte mir nicht vorstellen, daß er für mein Geschäft den gleichen Respekt empfand, den seine Mutter hatte. Es war ein Betonschuppen, in dem die wertlosen Waren über den ganzen Boden verstreut lagen (aber ich wußte, wo alles war). Niemand konnte es als modernes Gebäude bezeichnen, und es war nicht so leuchtend angestrichen wie einige griechische Geschäfte.

Ich sagte Ferdinand und Zabeth zu Gefallen: »Ferdinand ist ein großer Junge, Beth. Er kann auf sich selbst aufpassen.«

»Nein, nein, Mis' Salim. Fer'nand kommt zu Ihnen. Sie schlagen ihn, wann Sie wollen.«

Daß es dazu kam, war wenig wahrscheinlich. Aber es war auch nur so eine Redensart. Ich lächelte Ferdinand an, und er lächelte, die Mundwinkel verziehend, zurück. Das Lächeln machte mich auf seinen klaren Mund und die scharf geschnittenen Gesichtszüge aufmerksam. In seinem Gesicht glaubte ich das Modell für bestimmte afrikanische Masken erkennen zu können, bei denen die Gesichtszüge vereinfacht und hervorgehoben waren; und in der Erinnerung an diese Masken meinte ich, in seinem Gesicht eine besondere Würde zu sehen. Es fiel mir auf, daß ich Ferdinand mit den Augen eines Afrikaners ansah, und so sah ich ihn immer. Das war die Wirkung seines Gesichtes auf mich, die ich damals und später als Ausdruck großer Macht erlebte.

Ich war nicht glücklich über Zabeths Bitte. Aber man konnte sie ihr schlecht abschlagen. Und als ich langsam den Kopf schüttelte, um ihnen beiden zu bedeuten, daß Ferdinand mich als Freund betrachten könne, begann Ferdinand, sich auf ein Knie niederzulassen. Aber dann unterbrach er sich. Er brachte seine Reverenz nicht zu Ende, er gab vor, es hätte ihn etwas an dem Bein gejuckt und kratzte sich die gebeugte Kniekehle. Gegen die weiße Hose war seine Haut schwarz und gesund, mit einem leichten Glanz.

Diese Kniebeuge war eine traditionelle Geste der Ehrerbietung. Die Kinder im Busch machten sie, um ihren Respekt für eine ältere Person zu bezeugen. Es war wie ein Reflex und wurde ohne besondere Zeremonie ausgeführt. Außerhalb der Stadt konnte man Kinder beobachten, die alles stehen und liegen ließen und plötzlich, als wären sie von einer Schlange erschreckt, zu Erwachsenen, die sie gerade gesehen hatten, rannten, knicksten, kurz gedankenlos über den Kopf gestreichelt wurden und dann, als wäre nichts geschehen, zu dem zurückliefen, was sie gerade getan hatten. Es war ein Brauch, der sich von den Urwaldkönigreichen her nach Osten ausgebreitet hatte. Aber es war ein Brauch des Urwaldes. Er konnte nicht in die Stadt getragen werden; und bei jemandem wie Ferdinand hätte die kindliche Geste des Respekts besonders nach seiner Zeit in der Bergwerksstadt im Süden altmodisch und unterwürfig gewirkt. Ich war schon durch sein Gesicht beunruhigt worden. Jetzt dachte ich: »Das gibt noch Ärger.«

Das Lycée war nicht weit vom Geschäft, man konnte leicht zu Fuß hingehen, wenn die Sonne nicht zu heiß schien oder es nicht regnete – Regen überflutete die Straßen im Handumdrehen. Einmal in der Woche kam Ferdinand mich im Geschäft besuchen. Er kam am Freitagnachmittag gegen halb vier oder am Samstagmorgen. Er war immer als Lycée-Schüler gekleidet, in Weiß, und manchmal trug er trotz der Hitze den Schulblazer, auf dessen Brusttasche in einer Verschnörkelung das Motto »*Semper Aliquid Novi*« prangte.

Wir begrüßten uns, und nach afrikanischer Art konnten wir viel Zeit darauf verwenden. Wenn wir mit der Begrüßung fertig waren, war es schwer, weiterzumachen. Er erzählte mir nie etwas Neues; er überließ es mir, Fragen zu stellen. Und wenn ich – um der Frage willen – so etwas fragte wie: »Was habt ihr heute in der Schule gemacht?« oder »Wirst du auch von Pater Huismans unterrichtet?«, gab er mir kurze und präzise Antworten, nach denen ich überlegen mußte, was ich nun fragen sollte.

Das Dumme war, daß ich nicht mit ihm plaudern wollte – und bald auch nicht konnte – wie mit einem anderen Afrikaner. Ich spürte, daß ich mich bei ihm besonders anstrengen mußte, und ich wußte nicht, was ich machen konnte. Er war ein Junge aus dem Busch, und wenn die Ferien anfingen, würde er ins Dorf seiner Mutter zurückgehen. Aber im Lycée lernte er Dinge, von denen ich nichts wußte. Ich konnte mit ihm nicht über seine Arbeit in der Schule reden, das war sein Vorteil. Und da war sein Gesicht. Ich dachte, hinter diesem Gesicht ginge viel vor, von dem ich nichts wissen konnte. Ich fühlte, daß dort Festigkeit und Selbstbeherrschung waren und daß ich als Beschützer und Erzieher durchschaut wurde.

Vielleicht hätten unsere Treffen – da es nichts gab, das sie belebte – ein Ende genommen. Aber im Geschäft war Metty. Metty kam mit jedem aus. Er kannte die Probleme nicht, die ich mit Ferdinand hatte; und bald kam Ferdinand wegen Metty ins Geschäft und dann auch in die Wohnung. Nach seiner steifen Konversation mit mir auf englisch oder französisch, wechselte Ferdinand mit Metty zum örtlichen Patois über. Er schien dann eine Charakterveränderung durchzumachen, schnatterte mit hoher Stimme los, und sein Lachen hörte sich wie sein Sprechen an. Und Metty konnte es ihm gleich tun, Metty hatte viel vom Tonfall der örtlichen Sprache und ihren Redewendungen angenommen.

Aus Ferdinands Sicht war Metty ein besserer Führer durch die Stadt als ich. Und für diese beiden ungebundenen jungen Männer bestanden die Vergnügungen der Stadt, wie man sich vorstellen konnte, aus Bier, Bars und Frauen.

Bier war hier fester Bestandteil der Ernährung, Kinder tranken es, die Leute tranken schon vom frühen Morgen an. Wir hatten keine Brauerei am Ort, und das schwache Lagerbier, das die Leute hier liebten, machte einen Großteil der Fracht aus, die die Dampfer herbrachten. An vielen Stellen am Fluß übernahmen Einbäume aus den Dörfern Kästen vom fahrenden Dampfer, und auf dem Rückweg in die Hauptstadt nahm der Dampfer die leeren entgegen.

Mit den Frauen war es ähnlich. Kurz nach meiner Ankunft sagte mein Freund Mahesh mir, daß die Frauen mit allen Männern schliefen, die sie fragten; ein Mann konnte an die Tür jeder Frau klopfen und mit ihr schlafen. Mahesh sagte mir das ohne jede Aufregung oder Beifall – er war besessen von seiner eigenen wunderschönen Shoba. Für Mahesh gehörte die sexuelle Freizügigkeit mit zum Chaos und der Korruption des Landes.

Und das empfand ich – nach anfänglichem Entzücken – auch bald so. Aber ich konnte nichts gegen Vergnügungen sagen, die ich auch genoß. Ich konnte Ferdinand und Metty nicht davor warnen, in Häuser zu gehen, in die ich selber ging. Im Gegenteil, die Einschränkungen wirkten sich anders herum aus. Trotz der Veränderungen, die Metty durchgemacht hatte, betrachtete ich ihn immer noch als ein Mitglied meiner Familie, und ich mußte darauf achten, daß ich nichts tat, was ihn, oder wenn es weitergetragen würde, andere Familienangehörige verletzte. Ich durfte vor allem nicht mit afrikanischen Frauen gesehen werden. Und ich war stolz, daß ich, obwohl es schwierig war, nie Anstoß erregte.

Ferdinand und Metty konnten in den kleinen Bars trinken und sich öffentlich Frauen mitnehmen oder formlos in die Häuser von Frauen gehen, die sie kennengelernt hatten. Ich war es – als Herr des einen und Beschützer des anderen – der sich verstecken mußte.

Was konnte Ferdindand von mir lernen? Ich hatte schon an der Küste sagen hören – und die Ausländer, die ich hier kennenlernte, sagten es auch –, daß Afrikaner nicht zu »leben« wußten. Damit war gemeint, daß Afrikaner nicht wußten, wie man vernünftig Geld ausgibt oder haushält. Nun ja! Meine Verhältnisse waren ungewöhnlich, aber was sah Ferdinand wohl, wenn er mein Unternehmen betrachtete?

Mein Laden war ein wildes Durcheinander. Stoffballen und Wachstuch hatte ich auf den Regalen, aber der größte Teil des Vorrats war auf dem Betonboden ausgebreitet. Ich saß mitten in meinem Betonschuppen an einem Schreibtisch gegenüber der Tür. Direkt neben dem Schreibtisch war ein Betonpfeiler, der mir ein wenig das Gefühl gab, in diesem Meer von wertlosem Zeug verankert zu sein – große Emailschüsseln, weiß mit blauem Rand oder blaugerandet mit Blümchenmuster, stapelweise weiße Emailteller, zwischen denen viereckige rauhe, schlammfarbene Papierbogen lagen, Emailtassen und Blechtöpfe und Holzkohlegrills und eiserne Bettgestelle und Eimer aus Zink oder Plastik und Fahrradreifen und Taschenlampen und Öllampen aus grünem, rosa oder bernsteinfarbenem Glas.

Mit solch einem Plunder handelte ich. Und ich handelte respektvoll damit, weil es mein Lebensunterhalt war, meine Möglichkeit, zwei auf vier zu steigern. Aber es war veralteter Kram, extra für Geschäfte wie meins hergestellt, und ich bezweifelte, daß die Arbeiter, die das Zeug herstellten – in Europa und den Vereinigten Staaten und heutzutage vielleicht in Japan – ahnten, wofür ihre Produkte benutzt wurden. Die kleineren Gefäße zum Beispiel waren gefragt, weil sie sich zur Haltung von lebenden Raupen, in feuchte Fasern und Sumpferde gepackt, eigneten. Die größeren – eine bedeutende Anschaffung, ein Dorfbewohner rechnete nicht damit, mehr als zwei oder drei in seinem Leben zu kaufen – wurden zum Einweichen von Maniokwurzeln benutzt, um sie zu entgiften. Das war meine geschäftliche Umgebung. In meiner Wohnung sah es ähnlich wüst aus. Die unverheiratete belgische Dame, die vorher hier gelebt hatte, war Künstlerin oder so etwas Ähnliches gewesen. Zu ihrer »Atelier«-Atmosphäre hatte ich eine wahrhafte Unordnung hinzugefügt – sie war mir außer Kontrolle geraten. Metty hatte die Küche mit Beschlag belegt, und sie war in einem furchtbaren Zustand. Ich glaube nicht, daß er je den Petroleumofen reinigte; er kam aus einem Dienerhaus und hielt das für Frauenarbeit, und es nützte auch nichts, wenn ich den Ofen reinigte. Metty schämte sich nicht: bald begann der Ofen wieder zu stinken und wurde rundherum klebrig. Die ganze Küche stank, obwohl sie hauptsächlich nur zum Frühstückmachen benutzt wurde. Ich konnte es kaum ertragen, die Küche zu betreten. Aber Metty war das egal, obwohl nur der Flur zwischen seinem Zimmer und der Küche lag.

Von der Plattform der Außentreppe, die hinten am Haus klebte, trat man sofort in diesen Flur. Sobald man die Tür nach draußen öffnete, empfing einen der aufgewärmte, eingeschlossene Geruch von Rost und Öl und Petroleum, schmutzigen Kleidern und alter Farbe und altem Holz. Und die Wohnung roch so, weil man kein Fenster auflassen konnte. In der Stadt, die so heruntergekommen war, wimmelte es von Dieben, und sie schienen sich durch jede kleine Öffnung schlängeln zu können. Zur Rechten war Mettys Schlafzimmer; ein Blick überzeugte, daß Metty es in ein anständiges kleines Dienerzimmer verwandelt hatte, mit seinem leichten Bett, dem eingerollten Bettzeug und seinen verschiedenen Bündeln, Pappschachteln und Kleidern, die an Nägeln und Fensterriegeln hingen. Ein wenig den Flur hinunter, links hinter der Küche, war der Wohnraum.

Es war ein großer Raum, und die belgische Dame hatte ihn ganz weiß gestrichen, Decke, Wände, Fenster und sogar die Fensterscheiben. In dem weißen Raum mit kahlen Fußbodendielen stand eine mit grob gewebtem, dunkelblauem Stoff bezogene Couch, und um den Atelier-Wohnraum-Effekt zu vervollständigen, gab es einen Zeichentisch, der nicht angestrichen und so groß wie eine Tischtennisplatte war. Der war mit meinem eigenen Zeug überladen – alten Zeitschriften, Taschenbüchern, Briefen, Schuhen, Squashschlägern, Schraubenschlüsseln, Schuhkartons und Hemdenschachteln, in denen ich verschiedene Male versucht hatte, Dinge zu sortieren. Eine Ecke des Tischs war freigehalten, und die war ständig mit einem versengten weißen Tuch bedeckt; dort bügelte Metty, manchmal mit dem elektrischen Bügeleisen (auf dem Tisch immer), manchmal, wenn der Strom ausfiel, mit dem alten soliden Plätteisen, einem Stück aus dem Lagerbestand.

An der weißen Stirnseite des Zimmers hing ein großes Ölgemälde von einem europäischen Hafen, in Rot-, Gelb- und Blautönen ausgeführt. Es war in einem zerfahrenen modernen Stil von der Dame selbst gemalt und signiert. Sie hatte ihm den Ehrenplatz im besten Zimmer gegeben. Aber sie hatte es nicht der Mühe wert gehalten, es mitzunehmen. Auf dem Boden standen gegen die Wand gelehnt noch andere Gemälde, die ich von der Dame geerbt hatte. Es war, als ob sie den Glauben an ihr eigenes Zeug verloren hätte und froh gewesen wäre, zu gehen, als die Unabhängigkeit kam.

Das Schlafzimmer war am Ende des Flurs. Für mich war es mit seinen großen Schrankwänden und seinem übergroßen Schaumstoffbett ein Ort besonderer Verlassenheit. Welche Hoffnungen das Bett in mir, wie auch sicherlich in der Dame geweckt hatte! Welche Hoffnungen, welche Bestätigungen meiner Freiheit, welche Enttäuschungen, welche Schamgefühle! Wie viele afrikanische Frauen waren zu ungelegenen Zeiten hinausgedrängt worden – bevor Metty kam oder bevor Metty aufwachte! Auf diesem Bett wartete ich viele Male auf den Morgen, der mich von meinen Erinnerungen befreien sollte; und oft, wenn ich an Nazruddins Tochter und den Glauben dieses Mannes an meine Aufrichtigkeit dachte, schwor ich, gut zu sein. Mit der Zeit sollte sich das ändern; das Bett und das Zimmer sollten andere Gedanken in mir wecken. Aber bis dahin wußte ich nur, was ich wußte.

Die belgische Dame hatte versucht, in dieses Land des Regens und der Hitze und der großblättrigen Bäume – immer durch die weißgetünchten Fensterscheiben sichtbar, wenn auch verschwommen – einen Hauch Europa und Heimat und Kunst, einen anderen Lebensstil einzubringen. Sie hatte sich das sicher hoch angerechnet, aber für sich genommen, war ihr Versuch nichts wert. Und ich fühlte, daß Ferdinand, wenn er mein Geschäft und meine Wohnung ansah, dasselbe Urteil über mich fällte. Es war wahrscheinlich schwer für ihn, einen großen Unterschied zwischen meinem Leben und dem Leben, das er kannte, zu sehen. Das vertiefte meine nächtliche Schwermut noch. Ich fragte mich, welcher Art die Erwartungen waren, die meine Existenz stützten, und ich begann zu ahnen, daß jedes Leben, das ich irgendwo führte – wie reich und erfolgreich und gut ausgestattet es auch sei – immer nur eine Version meines jetzigen Lebens sein würde.

Diese Gedanken trieben mich in Situationen, die ich nicht wollte. Das lag zum Teil an meiner Einsamkeit: das wußte ich. Ich wußte, es war mehr in mir, als meine Umgebung und mein Alltag zeigten. Ich wußte, es gab etwas, das mich von Ferdinand und dem Buschleben um mich herum trennte. Und weil ich in meinem tagtäglichen Leben keine Möglichkeit hatte, diesen Unterschied geltend zu machen, mein wahres Ich zu zeigen, verfiel ich in die Dummheit, meine persönliche Habe auszustellen.

Ich zeigte Ferdinand meine Sachen. Ich zerbrach mir den Kopf darüber, was ich ihm als nächstes zeigen könnte. Das ließ ihn kalt, als hätte er alles schon vorher gekannt. Es war nur sein Benehmen, der ausdruckslose Ton, den er seiner Stimme gab, wenn er mit mir sprach. Aber es irritierte mich.

Ich wollte ihm sagen: »Sieh dir diese Zeitschriften an. Niemand bezahlt mich dafür, daß ich sie lese. Ich lese sie, weil ich der Mensch bin, der ich bin, weil ich mich für Ereignisse interessiere, weil ich über die Welt Bescheid wissen will. Sieh dir diese Gemälde an. Die Dame hat sich viel Mühe mit ihnen gegeben. Sie wollte etwas Schönes machen, um es in ihr Haus zu hängen. Sie hat es nicht dort aufgehängt, weil es etwas Magisches ist.

Schließlich sagte ich es, wenn auch nicht mit diesen Worten. Ferdinand sprach nicht darauf an. Und die Gemälde waren Pfuschwerk – die Dame wußte nicht, wie man eine Leinwand füllt, und hatte gehofft, mit ungestümen Farbklecksen davonzukommen. Und die Bücher und Zeitschriften waren Schund – besonders die pornographischen, die mich bedrückt und verlegen machen konnten, die ich aber nicht wegwarf, weil es Zeiten gab, in denen ich sie brauchte.

Ferdinand verstand meine Verärgerung falsch.

Eines Tages sagte er: »Sie brauchen mir nichts zu zeigen, Salim.« Er hatte, Mettys Beispiel folgend, aufgehört, mich Mister zu nennen. Metty hatte sich angewöhnt, mich *patron* zu nennen und konnte das in Gegenwart Dritter ironisch klingen lassen. An diesem Tag war Metty dabei, aber Ferdinand sprach nicht ironisch, als er mir sagte, daß ich ihm nichts zu zeigen brauchte. Er sprach nie ironisch.

Eines Nachmittags, als Ferdinand ins Geschäft kam, las ich gerade in einer Zeitschrift. Ich begrüßte ihn und las weiter. Es war eine der populärwissenschaftlichen Zeitschriften, für die ich eine ausgeprägte Vorliebe entwickelt hatte. Ich ließ mir gern etwas Wissenswertes vermitteln, und beim Lesen dachte ich oft, daß ich meine Tage und Nächte besser der Wissenschaft oder dem Sachgebiet, über das ich gerade las, gewidmet hätte, um so mein Wissen zu bereichern, Entdeckungen zu machen, etwas aus mir selbst zu machen, alle meine Fähigkeiten einzusetzen. Das war genauso gut wie ein solches Leben der Wissenschaft selbst.

Metty war an diesem Nachmittag beim Zoll, er deklarierte ein paar Waren, die vor vierzehn Tagen mit dem Dampfer eingetroffen waren – mit diesem Tempo wickelte man hier Angelegenheiten ab. Ferdinand lungerte eine Weile im Geschäft herum. Weil er mir gesagt hatte, ich solle ihm nichts mehr zeigen, fühlte ich mich zurückgewiesen und war nicht bereit, eine Unterhaltung anzuknüpfen. Schließlich kam er an den Schreibtisch und sagte: »Was lesen Sie da, Salim?«

Ich konnte mir nicht helfen, der Lehrer und Beschützer in mir kam zum Vorschein. Ich sagte: »Das solltest du dir ansehen. Sie arbeiten an einem neuen Telefon. Es funktioniert mit Lichtimpulsen anstelle von Strom.«

Ich glaubte nie wirklich an diese neuen Wunderdinge, über die ich las. Ich dachte nie, daß ich im Leben auf sie stoßen würde. Aber gerade das reizte mich, über sie zu lesen: man konnte Artikel nach Artikel über Dinge lesen, die noch nicht in Gebrauch waren.

Ferdinand sagte: »Wer sind ›sie‹?«

»Was meinst du?«

»Wer sind die ›sie‹, die an dem neuen Telefon arbeiten?« Ich dachte: »Soweit ist es schon, nach nur ein paar Monaten am Lycée. Er kommt gerade aus dem Busch; ich kenne seine Mutter; ich behandele ihn wie einen Freund; und schon müssen wir uns diesen politischen Unsinn anhören!«

Ich gab ihm nicht die Antwort, die er vermutlich erwartete. Um ihn in seine Schranken zu weisen, sagte ich nicht: »Die Weißen«, obwohl ich es halb sagen wollte.

Ich sagte statt dessen: »Die Wissenschaftler.«

Er sagte nichts mehr. Ich sagte nichts mehr und wandte mich absichtlich wieder meiner Lektüre zu. Das war das Ende unseres kleinen geistigen Austausches. Es war, wie sich herausstellte, auch das Ende meiner Versuche, Lehrer zu sein, mich und meine persönlichen Dinge Ferdinand zu zeigen.

Denn ich dachte über meine Weigerung, »die Weißen« zu sagen, als Ferdinand mich aufforderte, die »sie«, die an dem neuen Telefon arbeiteten, zu nennen, lange nach. Und ich erkannte, daß ich in meinem Wunsch, ihm keine politische Genugtuung zu verschaffen, in der Tat gesagt hatte, was ich auch vorhatte. Ich meinte nicht die Weißen. Ich meinte nicht, konnte nicht Leute meinen, wie ich sie aus unserer Stadt kannte, die Leute, die nach der Unabhängigkeit hier geblieben waren. Ich meinte wirklich die Wissenschaftler, ich meinte Leute, die in jeder Hinsicht weit weg von uns waren.

Sie! Wenn wir über Politik redeten, wenn wir jemanden politisch schmähen oder loben wollten, sagten wir »die Amerikaner«, »die Europäer«, »die Weißen«, »die Belgier«. Wenn wir von den Machern und Erfindern reden wollten, sagten wir alle – gleich welcher Rasse – »sie«. Indem wir diese Männer von ihren Gruppen und Ländern trennten, banden wir sie enger an uns. »Sie machen jetzt Autos, die übers Wasser fahren.« »Sie machen jetzt Fernsehapparate, so klein wie eine Streichholzschachtel.« Die »sie«, von denen wir so sprachen, waren sehr weit weg, so weit, daß sie schwerlich weiß zu nennen waren. Sie waren unparteiisch, oben in den Wolken, wie gute Götter. Wir warteten auf ihre Wohltaten und stellten diese Wohltaten zur Schau – wie ich vor Ferdinand mein billiges Fernglas und meine lächerliche Kamera zur Schau gestellt hatte –, als wären wir die Urheber gewesen.

Ich hatte Ferdinand meine Sachen gezeigt, als hätte ich ihn in die tieferen Geheimnisse meines Daseins eingeweiht, die wahre Natur meines Lebens unter der Eintönigkeit meiner Tage und Nächte. In Wirklichkeit waren ich – und alle anderen wie ich in der Stadt, die Asiaten, Belgier, Griechen – so weit von den »sie« entfernt wie er.

Das war das Ende meiner Versuche, Ferdinand ein Lehrer zu sein. Ich beschloß nun einfach, ihn gewähren zu lassen. Ich dachte, daß ich mein Versprechen seiner Mutter gegenüber hielte, wenn ich ihn im Geschäft und der Wohnung ein- und ausgehen ließ.

Die Regenzeitferien kamen, und Zabeth kam in die Stadt, um ihre Einkäufe zu tätigen und Ferdinand mit zurückzunehmen. Sie schien mit seiner Weiterentwicklung zufrieden zu sein. Und ihm schien es nichts auszumachen, das Lycée und die städtischen Bars gegen Zabeths Dorf einzutauschen. Also fuhr er für die Ferien nach Hause. Ich dachte an die Reise flußabwärts mit Dampfer und Einbaum. Ich dachte an den Regen auf dem Fluß, an Zabeths Frauen, die durch dunkle Wasserwege zum versteckten Dorf stakten, die schwarzen Nächte und leeren Tage.

Der Himmel klärte jetzt selten auf. Er wechselte höchstens von Grau oder Dunkelgrau in die Farbe geschmolzenen Silbers. Es blitzte und donnerte oft, manchmal weit weg über dem

Urwald, manchmal direkt über uns. Vom Geschäft aus konnte ich den Regen auf die Flamboyants auf dem Marktplatz niederprasseln sehen. So ein Regen war tödlich für das Verkaufsgeschäft, er blies überall um die hölzernen Stände und trieb die Leute unter die Markisen der Läden rund um den Platz, um Schutz zu suchen. Jeder beobachtete den Regen, und es wurde viel Bier getrunken. Auf den unplanierten Straßen floß roter Schlamm; rot war die Farbe der Erde, auf der die ganze Wildnis wuchs.

Aber manchmal endete ein Regentag mit einem prächtig umwölkten Sonnenuntergang. Das beobachtete ich gerne von dem Aussichtspunkt bei den Stromschnellen. Früher war an der Stelle ein schön ausgestatteter kleiner Park gewesen, aber davon war nur ein Stück betoniertes Flußufer und eine große gerodete Fläche, schlammig im Regen, übriggeblieben. Fischernetze hingen über dicken abgerindeten Baumstämmen, die zwischen den Felsen am Flußufer begraben waren (Felsen wie jene, die die Stromschnellen im Fluß erzeugten). An einem Ende der gerodeten Fläche waren Strohhütten; der Flecken war wieder ein Fischerdorf geworden. Die sinkende Sonne strahlte durch Schichten grauer Wolken; das Wasser färbte sich von Braun in Gold, in Rot, in Violett. Und immer das gleichmäßige Rauschen der Stromschnellen, unzählige kleine Kaskaden über Fels. Die Dunkelheit kam, und manchmal kam auch der Regen wieder, und das Geräusch der Stromschnellen vermischte sich mit dem Geräusch von Regen auf Wasser.

Und immer segelten von Süden Wasserhyazinthen in Knäueln um die Flußbiegung, dunkle schwimmende Inseln auf dem dunklen Fluß, die über die Stromschnellen tanzten. Es war, als ob Regen und Fluß aus dem Herzen des Kontinents Gestrüpp losrissen und es zum Ozean, unermeßliche Meilen entfernt, hinunterschwemmten. Aber die Wasserhyazinthe war eine Frucht des Flusses selbst. Die große lila Blume war erst vor wenigen Jahren aufgetaucht, und in der hiesigen Sprache gab es kein Wort dafür. Die Leute nannten sie immer noch »das neue Ding« oder »das neue Ding im Fluß«, und für sie war die Blume ein neuer Feind. Ihre gummiartigen Ranken und Blätter bildeten ein dichtes Pflanzengewirr, das am Flußufer festwuchs und die Wasserwege verstopfte. Sie wuchs schnell, schneller als die Menschen sie mit ihren Werkzeugen vernichten konnten. Die Kanäle zu den Dörfern mußten andauernd freigeräumt werden. Tag und Nacht schwamm die Wasserhyazinthe von Süden herauf und säte sich selber bei ihrer Reise aus.

Ich hatte beschlossen, Ferdinand gewähren zu lassen. Aber im neuen Trimester beobachtete ich eine Veränderung in seinem Verhalten mir gegenüber. Er war weniger abweisend zu mir, und wenn er ins Geschäft kam, wollte er nicht sofort von mir weg und zu Metty. Ich dachte, seine Mutter hätte ihm ins Gewissen geredet. Ich dachte auch, daß er, obwohl er, als er für die Ferien ins Dorf seiner Mutter ging, so gleichgültig gewirkt hatte, wahrscheinlich von seinem Aufenthalt dort abgestoßen war – wie, fragte ich mich, hatte er seine Tage verbracht – und die Stadt und das städtische Leben nicht länger selbstverständlich hinnahm.

Die Wahrheit war einfacher. Ferdinand wurde langsam erwachsen und fühlte sich ein bißchen hilflos. Er stammte von verschiedenen Stämmen ab, und in diesem Teil des Landes war er ein Fremder. Er gehörte keiner Gruppe richtig an und hatte niemanden, an dem er sich ein Beispiel nehmen konnte. Er wußte nicht, was man von ihm erwartete, und er brauchte mich zum Üben.

Ich konnte ihn jetzt beobachten, wie er verschiedene Rollen probierte, verschiedene Umfangsformen versuchte. Sein Spielraum war begrenzt. Nachdem Zabeth wegen ihrer Waren in die Stadt gekommen war, war er zum Beispiel ein paar Tage der Sohn seiner Mutter, der *marchande*. Er gab vor, mein Geschäftsteilhaber, mein Partner zu sein und zog Erkundigungen über Verkaufszahlen und Preise ein. Dann konnte er der junge aufstrebende Afrikaner sein, der Lycée-Schüler, modern, unternehmungslustig. Zu diesem Charakter trug er gern den Blazer mit dem Motto »*Semper Aliquid Novi*«; zweifellos dachte er, daß er ihm half, das Gehabe, das er von einigen europäischen Lehrern angenommen hatte, erfolgreich vorzuführen. Wenn er einen Lehrer nachahmte, konnte er mit gekreuzten Beinen gegen die Atelierwand gelehnt in der Wohnung stehen und, in dieser Pose erstarrt, versuchen, eine ganze Unterhaltung zu führen. Oder wenn er einen anderen Lehrer nachmachte, konnte er um den Zeichentisch herumspazieren und Sachen aufheben, sie ansehen und wieder fallen lassen, während er redete.

Jetzt gab er sich Mühe, mit mir zu reden. Nicht wie er mit Metty redete; mit mir versuchte er eine besonders ernsthafte Art der Unterhaltung. Während er früher von mir Fragen erwartet hatte, machte er nun Vorschläge, kleine Diskussionsanregungen, als ob er eine Diskussion in Gang setzen wollte. Das war Teil des neuen Lycée-Charakters, den er anstrebte und übte, wobei er mich fast wie einen Sprachlehrer behandelte. Aber es interessierte mich. Ich begann zu begreifen, über was am Lycée gesprochen wurde – und ich wollte darüber Bescheid wissen.

Eines Tages sagte er zu mir: »Salim, was halten Sie von der Zukunft Afrikas?«

Ich sagte es nicht, ich wollte wissen, was er dachte. Ich fragte mich, ob er trotz seiner gemischten Vorfahren und seiner Reisen wirklich eine Vorstellung von Afrika hatte, oder ob seine Afrikavorstellung und die seiner Freunde aus dem Atlas kam. War Ferdinand nicht immer noch – wie Metty auf seiner Reise durch die Küste – der Mensch, der unter fremden Stämmen eher verhungerte als deren fremde Speisen zu essen? Hatte Ferdinand eine umfassendere Vorstellung von Afrika als Zabeth, die nur so zuversichtlich aus ihrem Dorf in die Stadt ging, weil sie wußte, daß sie besonders geschützt war?

Ferdinand konnte mir nur sagen, daß die Welt außerhalb Afrikas im Niedergang und Afrika im Aufstieg begriffen sei. Wenn ich ihn fragte, in welcher Hinsicht die Welt draußen zugrunde ging, konnte er nichts sagen. Und wenn ich ihn so tief in die Diskussion verwickelte, daß er nicht mehr wiederholen konnte, was er im Lycée gehört hatte, merkte ich, daß die Gedanken der Schuldiskussion in seinem Kopf durcheinander geraten und vereinfacht waren. Ansichten aus der Vergangenheit vermischten sich mit Ansichten aus der Gegenwart. In seinem Lycée-Blazer sah Ferdinand sich als voll entfaltet und wichtig an, wie zur Kolonialzeit. Gleichzeitig sah er sich als neuer Mann Afrikas und aus diesem Grund als wichtig an. Aus seiner unschlüssigen Vorstellung von seiner eigenen Wichtigkeit heraus hatte er Afrika auf sich selbst reduziert, und die

Zukunft Afrikas war nicht mehr als der Job, den er später haben würde.

Die Unterhaltungen, die Ferdinand in dieser Rolle mit mir versuchte, hatten Fortsetzungscharakter, denn er war nicht immer gut vorbereitet. Er trieb eine Diskussion bis zu einem gewissen Punkt und ließ sie dann ohne Verlegenheit fallen, als wäre es eine Sprachübung gewesen, bei der er das nächste Mal besser abschnitte. Dann fiel er in sein altes Verhalten zurück, schaute sich nach Metty um und ging von mir weg.

Obwohl ich mehr darüber erfuhr, was im Lycée vor sich ging (so schnell schon wieder kolonialistisch – snobistisch) und was in Ferdinands Kopf vor sich ging, hatte ich nicht das Gefühl, daß ich ihm näherkam. Als er mir noch ein Rätsel gewesen war, abweisend und spöttisch hinter seinem maskenhaften Gesicht, hatte ich ihn für eine starke Persönlichkeit gehalten. Jetzt merkte ich, daß seine Verstellungen mehr als Verstellungen waren, daß seine Persönlichkeit schwankend geworden war. Ich begann zu ahnen, daß nichts dahinter war, und der Gedanke an ein Lycée voller Ferdinands machte mich nervös.

Außerdem war da die Vorstellung von seiner Wichtigkeit. Sie beunruhigte mich – es würde für niemanden im Land mehr Sicherheit geben. Und sie beunruhigte Metty. Wenn man von den Häuptlingen und Politikern wegkommt, gilt für Afrika eine einfache Demokratie: jeder ist ein Dorfbewohner. Metty war Verkäufer und eine Art Diener. Ferdinand war ein Lycée-Schüler mit Zukunft; aber die Freundschaft zwischen den beiden Männern war eine Freundschaft unter Gleichen. Diese Freundschaft dauerte an. Aber Metty hatte als Diener in unserem Familienhaus Spielkameraden zu Herren heranwachsen sehen, und er mußte sich – mit der neuen Vorstellung von seinem Wert – wieder einmal zurückgesetzt fühlen.

Eines Tages, als ich in der Wohnung war, hörte ich sie hereinkommen. Metty erklärte gerade seine Verbindung mit mir und dem Geschäft, erklärte seine Reise von der Küste.

Metty sagte: »Meine Familie kannte seine Familie. Sie nannten mich Billy. Ich habe Buchhaltung gelernt. Ich bleibe nicht hier, sage ich dir. Ich gehe nach Kanada. Ich habe schon meine Papiere und alles. Ich warte nur noch auf mein ärztliches Gesundheitszeugnis.«

Billy! Nun ja, es war ähnlich wie Ali. Kanada – dahin war einer meiner Schwäger gegangen; in einem Brief, den ich kurz nach Mettys Ankunft bekommen hatte, hatte ich von der Besorgnis der Familie um das ärztliche Gesundheitszeugnis für den Schwager erfahren. Zweifellos hatte Metty sein Gerede über Kanada dort aufgeschnappt.

Ich machte ein Geräusch, um sie wissen zu lassen, daß ich in der Wohnung war, und als sie in den Wohnraum kamen, tat ich so, als hätte ich nichts gehört.

Nicht lange danach, an einem Nachmittag mit Dauerregen, kam Ferdinand ins Geschäft und sagte abrupt, triefendnaß wie er war: »Salim, Sie müssen mich zum Studieren nach Amerika schicken.«

Er sprach wie ein verzweifelter Mann. Die Idee war ihm wohl plötzlich gekommen, und er hatte gespürt, daß er, wenn er nicht sofort handelte, nie handeln würde. Er war durch den schweren Regen und die überschwemmten Straßen gekommen, seine Kleider waren durch und durch naß. Die Unvermitteltheit, Verzweiflung und Größe seiner Bitte überraschten mich. Für mich war ein Auslandsstudium etwas Seltenes und Teures, das außerhalb der finanziellen Mittel meiner Familie lag.

Ich sagte: »Weshalb sollte ich dich nach Amerika schicken? Weshalb sollte ich Geld für dich ausgeben?«

Er wußte nichts zu sagen. Nach seiner Verzweiflung und dem Weg durch den Regen war die ganze Angelegenheit vielleicht einfach ein weiterer Vorstoß zu einer Unterhaltung.

War das nur Einfältigkeit? Ich fühlte Wut in mir aufsteigen – der Regen und der Blitz und die unnatürliche Dunkelheit des Nachmittags hatten etwas damit zu tun.

Ich sagte: »Weshalb denkst du, ich sei dir verpflichtet? Was hast du für mich getan?«

Und das war richtig. Seine Haltung, seit er angefangen hatte, sich einen Charakter zu suchen, drückte aus, daß ich ihm etwas schuldete, einfach, weil ich willig schien, ihm zu helfen.

Er war fassungslos. Er stand bewegungslos im dunklen Geschäft und sah mich ohne Haß an, als hätte er erwartet, daß ich mich so verhielte und müßte jetzt bis zum Ende durchhalten. Eine Weile hielten seine Augen meinen stand. Dann schweifte sein Blick ab, und ich wußte, er würde das Thema wechseln.

Er zog das weiße Hemd – auf dessen Tasche das Monogramm des Lycées gestickt war – von seiner Haut weg und sagte: »Mein Hemd ist naß.« Als ich nicht antwortete, zog er das Hemd noch an ein oder zwei anderen Stellen weg und sagte: »Ich bin durch den Regen gelaufen.«

Ich antwortete immer noch nicht. Er ließ das Hemd los und schaute auf die überschwemmte Straße. Das war seine Art, sich von einem unklugen Anfang zu erholen: seine Unterhaltungsversuche konnten mit diesen kurzen, herausfordernden Beobachtungen über das, was er oder ich gerade taten, enden. So sah er jetzt hinaus in den Regen und gab zerstreute Sätze über das, was er sah, von sich. Er bat darum, entlassen zu werden.

Ich sagte: »Metty ist im Lagerraum. Er gibt dir ein Handtuch. Und bitte ihn, Tee zu machen.«

Das war jedoch nicht das Ende der Angelegenheit. Mit Ferdinand lief jetzt selten etwas glatt.

Zweimal in der Woche aß ich mit meinen Freunden Shoba und Mahesh in deren Wohnung zu Mittag. Ihre Wohnung war überladen und in mancher Hinsicht wie sie selbst. Sie waren ein wunderschönes Paar, bestimmt das schönste Paar in unserer Stadt. Sie hatten keine Konkurrenz, aber sie waren immer etwas zu sehr aufgeputzt. So hatten sie in ihrer Wohnung neben den wirklich schönen alten Perser- und Kaschmirteppichen und alten Messinggeräten viel Flitter- und Glitterkram – geschmacklose Messingarbeiten aus Muradabad, maschinengefertigte Wandteller von Hindugöttern, glänzende dreiarmige Wandleuchten. Es gab auch eine schwere Glasskulptur von einer nackten Frau. Sie hatte etwas Künstlerisches, erinnerte aber auch an die Schönheit der Frauen, Shobas Schönheit – körperliche Schönheit war das Thema und die Besessenheit dieses Paares, wie bei reichen Leuten das Geld.

Eines Tages beim Mittagessen sagte Mahesh: »Was ist in deinen Burschen gefahren? Er wird *malin* wie die anderen.«

»Metty?«

»Er hat mich neulich besucht. Er hat so getan, als würde er mich schon lange kennen. Er hat vor dem afrikanischen Jungen angegeben, der bei ihm war. Er sagte, er bringe mir einen Kunden. Er sagte, der afrikanische Junge sei Zabeths Sohn und ein guter Freund von dir.«

»Guter Freund – davon weiß ich nichts. Was wollte er?«

»Metty ist weggelaufen, als ich anfing, böse zu werden und hat den Jungen bei mir gelassen. Der Junge sagte, er wollte eine Kamera, aber ich glaube nicht, daß er überhaupt irgend etwas wollte. Er wollte einfach reden.«

Ich sagte: »Ich hoffe, er hat dir sein Geld gezeigt.«

»Ich hatte gar keine Kameras, die ich ihm zeigen konnte. Das war ein schlechtes Geschäft, Salim. Kommission, Kommission in jeder Hinsicht. Man bekommt kaum sein Geld zurück am Ende.«

Die Kameras waren eins von Maheshs fehlgeschlagenen Unternehmen. So war Mahesh, immer auf der Suche nach guten Geschäftsideen und voll kleiner Einfälle, die er schnell aufgab. Er hatte gedacht, das Touristengeschäft finge wieder an und unsere Stadt wäre der Ausgangspunkt für die Wildparks im Osten. Aber das Touristengeschäft existierte nur auf den Plakaten, die für die Regierung in der Hauptstadt in Europa gedruckt wurden. Die Wildparks waren wieder an die Natur zurückgefallen, so, wie es nie beabsichtigt gewesen war. Die Straßen und Rasthäuser, nie vollendet, waren verschwunden, die Touristen (die an Fotozubehör zu herabgesetzten Preisen interessiert gewesen wären) waren nicht gekommen. Mahesh mußte seine Kameras nach Osten senden und dafür die Zwischenlandestationen benutzen, die von Leuten wie uns immer noch für den Gütertransport (legal oder auch nicht) in jeder Richtung in Betrieb gehalten wurden.

Mahesh sagte: »Der Junge hat gesagt, du schickst ihn zum Studieren nach Amerika oder Kanada.«

»Zu welchem Studium?«

»Betriebswirtschaft. Damit er das Geschäft seiner Mutter übernehmen kann, es ausbauen.«

»Ausbauen! Ein Gros Rasierklingen kaufen und sie einzeln an Fischer verkaufen.«

Einfache Zauberei: Wenn man den Freunden eines Mannes etwas über ihn erzählt, dann bringt man den Mann vielleicht dazu, auch das zu tun, was man über ihn sagt.

Ich sagte: »Ferdinand ist Afrikaner.«

Als ich Ferdinand das nächste Mal sah, sagte ich: »Mein Freund Mahesh hat mir gesagt, daß du nach Amerika gehst, um Betriebswirtschaft zu studieren. Hast du das deiner Mutter schon gesagt?«

Ironie verstand er nicht. Diese Version der Geschichte traf ihn unvorbereitet, er wußte nichts zu sagen.

Ich sagte: »Ferdinand, du darfst nicht herumlaufen und den Leuten Sachen erzählen, die nicht stimmen. Was meinst du mit Betriebswirtschaft?«

Er sagte: »Buchführung, Schreibmaschine, Stenographie. Was Sie machen.«

»Ich stenographiere nicht. Und das ist auch nicht Betriebswirtschaft. Das ist eine Büroausbildung. Dafür brauchst du nicht nach Amerika oder Kanada zu gehen. Das kannst du an Ort und Stelle machen. Ich bin sicher, in der Hauptstadt gibt es so etwas. Und wenn die Zeit kommt, wirst du sehen, daß du mehr als das tun willst.«

Was ich sagte, gefiel ihm nicht. Seine Augen wurden glänzend vor Erniedrigung und Wut. Aber das war für mich kein Grund zu bleiben. Er mußte mit Metty abrechnen und nicht mit mir, falls es etwas abzurechnen gab.

Er hatte mich angetroffen, als ich weggehen wollte, um im Hellenic Club Squash zu spielen. Leinenschuhe, Shorts, Schläger, Handtuch um die Schultern – wie in alten Zeiten an der Küste. Ich ging aus dem Wohnraum und blieb im Flur stehen, um ihm Gelegenheit zu geben, wegzugehen, damit ich abschließen konnte. Aber er blieb im Wohnraum, wartete sicher auf Metty.

Ich ging hinaus auf die Treppenplattform. Es war einer dieser Tage ohne Strom. Der Rauch von Holzkohlegrills und anderen offenen Feuern stieg in die hier eingeführten Zierbäume auf – Zimtbäume, Brotfruchtbäume, Frangipanibäume, Flamboyants – und gab einem Wohngebiet in dem, wie ich gehört hatte, früher weder Afrikaner noch Asiaten wohnen durften, etwas von einem Urwalddorf. Ich kannte die Bäume von der Küste. Ich vermute, sie waren auch dort eingeführt, aber für mich waren sie mit Küste und Heimat verbunden, einem anderen Leben. Die gleichen Bäume erschienen mir hier künstlich wie die Stadt selbst. Sie waren vertraut, aber sie erinnerten mich daran, wo ich mich befand.

Ich hörte nichts mehr von Ferdinands Auslandsstudium, und bald ließ er sogar von der Pose des klugen jungen Lycée-Schülers ab. Er begann, etwas Neues auszuprobieren. Es blieb nichts mehr von diesem mit gekreuzten Beinen gegen die Wand gelehnt Stehen, von diesem Herumspazieren um den Zeichentisch und Dinge aufheben und weglegen, nichts mehr von diesen ernsthaften Unterhaltungen.

Jetzt kam er mit unbeweglichem Gesicht herein, sein Ausdruck finster und verschlossen. Er hielt seinen Kopf hoch und bewegte sich langsam. Wenn er sich auf die Couch im Wohnraum setzte, ließ er sich so tief hineinsinken, daß sein Rücken manchmal auf der Sitzfläche der Couch lag. Er war träge, gelangweilt. Er sah, ohne zu sehen; er war bereit, zuzuhören, aber nicht sich zu bewegen, selbst zu reden – das war der Eindruck, den er zu erwecken versuchte. Ich wußte nicht, was ich mit Ferdinands neuer Rolle anfangen sollte, und nur aus einigem, was Metty erzählte, verstand ich, worauf Ferdinand abzielte.

Im Laufe des Trimesters waren ein paar Jungen von den Kriegerstämmen des Ostens ans Lycée gekommen. Sie waren ein ungeheuer hochgewachsenes Volk und, wie Metty mir mit Respekt erzählte, gewohnt, von ihren Sklaven, die einer kleineren, gedrungeneren Rasse angehörten, in Sänften herumgetragen zu werden. Diese großen Menschen hatten immer Europas Bewunderung genossen. Seitdem ich mich erinnern konnte, gab es über sie Berichte in den Zeitschriften – diese Afrikaner, denen nichts daran lag, Land zu bebauen und Handel zu treiben, sahen fast so wie Europäer auf andere Afrikaner herab. Die europäische Bewunderung gab es immer noch; in den Zeitschriften erschienen immer noch Artikel und Fotos, trotz der Veränderungen, die in Afrika stattgefunden hatten. Es gab in der Tat jetzt Afrikaner, die wie Europäer empfanden und das Kriegervolk als die besten Afrikaner ansahen.

Am Lycée, das trotz allem noch so kolonialistisch war, hatten die neuen Jungen Aufsehen erregt. Ferdinand, dessen Eltern beide Händler waren, hatte beschlossen, die Rolle des lässigen Urwaldkriegers auszuprobieren. Im Lycée konnte er sich nicht gehen lassen und so tun, als sei er gewohnt, von Sklaven bedient zu werden. Aber er dachte, er könnte es bei mir probieren.

Ich wußte jedoch auch noch andere Dinge über das Königreich im Urwald. Ich wußte, daß das Sklavenvolk rebellierte und niedergemetzelt wurde, bis es sich wieder unterwarf. Aber Afrika war groß. Der Busch erstickte die Mordgeräusche, und die schlammigen Flüsse und Seen wuschen das Blut weg.

Metty sagte: »Wir müssen dort hingehen, patron. Ich höre, es ist der letzte gute Platz in Afrika. *Y a encore bien, bien des blancs côté – qui – là.* Es gibt noch viele weiße Leute da oben. Sie sagen mir, Bujumbura ist wie ein kleines Paris.«

Wenn ich geglaubt hätte, daß Metty ein Viertel dessen, was er sagte, verstand – wenn ich zum Beispiel geglaubt hätte, daß er sich wirklich nach weißer Gesellschaft in Bujumbura sehnte oder wußte, wo oder was Kanada war –, dann wäre ich um ihn besorgt gewesen. Aber ich kannte ihn besser, ich wußte, wann sein Geschwätz nur Geschwätz war. Trotzdem, was für ein Geschwätz! Die Weißen waren aus unserer Stadt vertrieben und ihre Denkmäler zerstört. Aber dort oben, in einer anderen Stadt, gab es viele Weiße und Krieger und Sklaven. Und das übte einen Zauber aus auf die Kriegerjungen, auf Metty und auch auf Ferdinand.

Ich begann einzusehen, wie einfach und unkompliziert die Welt für mich war. Für Menschen wie mich und Mahesh, die ungebildeten Griechen und Italiener in unserer Stadt war die Welt wirklich ein recht einfacher Ort. Wir konnten sie verstehen, und wir konnten sie, wenn uns nicht zu viele Hindernisse in den Weg gelegt wurden, beherrschen. Es machte nichts, daß wir weit weg von unserer Zivilisation waren, weit weg von den Könnern und Machern. Es machte nichts, daß wir die Dinge, die wir gern gebrauchten, nicht herstellen konnten und jeder für sich genommen noch nicht einmal die technischen Fähigkeiten primitiver Menschen hatte. Tatsache war, daß wir, je ungebildeter wir waren, desto ruhiger lebten und um so leichter von unserer Zivilisation oder unseren Zivilisationen mit fortgetragen wurden.

Für Ferdinand bestand diese Möglichkeit nicht. Er konnte nie einfach sein. Je mehr er es versuchte, desto verwirrter wurde er. Sein Verstand war nicht leer, wie ich angenommen hatte. Er war durcheinander, voller Wirrwarr.

Mit der Ankunft der Kriegerjungen war am Lycée die Prahlsucht losgegangen, und mich beschlich das Gefühl, daß Ferdinand – oder irgend jemand – sich auch mit mir großgetan hatte. Oder was man aus mir herausgeholt hatte. Auf jeden Fall schien man in diesem Trimester herumerzählt zu haben, daß ich an der Erziehung und dem Wohlergehen junger Afrikaner interessiert sei.

Junge Männer, nicht immer vom Lycée, tauchten immer öfter im Geschäft auf, manchmal mit Büchern in den Händen, manchmal mit offensichtlich geborgten »*Semper Aliquid Novi*«-Blazern. Sie wollten Geld. Sie sagten, sie wären arm und brauchten Geld, um ihr Studium fortzusetzen. Einige dieser Bettler waren frech, kamen direkt zu mir und sagten ihre Bitte auf; die scheuen lungerten herum, bis sonst niemand mehr im Laden war. Nur wenige machten sich die Mühe, Geschichten vorzubereiten, und diese Geschichten waren wie die von Ferdinand: ein Vater, der tot oder weit weg war, eine Mutter auf dem Dorf, ein schutzloser Junge, voller Ehrgeiz.

Ich war erstaunt über die Dummheit, dann gereizt, schließlich beunruhigt. Keinem dieser Leute schien es etwas auszumachen, zurückgewiesen oder von Metty aus dem Geschäft geworfen zu werden; einige von ihnen kamen wieder. Es war, als ob sich keiner von ihnen um meine Reaktion kümmerte, als hätte man mir irgendwo draußen in der Stadt einen besonderen »Charakter« zugeteilt und was ich von mir selber dachte, spielte keine Rolle. Das war beunruhigend. Die Arglosigkeit, die Unschuld, die keine Unschuld war – ich dachte, das könnte auf Ferdinand zurückgeführt werden, seine Deutung unserer Beziehung und seine Vorstellung von dem, wozu ich gebraucht werden könnte.

Ich hatte zu Mahesh gesagt, leichthin, um die Sachlage für den mit Vorurteilen belasteten Mann zu vereinfachen: »Ferdinand ist Afrikaner.« Ferdinand hatte vielleicht seinen Freunden gegenüber dasselbe mit mir getan, sein Verhältnis zu mir durch Erklärungen begründet. Und ich merkte jetzt, daß aus den Lügen und Übertreibungen und der Rolle, die er mir gegeben hatte, ein Netz um mich gewoben wurde. Ich war ein Beutestück.

Das traf vielleicht auf alle zu, die nicht aus dem Land stammten. Die jüngsten Ereignisse hatten unsere Hilflosigkeit bewiesen. Jetzt herrschte eine Art Frieden, aber wir alle – Asiaten, Griechen oder andere Europäer – blieben Beutestücke, an die man sich auf verschiedene Art und Weise heranmachen mußte. Einige Männer mußte man fürchten und sich ihnen vorsichtig nähern; bei einigen war es notwendig, unterwürfig zu sein; andere wurden angegangen wie ich. Es lag in der Geschichte des Landes: hier waren Menschen immer Beute gewesen. Man empfindet nichts Böses für sein Opfer. Man stellt ihm eine Falle. Zehnmal schlägt sie nicht zu, aber man stellt immer dieselbe Falle.

Kurz nach meiner Ankunft hatte Mahesh über die hiesigen Afrikaner gesagt: »Du darfst nie vergessen, Salim, daß sie *malins* sind.« Er hatte das französische Wort gebraucht, weil die englischen Wörter, die er hätte gebrauchen können – »mutwillig«, »boshaft«, »böse« – nicht richtig waren. Die Menschen hier waren *malins,* so wie ein Hund, der eine Eidechse jagt, *malin* ist, oder eine Katze, die einen Vogel jagt. Die Leute waren *malins,* weil sie mit dem Wissen lebten, daß Menschen Beute waren.

Sie waren kein kräftiges Volk. Sie waren sehr klein und schmächtig gebaut. Aber wie um ihre Schwächlichkeit in der Unendlichkeit von Fluß und Urwald wieder wettzumachen, schlugen sie gern Wunden mit ihren Händen. Sie gebrauchten nicht ihre Fäuste. Sie gebrauchten die flache Hand, sie stießen, schoben, schlugen gern. Mehr als einmal sah ich nachts vor einer Bar oder einem kleinen Tanzlokal etwas, das aussah wie ein betrunkenes Stoßen und Schieben, einen kleinen Streit, bei dem Schläge ausgeteilt wurden und der sich in einen planmäßigen Mord verwandelte, als hätte die erste Wunde und der erste Blutstrahl das Opfer zu weniger als einem Menschen gemacht und den Täter gezwungen, die Zerstörungstat zu Ende zu bringen.

Ich war schutzlos. Ich hatte keine Familie, keine Flagge, keinen Fetisch. Hatte Ferdinand so etwas seinen Freunden erzählt? Ich fühlte, daß für mich die Zeit gekommen war, mit Ferdinand einige Dinge klarzustellen und ihm eine andere Vorstellung von mir zu geben.

Die Gelegenheit ergab sich bald für mich, wie mir schien. Ins

Geschäft kam eines Morgens ein gut angezogener junger Mann, der etwas in der Hand hielt, das aussah wie ein Kassenbuch. Er gehörte zu den Scheuen. Er lungerte herum, wartete, bis die Leute weggingen, und als er zu mir kam, sah ich, daß das Kassenbuch weniger geschäftsmäßig war, als es aussah. Der Buchrücken war vom Festhalten schwarz und abgewetzt. Und ich sah auch, daß das Hemd des Mannes, obwohl offensichtlich sein bestes, nicht so sauber war, wie ich gedacht hatte. Es war das gute Hemd, das er bei besonderen Gelegenheiten trug und dann auszog und an einen Nagel hing und bei einer anderen besonderen Gelegenheit wieder trug. Der Kragen war innen gelbschwarz.

Er sagte: »Mis' Salim.« Ich nahm das Kassenbuch, und er sah weg, zog seine Augenbrauen zusammen.

Das Kassenbuch gehörte zum Lycée und war alt. Es stammte aus der Endzeit des Kolonialismus: eine Spendenliste für eine Turnhalle, die das Lycée bauen wollte. Auf der Innenseite des Einbandes war das Siegel des Lycées mit dem Wappen und dem Motto. Auf der anderen Seite war der Aufruf des Direktors in der steifen und eckigen europäischen Handschrift, die auf einige Afrikaner übergegangen war. Die erste Eintragung war vom Gouverneur der Provinz, der königlich unterschrieben hatte, auf einer ganzen Seite. Ich blätterte die Seiten um, betrachtete die selbstsicheren Unterschriften von Beamten und Kaufleuten. Es war alles so frisch, aber es schien in ein anderes Jahrhundert zu gehören.

Mit besonderem Interesse sah ich die Unterschrift eines Mannes aus unserer Gemeinde, von dem Nazruddin viel erzählt hatte. Dieser Mann hatte altmodische Vorstellungen von Geld und Sicherheit gehabt; er hatte seinen Reichtum dazu benutzt, einen Palast zu bauen, den er nach der Unabhängigkeit aufgeben mußte. Die Söldner, die die Befehlsgewalt der Zentralregierung wiederhergestellt hatten, waren dort einquartiert worden; jetzt war der Palast eine Armeekaserne. Er hatte für einen enormen Betrag gezeichnet. Ich sah Nazruddins Unterschrift – und ich war überrascht: ich hatte vergessen, daß er hier sein konnte, unter diesen toten kolonialistischen Namen.

Die Turnhalle war nicht gebaut worden. All diese Beweise für Loyalität und Glauben an die Zukunft und Bürgerstolz waren umsonst gewesen. Aber das Buch hatte überlebt. Jetzt war es gestohlen, seine geldanziehende Eigenschaft erkannt. Das Datum war geändert, ganz offensichtlich; und Pater Huismans Name war über die Unterschrift des früheren Direktors gesetzt.

Ich sagte zu dem Mann vor mir: »Ich behalte dieses Buch. Ich gebe es den Leuten zurück, denen es gehört. Wer hat dir das Buch gegeben? Ferdinand?«

Er sah hilflos aus. Schweiß lief langsam über seine gerunzelte Stirn, und er zwinkerte ihn weg. Er sagte: »Mis' Salim.«

»Du hast deine Aufgabe erledigt. Du hast mir das Buch gegeben. Jetzt geh!«

Und er gehorchte.

Ferdinand kam an diesem Nachmittag. Ich wußte, daß er das tun würde – er würde mein Gesicht sehen und etwas über das Buch herausfinden wollen. Er sagte: »Salim?« Ich beachtete ihn nicht. Ich ließ ihn stehen. Aber er mußte nicht lange herumstehen.

Metty war im Lager und mußte ihn gehört haben. Metty rief: »He, he!« Ferdinand rief zurück und ging ins Lager. Er und Metty begannen, in Patois zu schwatzen. Meine Wut stieg, als ich diesen selbstzufriedenen, dahinfließenden hellen Klang hörte. Ich nahm das Turnhallen-Buch aus meiner Schreibtischschublade und ging ins Lager.

Der Raum mit nur einem hochangesetzten, vergitterten Fenster lag halb im Dunkeln. Metty stand auf einer Leiter und überprüfte die Vorräte auf den Regalen an einer Wand. Ferdinand lehnte an den Regalen der anderen Wand, gerade unter dem Fenster. Es war schwierig, sein Gesicht zu sehen.

Ich stand in der Tür. Ich gab Ferdinand mit dem Buch ein Zeichen und sagte: »Du bereitest dir Schwierigkeiten.«

Er sagte: »Was für Schwierigkeiten?«

Er sprach in seiner flachen, toten Art. Er wollte nicht sarkastisch sein, er fragte wirklich, wovon ich sprach. Aber es war schwierig für mich, sein Gesicht zu sehen. Ich sah das Weiße in seinen Augen, und ich dachte, ich sähe, wie er seine Mundwinkel zu einem Lächeln zurückzog. Dieses Gesicht, diese Erinnerung an furchterregende Masken! Und ich dachte: »Ja, was für Schwierigkeiten?«

Das Gerede über Schwierigkeiten sollte vortäuschen, daß es Gesetze und Regeln gab, denen jeder zustimmen konnte. Hier gab es nichts. Früher hatte es Ordnung gegeben, aber diese Ordnung hatte ihre eigenen Unehrlichkeiten und Grausamkeiten gehabt – deshalb war die Stadt zerstört worden. Wir lebten in diesem Trümmerhaufen. Anstelle von Regeln gab es jetzt nur Beamte, die immer beweisen konnten, daß man im Unrecht war, bis man genug bezahlte. Alles, was man Ferdinand sagen konnte, war: »Tu mir nichts, Junge, weil ich dir mehr tun kann.«

Ich begann, sein Gesicht klarer zu erkennen.

Ich sagte: »Du bringst dieses Buch Pater Huismans zurück. Wenn du das nicht tust, bringe ich es selbst zurück. Und ich werde dafür sorgen, daß er dich für immer nach Hause schickt.«

Er sah bestürzt aus, als wäre er angegriffen worden. Dann bemerkte ich Metty auf der Leiter. Metty war nervös, angespannt, seine Augen verrieten ihn. Und ich wußte, daß ich einen Fehler gemacht hatte, als ich meinen ganzen Zorn für Ferdinand aufgespart hatte.

Ferdinands Augen fingen an zu glänzen, und das Weiße kam klar zum Vorschein. So erschien er in diesem schrecklichen Augenblick wie eine komische Figur in einem uralten Film. Er schien sich vornüberzubeugen, beinah sein Gleichgewicht zu verlieren. Er holte tief Atem. Seine Augen ließen mein Gesicht nicht los. Er sprühte vor Wut; das Gefühl erlittener Ungerechtigkeit hatte ihn verrückt gemacht. Seine Arme hingen gerade und lose an seiner Seite, so daß sie länger als gewöhnlich erschienen. Seine Hände wanden sich, ohne sich zusammenzuballen. Sein Mund stand offen. Aber was ich für Lächeln gehalten hatte, war überhaupt kein Lächeln. Wenn das Licht besser gewesen wäre, hätte ich das sofort gesehen.

Er war furchterregend, und mir kam der Gedanke: »So sieht er aus, wenn er das Blut seines Opfers sieht, wenn er zusieht, wie sein Feind getötet wird.« Und an diesen Gedanken anknüpfend kam ein anderer: »Das ist die Wut, die die Stadt niedergewalzt hat.« Ich hätte ihm härter zusetzen können und diese geballte Wut in Tränen verwandeln können. Aber ich drängte nicht. Ich dachte, ich hätte ihnen beiden eine neue

Vorstellung von dem Menschen, der ich war, gegeben, und ich ließ sie im Lager, um sich zu beruhigen. Nach einiger Zeit hörte ich sie reden, aber leise.

Um vier Uhr, Geschäftsschluß, rief ich Metty. Und er, froh über die Gelegenheit, herauszukommen und tätig zu werden, sagte: »*Patron*« und schaute finster, um auszudrücken, wie ernst er es nahm, den Laden abzuschließen.

Ferdinand kam heraus, ziemlich ruhig, mit leichtem Schritt. Er sagte: »Salim?« Ich sagte: »Ich bringe das Buch zurück.« Und ich beobachtete ihn, wie er die rote Straße entlangging, groß und traurig und langsam unter den entblätterten Flamboyants, vorbei an den brüchigen Marktbaracken seiner Stadt.

4

Pater Huismans war nicht da, als ich mit dem Buch ins Lycée ging. In seinem Vorzimmer saß ein junger Belgier, und er sagte mir, daß Pater Huismans gern öfters für ein paar Tage wegging. Wohin ging er? »Er geht in den Busch. Er geht in all diese Dörfer«, sagte der junge Mann – Sekretär oder Lehrer – gereizt. Und er wurde noch gereizter, als ich ihm das Turnhallen-Buch gab.

Er sagte: »Sie kommen und betteln, ans Lycée zugelassen zu werden. Sobald sie angenommen sind, fangen sie an zu stehlen. Sie würden die ganze Schule wegtragen, wenn man sie ließe. Sie kommen und betteln, daß man sich um ihre Kinder kümmern soll. Aber auf der Straße rempeln sie einen an, um zu zeigen, daß man ihnen egal ist.« Er sah nicht gut aus. Er war bleich, aber die Haut unter seinen Augen war dunkel, und während er sprach, schwitzte er. Er sagte: »Es tut mir leid. Sie würden besser mit Pater Huismans reden. Sie müssen verstehen, ich habe es hier nicht leicht. Ich lebe die ganze Zeit von Honigkuchen und Eiern.«

Das klang, als hätte man ihn auf eine besonders üppige Diät gesetzt. Dann begriff ich, daß er mir eigentlich sagte, er litte Hunger.

Er sagte: »In diesem Trimester hatte Pater Huismans die Idee, den Jungen afrikanisches Essen zu geben. Nun, dagegen war nichts einzuwenden. In der Hauptstadt gibt es eine Afrikanerin, die aus Garnelen und Schalentieren wunderbare Sachen macht. Aber hier gab es Raupen und Spinat in Tomatensoße, oder was wie Tomatensoße aussah. Am ersten Tag! Natürlich war es nur für die Jungen, aber beim bloßen Anblick drehte sich mir der Magen um. Ich konnte nicht in der Halle bleiben und ihnen beim Kauen zusehen. Ich kann mich jetzt nicht mehr überwinden, irgend etwas aus der Küche zu essen. In meinem Zimmer habe ich keine Kochgelegenheit, und im van der Weyden riecht es vom Hof herein so nach Kloake. Ich gehe weg! Ich muß gehen! Für Huismans ist das schön und gut. Er ist Priester. Ich bin kein Priester. Er geht in den Busch. Ich will nicht in den Busch gehen.«

Ich konnte ihm nicht helfen. Essen war für jeden hier ein Problem. Meine eigene Abmachung war nicht die glücklichste; an dem Tag hatte ich mit dem indischen Paar zu Mittag gegessen, in einem Geruch von Arznei und Wachstuch.

Als ich ungefähr eine Woche danach wieder zum Lycée ging, erfuhr ich, daß der junge Belgier ein oder zwei Tage nach unserem Treffen den Dampfer genommen hatte und weggefahren war. Pater Huismans teilte mir die Neuigkeit mit. Pater Huismans, nach seinem Ausflug sonnengebräunt und gesund, schien durch den Verlust eines Lehrers nicht aus der Fassung geraten zu sein. Er sagte, er wäre froh, das Turnhallen-Buch zurückzubekommen. Es wäre Teil der Stadtgeschichte; die Jungen, die das Buch gestohlen hätten, würden das eines Tages selber erkennen.

Pater Huismans war um die vierzig. Er war nicht wie ein Priester gekleidet, aber selbst in normalen Hosen und Hemden hatte er etwas von einem Sonderling. Er hatte das »unfertige« Gesicht, das, wie mir aufgefallen ist, gewisse Europäer – aber nie Araber oder Perser oder Inder – haben. In diesen Gesichtern liegt etwas Babyhaftes im Schnitt der Lippen und der Wölbung der Stirn. Möglich, daß diese Leute zu früh geboren wurden; sie scheinen eine lang zurückliegende, sehr frühe Aufregung durchgemacht zu haben. Einige dieser Leute sind so gebrechlich, wie sie aussehen; einige sind sehr robust. Pater

Huismans war robust. Er hinterließ einen unfertigen, gebrechlichen und robusten Eindruck.

Er war auf dem Fluß unterwegs gewesen, hatte einige Dörfer, die er kannte, besucht und zwei »Stücke« mit zurückgebracht – eine Maske und eine alt wirkende Holzschnitzerei. Über diesen Fund wollte er lieber reden als über den fortgegangenen Lehrer oder das Turnhallen-Buch.

Die Schnitzerei war außergewöhnlich. Sie war ungefähr ein Meter fünfzig groß, eine sehr dünne menschliche Figur, nur Glieder und Rumpf und Kopf, nur das Wesentliche, geschnitzt aus einem Holzstück mit einem Durchmesser von nur zwölf bis fünfzehn Zentimetern. Ich wußte über Schnitzereien Bescheid – wir handelten damit an der Küste. Wir beschäftigten ein paar Holzschnitzerfamilien von Stämmen, die auf diesem Gebiet begabt waren. Aber als ich Pater Huismans darüber informierte, beachtete er das gar nicht, sondern sprach statt dessen darüber, was er in der Figur sah, die er mitgebracht hatte. Für mich war es ein groteskes und grobes Werk, ein Schnitzerspaß (die Schnitzer, die wir beschäftigten, machten so etwas manchmal). Aber Pater Huismans wußte, was es mit der dünnen Figur auf sich hatte, und für ihn war sie voller Vorstellungskraft und Bedeutung.

Ich hörte zu, und am Ende sagte er mit einem Lächeln: »*Semper aliquid novi.*« Er hatte das Lycée-Motto gebraucht, um einen Scherz zu machen. Die Worte wären alt, sagte er mir, zweitausend Jahre alt und bezögen sich auf Afrika. Ein alter Römer hätte geschrieben, daß aus Afrika »immer etwas Neues« käme, *semper aliquid novi.* Und was die Masken und Schnitzereien beträfe, wären die Worte immer noch buchstäblich wahr. Jede Maske, jede Schnitzerei diene einem besonderen Zweck und könne nur einmal geschaffen werden. Kopien blieben Kopien; in ihnen sei weder magische Empfindung noch Macht; und an solchen Kopien war Pater Huismans nicht interessiert. Er suchte in Masken und Schnitzereien nach einem religiösen Inhalt, ohne diesen Inhalt waren sie tot und ohne Schönheit.

Es war seltsam, daß ein christlicher Priester solche Hochachtung vor afrikanischem Glauben haben sollte, dem wir an der Küste keinerlei Beachtung geschenkt hatten. Und doch, obwohl Pater Huismans so viel über afrikanische Religion wußte und beim Sammeln seiner Werke solche Mühen auf sich nahm, spürte ich nie, daß er sich in irgendeiner anderen Hinsicht um die Afrikaner kümmerte; die Situation des Landes schien ihm gleichgültig zu sein. Ich beneidete ihn um diese Gleichgültigkeit; nachdem ich ihn an diesem Tag verlassen hatte, dachte ich, daß sein Afrika des Buschs und des Flusses anders war als meins. Sein Afrika war ein wundervolles Land, voller neuer Dinge.

Er war Priester, nur halb ein Mann. Sein Leben folgte Schwüren, die ich nicht leisten konnte, und ich hatte mich ihm mit der Ehrfurcht genähert, die Leute mit meinem Hintergrund vor heiligen Männern haben. Aber ich begann, ihn für etwas Höheres zu halten. Ich begann, ihn für einen fehlerlosen Mann zu halten. Seine Anwesenheit in unserer Stadt tröstete mich. Seine Ansichten, seine Interessen, sein Wissen fügten diesem Ort etwas hinzu, machten ihn weniger öde. Es störte mich nicht, daß er in sich selbst vertieft war, daß der Zusammenbruch eines Lehrers ihn nicht gerührt hatte oder daß er mich kaum wahrzunehmen schien, wenn er zu mir redete. Für mich gehörte das zu seiner merkwürdigen religiösen Natur. Ich suchte seine Gesellschaft und bemühte mich, seine Interessen zu verstehen. Er war immer gern bereit, zu reden (wobei er immer ein wenig an einem vorbeisah) und seine neuen Funde zu zeigen. Er kam einige Male ins Geschäft und bestellte Sachen für das Lycée. Aber die Zurückhaltung – die nicht wirklich Zurückhaltung war – verließ ihn nie. Ich fühlte mich nie ganz ungezwungen bei ihm. Er blieb ein Sonderling.

Er erklärte mir das zweite Motto der Stadt – die lateinischen Wörter, die in das zerstörte Denkmal vor der Hafeneinfahrt gemeißelt waren: *Miscerique probat populos et foedera iungi.* Er billigt die Vermischung der Völker und die Bande ihrer Einheit; das bedeuteten die Worte, und auch das waren sehr alte Worte, aus den Tagen des alten Rom. Sie stammten aus einem Gedicht über die Errichtung Roms. Als der erste römische Held nach Italien reist, um seine Stadt zu gründen, landet er an der Küste Afrikas. Die Königin dort verliebt sich in ihn, und es sieht so aus, als würde die Reise nach Italien aufgegeben. Aber dann mischen sich die Götter, die alles beobachten, ein, und einer von ihnen sagt, daß der große römische Gott eine Niederlassung in Afrika, eine Vermischung der Völker dort, Verträge für eine Union zwischen Römern und Afrikanern sicher nicht billige. So lauteten die Worte in dem alten lateinischen Gedicht. In dem Motto waren jedoch drei Wörter geändert, um die Bedeutung umzukehren. Dem Motto, den in Granit gemeißelten Wörtern vor der Hafeneinfahrt zufolge, erregt eine Niederlassung in Afrika keine Bedenken: der große römische Gott billigt die Vermischung der Völker und den Abschluß von Verträgen in Afrika. *Miscerique probat populos et foedera iungi.*

Ich war verblüfft. Zweitausend Jahre alte Worte zu verdrehen, um sechzig Jahre Schiffsverbindung mit der Hauptstadt zu feiern! Rom war Rom. Was war diese Stadt? Diese Wörter in ein Denkmal neben diesem afrikanischen Fluß zu meißeln, hieß mit Sicherheit, die Zerstörung der Stadt herauszufordern. Klang da nicht ein wenig Ängstlichkeit mit, wie in dem ursprünglichen Gedichtvers? Und fast sofort, nachdem man es aufgestellt hatte, war das Denkmal zerstört worden und hatte nur kleine Bronzesplitter und die höhnischen Worte hinterlassen, Kauderwelsch für die Leute, die jetzt den offenen Platz davor mit ihren Ziegen und Hühnern in Kisten und festgebundenen Affen (zum Essen, wie auch die Hühner und Ziegen) als Markt- und Lagerplatz benutzten an den zwei Tagen oder so, bevor der Dampfer ablegte.

Aber ich war froh, daß ich das nicht aussprach, denn für Pater Huismans waren die Worte nicht großsprecherisch. Es waren Worte, die ihm halfen, sich selbst in Afrika zu begreifen. Er sah sich nicht einfach an einem Ort im Busch, er begriff sich als Teil eines unermeßlichen Stroms der Geschichte. Er kam aus Europa; er bezog die lateinischen Worte auf sich selbst. Daß die Europäer in unserer Stadt ungebildet waren oder daß ein solcher Unterschied war zwischen dem, was er in seinem eigenen Leben repräsentierte und was die zerstörte Vorstadt bei den Stromschnellen repräsentiert hatte, war nicht von Bedeutung. Er hatte seine eigene Vorstellung von Europa, seine eigene Vorstellung von seiner Zivilisation. Genau das lag zwischen uns. Nichts davon lag zwischen mir und den Leuten, die ich im Hellenic Club traf. Und doch betonte Pater Huismans sein Europäertum und seine Isolierung von den Afrikanern weniger als diese Leute. Er war in jeder Hinsicht sicherer.

Er war nicht wütend wie einige seiner Landsleute über das, was der europäischen Vorstadt geschehen war. Er fühlte sich durch die Angriffe auf die Monumente und Statuen nicht verletzt. Aber nicht, weil er eher zu verzeihen bereit war oder besser verstand, was man den Afrikanern angetan hatte. Für ihn war die Zerstörung einer europäischen Stadt, der Stadt, die seine Landsleute gebaut hatten, nur ein zeitweiliger Rückschlag. Solche Dinge geschahen, wenn etwas Großes und Neues aufgebaut wurde, wenn der Lauf der Geschichte geändert wurde.

Es hätte immer schon eine Niederlassung an dieser Flußbiegung gegeben, sagte er. Sie wäre ein natürliches Sammelbekken. Die Stämme hätten sich geändert, die Macht sich verschoben, aber die Menschen wären immer dorthin zurückgekehrt, um sich zu sammeln und zu handeln. Die arabische Stadt wäre kaum stattlicher gewesen als die afrikanischen Niederlassungen und technologisch nicht viel weiter fortgeschritten. Die Araber hätten so tief im Innern mit Material aus dem Urwald bauen müssen; das Leben in ihrer Stadt wäre nicht viel mehr als eine Art Urwaldleben gewesen. Die Araber hätten nur den Weg für die mächtige europäische Zivilisation vorbereitet.

Für alles, was mit der europäischen Kolonisation, der Erschließung des Flusses zusammenhing, hatte Pater Huismans eine Ehrerbietung, die die Leute in dieser Stadt erstaunt hätte, die ihm den Ruf zusprachen, ein Afrikaliebhaber zu sein und deshalb – in ihrer Denkweise – ein Mann, der die koloniale Vergangenheit ablehnte. Die Vergangenheit war bitter gewesen, aber Pater Huismans nahm anscheinend die Bitterkeit als gegeben hin; er sah weiter. Aus der Werft in der Nähe des Zolls, lange vernachlässigt und voller Schrott und Rost, hatte er sich Teile von alten Dampfern und nicht mehr gebrauchte Maschinenteile aus der Zeit um 1890 geholt und sie – wie Relikte einer frühen Zivilisation – im Innenhof des Lycées ausgelegt. Besonders gut gefiel ihm ein Stück, das auf einer ovalen Stahlplakette den Namen des Herstellers in Seraing, einer Stadt in Belgien, trug.

Aus einfachen Ereignissen an diesem breiten schlammigen

Fluß, aus der Vermischung von Völkern sollten eines Tages große Dinge entstehen. Wir waren gerade am Anfang. Und für Pater Huismans waren koloniale Erinnerungsstücke genauso wertvoll wie afrikanische Sachen. Das wahre Afrika lag für ihn im Sterben oder war nahe daran zu sterben. Solange dieses Afrika lebte, war es deshalb notwendig, seine Kunstwerke zu verstehen und zu sammeln und aufzubewahren.

Was er aus diesem sterbenden Afrika gesammelt hatte, lag im Gewehrraum des Lycées, wo in alten Zeiten die überholten Gewehre des Schulkadettencorps aufbewahrt wurden. Der Raum war so groß wie ein Klassenzimmer und sah von außen auch so aus. Er hatte aber keine Fenster, nur hohe getäfelte Türen an zwei Seiten, und das einzige Licht kam von einer nackten Glühbirne, die an einer langen Schnur hing.

Als Pater Huismans das erste Mal die Tür dieses Raumes für mich aufschloß und ich den Geruch von warmem Gras und Erde und altem Fett und einen wirren Eindruck von Masken mitbekam, die aufgereiht in Lattenregalen lagen, dachte ich: »Das ist Zabeths Welt. Das ist die Welt, in die sie zurückkehrt, wenn sie mein Geschäft verläßt.« Aber Zabeths Welt lebte und diese war tot. So wirkten diese Masken, die flach auf den Regalen lagen und nicht in den Urwald oder Himmel sahen, sondern auf die Unterseite anderer Regalbretter. Es waren Masken, die in mehr als einer Hinsicht entweiht waren und ihre Macht verloren hatten.

Das war jedoch nur der Eindruck eines Augenblicks. Denn in diesem dunklen, heißen Raum wuchs mit dem Geruch der Masken auch meine Furcht, mein Gefühl für das, was draußen alles um uns herum lag. Es war ähnlich wie nachts auf dem Fluß. Der Busch war voller Geister, im Busch hielten sich all die schützenden Erscheinungen der Vorfahren eines Menschen auf, und in diesem Raum schienen alle Geister dieser toten Masken, die Mächte, die sie beschworen, das ganze religiöse Schaudern einfacher Menschen zusammengeballt zu sein.

Die Masken und Schnitzereien sahen alt aus. Sie hätten jedes Alter haben können, hundert Jahre, tausend Jahre. Aber sie waren datiert; Pater Huismans hatte sie datiert. Sie waren alle ziemlich jung. Ich dachte: »Aber die ist erst von 1940. In dem

Jahr bin ich geboren.« Oder: »Das ist 1963. Da bin ich hergekommen. Während die gemacht wurde, habe ich vielleicht bei Shoba und Mahesh zu Mittag gegessen.«

So alt, so neu. Und aus seiner überragenden Vorstellung von seiner Zivilisation, seiner überragenden Vorstellung von der Zukunft heraus begriff Pater Huismans sich selbst am Ende von all dem, der letzte glückliche Zeuge.

5

Die meisten von uns kannten nur den Fluß und die beschädigten Straßen und die unmittelbare Umgebung. Dahinter lag das Unbekannte, das uns überraschen konnte. Wir gingen selten irgendwo außerhalb unserer festgesetzten Wege hin. Wir reisten tatsächlich selten. Es war, als ob wir, nachdem wir so weit gekommen waren, nicht mehr viel reisen wollten. Wir hielten uns an das, was wir kannten – Wohnung, Geschäft, Club, Bar, bei Sonnenuntergang die Flußpromenade. Manchmal machten wir einen Wochenendausflug zu der Nilpferdinsel im Fluß oberhalb der Stromschnellen. Aber dort waren keine Leute, nur die Nilpferde – sieben, als ich anfangs hinging, jetzt drei.

Wir kannten die versteckten Dörfer hauptsächlich durch das, was wir von den Dorfbewohnern sahen, wenn sie in die Stadt kamen. Nach Jahren der Isolation und Not sahen sie erschöpft und zerlumpt aus und schienen froh zu sein, sich wieder frei bewegen zu können. Vom Geschäft aus sah ich sie zwischen den Marktständen auf dem Platz umherstreifen, den ausgestellten Stoff und die Konfektionskleidung anstarren und zurück zu den Ständen mit Essen spazieren: kleine, fettige Häufchen gebratener fliegender Ameisen (teuer und löffelweise verkauft), die auf Zeitungsfetzen ausgelegt waren; haarige orangefarbene Raupen mit vorstehenden Augen, die sich in Emailschüsseln ringelten; fette weiße Maden, die in Beuteln mit feuchter Erde naß und weich gehalten wurden, jeweils fünf oder sechs Maden in einem Beutel – diese Maden mit saugfähigem Körper und neutralem Geschmack waren ein schweres Nahrungsmittel, das zu allem paßte, süß mit süßen Sachen, scharf mit scharfen Sachen. Das war Urwaldnahrung, aber in den Dörfern war alles vertilgt (die Maden kamen aus Palmenherzen); und niemand wollte sich auf der Suche nach Nahrung zu tief in den Urwald wagen.

Immer mehr Dorfbewohner, die als Besucher kamen, blieben und kampierten in der Stadt. Nachts wurde auf den Plätzen und Straßen gekocht. Auf dem Pflaster unter den Markisen der Geschäfte wurden symbolische Mauern um Schlafplätze errichtet – niedrige Zäune aus Pappkarton zwischen Steinen und Ziegeln festgehalten, oder Kordeln wie die Seile eines Miniaturboxrings an Stöcke gebunden, die von Steinhügeln aufrecht gehalten wurden.

Die Stadt machte langsam nicht mehr einen verlassenen, sondern einen überfüllten Eindruck. Es schien, als könne nichts den Zuzug von Leuten aus den Dörfern aufhalten. Dann drang aus der großen unbekannten Welt außerhalb der Stadt das Gerücht von Krieg.

Und es war der alte Krieg, der, von dem wir uns immer noch erholten, halb ein Stammeskrieg, der bei der Unabhängigkeit ausgebrochen war und die Stadt zertrümmert und geleert hatte. Wir hatten ihn als erledigt betrachtet, die Leidenschaften ausgebrannt. Es gab keinen Anlaß, anders zu denken. Sogar die ortsansässigen Afrikaner sprachen mittlerweile von dieser Zeit als einer Zeit der Raserei. Und Raserei war genau das richtige Wort. Von Mahesh und Shoba hatte ich grauenerregende Geschichten über diese Zeit gehört, von Soldaten und Rebellen und Söldnern, die monatelang willkürlich töteten; von Leuten, die auf entsetzliche Weise zusammengeschnürt waren und gezwungen wurden, bestimmte Lieder zu singen, während sie auf der Straße zu Tode geschlagen wurden. Keiner der Menschen, die aus den Dörfern kamen, schien zu diesen Gräßlichkeiten bereit zu sein. Doch fing jetzt alles wieder von vorne an.

Mit der Unabhängigkeit waren die Leute unserer Gegend vor Wut und Angst wahnsinnig geworden – von all der aufgestauten Wut der Kolonialzeit und allen möglichen wiedererwachten Stammesängsten. Die Menschen unserer Gegend waren oft mißbraucht worden, nicht nur von Europäern und Arabern, sondern auch von anderen Afrikanern; und nach der Unabhängigkeit hatten sie es abgelehnt, sich von der neuen Regierung in der Hauptstadt beherrschen zu lassen. Das war ein instinktiver Aufstand, ohne Führer und ohne öffentliche Erklärung. Wäre die Bewegung durchdachter gewesen, weniger eine Bewegung der bloßen Abwehr, dann könnten die Menschen unserer Region erlebt haben, daß die Stadt an der Flußbiegung ihnen gehörte, als Hauptstadt jedes Staates, den sie aufbauen würden. Aber die Stadt war ihnen wegen der Eindringlinge, die in ihr und von ihr aus geherrscht hatten, verhaßt; und sie zerstörten die Stadt lieber, als sie zu übernehmen.

Nachdem sie ihre Stadt zerstört hatten, trauerten sie darum. Sie wollten sie wieder als lebendige Stadt sehen. Und als sie sahen, daß sie wieder zu einer Art von Leben erwachte, fingen sie erneut an, sich zu fürchten.

Sie waren wie Menschen, die ihren eigenen Sinn nicht kannten. Sie hatten so viel gelitten; sie hatten so viel Leid über sich selbst gebracht. Sie sahen so hinfällig und verstört aus, als sie aus ihren Dörfern kamen und in der Stadt herumgingen. Sie sahen aus wie Menschen, die das Essen und den Frieden, den die Stadt bot, dringend brauchten. Aber es waren Leute wie sie, die in ihre Dörfer zurückgingen und die Stadt wieder zerschlagen wollten. Eine solche Wut! Wie ein Waldbrand, der unter die Erde geht und ungesehen entlang der Baumwurzeln brennt, die er schon zerstört hat, und der dann in versengtem Land, wo es wenig gibt, ihn zu nähren, explodiert, so flammte inmitten von Zerstörung und Not der Wunsch, zu zerstören, wieder auf.

Und der Krieg, den wir für beendet gehalten hatten, war plötzlich überall um uns herum. Wir hörten von Überfällen aus dem Hinterhalt auf Straßen, die wir kannten, von angegriffenen Dörfern, von getöteten Häuptlingen und Beamten.

Zu dieser Zeit sagte Mahesh etwas, an das ich mich immer erinnerte. Denn so etwas hatte ich nicht von ihm erwartet – der so bedacht auf sein Aussehen und seine Kleider war, so verwöhnt, so besessen von seiner schönen Frau.

Mahesh sagte zu mir: »Was du machst? Du lebst hier und fragst das? Du tust, was wir alle tun. Du machst weiter.«

In unserer Stadt lag ein Teil der Armee. Sie kam von einem Kriegerstamm, der in dieser Gegend den Arabern als Sklavenjäger gedient hatte und später, von ein oder zwei schlimmen Erhebungen unterbrochen, der Kolonialregierung als Soldaten. Die Ordnungsstruktur war also alt.

Aber Sklaven waren nicht länger gefragt, und im Afrika nach der Kolonialzeit konnte jeder Gewehre bekommen; jeder Stamm konnte ein Kriegerstamm sein. Deshalb hielt die Armee sich zurück. Manchmal sah man Lastwagen mit Soldaten in den Straßen, aber die Soldaten zeigten nie ihre Waffen. Manchmal fand ein zeremonieller Auf- und Abmarsch in der Kaserne statt – der Palast, der von dem großen Mann unserer Gemeinde gebaut worden war und auf dessen unterteilten Veranden oben und unten jetzt Frauenwäsche hing (den Vertrag für die Reinigung der Soldatenuniformen hatte ein Grieche bekommen). Die Armee trat selten provokativer als so in Erscheinung. Das konnte sie sich nicht leisten. Sie lebte unter ihren traditionellen Feinden, ihrer früheren Sklavenbeute; und obwohl sie regelmäßig bezahlt wurde und gut lebte, hielt man sie knapp mit Ausrüstung. Wir hatten einen neuen Präsidenten, einen Militär. Das war seine Art, Ordnung im Land zu halten und seine schwierige Armee zu kontrollieren.

Das sorgte in der Stadt für Gleichgewicht. Und eine gut bezahlte, fügsame Armee war gut fürs Geschäft. Die Soldaten brachten das Geld unter die Leute. Sie kauften Möbel, und sie liebten Teppiche – das war eine Vorliebe, die sie von den Arabern geerbt hatten. Aber jetzt war das Gleichgewicht in unserer Stadt bedroht. Die Armee mußte einen richtigen Krieg führen, und keiner konnte sagen, ob diese Männer, wenn sie moderne Waffen und den Befehl zum Töten hatten, nicht wieder in das Verhalten ihrer sklavenjagenden Vorfahren zurückfielen und sich zu plündernden Banden zusammenschlossen, wie sie es getan hatten, als das Land unabhängig wurde und alle Gesetzesgewalt zusammenbrach.

Nein, in diesem Krieg war ich neutral. Ich fürchtete beide Seiten. Ich wollte nicht erleben, daß die Armee freie Hand hatte. Und obwohl ich mit den Leuten in unserer Gegend Mitgefühl hatte, wollte ich die Stadt nicht wieder zerstört sehen. Ich wollte niemanden gewinnen sehen; ich wollte, daß das alte Gleichgewicht gewahrt blieb.

Eines Nachts hatte ich die Befürchtung, der Krieg wäre in der Nähe. Ich wachte auf und hörte weit weg das Geräusch eines Lastwagens. Es hätte irgendein Lastwagen sein können, sogar einer von Daulat, der sich nach seiner heiklen Fahrt von Osten dem Ziel näherte. Aber ich dachte: »Das ist das Geräusch des Krieges.« Das Geräusch einer gleichmäßig stoßenden Maschine ließ mich an Gewehre denken; und dann dachte ich an die verstörten und halbverhungerten Dorfbewohner, auf die die Gewehre gerichtet würden, Menschen, deren Lumpen schon die Farbe von Asche hatten. Es war die Beklemmung eines schlaflosen Augenblicks; ich schlief wieder ein.

Als Metty mir am Morgen den Kaffee brachte, sagte er: »Die Soldaten laufen zurück. Sie sind an eine Brücke gekommen. Und als sie an die Brücke kamen, haben ihre Gewehre sich gekrümmt.«

»Metty!«

»Ich sage es Ihnen, *patron.*«

Das war schlimm. Wenn es stimmte, daß die Armee sich zurückzog, war das schlimm. Ich wollte nicht, daß diese Armee sich zurückzog. Wenn es nicht stimmte, war es immer noch schlimm. Metty hatte die hier kursierenden Gerüchte aufgeschnappt, und was er über die sich krümmenden Gewehre sagte, bedeutete, daß man die Rebellen, die Männer in Lumpen, glauben gemacht hatte, daß Kugeln sie nicht töten könnten, daß alle Geister des Urwaldes und des Flusses auf ihrer Seite ständen. Und das bedeutete, daß es jederzeit, sobald jemand den richtigen Ruf ausgab, einen Aufruhr in der Stadt selbst geben konnte.

Es war schlimm, und ich konnte nichts machen. Der Ladenvorrat – es gab keine Möglichkeit, ihn zu schützen. Welche anderen Wertgegenstände hatte ich? Da waren die zwei oder drei Kilo Gold, die ich durch verschiedene kleine Geschäfte erworben hatte; da waren meine Dokumente – meine Geburtsurkunde und mein britischer Paß; da war die Kamera, die ich Ferdinand gezeigt hatte, aber mit der ich jetzt niemanden in Versuchung führen wollte. Ich legte diese Sachen in eine hölzerne Kiste. Ich legte auch das Wandbild von der heiligen Stätte hinein, das mein Vater mir durch Metty geschickt hatte, und ich veranlaßte Metty, auch seinen Paß und sein Geld hineinzutun. Metty war wieder der Familiendiener geworden, um der Geltung willen sogar zu diesem Zeitpunkt ängstlich darauf bedacht, dasselbe zu tun wie ich. Ich mußte ihn davon abhalten, allen möglichen Unsinn hineinzuwerfen. Am Fuß der Außentreppe gruben wir im Hof ein Loch – das war leicht: in der roten Erde waren keine Steine – und vergruben die Kiste dort.

Es war früher Morgen. Unser Hinterhof war so öde, so gewöhnlich im Sonnenlicht und dem Geruch der Hühner nebenan, so gewöhnlich mit rotem Staub und toten Blättern und den Morgenschatten von Bäumen, die ich von zu Hause an der Küste kannte, daß ich dachte: »Das ist zu dumm!« Und kurz danach dachte ich: »Ich habe einen Fehler gemacht. Metty weiß, daß jeder Wertgegenstand, den ich besitze, in dieser Kiste ist. Ich bin in seiner Hand.«

Wir gingen und machten das Geschäft auf; ich machte weiter. In der ersten Stunde machten wir ein wenig Umsatz. Aber dann begann der Marktplatz sich zu leeren und die Stadt zu verstummen. Die Sonne war hell und heiß, und ich studierte die kleiner werdenden Schatten von Bäumen und Marktständen und Gebäuden rund um den Platz.

Manchmal dachte ich, ich könnte das Rauschen der Stromschnellen hören. Das war das ewige Geräusch an dieser Flußbiegung, aber an einem normalen Tag konnte man es hier nicht hören. Jetzt schien es mit dem Wind zu kommen und zu gehen. Mittags, als wir das Geschäft für die Essenszeit schlossen und ich durch die Stadt fuhr, schien nur der Fluß, der im harten Licht glitzerte, lebendig zu sein. Jedoch keine Einbäume, nur Wasserhyazinthen reisten vom Süden herauf und schwammen gen Westen, Knäuel um Knäuel, die dickstieligen lila Blumen wie Masten.

An diesem Tag aß ich bei dem alten asiatischen Paar, das bis zur Unabhängigkeit, als das Geschäft einfach zum Erliegen kam und der Rest der Familie wegging, ein Transportunternehmen hatte. Nichts hatte sich dort geändert, seitdem ich mit ihnen abgemacht hatte, zweimal in der Woche bei ihnen zu Mittag zu essen. Es waren Leute, die fast ohne Nachrichten lebten, und wir unterhielten uns immer noch sehr wenig. Von der Veranda des unkomfortablen Hauses aus, das einer Ranch ähnlich war, blickte man immer noch auf ausrangierte Autos, Überreste des alten Unternehmens, die im Hof langsam verrotteten. Mich hätte diese Aussicht gestört, wenn es mein Geschäft gewesen wäre. Aber die alten Leute schienen sich entweder nichts daraus zu machen oder nicht zu wissen, daß sie viel verloren hatten. Sie schienen zufrieden zu sein, einfach ihr Leben zu Ende zu leben. Sie hatten alles getan, was ihre Religion und Familienbräuche von ihnen verlangt hatten, und sie fanden – wie die älteren Leute in meiner eigenen Familie –, daß sie ein gutes und erfülltes Leben gelebt hätten.

An der Küste hatten mich Leute aus unserer Gemeinschaft bedrückt, die so waren, gleichgültig gegenüber allem, was um sie herum war. Ich wollte sie aufrütteln und sie wach machen für die Gefahr. Aber jetzt war es tröstlich, bei diesen ruhigen alten Leuten zu sein; und an einem Tag wie diesem wäre es schön gewesen, dieses Haus nicht verlassen zu müssen, wieder Kind zu sein, geschützt durch die Weisheit der Alten und zu glauben, daß das, was sie sahen, richtig sei.

Wer brauchte Philosophie oder Glauben für die guten Zeiten? Mit den guten Zeiten konnten wir alle fertig werden. Für die schlechten mußten wir gerüstet sein. Und hier in Afrika war keiner von uns so gut gerüstet wie die Afrikaner. Sie hatten diesen Krieg heraufbeschworen; sie würden furchtbar leiden, mehr als jeder andere, aber sie konnten damit fertig werden. Sogar die zerlumptesten unter ihnen hatten ihre Dörfer und Stämme, die absolut zu ihnen gehörten. Sie konnten, wie sie es schon früher getan hatten, wieder in ihre geheimen Welten zurücklaufen und sich darin verlieren. Und selbst wenn ihnen schreckliche Dinge zustießen, würden sie in dem tröstlichen Wissen sterben, daß ihre Vorfahren wohlwollend auf sie niedersahen.

Aber das traf nicht auf Ferdinand zu. Mit seiner gemischten Herkunft war er fast genauso ein Fremder in der Stadt wie ich. An dem Nachmittag kam er in die Wohnung, und er war außer sich, der Hysterie nahe, gepackt von dem ganzen Entsetzen, das Afrikaner vor fremden Afrikanern haben.

Der Unterricht im Lycée war ausgefallen; man machte sich Gedanken um die Sicherheit der Jungen und Lehrer. Ferdinand hatte beschlossen, daß das Lycée nicht sicher war; er glaubte, daß es bei einem Aufstand als eines der ersten Gebäude in der Stadt angegriffen würde. Er hatte alle seine Rollen, seine Posen fallengelassen. Den Blazer, den er als junger Mann des neuen Afrika getragen hatte, hatte er als gefährlich abgelegt, als etwas, das ihn mehr zu einem Außenseiter machte; und er trug lange Khakihosen, nicht die weißen Shorts der Schuluniform. Er sprach erregt davon, daß er in den Süden, zum Volk seines Vaters zurückkehren würde. Aber das war unmöglich – er wußte, daß es unmöglich war; und es stand auch außer Frage, ihn den Fluß hinunter ins Dorf seiner Mutter zu schicken.

Der große Junge, fast ein Mann, schluchzte: »Ich wollte nicht herkommen. Ich kenne hier keinen. Meine Mutter wollte, daß ich komme. Ich wollte nicht in der Stadt leben oder aufs Lycée gehen. Warum hat sie mich aufs Lycée geschickt?«

Für uns, Metty und mich, war es ein Trost, jemanden zum Trösten zu haben. Wir beschlossen, daß Ferdinand in Mettys Zimmer schlafen sollte und holten Bettzeug heraus. Die Aufmerksamkeit beruhigte Ferdinand. Wir aßen früh, als es noch hell war. Dabei war Ferdinand schweigsam. Aber später, als wir in unseren jeweiligen Zimmern waren, redeten er und Metty miteinander.

Ich hörte Metty sagen: »Sie kamen an eine Brücke. Und die ganzen Lastwagen sind steckengeblieben, und die Gewehre haben sich gekrümmt.«

Mettys Stimme war hoch und aufgeregt. Das war nicht die Stimme, mit der er mir am Morgen die Neuigkeit mitgeteilt hatte. Er sprach jetzt wie die ansässigen Afrikaner, von denen er die Geschichte hatte.

Am Morgen erwachte der Marktplatz vor dem Geschäft überhaupt nicht zum Leben. Die Stadt blieb leer. Die Obdachlosen und auf der Straße Kampierenden schienen sich in Verstecke zurückgezogen zu haben.

Als ich zum Mittagessen in Shobas und Maheshs Wohnung fuhr, bemerkte ich, daß ihre guten Teppiche und die schönen Sachen aus Glas und die nackte Frau aus Kristall verschwunden waren. Shoba sah abgespannt aus besonders um die Augen, und Mahesh schien um sie besorger als um alles andere zu sein. Shobas Laune prägte immer die Stimmung beim Essen, und sie schien uns an dem Tag für das gute Essen, das sie gemacht hatte, bestrafen zu wollen. Eine Weile aßen wir schweigend, Shoba hielt die müden Augen auf den Tisch gesenkt. Mahesh sah nur sie an.

Shoba sagte: »Ich hätte diese Woche zu Hause sein sollen. Mein Vater ist krank. Habe ich dir das erzählt, Salim? Ich hätte bei ihm sein sollen. Und er hat Geburtstag.«

Maheshs Blick wanderte über den Tisch. Die Wirkung seiner Worte, die ich so klug gefunden hatte, verderbend, sagte er: »Wir machen weiter. Es wird alles wieder gut. Der neue Präsident ist kein Dummkopf. Der bleibt nicht einfach in seinem Haus wie der letzte und tut nichts.«

Sie sagte: »Weitermachen, weitermachen! Das tue ich schon die ganze Zeit. Damit habe ich mein Leben verbracht. So habe ich in dieser Stadt gelebt, unter Afrikanern. Ist das ein Leben, Salim?«

Sie sah auf ihren Teller, nicht auf mich. Und ich sagte nichts.

Shoba sagte: »Ich habe mein Leben vergeudet, Salim. Du kannst dir nicht vorstellen, wie ich mein Leben vergeudet habe. Du weißt nicht, mit welcher Angst ich in dieser Stadt lebe. Du weißt nicht, wie ich mich fürchtete, als ich das erste Mal von dir hörte, als ich hörte, daß ein Fremder in die Stadt gekommen war. Ich muß vor jedem Angst haben, weißt du.« Ihre Augenlider zuckten. Sie hörte auf zu essen und preßte ihre Fingerspitzen gegen die Wangenknochen, wie um einen nervösen Schmerz wegzumassieren. »Ich komme aus einer wohlhabenden Familie, einer reichen Familie. Das weißt du. Meine Familie hatte Pläne mit mir. Aber dann traf ich Mahesh. Er hatte damals ein Motorradgeschäft. Etwas Schreckliches geschah. Ich schlief mit ihm fast sofort, nachdem wir uns kennengelernt hatten. Du kennst unsere Sitten gut genug, um zu wissen, daß ich damit etwas Schreckliches tat. Aber für mich war es auch noch in einer anderen Hinsicht schrecklich. Ich wollte danach niemand anders mehr kennenlernen. Das ist mein Fluch. Weshalb ißt du nichts, Salim? Iß, iß! Wir müssen weitermachen.«

Maheshs Lippen preßten sich nervös aufeinander, und er sah

ein bißchen töricht aus. Gleichzeitig leuchteten seine Augen bei dem Lob auf, das in der Beschwerde lag; schließlich waren er und Shoba seit fast zehn Jahren zusammen.

»Meine Familie verprügelte Mahesh schrecklich. Aber das machte mich nur noch entschlossener. Meine Brüder drohten, mich mit Säure zu überschütten. Es war ihnen ernst damit. Sie drohten auch, Mahesh zu töten. Deshalb kamen wir hierhin. Ich schaute jeden Tag nach meinen Brüdern aus. Das tue ich immer noch. Ich warte auf sie. Du weißt, daß in Familien wie unsern mit gewissen Dingen nicht gescherzt wird. Und dann, Salim, als wir schon hier waren, geschah etwas noch Schrecklicheres. Mahesh sagte eines Tages, ich wäre blöd, wenn ich auf meine Brüder wartete. Er sagte: ›Deine Brüder würden nicht die ganze Reise hierher machen. Sie würden jemand anders schicken.‹«

Mahesh sagte: »Das war ein Witz.«

»Nein, das war kein Witz. Es stimmte. Jeder könnte hierher kommen – sie könnten jeden schicken. Es muß kein Asiate sein. Es könnte ein Belgier oder ein Grieche oder jeder Europäer sein. Es könnte ein Afrikaner sein. Woher soll ich das wissen?«

Sie bestritt die ganze Unterhaltung bei Tisch, und Mahesh ließ sie; er schien mit derartigen Situationen schon öfter fertig geworden zu sein. Nachher fuhr ich ihn ins Stadtzentrum zurück – er sagte, er wolle sein Auto nicht mit reinnehmen. Seine Nervosität schwand, sobald wir Shoba verließen. Er schien von Shobas Bemerkungen über ihr Zusammenleben nicht peinlich berührt zu sein und sagte nichts mehr dazu.

Als wir durch die staubigen roten Straßen fuhren, sagte er: »Shoba übertreibt. Die Sache steht nicht so schlecht, wie sie glaubt. Der neue Mann ist kein Dummkopf. Heute morgen ist der Dampfer mit den weißen Männern gekommen. Weißt du das nicht? Geh rüber zum van der Weyden und du wirst ein paar sehen. Der neue Mann mag der Sohn eines Zimmermädchens sein. Aber er wird alles zusammenhalten. Er wird dies hier dazu benutzen, eine Menge Leute in ihre Schranken zu weisen. Geh zum van der Weyden. Dann kannst du dir vorstellen, wie es hier nach der Unabhängigkeit war.«

Mahesh hatte recht. Der Dampfer war angekommen; ich sah

ihn flüchtig, als wir am Hafen vorbeifuhren. Er hatte beim Einlaufen kein Signal gegeben, und ich hatte vorher nicht darauf geachtet. Mit seinem niedrigen Oberdeck und niedrigem Rumpf war er bis auf das Dach des Aufbaus am Heck fast ganz von den Zollbaracken verdeckt. Und als ich vor Maheshs Geschäft, das gegenüber dem van der Weyden lag, anhielt, sah ich eine Reihe Armeefahrzeuge und einige private Lastwagen und Taxis, die requiriert worden waren.

Mahesh sagte: »Es ist gut, daß die Afrikaner ein kurzes Gedächtnis haben. Geh und sieh dir die Leute an, die gekommen sind, um sie vor dem Selbstmord zu bewahren.«

Das van der Weyden war ein modernes Gebäude, vier Stockwerke hoch, Beton, schnurgerader Umriß, Teil des Booms vor der Unabhängigkeit; und trotz allem, was es mitgemacht hatte, gab es immer noch vor, ein modernes Hotel zu sein. Es hatte zu ebener Erde viele Glastüren, einen Mosaikboden in der Empfangshalle, Aufzüge (heutzutage nicht mehr betriebssicher), eine Rezeption mit der Werbung einer Fluggesellschaft aus der Zeit vor der Unabhängigkeit und einem Schild, auf dem ständig stand: *Hotel Complet* (Keine Zimmer frei) – das stimmte schon seit einigen Jahren nicht mehr.

Ich hatte eine Menschenansammlung in der Empfangshalle erwartet, Lärm, ruppiges Benehmen. Aber das Haus sah leerer aus als gewöhnlich, beinahe unnatürlich still. Aber das Hotel hatte Gäste: auf dem Mosaikboden standen ungefähr zwanzig oder dreißig Koffer mit identischen blauen Anhängern, auf die *Hazel's Travels* gedruckt war. Die Aufzüge funktionierten nicht und ein einziger Hotelboy – ein kleiner alter Mann, der die Dieneruniform der Kolonialzeit trug: kurze Khakihosen, kurzärmeliges Hemd und eine große, rauhe weiße Schürze darüber – hatte die Aufgabe, die Koffer die Terrazzostufen neben dem Lift hinaufzutragen. Er arbeitete unter der direkten Aufsicht des dickbäuchigen Afrikaners (von irgendwo am unteren Flußlauf), der normalerweise hinter der Empfangstheke stand, seine Zähne mit einem Zahnstocher säuberte und zu jedem höflich war. Jetzt stand er neben den Koffern und versuchte, geschäftig und ernsthaft auszusehen.

Einige der neuen Hotelgäste waren in der Bar im Innenhof, der mit ein paar grünen Palmen und Rankengewächsen in Betonkübeln ausgestattet war. Der Terrazzoboden senkte sich hier von allen Seiten zu einem Rost, und aus diesem Rost kam immer, aber besonders nach Regen, Kloakengeruch. In diesem Geruch – nicht besonders schlimm im Augenblick: es war heiß und trocken, ein Dreieck aus Sonnenlicht blendete an einer Wand – saßen die Weißen, aßen die im van der Weyden üblichen Sandwiches und tranken Lagerbier.

Sie trugen Zivilkleidung, aber sie wären überall aufgefallen. Bei einer gewöhnlichen Gesellschaft an einer Bar hätte es einige schwammige Typen und verschiedene Altersgruppen gegeben. Diese Männer waren alle in guter körperlicher Verfassung, und sogar die wenigen grauhaarigen unter ihnen sahen nicht älter als vierzig aus; man hätte sie für eine Art Sportmannschaft halten können. Sie saßen in zwei unterschiedlichen Gruppen. Eine Gruppe sah rauher aus, war lärmender, hatte ein paar auffällig schick Angezogene; zwei oder drei junge Männer in dieser Gruppe taten so, als wären sie betrunken und machten Faxen. Die Männer in der anderen Gruppe waren ernster, sauberer rasiert, von der äußeren Erscheinung her gebildeter, sich ihres Auftretens besser bewußt. Und man hätte annehmen können, die beiden Gruppen hätten sich zufällig in der Bar getroffen, bis man sah, daß sie die gleichen schweren braunen Stiefel trugen.

Normalerweise bummelten die Hotelboys im van der Weyden herum. Die alten saßen mit zerknitterten und mürrischen Gesichtern auf ihren Hockern und warteten nur darauf, Trinkgeld zu bekommen. Sie trugen ihre Shorts und übergroßen Schürzen wie eine Pensionärsuniform (und manchmal versteckten sie in ihrer leisen Art die Arme unter der Schürze und sahen aus wie Männer beim Friseur); die jüngeren Boys aus der Zeit nach der Unabhängigkeit trugen ihre eigene Kleidung und schwatzten hinter der Theke als wären sie Kunden. Jetzt waren sie alle rege und sprangen herum.

Ich bestellte eine Tasse Kaffee, und nie bekam ich schneller eine Tasse Kaffee im van der Weyden. Ein winziger alter Mann bediente mich. Und ich dachte nicht zum ersten Mal, daß in der Kolonialzeit die Hotelboys wegen ihrer kleinen Statur und der Leichtigkeit, mit der man ihrer Herr werden konnte, ausgesucht worden waren. Bestimmt hatte deshalb auch die Gegend in der vergangenen Zeit so viele Sklaven geliefert: Sklavenvölker sind äußerlich schwach, in allem nur halbe Menschen, außer in ihrer Fähigkeit, die nächste Generation zu zeugen.

Der Kaffee kam schnell, aber das Kännchen aus rostfreiem Stahl, das er mir brachte, enthielt nur ein paar Tropfen verdorben aussehender Trockenmilch. Ich hob das Kännchen. Der alte Mann verstand, bevor ich es ihm zeigen konnte, und er sah so entsetzt aus, daß ich das Kännchen absetzte und den scheußlichen Kaffee so schlürfte.

Die Männer in der Bar waren gekommen, um einen Auftrag zu erledigen. Sie – oder ihre Kameraden – hatten wahrscheinlich schon angefangen. Sie wußten, daß sie eine wichtige Rolle spielten. Sie wußten, daß ich gekommen war, um zu erfahren, wie sie aussahen; sie wußten, daß die Boys Angst vor ihnen hatten. Bis zu diesem Morgen hatten die Hotelangestellten sich gegenseitig Geschichten über die Unbesiegbarkeit ihrer Leute im Urwald erzählt; und diese Hotelangestellten waren Männer, die im Falle eines Aufstandes in der Stadt mit ihren kleinen Händen schreckliche Dinge getan hätten. Und nun waren sie so schnell unterwürfig. Einerseits war das gut, andererseits war es mitleiderregend. So wirkte der Ort auf einen, man wußte nie, was man denken oder fühlen sollte. Furcht oder Scham – dazwischen schien nichts zu liegen.

Ich fuhr ins Geschäft zurück. Das war eine Möglichkeit, weiterzumachen und sich die Zeit zu vertreiben. Die Flamboyants hatten neue Blätter, federig, zartgrün. Das Licht änderte sich; Schatten begannen, sich über die Straße zu strecken. An einem anderen Tag hätte ich um die Zeit angefangen, an Tee in der Wohnung zu denken oder an Squash im Hellenic Club und anschließend einen kalten Drink in der primitiven kleinen Bar, wo man an Metalltischen saß und die Dämmerung beobachtete.

Als Metty kurz vor vier, Geschäftsschluß, hereinkam, sagte er: »Heute morgen sind die weißen Männer gekommen. Ein paar sind zur Kaserne gegangen und ein paar zum Werk.« Das war das Wasserkraftwerk einige Meilen flußaufwärts von der Stadt. »Das erste, was sie in der Kaserne getan haben, war, Oberst Yenyi erschießen. Das hat der Präsident von ihnen gewollt. Der macht keinen Spaß, der neue Präsident. Oberst

Yenyi kam gerade heraus, um sie zu begrüßen. Sie haben ihn nicht sprechen lassen. Sie haben ihn vor den Frauen und allen erschossen. Und Iyanda, der Feldwebel – der die Rolle Vorhangstoff mit dem Apfelmuster gekauft hat –, den haben sie auch erschossen und noch ein paar andere Soldaten.«

Ich erinnerte mich an Iyanda mit seiner zu sehr gestärkten Uniform, seinem breiten Gesicht und seinen lächelnden, kleinen, bösartigen Augen. Ich erinnerte mich, wie er den Stoff mit den großen roten Äpfeln mit der ganzen Hand befühlt hatte, an den Stolz, mit dem er die zusammegerollten Geldscheine herausgezogen hatte, um zu zahlen – ein winziger Betrag in Wirklichkeit. Vorhangstoff! Die Nachricht von seiner Hinrichtung würde den Leuten hier gefallen haben. Nicht, daß er ein schlechter Mensch war, aber er gehörte wie der Rest der Armee, wie sein Oberst, zu dem verabscheuten sklavenjagenden Stamm.

Der Präsident hatte Terror in unsere Stadt und unser Gebiet geschickt. Aber gleichzeitig gab er, indem er auch die Armee terrorisierte, der örtlichen Bevölkerung ein Zeichen. Die Nachricht von den Hinrichtungen würde sich schnell verbreitet haben, und die Leute würden schon verwirrt und nervös sein. Sie würden gemerkt haben – wie auch ich langsam merkte –, daß es zum ersten Mal seit der Unabhängigkeit in der Hauptstadt eine Intelligenz gab, die alle Fäden in der Hand hielt und daß die ungezügelte Freiheit der Unabhängigkeit zu Ende war.

Ich konnte die Veränderung in Metty erkennen. Er hatte recht blutige Nachrichten gebracht. Aber er schien mir ruhiger als am Morgen, und er beruhigte Ferdinand. Am Spätnachmittag konnten wir Gewehrfeuer hören. Am Morgen hätte das Geräusch uns alle in Panik versetzt. Jetzt waren wir fast erleichtert – die Gewehre waren weit weg, und das Geräusch war weitaus leiser als Donner, an den wir gewöhnt waren. Die Hunde jedoch waren durch das seltsame Geräusch aufgeschreckt und erhoben ein Gebell, das anschwoll und abebbte, manchmal den Gewehrlärm übertönend. Spätes Sonnenlicht, Bäume, Rauch von Kochfeuern das war alles, was wir sehen konnten, als wir auf die Plattform der Außentreppe traten, um uns umzuschauen.

Bei Sonnenuntergang gingen keine Lichter an. Es gab keinen Strom. Entweder war der Generator wieder ausgefallen, oder der Strom war absichtlich abgestellt, oder das Kraftwerk war von den Rebellen erobert. Aber es war nicht so schlimm, jetzt kein Licht zu haben, es bedeutete, daß es zumindest während der Nacht keinen Aufstand geben würde. Die Menschen hier mochten die Dunkelheit nicht, und einige konnten nur schlafen, wenn in ihren Zimmern oder Hütten ein Licht an war. Und keiner von uns – weder Metty noch Ferdinand noch ich – glaubte, daß die Rebellen das Kraftwerk erobert hätten. Wir vertrauten auf die weißen Männer des Präsidenten. Die Situation, am Morgen so verworren für uns, war jetzt so einfach.

Ich blieb im Wohnraum und las beim Schein einer Öllampe alte Zeitschriften. Ich hörte Metty und Ferdinand in ihrem Zimmer reden. Die Stimmen, mit denen sie sprachen, waren anders als am Tag oder bei elektrischem Licht. Beide klangen schleppend, nachdenklich, alt; sie sprachen wie alte Männer. Als ich in den Flur ging, sah ich durch die offene Tür Metty in Unterhemd und Unterhose auf seinem Bett sitzen und Ferdinand, ebenfalls in Unterhemd und Unterhose, auf seinem Bettzeug auf dem Fußboden liegen, einen Fuß erhoben und gegen die Wand gestemmt. Im Lampenschein war es wie das Innere einer Hütte; ihr ruhiges, leises Gespräch, voller Pausen und Stillschweigen, paßte zu ihrer Haltung. Zum ersten Mal seit Tagen waren sie entspannt und fühlten sich jetzt so außer Gefahr, daß sie anfingen, von Gefahr, Krieg und Armeen zu reden.

Metty sagte, er hätte am Morgen die weißen Männer gesehen.

Ferdinand sagte: »Im Süden gab es viele weiße Soldaten. Das war ein richtiger Krieg.«

»Du hättest sie heute morgen sehen sollen. Sie rasten einfach in die Kaserne und hielten ihre Gewehre auf jeden. Ich habe noch nie solche Soldaten wie die gesehen.«

Ferdinand sagte: »Ich habe zum ersten Mal Soldaten gesehen, als ich noch ganz klein war. Das war kurz nachdem die Europäer weg waren. Es war im Dorf meiner Mutter, bevor ich zu meinem Vater ging. Die Soldaten kamen ins Dorf. Sie hatten keine Offiziere, und sie fingen an, sich schlecht zu benehmen.«

»Hatten sie Gewehre?«

»Natürlich hatten sie Gewehre. Sie suchten weiße Leute, die

sie töten wollten. Sie sagten, wir würden Weiße verstecken. Aber ich glaube, sie wollten nur Ärger machen. Dann hat meine Mutter mit ihnen gesprochen, und sie sind weggegangen. Sie haben nur ein paar Frauen mitgenommen.«

»Was hat sie ihnen gesagt?«

»Weiß ich nicht. Aber sie haben Angst bekommen. Meine Mutter hat Macht.«

Metty sagte: »Das ist wie mit dem Mann, der bei uns an der Küste war. Er kam aus der Nähe hier. Das war der Mann, der die Leute dazu gebracht hat, die Araber zu töten. Das fing auf dem Markt an. Ich war dabei. Das hättest du sehen müssen, Ferdinand. Die Arme und Beine, die in den Straßen herumlagen.«

»Warum hat er die Araber getötet?«

»Er hat gesagt, er würde dem Gott der Afrikaner gehorchen.«

Davon hatte Metty mir nichts erzählt. Vielleicht hatte er es nicht für wichtig gehalten; vielleicht hatte es ihm Angst eingejagt. Aber er hatte sich erinnert.

Sie blieben eine Weile still – ich hatte den Eindruck, Ferdinand verarbeitete, was er gehört hatte. Dann sprachen sie über andere Dinge.

Das Geschützfeuer ging weiter. Aber es kam nicht näher. Es war der Lärm, den die Waffen der weißen Männer des Präsidenten machten, das Versprechen von Ordnung und Beständigkeit; und es war seltsam tröstlich, wie Regengeräusch in der Nacht. Alles, was uns in der großen unbekannten Welt draußen drohte, wurde in Schach gehalten. Und nach all der Angst und Sorge war es eine Erleichterung, im Schein einer Öllampe in der Wohnung zu sitzen und die Schatten zu beobachten, die elektrische Lampen nie werfen, und zu hören, wie Ferdinand und Metty sich mit ihren ruhigen Altmännerstimmen in dem Raum, den sie in eine warme, kleine Höhle verwandelt hatten, unterhielten. Man fühlte sich fast in die versteckten Urwalddörfer versetzt, in den Schutz und die Verschwiegenheit der Hütten bei Nacht – wo alles draußen ausgeschlossen war, hinter einer magischen schützenden Grenze zurückblieb; und ich dachte, wie ich schon bei dem Mittagessen mit dem alten Paar gedacht hatte, wie schön es wäre, wenn das Wirklichkeit würde. Wenn wir morgens aufwachten und erlebten, daß die Welt auf das zusammengeschrumpft wäre, was wir kannten und was sicher war.

Am Morgen kam das Kampfflugzeug. Fast so schnell wie man es hörte, bevor man noch hinausgehen und nach ihm sehen konnte, war es über einem. Es flog so tief und kreischte so gellend, daß man sich kaum Herr seines Körpers fühlte, man verlor beinahe sein Empfindungsvermögen. Ein tieffliegender Düsenjäger, der so tief fliegt, daß man seine dreieckige silbrige Unterseite klar erkennen kann, ist ein todbringendes Geschöpf. Dann war er weg und bald kaum noch zu sehen am Himmel, der weiß von der Hitze des gerade begonnenen Tages war. Es drehte noch ein paar Runden über der Stadt, dieses Flugzeug, wie ein tückischer Vogel, der nicht wegfliegen würde. Dann flog es über den Busch. Schließlich zog es hoch, und nur kurze Zeit später explodierten in einiger Entfernung im Busch die Bomben, die es ausgeklinkt hatte. Und das war wie der Donner, den wir gewohnt waren.

In der Woche kam es mehrmals zurück, dieses Flugzeug, um tief über die Stadt und den Busch zu fliegen und seine Munition aufs Geratewohl in den Busch abzuwerfen. Aber der Krieg war am ersten Tag vorbei. Obwohl es noch einen Monat dauerte, bis die Armee aus dem Busch zurückkam, und ganze zwei Monate, bis das van der Weyden seine neuen Gäste verlor.

Am Anfang, bevor die weißen Männer kamen, hatte ich mich für neutral gehalten. Ich hatte keiner Seite den Sieg gewünscht, weder der Armee noch den Rebellen. Wie sich herausstellte, hatten beide Seiten verloren.

Viele Soldaten – von dem berühmten Kriegerstamm – waren umgekommen. Und danach verloren noch viel mehr ihre Gewehre und ihre zu sehr gestärkten Uniformen und die Unterkünfte, für deren Einrichtung sie so viel Geld ausgegeben hatten. Die Armee wurde vom Präsidenten, weit weg in der Hauptstadt, neu organisiert; in unserer Stadt wurde die Armee mit Männern aus vielen Stämmen und verschiedenen Gebieten vermischt. Die Männer des Kriegerstammes wurden ohne Schutz auf die Straße geworfen. In der Kaserne spielten sich schreckliche Szenen ab; die Frauen klagten wie im Urwald, zogen ihre Bäuche hoch und ließen sie schwer fallen. Ein berühmter Stamm, nun hilflos zwischen seinen traditionellen Opfern – das war, als wäre ein altes Gesetz des Urwalds, etwas, das von der Natur selbst kam, umgekehrt worden.

Und auch die ausgehungerten Rebellen unserer Gegend erschienen bald wieder in der Stadt, noch verhungerter und erniedrigter, mit geschwärzten Lumpen am Leib; Männer, die erst vor ein paar Wochen der Meinung waren, sie hätten einen Fetisch gefunden, der stark genug wäre, die Gewehre ihrer Feinde zu krümmen und Kugeln in Wasser zu verwandeln. In ihren ausgemergelten Gesichtern lag Bitterkeit, und eine Weile waren sie in sich gekehrt wie verstörte Menschen. Aber sie brauchten die Stadt, die sie hatten zerstören wollen; wie Mahesh sagte, hatte man sie vor dem Selbstmord gerettet. Sie erkannten die neue Intelligenz, die das Land aus weiter Entfernung regierte, an, und sie kehrten zu ihrem alten gehorsamen Verhalten zurück.

Seit meiner Ankunft gab es zum ersten Mal so etwas wie Leben im van der Weyden. Die Dampfer schafften nicht nur Vorräte für die weißen Männer des Präsidenten heran, sondern auch sehr üppige und phantasievoll angezogene Frauen von den flußabwärts lebenden Völkern, neben denen die Frauen unserer Gegend, die Einbäume mit Staken fortbewegten und Lasten trugen, wie knochige Jungen aussahen.

Mit der Zeit durften wir zum Damm und zum Wasserkraftwerk hinausfahren, in deren Nähe Kämpfe stattgefunden hatten. Die technische Anlage war unbeschädigt, aber wir hatten einen unserer neuen Nachtklubs verloren. Ein Flüchtling aus dem portugiesischen Territorium im Süden (der sich der Einberufung entzog) hatte ihn aufgemacht, und er war wunderschön gelegen, auf einer Klippe über dem Fluß. Wir fingen gerade an, uns daran zu gewöhnen. Die Bäume waren mit kleinen farbigen Glühbirnen behangen, und wir saßen draußen an Metalltischen und tranken leichten portugiesischen Weißwein und schauten auf die Schlucht und den mit Flutlicht beleuchteten Damm; das war für uns wie Luxus und gab uns das Gefühl, vornehm zu sein. Diese Bar hatten die Rebellen erobert und geplündert. Das Hauptgebäude war einfach und durchaus üblich – Wände aus Betonblöcken um eine Tanzfläche ohne

Dach, mit einer überdachten Bar an einer Seite. Die Wände standen noch (obwohl sie versucht hatten, den Beton anzuzünden: an vielen Stellen waren Spuren eines Feuers), aber die ganze Ausstattung war zerstört. Die Wut der Rebellen war eine Wut auf Metall, Maschinen, Draht, alles, was nicht aus dem Urwald und Afrika stammte.

Auch an anderen Orten gab es Anzeichen dieser Wut. Nach dem vorhergegangenen Krieg hatte eine Abordnung der Vereinten Nationen das Kraftwerk und den Fußweg auf dem Damm repariert. Eine Metallplakette, in eine kleine Steinpyramide etwas abseits vom Damm selbst eingelassen, berichtete davon. Diese Plakette war unleserlich gemacht, mit einem schweren Metallgegenstand zerbeult, einzelne Buchstaben waren weggefeilt worden. An den Anfang des Fußwegs hatte man zur Dekoration alte gußeiserne Laternenpfähle aus Europa aufgestellt – alte Lampen angesichts neuer Energie. Eine hübsche Idee, aber auch die Laternenpfähle waren zerbeult, und wieder hatte man versucht, die Beschriftung – den Namen des Herstellers aus dem neunzehnten Jahrhundert in Paris – wegzufeilen.

Es war die Wut, die Eindruck machte – die Wut einfacher Menschen, die mit ihren Händen an Metall zerrten. Und die schien schon jetzt, nach erst wenigen Wochen der Ruhe, mit so vielen hungrigen und bettelnden Dorfbewohnern in der Stadt, so weit weg, kaum noch vorstellbar.

Während dieser ersten Friedenstage machte Pater Huismans einen seiner Ausflüge und wurde umgebracht. Sein Tod hätte nie entdeckt zu werden brauchen, er hätte leicht irgendwo im Busch begraben werden können. Aber die Leute, die ihn umgebracht hatten, wollten, daß alle es wußten. Sein Körper war in einen Einbaum gelegt worden und trieb den Hauptfluß hinunter, bis er sich am Ufer in einem Wasserhyazinthengestrüpp verfing. Sein Körper war verstümmelt, sein Kopf abgeschnitten und aufgespießt. Er wurde schnell beerdigt, nur mit der allernotwendigsten Förmlichkeit.

Es war schrecklich. Sein Tod ließ sein Leben so vergeudet erscheinen. So viel von seinem Wissen wurde mit ihm begraben und was mir mehr bedeutete als sein Wissen – seine Haltung, seine Vorliebe für Afrika, sein Gespür für den Glauben des Urwalds. Ein kleiner Teil der Welt war mit ihm verloren.

Ich hatte ihn wegen seiner Makellosigkeit bewundert, aber jetzt mußte ich mich fragen, ob sie am Ende etwas genutzt hatte. Ein Tod wie dieser veranlaßt uns, alles in Frage zu stellen. Aber wir sind Menschen: ungeachtet des Sterbens um uns bleiben wir Fleisch und Blut und Geist, und wir können nicht lange in dieser zweifelnden Stimmung bleiben. Als die Stimmung nachließ, fühlte ich – was ich tief innen, als lebensbejahender Mensch, nie bezweifelt hatte –, daß er seine Zeit besser als die meisten von uns verbracht hatte. Die Vorstellung von seiner Zivilisation hatte Pater Huismans gezwungen, sein merkwürdiges geweihtes Leben zu leben. Sie hatte ihn suchen, forschen lassen; sie ließ ihn menschliche Fülle finden, wo die übrigen Busch oder überhaupt gar nichts mehr sahen. Aber in seiner Vorstellung von Zivilisation lag auch seine Eitelkeit. Sie ließ ihn in der Vermischung der Völker an unserem Fluß zuviel sehen; und er hatte dafür bezahlt.

Über die Art, wie er gestorben war, verlautete wenig. Aber der Körper war in einem Einbaum den Fluß hinuntergeschwommen und mußte von vielen Leuten gesehen worden sein. Die Nachricht verbreitete sich im Lycée. In unserer Stadt hatte Pater Huismans den Ruf eines Afrikaliebhabers – obwohl die meisten Leute nicht recht wußten, was sie von ihm halten sollten; und einige Jungen im Lycée waren verlegen und beschämt. Einige waren aggressiv. Ferdinand – der sich von seinen angstvollen Tagen und dem Wunsch, wieder im Dorf seines Vaters oder seiner Mutter zu sein, erholt hatte – gehörte zu den Aggressiven. Ich war nicht überrascht.

Ferdinand sagte: »Das ist eine Erfindung der Europäer, ein Museum. Hier geht es gegen den Gott der Afrikaner. Wir haben Masken in unseren Häusern, und wir wissen, wofür sie sind. Wir brauchen nicht in Huismans Museum gehen.«

»Der Gott der Afrikaner« – das waren Mettys Worte, und Metty hatte sie von dem Führer des Aufstandes gegen die Araber an der Küste. Ich hatte die Worte zum ersten Mal in der Nacht gehört, als wir das Geschützfeuer vom Wasserkraftwerk hörten und wußten, daß wir in Sicherheit waren. Als diese Worte damals auftauchten, schienen sie in Ferdinand gewisse Dinge freigesetzt zu haben. Diese Tage in der Wohnung waren für Ferdinand besonders kritisch gewesen, und seitdem hatte er sich auf einen neuen Charakter festgelegt. Dieser paßte oder war einfach sinnvoller. Er war nicht länger damit beschäftigt, eine besondere Art Afrikaner zu sein, er war einfach ein Afrikaner, er selbst, bereit, alle Züge seines Charakters anzunehmen.

Das machte ihn nicht unkomplizierter. Er legte jede Höflichkeit ab, wurde aggressiv und launisch, darunter lag eine heimliche Nervosität. Er fing jetzt an, sich von Geschäft und Wohnung fernzuhalten. Das hatte ich erwartet; es war seine Art, nach der großen Furcht vor der Rebellion zu zeigen, daß er ohne mich zurechtkommen konnte. Aber dann brachte Metty mir eines Tages einen Brief von Ferdinand, und der rührte mich. Der Brief bestand aus einem Satz und war in sehr großen Buchstaben auf ein liniertes Blatt geschrieben, das unachtsam aus einem Schulheft gerissen und ohne Umschlag geschickt war, das Blatt einfach klein und fest zusammengefaltet. »Salim! Sie haben mich damals aufgenommen und wie ein Mitglied Ihrer Familie behandelt. F.«

Das war sein Dankesbrief. Ich hatte ihm unter meinem Dach Schutz geboten, und für ihn als Afrikaner war diese Gastfreundschaft außergewöhnlich und mußte anerkannt werden. Aber er wollte nicht kriecherisch oder schwach aussehen, und alles an dem Brief war absichtlich ungeschliffen – der fehlende Umschlag, das an einer Seite ausgerissene linierte Papier, die große und schludrige Handschrift, das Fehlen eines direkten Dankeswortes, das »Salim!« und nicht »Lieber Salim«, das »F.« und nicht »Ferdinand«.

Ich fand es lustig und rührend. Aber das Ganze hatte etwas Ironisches. Die Handlung, die Ferdinand so sanft gemacht hatte, war die einfache Geste eines Mannes von der Küste, dessen Familie mit ihren Dienern, einst ihren Sklaven, Nachfahren von Menschen, die man diesem Teil Afrikas entrissen hatte, eng zusammen, zu eng zusammen, gelebt hatte. Ferdinand wäre außer sich gewesen, wenn er das gewußt hätte. Aber trotzdem, sein Brief und sein selbstbewußter neuer Charakter zeigten, wie sehr er sich als Mann vervollkommnet hatte. Und das hatte seiner Mutter Zabeth vorgeschwebt, als sie ihn ins Geschäft brachte und mich bat, mich seiner anzunehmen.

Was Ferdinand über Pater Huismans Sammlung gesagt hatte,

sagten langsam auch andere Leute. Solange er lebte und die Kunstwerke Afrikas sammelte, war Pater Huismans als Freund Afrikas betrachtet worden. Aber das änderte sich jetzt. Man empfand die Sammlung als Beleidigung für die afrikanische Religion; niemand im Lycée übernahm sie. Vielleicht gab es keinen, der das dafür notwendige Wissen und Auge hatte.

Besuchern wurde die Sammlung manchmal vorgeführt. Die Holzschnitzereien blieben, wie sie waren, aber in dem unbelüfteten Gewehrraum begannen die Masken zu verfallen, und der Geruch wurde unangenehmer. Die Masken selbst, die auf den Lattenregalen auseinanderbröckelten, schienen die religiöse Macht zu verlieren, die Pater Huismans mich gelehrt hatte, in ihnen zu sehen; ohne ihn wurden sie einfach ungewöhnliche Gegenstände.

In dem langen Frieden, der sich jetzt über die Stadt senkte, fingen wir an, Besucher aus aller Herren Länder zu empfangen, Lehrer, Studenten, Helfer bei diesem und jenem, Leute, die sich wie die Entdecker Afrikas benahmen und auf Ausländer wie wir, die schon lange hier lebten, geringschätzig herabsahen. Die Sammlung wurde langsam geplündert. Wer war afrikanischer als der junge Amerikaner, der bei uns auftauchte, wer eher bereit, afrikanische Kleidung anzulegen und afrikanische Tänze zu tanzen? Er fuhr eines Tages plötzlich mit dem Dampfer ab, und nachher entdeckte man, daß der Großteil der Sammlung im Gewehrraum mit seinen Sachen verpackt und in die Vereinigten Staaten verschifft worden war, zweifellos, um den Mittelpunkt der Galerie für Primitive Kunst zu bilden, die er, wie er oft erzählt hatte, aufmachen wollte. Die großartigsten Produkte des Urwalds.

6

Wenn man ein Ameisenvolk auf der Wanderschaft betrachtet, sieht man immer einige Nachzügler oder Verirrte. Die Kolonne hat keine Zeit für sie; sie marschiert weiter. Manchmal sterben die Nachzügler. Aber selbst das ändert in der Kolonne nichts. Es entsteht ein wenig Durcheinander um den toten Körper, der schließlich weggetragen wird – und dann so leicht aussieht. Und die ganze Zeit geht die große Geschäftigkeit weiter; dieses offensichtlich gesellschaftliche Verhalten, dieser Ritus des Treffens und Grüßens von Ameisen, die in entgegengesetzten Richtungen reisen, hin zum Nest und von ihm weg, funktioniert reibungslos. So war es nach Pater Huismans Tod. Früher hätte sein Tod Zorn erregt, und die Leute hätten sich auf die Suche nach seinen Mördern gemacht. Aber nun schlugen wir Übriggebliebenen – Außenseiter, weder richtige Siedler noch Besucher, bloß Leute ohne besseres Ziel – die Augen nieder und kümmerten uns um unsere Angelegenheiten.

Aus seinem Tod zogen wir nur die Lehre, daß wir vorsichtig sein mußten und nicht vergessen durften, wo wir waren. Und indem wir so handelten, nicht rechts und nicht links sahen und uns um unsere Arbeit kümmerten, trugen wir seltsamerweise zur Erfüllung seiner Prophezeiung für unsere Stadt bei. Er hatte gesagt, unsere Stadt würde Rückschläge erleiden, die aber nur zeitweilig seien. Nach jedem Rückschlag würde sich die europäische Zivilisation an der Flußbiegung ein bißchen festigen, die Stadt würde immer wieder von vorn anfangen und jedesmal ein wenig größer werden. In der jetzigen Friedenszeit hatte die Stadt sich nicht nur gefestigt, sie wuchs. Und die Rebellion und Pater Huismans Tod gerieten schnell in Vergessenheit.

Wir hatten nicht Pater Huismans großartige Sicht. Einige von uns hatten ihre eigene klare Vorstellung von den Afrikanern und ihrer Zukunft. Aber mir fiel auf, daß wir eigentlich seinen Glauben an die Zukunft teilten. Solange wir nicht glaubten, daß eine Änderung auch in unserem Teil Afrikas kommen würde, hätten wir keine Geschäfte machen können. Das hätte keinen Sinn ergeben. Und auch wenn es anders aussah, wir hatten uns gegenüber dieselbe Einstellung wie er zu sich selbst. Er sah sich als Teil einer großen historischen Entwicklung und hätte seinen eigenen Tod für unwichtig gehalten, für kaum eine Unterbrechung. So empfanden wir auch, aber von einem anderen Gesichtswinkel aus.

Wir waren einfache Menschen, zivilisiert, aber heimatlos. Wann immer man uns die Möglichkeit ließ, taten wir die komplizierten Dinge, die wir tun mußten – wie die Ameisen. Gelegentlich wurden wir zufriedengestellt oder belohnt, aber in guten wie in schlechten Zeiten lebten wir in dem Bewußtsein, daß wir entbehrlich waren, daß unsere Arbeit jeden Moment umsonst gewesen sein könnte, daß wir selbst runiert werden könnten, und daß andere uns ersetzen würden. Und das war schmerzlich für uns, daß die anderen in einer besseren Zeit kommen würden. Aber wir waren wie die Ameisen; wir machten weiter.

Menschen in unserer Lage wechseln ihre Stimmung schnell, von Niedergeschlagenheit zu Optimismus und umgekehrt. Jetzt befanden wir uns gerade in einem Boom. Wir spürten die neue herrschende Intelligenz – und Energie – in der Hauptstadt; es war viel Kupfergeld im Umlauf; und diese beiden – Ordnung und Geld – reichten aus, uns zuversichtlich zu machen. Ein bißchen davon genügte uns für lange Zeit. Es setzte unsere Energie frei, und Energie besaßen wir mehr als Beweglichkeit oder großes Kapital.

Alle möglichen Projekte wurden in Angriff genommen. Verschiedene Regierungsbehörden erwachten wieder zum Leben, und endlich wurde die Stadt wieder ein Ort, der funktionieren konnte. Schiffsverbindung hatten wir schon, jetzt wurde der Flugplatz wieder in Betrieb genommen und erweitert, um Landemöglichkeiten für die Flugzeuge aus der Hauptstadt zu schaffen (und Soldaten heranzufliegen). Die *cités* füllten sich und neue wurden gebaut, obwohl nichts dem Strom der Leute aus den Dörfern gerecht werden konnte; die Obdachlosen auf unseren Hauptstraßen und Plätzen wurden wir nie los. Aber es gab jetzt Busse und viel mehr Taxis. Nach und nach bekamen wir sogar ein neues Telefonnetz. Es war viel zu aufwendig für unsere Bedürfnisse, aber es entsprach dem Wunsch des Großen Mannes in der Hauptstadt.

Das Bevölkerungswachstum konnte man am Anwachsen der Müllhaufen in den *cités* messen. Sie verbrannten ihren Abfall nicht in Öltonnen wie wir; sie warfen ihn einfach auf die aufgerissenen Straßen – diesen feinen, aschenartigen, afrikanischen Abfall. Obwohl vom Regen immer wieder flachgedrückt, türmten die Abfallhügel sich Monat um Monat zu immer fester werdenden kleinen Bergen, und die Berge wurden buchstäblich so hoch wie die schachtelähnlichen Betonhäuser der *cités.*

Keiner wollte diesen Abfall wegschaffen. Aber die Taxis stanken nach Desinfektionsmittel; die Beamten unseres Gesundheitsamtes gingen streng mit den Taxis um. Aus einem bestimmten Grund. Zur Kolonialzeit mußten laut Gesetz alle öffentlichen Verkehrsmittel einmal im Jahr vom Gesundheitsamt desinfiziert werden. Die Desinfektoren waren berechtigt, eine willkürlich festgelegte Gebühr zu erheben. An diesen Brauch hatte man sich erinnert. Unzählige Leute wollten Desinfektor sein; und nun wurden Taxis und Lastwagen nicht mehr nur einmal im Jahr desinfiziert, sondern immer, wenn man sie erwischte. Die Gebühr mußte jedesmal bezahlt werden, und die Desinfektoren in ihren Dienstjeeps spielten mit den Taxis und Lastwagen zwischen den Abfallbergen Verstecken. Die roten ungepflasterten Straßen unserer Stadt, seit Jahren vernachlässigt, hatten durch den neuen Verkehr schnell Wellen geworfen, und die Desinfektionsjagden spielten sich seltsam verlangsamt ab, die Fahrzeuge von Jägern und Gejagten schaukelten auf der gewellten Fläche rauf und runter wie Boote in stürmischer See.

Alle Leute, die wie die Beamten vom Gesundheitsamt Dienstleistungen gegen prompte Bezahlung verrichteten, waren energisch und konnten dazu gebracht werden – die Zollangestellten, die Polizei und selbst die Armee. Die Verwaltung war jetzt stärker besetzt – wenn sie auch nichts taugte; es gab Leute dort, an die man sich wenden konnte. Man konnte etwas erledigen, wenn man nur wußte, wie.

Und wie Pater Huismans gesagt hatte, wurde die Stadt an der Flußbiegung wieder, was sie schon lange gewesen war, bevor die Völker des Indischen Ozeans und Europas dorthin kamen – das Handelszentrum der ausgedehnten Region. *Marchands* reisten nun von weither an, machten Reisen, die weit beschwerlicher waren als die Zabeths und von denen manche über eine Woche dauerten. Der Dampfer fuhr nicht weiter als bis in unsere Stadt; hinter den Stromschnellen gab es nur noch Einbäume (manche mit Außenbordmotoren) und einige wenige Barkassen. Unsere Stadt wurde ein Depot für Waren, und ich erwarb eine Reihe Vertretungen (übernahm wieder einige von denen, die Nazruddin gehabt hatte) für Waren, die ich bis dahin einzeln verkauft hatte.

In den Vertretungen steckte Geld. Je einfacher das Produkt, desto einfacher und besser war das Geschäft. Es war ein vollkommen anderes Geschäft als der Einzelhandel. Elektrische Batterien zum Beispiel kaufte und verkaufte ich, lange bevor sie eingetroffen waren; ich brauchte sie nicht anzufassen und noch nicht einmal zu sehen. Es war wie ein Handel mit Wörtern, mit zu Papier gebrachten Ideen, wie ein Spiel – bis man eines Tages benachrichtigt wurde, daß die Batterien eingetroffen seien und man zum Zollager ging und sah, daß sie tatsächlich existierten, daß irgendwo Arbeiter tatsächlich diese Sachen gemacht hatten. Es waren so nützliche, notwendige Dinge – man hätte sie auch in einfachen braunen Verpackungen genommen, aber sie waren von den Leuten, die sie hergestellt hatten, in zusätzlicher Arbeit mit bunten Etiketten und reizvollen Werbesprüchen versehen. Handel, Waren! Es war unfaßbar! Wir konnten die Dinge, mit denen wir handelten, nicht herstellen, wir verstanden kaum ihre Funktionsweise. Geld allein brachte diese magischen Dinge zu uns tief in den Busch, und wir handelten so beiläufig damit!

Vertreter aus der Hauptstadt, die meisten von ihnen Europäer, die lieber herflogen als bei der Reise flußaufwärts sieben und flußabwärts fünf Tage auf dem Dampfer zu verbringen, wohnten nun im van der Weyden und machten unser gesellschaftliches Leben ein wenig abwechslungsreicher. Dem Hellenic Club, den Bars gaben sie endlich einen Hauch von Europa und Großstadt – die Atmosphäre, in der ich mir Nazruddins Leben hier vorgestellt hatte, wenn er seine Geschichten erzählte.

Mahesh in seinem Laden genau gegenüber vom van der Weyden sah das ständige Kommen und Gehen, und sein Hochgefühl darüber verführte ihn zu einer Reihe kleiner Geschäftsabenteuer. Es war seltsam mit Mahesh. Er war immer auf dem Sprung zum großen Durchbruch, aber er konnte Wochen mit ganz belanglosen Angelegenheiten vertrödeln.

Einmal kaufte er eine Maschine, mit der man Buchstaben und Zahlen ausschneiden oder eingravieren konnte, und auch einen Stapel sehr fester Plastikscheiben, in die die Zahlen oder Buchstaben geritzt werden sollten. Er hatte vor, die Stadt mit Namensschildern auszustatten. Er übte zu Hause; Shoba sagte, der Lärm wäre schrecklich. Mahesh führte die Probeschilder im Geschäft und in der Wohnung vor, als hätte er und nicht die Maschine diese wunderschönen Buchstaben gemacht. Die Neuartigkeit und Genauigkeit und vor allem, daß die Platten so fabrikmäßig hergestellt aussahen, begeisterten ihn wirklich, und er war sicher, es würde auch jeden anderen begeistern. Er hatte Gerät und Material von einem Vertreter im van der Weyden gekauft. Und es war typisch für Maheshs nachlässiges Geschäftsgebaren, daß er nur daran denken konnte, zurück ins van der Weyden zu gehen, als es hieß, Gravieraufträge zu bekommen – die Reise des Vertreters, der ihm die Ausrüstung verkauft hatte, also in umgekehrter Richtung zu machen. Alle seine Hoffnungen waren auf das van der Weyden gerichtet. Er würde die Zimmernummern erneuern, die ganzen *Hommes*- und *Dames*-Schilder, und an fast jeder Tür im Erdgeschoß Hinweisschilder anbringen. Das van der Weyden allein würde ihn wochenlang beschäftigen und die Kosten der Maschine wieder hereinholen. Aber die Eigentümer des van der Weyden (ein italienisches Paar im mittleren Alter, das sich im Hintergrund hielt und hinter vorgeschobenen Afrikanern versteckte) wollten nicht mitspielen. Und nicht viele von uns hatten das Bedürfnis, dreieckige Holzplatten mit ihren Namen auf die Schreibtische zu stellen. So wurde die Idee fallengelassen, das Gerät vergessen.

Wenn Mahesh eine neue Idee zur Sprache brachte, tat er gern geheimnisvoll. Als er zum Beispiel aus Japan eine Maschine zum Schnitzen von kleinen flachen Holzstielen und Löffelchen für Eiskrem einführen wollte, sagte er das nicht geradeheraus. Er begann, indem er mir einen in Papier gewickelten Musterlöffel anbot, den der Vertreter ihm gegeben hatte. Ich betrachtete den kleinen schuhförmigen Löffel. Was sollte man dazu sagen? Er bat mich, an dem Löffel zu riechen und ihn dann zu schmecken. Als ich das tat, sah er mich so an, daß ich eine Überraschung erwartete. Es gab keine Überraschung: er zeigte mir bloß, daß Eislöffelchen und -stiele nicht schmekken oder riechen sollen – worüber ich mir zugegebenermaßen noch nie Gedanken gemacht hatte.

Er wollte wissen, ob es bei uns so schönes Holz wie das japanische gäbe. Das Holz mit der Maschine aus Japan zu importieren, wäre zu kompliziert und würde die Stiele und Löffelchen teurer machen als das Eis. Also drehten sich unsere Gedanken und Gespräche ein paar Wochen lang um Holz. Die Idee interessierte mich; ich wurde davon mitgerissen und begann, Bäume mit anderen Augen zu sehen. Wir hielten Testveranstaltungen ab, rochen an verschiedenen Holzarten und prüften ihren Geschmack. Einige davon hatte Daulat, der Mann mit den Lastwagen, von seinen Fahrten nach Osten für uns mitgebracht. Aber dann fiel mir ein, daß es – bevor die Löffelmaschine käme – wichtig wäre, herauszufinden, ob die Leute hier mit ihren eigenen Geschmacksvorlieben überhaupt schon Eiskrem essen würden. Vielleicht gab es einen guten Grund, weshalb niemand sonst auf die Idee mit dem Eis gekommen war; denn schließlich hatten wir Italiener in der Stadt. Und wie machte man Eiskrem? Wo waren die Milch und die Eier?

Mahesh sagte: »Braucht man Eier zum Eismachen?«

Ich sagte: »Ich weiß es nicht. Ich habe dich gefragt.«

Nicht das Eis reizte Mahesh, sondern die Vorstellung von dieser einfachen Maschine, oder besser, die Vorstellung, der einzige Mann in der Stadt mit einer solchen Maschine zu sein. Als Shoba ihn kennenlernte, hatte er eine Reparaturwerkstatt für Motorräder gehabt, und ihre Hingabe hatte ihm so geschmeichelt, daß er nie etwas Besseres geworden war. Er blieb der Mensch, der kleine Maschinen und elektrisches Gerät liebte und sie als Zaubermittel betrachtete, mit denen man sich seinen Lebensunterhalt verdienen konnte.

Ich kannte viele Männer wie ihn an der Küste, Männer unserer Gemeinschaft; und ich glaube, solche Leute gibt es überall dort, wo keine Maschinen hergestellt werden. Diese Männer sind handwerklich geschickt und auf ihre Art begabt. Sie sind geblendet von den Maschinen, die sie importieren. Das ist ein Teil ihrer Intelligenz; aber schon bald benehmen sie sich, als ob ihnen nicht nur die Maschinen, sondern auch die Patente gehörten, sie wären gern die einzigen Männer auf der Welt mit solchen magischen Instrumenten. Mahesh suchte den wunderbaren importierten Gegenstand, den ausschließlich er besitzen würde, den einfachen Gegenstand, der ihm den Weg zu Geld und Macht abkürzte. In dieser Hinsicht stand Mahesh nur ein oder zwei Stufen über den *marchands,* die in die Stadt kamen und moderne Güter kauften, um sie in ihre Dörfer mit zurückzunehmen.

Ich fragte mich oft, wie jemand wie Mahesh all das, was er in unserer Stadt überstanden hatte, überleben konnte. Zweifellos hatte eine verborgene Klugheit oder Schlauheit damit zu tun. Aber ich begann auch zu ahnen, daß er überlebt hatte, weil er ungezwungen war, keine Zweifel und tiefen Ängste hatte und trotz seines Geredes, in ein besseres Land auszuwandern (darüber redeten wir hier andauernd), keinen tieferen Ehrgeiz. Er paßte zu dem Ort; es wäre ihm schwergefallen, anderswo zu überleben.

Shoba war sein Leben. Sie sagte ihm – oder zeigte ihm durch ihre Zuneigung – wie ausgezeichnet er war; und ich glaube, er sah sich so, wie sie ihn sah. Davon abgesehen, nahm er die Dinge, wie sie kamen. Und jetzt verwickelte er sich in der beiläufigsten Weise, ganz offen und ohne Arglist, in »Geschäfte«, die mich erschreckten, als er mir davon erzählte. Er schien unfähig, auch nur einer einzigen sogenannten Geschäftsofferte zu widerstehen. Und die meisten dieser Angebote bekam er von der Armee.

Ich war nicht ganz glücklich mit unserer neuen Armee. Trotz all ihrer Rauheit bevorzugte ich die Männer des Kriegerstammes. Ich verstand ihren Stammesstolz und fand sie – immer mit der dafür notwendigen Nachsicht – geradlinig. Die Offiziere der neuen Armee waren von einem anderen Schlag. Kein Kriegerkodex hier, überhaupt keine Vorschriften. Sie ähnelten alle mehr oder weniger Ferdinand, und oft waren sie so jung wie Ferdinand. Sie waren auch so aggressiv, aber ohne Ferdinands darunter verborgene Freundlichkeit.

Sie trugen ihre Uniformen, wie Ferdinand einst seinen Lycée-Blazer getragen hatte: sie betrachteten sich nicht nur als die neuen Männer Afrikas, sondern auch als die Männer des neuen Afrika. Sie machten ein solches Aufheben um die Nationalflagge und das Porträt des Präsidenten – die man nun immer zusammen sah –, daß ich anfangs dachte, diese neuen Offiziere stünden für einen neuen konstruktiven Stolz. Aber sie waren simpler. Die Flagge und das Porträt des Präsidenten waren nur ihr Fetisch, die Quelle ihrer Machtbefugnis. Diese jungen Männer sahen nicht, daß es in ihrem Land etwas aufzubauen gab. Was sie betraf, war alles da. Sie brauchten nur zu nehmen. Sie glaubten, sie hätten durch das, was sie waren, das Recht erlangt, zu nehmen; und je höher die Offiziere, desto größer die Falschheit – falls der Begriff etwas bedeutete.

Diese Männer gebrauchten ihre Gewehre und Jeeps, um Elfenbein zu wildern und Gold zu stehlen. Elfenbein, Gold – nur die Sklaven fehlten, und es wäre wieder wie im ältesten Afrika gewesen. Und diese Männer hätten mit Sklaven gehandelt, wenn es noch einen Markt dafür gegeben hätte. Wenn sie ihr Gold oder besonders das gewilderte Elfenbein loswerden wollten, wandten die Soldaten sich an die Händler der Stadt. Beamte und Regierungen quer über den ganzen Kontinent waren in den Elfenbeinhandel, den sie selbst für illegal erklärt hatten, verwickelt. Das machte das Schmuggeln leicht; aber ich hatte Angst, da hineingezogen zu werden, denn eine Regierung, die ihre eigenen Gesetze bricht, kann einem ebenso leicht das Genick brechen. Wer heute Geschäftspartner ist, kann morgen Gefängniswärter oder Schlimmeres sein.

Aber Mahesh war das egal. Wie ein Kind, so schien es mir, nahm er all die vergifteten Süßigkeiten, die ihm angeboten wurden. Aber er war kein Kind, er wußte, daß die Süßigkeiten vergiftet waren.

Er sagte: »Oh, eines Tages lassen sie dich im Stich. Aber wenn sie das tun, mußt du sofort deine Schulden bezahlen. Das ist alles. Das beziehst du in deine Kostenberechnung mit ein. Du bezahlst bloß. Ich glaube, du verstehst das nicht, Salim. Es ist auch nicht leicht zu verstehen. Es ist nicht so, als gäbe es hier kein Recht oder Unrecht. Es gibt kein Recht.« Zweimal, nachdem ich wie durch ein Wunder unsinnige Telefonanrufe von ihm als Hilferufe interpretiert hatte, mußte ich Sachen aus seiner Wohnung holen.

Das erste Mal fuhr ich zu seiner Wohnung, nachdem er einmal nachmittags zusammenhanglos über Tennis und Schuhe, die ich haben wollte, geredet hatte. Ich hupte, aber er kam nicht herunter. Er öffnete ein Wohnzimmerfenster und rief zu mir auf die Straße hinab: »Ich schicke den Boy mit den Tennisschuhen für dich runter. Sofort, Salim!« Und während er am Fenster stehenblieb, drehte er sich um und befahl jemand drinnen in Patois: »*Phonse! Aoutchikong pour Mis' Salim!*« *Aoutchikong* von *caoutchouc*, dem französischen Wort für Gummi, hieß in Patois Leinenschuhe. Unter den Augen vieler Zuschauer brachte der Boy Ildephonse ein lose in Zeitungspapier geschlagenes Päckchen. Ich warf es auf die hintere Sitzbank und fuhr ab, ohne mich aufzuhalten. Als ich es später untersuchte, entpuppte es sich als ein Bündel ausländischer Banknoten; sobald es dunkel war, wanderten sie in das Loch im Erdboden am Fuß meiner Außentreppe. Diese Hilfe ermutigte Mahesh jedoch nur. Beim nächsten Mal mußte ich ein Stück Elfenbein vergraben! In welchem Zeitalter lebten wir eigentlich? Wozu brauchten die Leute Elfenbein, wenn sie es nicht gerade – und das noch nicht einmal gut heutzutage – zu Zigarettenspitzen, Figürchen und ähnlichem Krempel verarbeiteten?

Immerhin brachte dieser Schleichhandel Mahesh Geld, und er erwies sich für meine Hilfe dankbar und half mir, meinen kleinen Goldvorrat zu vergrößern. Er hatte gesagt, es gäbe kein Recht. Es fiel mir schwer, mich danach zu richten, aber ihm gelang das wunderbar. Er behielt immer einen klaren Kopf und war gelassen, geriet nie aus der Fassung. Ich mußte ihn deswegen bewundern; obwohl seine Lässigkeit ihn auch in lächerliche Situationen bringen konnte.

Eines Tages sagte er in dem geheimnisvollen, übertrieben unschuldigen Ton, mit dem er neue Geschäfte ankündigte: »Liest du die ausländischen Zeitungen, Salim? Behältst du den Kupfermarkt im Auge? Wie steht er?«

Nun, Kupfer stand hoch im Kurs. Das wußten wir alle; Kupfer bildete die Grundlage für unsere kleine Hausse. Er sagte: »Das liegt an dem Krieg, den die Amerikaner führen. Ich habe gehört, sie hätten in den letzten zwei Jahren mehr Kupfer verbraucht als die ganze Welt in den letzten zwei Jahrhunderten.« Das Gerede war typisch für die Hochkonjunktur, Vertretergeschwätz aus dem van der Weyden. In seinem Laden bekam Mahesh ein gut Teil von diesem Geschwätz mit; ohne es hätte er wahrscheinlich weniger Ahnung vom Weltgeschehen gehabt.

Vom Kupfer wandte er sich anderen Metallen zu, und wir redeten eine Weile über die Aussichten für Zinn und Blei, ohne viel davon zu verstehen. Dann sagte er: »Uran – wie steht es damit? Wie wird das heutzutage notiert?«

Ich sagte: »Ich glaube nicht, daß das überhaupt angegeben wird.«

Er warf mir einen unschuldigen Blick zu: »Aber es muß doch ziemlich hoch stehen? Ein Typ hier will ein Stück verkaufen.«

»Verkauft man Uran in Stücken? Wie sieht es aus?«

»Ich habe es nicht gesehen. Aber der Typ will es für eine Million Dollar verkaufen.«

So waren wir hier. An einem Tag plagten wir uns fürs Essen ab, machten rostige Konserven auf, kochten über Holzkohlegrills oder Erdlöchern und am nächsten sprachen wir von einer Million Dollar, als hätten wir unser Leben lang von Millionen geredet.

Mahesh sagte: »Ich habe dem General gesagt, daß man das nur an eine ausländische Macht verkaufen kann, und er hat gesagt, ich soll das in die Wege leiten. Du kennst den alten Mancini. Er ist Konsul hier für eine ganze Reihe Länder – das ist auch eine schöne Beschäftigung, denke ich immer. Ich habe ihn besucht und es ihm geradeheraus gesagt, aber er war nicht daran interessiert. Ehrlich gesagt, er hat verrückt gespielt. Er lief zur Tür, hat sie abgeschlossen, sich mit dem Rücken dagegen gelehnt und mir befohlen, mich wegzuscheren. Er war rot im Gesicht, knallrot. Alle haben Angst vor dem Großen Mann in der Hauptstadt. Was glaubst du, soll ich dem General sagen, Salim? Der hat auch Angst. Er hat mir erzählt, er hätte es aus irgendeinem Ding mit höchster Geheimhaltungsstufe gestohlen. Ich möchte den General nicht gern zum Feind haben. Ich möchte nicht, daß er denkt, ich hätte es nicht versucht. Was, meinst du, soll ich ihm sagen? Im Ernst, im Ernst!«

»Du meinst, er hat Angst?«

»Große Angst!«

»Dann sag ihm, daß er beobachtet wird und deshalb nicht mehr zu dir kommen darf.«

Ich schaute in meinen wissenschaftlichen Zeitschriften und der ›Kinder-Enzyklopädie‹ (die mir lieb geworden war) nach und informierte mich über Uran. Von Uran hört man zwar viel, aber die wenigsten wissen etwas darüber. Wie beim Öl. Weil ich von Ölquellen gehört und gelesen hatte, dachte ich immer, Öl flösse in eingeschlossenen unterirdischen Strömen. Meine Enzyklopädie lehrte mich, daß Ölreservoirs aus Stein oder sogar Marmor waren, die das Öl in winzigen Taschen enthielten. Auf ähnliche Weise, vermute ich, hatte der General von dem ungeheuren Wert, den Uran hat, gehört und betrachtete es als eine Art besonders kostbares Edelmetall, eine Art Goldklumpen.

Mancini, der Konsul, mußte ähnliches geglaubt haben. Ich las von Mineralien, die tonnenweise verarbeitet und ausgeschmolzen werden mußten, aber zu schweren Blöcken.

Der General mit seinem »Stück« konnte selbst hinters Licht geführt worden sein. Aber aus irgendeinem Grund, vielleicht weil Mahesh ihm gesagt hatte, daß er beobachtet würde, belästigte er Mahesh nie wieder. Und nicht lange danach wurde er aus unserer Stadt versetzt. So verfuhr der neue Präsident immer: er gab seinen Männern Macht und Befehlsgewalt, aber er ließ sie nie irgendwo heimisch und Könige eines Ortes werden. Das ersparte uns eine Menge Ärger.

Mahesh machte so kaltblütig wie vorher weiter. Der einzige, der einen Schrecken bekommen hatte, war Mancini, der Konsul.

So waren wir zu jener Zeit. Wir hatten das Gefühl, daß um uns herum ein Schatz lag, der nur darauf wartete, gehoben zu werden. Dieses Gefühl gab uns der Busch. In der leeren, unausgefüllten Zeit war der Busch uns gleichgültig gewesen, zur Zeit der Rebellion hatte er uns bedrückt. Nun erregte die unberührte Erde uns, die so verheißungsvoll war, wie nur Unberührtes sein konnte. Wir vergaßen, daß andere schon vor uns hier gewesen waren und dasselbe gefühlt hatten.

Ich nahm am allgemeinen Aufschwung teil. Ich war auf meine eigene bescheidene Weise energisch. Aber ich war auch rastlos. Man gewöhnt sich so schnell an den Frieden. Es ist damit wie mit dem Wohlbefinden – man hält es für selbstverständlich und vergißt, daß einem nach einer Krankheit die Gesundheit etwas bedeutet hatte. Und mit dem Frieden und dem Aufschwung erkannte ich zum ersten Mal, daß die Stadt ganz gewöhnlich war.

Die Wohnung, das Geschäft, der Markt vor dem Geschäft, der Hellenic Club, die Bars, das Leben am Fluß, die Einbäume, die Wasserhyazinthen – ich kannte sie so gut. Und besonders an den heißen sonnigen Nachmittagen mit dem harten Licht, den schwarzen Schatten, dem Gefühl der Stille schien sie mir keine menschliche Zukunft zu versprechen.

Ich konnte mir nicht vorstellen, wie Mahesh und die anderen den Rest meines Lebens an dieser Flußbiegung zu verbringen. In meinen Gedanken löste ich mich von ihnen. Ich betrachtete mich immer noch als einen Mann auf der Durchreise. Aber wo war der richtige Ort? Ich konnte es nicht sagen, ich dachte von mir aus nie gezielt darüber nach. Ich wartete auf eine Erleuchtung, die mich zu dem richtigen Ort und dem »Leben«, auf das ich immer noch wartete, führen würde.

Von Zeit zu Zeit erinnerten mich Briefe meines Vaters an der Küste an seinen Wunsch, mich versorgt zu wissen – mit Nazruddins Tochter verheiratet. Das war fast wie eine Verpflichtung der Familie gegenüber. Aber dazu war ich weniger denn je bereit. Obwohl es mich gelegentlich tröstete, mit dem Gedanken zu spielen, daß außerhalb dieses Ortes ein ganzes Leben auf mich wartete, all die Beziehungen, die einen Mann zwingen, mit beiden Beinen im Leben zu stehen und ihm das Gefühl vermitteln, daß er seinen Platz hat. Aber ich wußte, daß es nicht wirklich so war. Ich wußte, daß für uns die Welt nicht mehr so sicher war.

Und wieder holten die Ereignisse meine Befürchtungen ein. In Uganda, wo Nazruddin ein Unternehmen für Baumwollreinigung hatte, brachen Unruhen aus. Bis dahin war Uganda das sichere und straff geführte Land gewesen, von dem Nazruddin uns begeistern wollte, das Land, das Flüchtlinge aus benachbarten Staaten aufnahm. Jetzt war in Uganda selbst ein König gestürzt und zur Flucht gezwungen worden. Daulat brachte Geschichten von einer Armee mit, die auch außer Kontrolle geraten war. Ich erinnerte mich, daß Nazruddin mit dem Wissen lebte, daß die Dinge ein schlechtes Ende nach all seinem Glück nehmen würden, und ich dachte, daß es mit seinem Glück jetzt vorbei sei. Aber ich täuschte mich, Nazruddins Glück verließ ihn nicht. Die Unruhen in Uganda hielten nicht an; nur der König mußte büßen. Das Leben dort normalisierte sich. Aber ich begann, um Nazruddin und seine Familie zu bangen, und die Vorstellung, seine Tochter zu heiraten, war nicht länger die Vorstellung einer sich geziemenden Pflichterfüllung gegenüber der Familie. Sie wurde eine bedrückendere Verantwortung, und ich verdrängte sie aus meinem Gedächtnis als etwas, dem ich entgegentreten würde, wenn ich es unbedingt müßte.

So hatte ich mitten im Aufschwung meine Sorgen und Nöte und wurde fast so rastlos und unzufrieden wie am Anfang. Es war nicht nur der Druck von außen oder meine Einsamkeit oder meine Gemütsverfassung. Es hatte auch mit der Stadt selbst zu tun, mit ihrer Veränderung seit dem Frieden. Keiner konnte dafür. Es war einfach passiert. Während der Rebellion hatte ich ein geschärftes Gespür für die Schönheit des Flusses und des Urwaldes gehabt und mir geschworen, daß ich mich mit ihr auseinandersetzen, sie verstehen lernen und mir diese Schönheit aneignen würde, wenn der Frieden kam. Ich hatte nichts dergleichen getan; als der Frieden kam, hatte ich einfach aufgehört, um mich zu schauen. Und nun empfand ich, daß das Geheimnis und der Zauber des Ortes verschwunden waren.

In jenen Tagen der Furcht dachte ich, wir wären durch die Afrikaner mit den Geistern des Flusses und des Urwaldes in Berührung gewesen; und daß alles voller Spannung wäre. Aber wie nach Pater Huismans Tod die Masken ihre religiöse Macht verloren hatten, schienen die Geister nun den Ort verlassen zu haben. Die Afrikaner hatten uns damals so nervös gemacht, daß wir keinen Menschen mehr selbstverständlich hingenommen hatten. Wir waren die Eindringlinge, die gewöhnlichen

Menschen gewesen, sie die inspirierten Wesen. Nun hatten die Geister sie verlassen; sie waren gewöhnlich, schmutzig, arm. Ohne Anstrengung waren wir die wirklichen Herren geworden, mit den Gaben und Fähigkeiten, die sie brauchten. Und wir waren so einfach. Jetzt, wo wieder alles normal war, hatten wir uns solch ein gewöhnliches Leben geschaffen – in den Bars und Bordells, den Nachtklubs. Oh, es war unbefriedigend. Aber was konnten wir sonst machen? Wir taten nur, was wir tun konnten. Wir folgten Maheshs Leitsatz: wir machten weiter.

Mahesh tat mehr als das. Ihm gelang ein Bravourstück. Er bezog immer noch Kataloge, füllte Coupons aus, bat um weitere Information, und schließlich fand er das Projekt, das er gesucht hatte, das er geschlossen importieren und das ihm den Weg zu Erfolg und Geld abkürzen konnte. Er bekam die Bigburger Konzession für unsere Stadt.

Das hatte ich nicht erwartet. In seinem kleinen Laden hatte er mit Eisenwaren verschiedener Art gehandelt, Elektrogeräten, Kameras, Ferngläsern, Unmengen von kleinen Apparaten. Hamburger, Bigburger schienen nicht sein Metier zu sein. Ich war mir noch nicht einmal sicher, ob Bigburger in der Stadt gehen würden. Aber er zweifelte nicht daran.

Er sagte: »Sie haben ihre Marktforschungen abgeschlossen und sind zu dem Ergebnis gekommen, in Afrika einen großen Vorstoß zu wagen. Sie haben schon eine Generalvertretung in einem der französischen Länder an der Westküste. Der Typ war neulich hier und hat ausgemessen und alles. Die schicken nicht bloß die Soße, Salim. Die schicken den ganzen Laden!«

Und das taten sie auch. Die Kisten, die ein paar Monate später mit dem Dampfer heraufkamen, enthielten das ganze Geschäft: die Herde, die Milchshake-Mixer, die Kaffeemaschine, die Tassen und Teller, die Tische und Stühle, die maßangefertigte Theke, die Hocker, die maßgezimmerte Wandverkleidung mit dem Bigburgermuster. Und nach diesen ernstzunehmenden Sachen kamen die Spielzeuge: die Bigburger Gewürzständer, die Bigburger Ketchupbehälter, die Bigburger Speisekarten und Speisekartenhalter und die schöne Reklame – »Bigburger – Der bärenstarke Burger – Der bärenstarke Doppelburger« – mit Bildern von verschiedenen Bigburgern.

Für mich sahen die Bigburgerbilder aus wie glatte weiße Lippen aus Brot über einer verstümmelten schwarzen Zunge aus Fleisch. Aber Mahesh wurde böse, als ich ihm das sagte, und ich beschloß, nicht mehr respektlos über Bigburger zu reden. Mahesh hatte immer Scherze über das Projekt gemacht, aber sobald das Zeug ankam, wurde er todernst – er war Bigburger geworden.

Maheshs Geschäft war von der Struktur her ziemlich einfach, der in unserer Stadt übliche Betonkasten; und im Handumdrehen hatte der italienische Bauunternehmer es von Maheshs Regalen befreit, die elektrischen Anschlüsse und Installationen erneuert und eine blitzende Snack-Bar eingebaut, die direkt aus den Vereinigten Staaten importiert zu sein schien. Das ganze vorfabrizierte Unternehmen funktionierte; und es machte Spaß, im »Bigburger« zu sein, den Kloakengeruch von der Straße, den Staub und Abfall hinter sich zu lassen und in dieses moderne Lokal mit der Reklame und allem Drum und Dran zu treten. Mahesh hatte es also schließlich doch geschafft.

Die ganze Pracht übte auch auf Shoba ihre Wirkung aus. Sie wurde energisch, und das Geschäftstalent ihrer Familie kam zum Vorschein. Sie organisierte den Betrieb, und bald lief er reibungslos. Sie sorgte für die Fleischlieferungen aus unserem neuen Supermarkt (Fleisch und auch unsere Eier kamen jetzt aus Südafrika), und für das Brot traf sie ein Abkommen mit einem Italiener. Sie lernte die Boys an und stellte ihren Arbeitsplan auf.

Sie nahm Ildephonse, den Hausboy, aus der Wohnung und gab ihm eine Bigburger Kochmütze und eine gelbe Bigburger Jacke und stellte ihn hinter die Theke. Maheshs Idee war es, Ildephonse für seine Jacke ein Schildchen mit Namen und Funktion zu geben – »Manager«, des besonderen Stils wegen auf englisch. Mahesh legte manchmal auf solche Kleinigkeiten Wert, um zu zeigen, daß er trotz seiner Lässigkeit instinktiv wußte, wie man in unserer Stadt vorgehen mußte. Er nannte Ildephonse »Manager«, um afrikanischen Ressentiments gegen das neue, reich aussehende Unternehmen entgegenzutreten und gleichzeitig afrikanische Kunden anzuziehen. Und er machte es sich zum Prinzip, Ildephonse jeden Tag für ein paar Stunden die Verantwortung zu überlassen.

Aber es war trotzdem seltsam mit Ildephonse. Er liebte seine Bigburger Uniform, und er liebte seine neue Tätigkeit. Niemand war schneller und freundlicher und bemühter, zufriedenzustellen als er, solange Shoba und Mahesh da waren. Sie vertrauten Ildephonse, und selbst wenn er dabei war, prahlten sie mit ihrem Vertrauen zu ihm. Aber sobald man ihn allein ließ, wurde er ein anderer Mensch. Er wurde geistesabwesend. Nicht frech, einfach geistesabwesend. Diese Veränderung beobachtete ich auch bei afrikanischen Angestellten anderswo. Man bekam das Gefühl, daß sie nur für ihre Arbeitgeber auftraten, während sie ihre Arbeiten in den verschiedenen schillernden Umgebungen verrichteten; daß die Arbeit selbst ihnen egal war; und daß sie Talent dafür hatten, sich geistig von ihrer Umgebung, ihrer Arbeit, ihrer Uniform zu lösen, wenn sie allein waren und für niemanden schauspielern konnten.

Bigburger war ein Erfolg. Das van der Weyden gegenüber war zufrieden, mit seinen Betten und Zimmern Geld zu verdienen. Die Bedienung und die Küche dort trieben die Leute, die essen wollten, hinaus, und Bigburger lag ideal, um das Geschäft mit den Flüchtlingen aufzufangen. Bigburger zog auch viele afrikanische Soldaten und Leute von der Armee an, sie mochten die Ausstattung und den modernen Stil. So fand Mahesh sich aus einem schwer einzuordnenden Eisenwarenhandel ins Zentrum des Geschehens unserer Stadt versetzt.

All das geschah schnell, in weniger als einem Jahr. Alles geschah jetzt schnell. Es war, als ob jeder dachte, er müsse sich für die verlorenen Jahre schadlos halten, oder die Zeit sei knapp und alles könne jeden Augenblick wieder zusammenbrechen.

Eines Tages sagte Mahesh zu mir: »Noimon hat mir zwei Millionen geboten. Aber du kennst ja Noimon. Wenn er zwei bietet, weißt du, daß es vier wert ist.«

Noimon war einer der großen Griechen am Ort. Das neue Möbelgeschäft – das phantastischen Umsatz machte – war nur eins seiner Spekulationsobjekte. Die zwei Millionen, die er bot, waren hiesige Franc, von denen sechsunddreißig auf einen Dollar kamen.

Mahesh sagte: »Ich vermute, dein Laden ist heute eine Menge wert. Nazruddin hat ihn mir einmal angeboten, weißt du.

Einhundertfünfzigtausend. Was glaubst du, bekämst du jetzt für ihn?«

Diese Gespräche über Vermögen hörte man jetzt überall. Jeder zählte zusammen, wieviel er in der Hausse gewonnen hatte, wieviel er wert war. Die Leute lernten, riesige Summen ruhig auszusprechen.

Es hatte schon einmal einen Aufschwung gegeben, kurz vor dem Ende der Kolonialzeit; die zerstörte Vorstadt bei den Stromschnellen war davon übriggeblieben. Nazruddin hatte darüber eine Geschichte erzählt. Er war eines Sonntagmorgens dorthin gegangen, hatte gedacht, das sei kein Grundbesitz und sich zum Verkauf entschlossen. Ein Glück für ihn damals. Aber jetzt wurde diese tote Vorstadt wiederhergestellt. Das Baugelände oder wieder erschlossene Baugelände wurde zum wichtigsten Faktor unseres Aufschwungs. Es hatte den kürzlich eingetretenen großen Immobilienboom in unserer Stadt verursacht.

Bei den Stromschnellen wurde der Busch gerodet. Die Ruinen, die so endgültig schienen, wurden von Bulldozern dem Erdboden gleichgemacht, neue Straßen angelegt. Alles auf Veranlassung des Großen Mannes. Die Regierung hatte das ganze Gebiet übernommen und zur Staatsdomäne erklärt, und der Große Mann baute dort etwas, das wie eine kleine Stadt aussah. Das ging sehr schnell vor sich. Kupfergeld strömte herein und zog in unserer Stadt die Preise an. Das tiefe, erderschütternde Rumpeln der Bulldozer wetteiferte mit dem Rauschen der Stromschnellen. Jeder Dampfer, jedes Flugzeug brachte europäische Bauingenieure und Handwerker. Das van der Weyden hatte selten Zimmer frei.

Alles, was der Präsident tat, hatte seinen Grund. Als Herrscher in einem ihm möglicherweise feindlich gesonnenen Gebiet schuf er ein Gelände, in dem er und seine Flagge vorrangig waren. Als Afrikaner baute er eine neue Stadt an der Stelle der einstigen europäischen Vorstadt – aber was er baute, sollte prächtiger sein. In der Stadt war das einzige »entworfene« moderne Gebäude das van der Weyden; und die größeren Gebäude der Domäne befremdeten uns – turmartige Lüftungskästen aus Beton, durchbrochene Betonblöcke von riesigem Ausmaß, getöntes Glas. Die kleineren Gebäude, Häuser und Bungalows, ähnelten eher denen, die wir kannten. Aber selbst sie waren großspurig und sahen extravagant aus mit ihren Klimaanlagen, die an vielen Stellen wie herausgerutschte Bausteine vorragten.

Sogar nachdem einige Häuser möbliert waren, wußte niemand genau, für was die Domäne benutzt werden sollte. Man sprach von einem großen landwirtschaftlichen Musterbetrieb und einem College für Agrarwirtschaft; von einem Konferenzzentrum, das dem ganzen Kontinent zur Verfügung stehen sollte; von Ferienhäusern für verdiente Bürger. Vom Präsidenten selbst kam kein Kommentar. Wir schauten und wunderten uns, während die Häuser hochgezogen wurden. Und dann begannen wir zu verstehen, daß der Versuch des Präsidenten selbst in seinen Augen so gewaltig war, daß er ihn nicht gern öffentlich bekanntgeben wollte. Er schuf das moderne Afrika. Er schuf ein Wunder, das die restliche Welt erstaunen würde. Er umging das vorhandene Afrika, das schwierige Afrika aus Busch und Dörfern, und schuf etwas, das jedem Vergleich mit anderen Ländern in jeder Hinsicht standhielt.

Mit der Zeit erschienen in den Zeitschriften über Afrika, die in Europa veröffentlicht, aber von unseren Regierungen finanziert wurden, Fotos von der Staatsdomäne und anderen, ihr ähnlichen, in anderen Teilen des Landes. Auf diesen Fotos war die Botschaft der Domäne klar und deutlich. Unter der Herrschaft unseres neuen Präsidenten war das Wunder geschehen: Aus Afrikanern waren moderne Menschen geworden, die mit Beton und Glas bauten und in Polstersesseln mit Bezügen aus Samtimitation saßen. Es war, als erfüllte sich Pater Huismans Prophezeiung vom Niedergang des afrikanischen Afrika und dem Erfolg des europäischen Einflusses.

Besucher aus den *cités*, aus den Barackenstädten und Dörfern in der Umgebung waren willkommen. Sonntags brachten Busse und Armeelastwagen Leute dorthin, und Soldaten spielten die Führer, leiteten sie durch die mit Richtungspfeilen versehenen Einbahnstraßen und zeigten den Leuten, die erst vor kurzem die Stadt hatten zerstören wollen, was ihr Präsident für Afrika getan hatte. Dabei waren die Häuser so schlampig gebaut, wenn man sich einmal an die Architektur gewöhnt hatte, und die Möbel so protzig. Noimon machte ein Vermögen mit seinem Möbelgeschäft. Rund herum lief das Leben von Einbaum, Bach und Dorf weiter; in den Bars der Stadt tranken die fremden Bauleute und Handwerker und machten leichtfertige Witze über das Land. Es war schmerzlich und es war traurig.

Der Präsident hatte uns ein neues Afrika zeigen wollen. Und ich sah Afrika, wie ich es noch nie gesehen hatte, die Niederlagen und Erniedrigungen, die ich bis dahin als gegeben hingenommen hatte. Und ich empfand Mitgefühl für den Großen Mann, die zerlumpten Dorfbewohner, die in der Domäne herumspazierten und die Soldaten, die ihnen die schäbigen Sehenswürdigkeiten zeigten, bis irgendein Soldat mich zum Narren hielt oder ein Zollbeamter Schwierigkeiten machte. Dann fiel ich in mein früheres Verhalten zurück, die bequemere Haltung der Ausländer in den Bars. Das alte Afrika, das alles aufzunehmen schien, war simpel; an diesem Ort blieb man gespannt. Wie mühsam war es, sich seinen Weg durch Dummheit und Aggression und Stolz und verletzte Gefühle zu bahnen.

Aber wofür sollte die Domäne benutzt werden? Die Gebäude machten stolz oder sollten es zumindest; sie befriedigten ein paar persönliche Bedürfnisse des Präsidenten. War das alles, wozu sie da waren? Sie hatten Millionen verschlungen. Der landwirtschaftliche Betrieb wurde nicht verwirklicht. Die Chinesen oder Taiwanesen tauchten nicht auf, um das Land des neuen afrikanischen Musterbetriebs zu bestellen; die sechs Traktoren, die eine ausländische Regierung gestiftet hatte, blieben in einer ordentlichen Reihe draußen stehen und rosteten, und um sie herum wuchs hohes Gras. Das große Schwimmbecken neben dem angeblichen Konferenzzentrum zeigte Risse und blieb leer, mit einem großen Netz aus Seilen überspannt. Die Domäne war schnell gebaut worden, und mit Sonne und Regen kam auch der Verfall schnell. Nach der ersten Regenzeit starben viele der jungen Bäume ab, die man neben die breite Hauptstraße gepflanzt hatte, ihre Wurzeln waren vollgesogen mit Wasser und verfault.

Aber für den Präsidenten in der Hauptstadt lebte die Domäne. Statuen und Laternen wurden angeschafft. Die sonntäglichen Besuche hielten an, und die Fotos in den auf Afrika spezialisierten, subventionierten Zeitschriften erschienen immer noch. Und dann fand man endlich einen Zweck für die Gebäude.

Die Domäne wurde Universitätskampus und Forschungszentrum. Das Konferenzzentrum wurde zu einem Polytechnikum umgebaut und andere Gebäude wurden zu Schlafsälen und Lehrerunterkünften. Dozenten und Professoren kamen aus der Hauptstadt und bald auch aus anderen Ländern; es entwickelte sich dort ein Leben, das neben unserem herlief und von dem wir in der Stadt wenig wußten. Und auf dieses Polytechnikum – an der Stelle der toten europäischen Vorstadt, die ich bei meinem ersten Besuch wie die Ruinen einer Zivilisation, die gekommen und gegangen war, empfunden hatte – wurde Ferdinand durch ein Regierungsstipendium geschickt, als er mit dem Lycée fertig war. Die Domäne lag einige Meilen von der Stadt entfernt. Es gab eine Busverbindung, aber sie war unregelmäßig. Ich hatte Ferdinand schon lange nicht mehr oft gesehen, und jetzt sah ich ihn noch seltener. Metty verlor einen Freund. Der Umzug Ferdinands machte den Unterschied zwischen den beiden Männern endgültig klar, und ich war sicher, daß Metty litt.

Meine eigenen Empfindungen waren komplizierter. Ich sah eine aufrührerische Zukunft für das Land voraus. Niemand würde hier sicher sein, kein Einwohner des Landes war zu beneiden. Aber ich konnte mir nicht helfen, ich dachte, was für ein Glück Ferdinand hatte, wie leicht man es ihm gemacht hatte. Man nahm einen Jungen aus dem Busch und brachte ihm Lesen und Schreiben bei; man walzte den Busch nieder und baute ein Polytechnikum und schickte ihn dorthin. Alles war so leicht, wenn man spät auf die Welt kam und alles schon gebrauchsfertig vorfand, was andere erst nach langer Zeit erreicht hatten – Schreiben, Drucken, Universitäten, Bücher, Wissen. Wir anderen mußten alles schrittweise nehmen. Ich dachte an meine Familie, Nazruddin, mich selbst – so behindert durch die Hinterlassenschaften von Jahrhunderten in unseren Gedanken und Gefühlen. Ferdinand hatte sich aus dem Nichts mit einem Schritt befreit und war im Begriff, uns davonzulaufen.

Die Domäne mit ihrer schäbigen Fracht war ein Schwindel. Weder der Präsident, der sie ins Leben gerufen hatte, noch die

Ausländer, die mit ihrer Errichtung ein Vermögen verdient hatten, glaubten an ihr Werk. Aber hatte es früher größeres Vertrauen gegeben? *Miscerique probat populos et foedora iungi:* Pater Huismans hatte die Anmaßung dieses Leitspruchs dargelegt. Er hatte an seine Wahrheit geglaubt. Aber wie viele Erbauer der früheren Stadt hätten mit ihm übereingestimmt? Und doch hatte dieser frühere Schwindel in gewisser Weise dazu beigetragen, die Menschen des Landes zu formen; und Menschen würden auch durch den neuen Schwindel geformt werden. Ferdinand nahm das Polytechnikum ernst, es würde ihn zu einem Anwärter für die Beamtenlaufbahn machen und ihm schließlich zu einer Machtposition verhelfen. Für ihn war die Domäne ausgezeichnet, so wie sie sein sollte. Er kam sich auf dem Polytechnikum genauso glanzvoll vor wie auf dem Lycée.

Es war absurd, auf Ferdinand eifersüchtig zu sein, der schließlich doch wieder in den Busch nach Hause ging. Aber ich war nicht nur eifersüchtig auf ihn, weil ich dachte, daß er mir gegenüber einen Wissensvorsprung gewänne und in Bereiche eindränge, die ich nie betreten würde. Ich war eher eifersüchtig auf die Überzeugung von seinem eigenen Glanz, seiner eigenen Wichtigkeit, die er schon immer gehabt hatte. Wir lebten auf demselben Flecken Erde; wir sahen dasselbe um uns herum. Aber für ihn war die Welt neu und wurde noch neuer. Für mich war dieselbe Welt düster, ohne Möglichkeiten.

Mir wurde die Stadt körperlich zuwider. Meine Wohnung blieb, wie sie immer gewesen war. Ich hatte dort nichts verändert, weil ich mit der Vorstellung lebte, ich müsse innerhalb eines Augenblicks alles als verloren betrachten können – das Schlafzimmer mit den weißgetünchten Fensterscheiben und dem großen Bett mit der Schaumstoffmatraze, die roh zusammengezimmerten Schränke mit meinen muffigen Kleidern und Schuhen, die Küche mit ihrem Geruch nach Petroleum und Bratenfett und Rost und Dreck und Küchenschaben, der kahle weiße Atelier-Wohnraum. Immer da, nie richtig mein, erinnerte sie mich nun bloß an das Verstreichen der Zeit.

Ich verabscheute die eingeführten Zierbäume, die Bäume meiner Kindheit; sie wirkten so unnatürlich in dem roten Straßenstaub, den der Regen in Schlamm verwandelte, dem verhangenen Himmel, der nur noch mehr Hitze verhieß, dem klaren Himmel, der stechende Sonne ankündigte, dem Regen, der selten kühlte und alles klamm machte, dem braunen Fluß mit den lila Blumen auf gummiartigen grünen Stengeln, die ewig vorbeitrieben, Tag und Nacht.

Ferdinand war nur ein paar Meilen weit weggezogen. Und ich, ihm vor kurzem noch überlegen, war eifersüchtig und verlassen.

Auch Metty schien seinen Gedanken nachzuhängen. Die Freiheit forderte ihren Preis. Einst hatte er die Sicherheit des Sklaven gehabt. Hier hatte er eine Vorstellung von sich als Mann angenommen, der an anderen Männern gemessen wurde. Das hatte ihm so weit nur Vergnügen gebracht. Aber nun schien es ihm auch ein wenig Bitterkeit zu bringen. Er schien sich von seinen Freunden fernzuhalten.

Er hatte viele Freunde, und alle möglichen Leute kamen ins Geschäft oder in die Wohnung, um sich nach ihm zu erkundigen. Manchmal schickten sie auch andere, um nach ihm zu fragen. Eine Botin erkannte ich bald wieder. Sie sah aus wie ein magerer Junge; die Sorte Mädchen, die man die Einbäume staken sah, die von ihren Leuten nur als Arbeitskraft betrachtet wurde, ein paar Hände. Harte Arbeit und schlechte Ernährung hatten sie offenbar geschlechtslos gemacht, ihre weiblichen Merkmale verschlissen und sie fast kahl zurückgelassen.

Sie kam gewöhnlich ins Geschäft, wenn sie zu Metty wollte, lungerte draußen herum. Manchmal sprach er mit ihr, manchmal war er grob zu ihr. Manchmal tat er, als würde er sie wegjagen, bückte sich und hob einen nicht vorhandenen Stein auf, wie es die Leute hier machten, wenn sie einen Straßenköter verscheuchen wollten. Niemand erkennt den Sklaven so schnell wie der Sklave oder weiß, wie man damit umgehen muß. Dieses Mädchen gehörte zu den Niedrigsten der Niedrigen; ihr Status, in welchem afrikanischen Haushalt sie auch immer war, würde dem eines Sklaven ähnlich sein.

Es gelang Metty, sie vom Geschäft zu vertreiben. Aber eines Nachmittags, als ich nach Geschäftsschluß in die Wohnung ging, sah ich sie draußen auf der Straße. Sie stand zwischen den staubigen, wild gewachsenen Grasbüscheln am Seiteneingang unseres Hinterhofes. Ein aschfarbener, ungewaschener Baumwollkittel mit weiten Ärmeln und weitem Ausschnitt hing lose von ihren knochigen Schultern und zeigte, daß sie darunter nichts trug. Ihr Haar war so spärlich, daß ihr Kopf geschoren aussah. Ihr dünnes, kleines Gesicht blickte finster, was aber nur ausdrücken sollte, daß sie nicht auf mich wartete.

Ich machte mir Tee, zog mich um, und als ich wieder ging, war sie immer noch da. Ich ging in den Hellenic Club, um wie jeden Nachmittag Squash zu spielen. Das hatte ich mir zur Regel gemacht: unter keinen Umständen, selbst wenn ich keine Lust hatte, den täglichen Sport aufzugeben. Danach fuhr ich zum Damm hinaus, in den portugiesischen Nachtklub auf der Klippe, der wieder instandgesetzt worden war, und aß dort gebratenen Fisch – ich bin sicher, in Portugal war er besser. Es war zu früh für die Band und die Leute aus der Stadt, aber der Damm war mit Flutlicht erleuchtet, und sie machten die bunten Lampen in den Bäumen für mich an.

Das Mädchen stand immer noch auf der Straße, als ich in die Wohnung zurück kam. Diesmal sprach sie mich an. Sie sagte: *»Metty – ki la?«*

Sie beherrschte nur ein paar Worte des hiesigen Patois, verstand es aber, und als ich sie fragte, was sie wolle, sagte sie: *»Popo malade. Dis – li Metty!«*

Popo hieß »Baby«. Metty hatte irgendwo in der Stadt ein Kind, und das Kind war krank. Metty hatte da draußen ein ganzes Leben, losgelöst von seinem Leben mit mir in der Wohnung, losgelöst von seiner morgendlichen Gewohnheit, mir Kaffee zu bringen, losgelöst vom Geschäft.

Ich war bestürzt. Ich fühlte mich betrogen. Hätten wir in unserem Anwesen an der Küste gelebt, hätte er sein eigenes Leben gehabt, aber ohne Geheimnisse. Ich hätte gewußt, wer seine Frau war, ich hätte gewußt, wann sein Kind geboren wurde. Ich hatte Metty an diesen Teil Afrikas verloren. Er war in einen Teil seiner Heimat gekommen, und ich hatte ihn verloren. Ich fühlte mich verlassen. Ich hatte die Stadt gehaßt, die Wohnung gehaßt, aber nun sah ich das Leben, das ich mir in der Wohnung eingerichtet hatte, als etwas Gutes, das ich verloren hatte.

Wie das Mädchen draußen, wie so viele andere Leute wartete ich auf Metty. Und als er endlich, sehr spät, nach Hause kam, begann ich sofort zu reden.

»Oh, Metty! Warum hast du mir nichts gesagt? Warum hast du mir das angetan?« Dann nannte ich ihn bei dem Namen, mit dem wir ihn zu Hause gerufen hatten: »Ali, Ali-wa! Wir leben zusammen. Ich habe dich unter meinem Dach aufgenommen und dich wie ein Mitglied meiner Familie behandelt. Und jetzt machst du so etwas!«

Pflichtbewußt, wie der Diener in alten Tagen, versuchte er, seine Stimmung meiner anzugleichen, versuchte, auszusehen, als litte er mit mir.

»Ich verlasse sie, *patron*. Sie ist ein Tier.«

»Wie kannst du sie verlassen? Du hast es nun einmal getan. Das kannst du nicht rückgängig machen. Du hast das Kind da draußen. Oh Ali, was hast du getan? Findest du es nicht abscheulich, ein kleines afrikanisches Kind zu haben, das mit hin und her wackelndem *toto* in einem fremden Hof herumläuft? Schämst du dich nicht, ein Junge wie du?«

»Es ist abscheulich, Salim.« Er kam und legte eine Hand auf meine Schulter. »Und ich schäme mich sehr. Sie ist nur eine afrikanische Frau. Ich verlasse sie.«

»Wie kannst du sie verlassen? Das ist nun dein Leben. Hast du nicht geahnt, daß es so kommen würde? Wir haben dich zur Schule geschickt, von den Mullahs unterrichten lassen. Und jetzt machst du so etwas!«

Ich spielte Theater. Aber es gibt Zeiten, in denen wir spielen, was wir wirklich fühlen; Zeiten, in denen wir mit gewissen Gefühlen nicht fertig werden und das Spiel leichter ist. Metty spielte auch Theater, tat, als sei er treu, erinnerte mich an die Vergangenheit, an andere Orte, an Dinge, an die ich es kaum aushielt zu denken in jener Nacht. Als ich, wie in einem Drama, sagte: »Warum hast du mir nichts gesagt, Metty?« führte er das Spiel um meinetwillen fort. Er sagte: »Wie konnte ich es Ihnen sagen, Salim? Ich wußte doch, Sie würden sich so aufführen.«

Woher wußte er das?

Ich sagte: »Weißt du, Metty, an deinem ersten Schultag bin ich mit dir gegangen. Du hast die ganze Zeit geweint. Du hast angefangen zu weinen, sobald wir aus dem Haus waren.«

Daran ließ er sich gern erinnern, an etwas, das so weit zurücklag. Er sagte beinahe lächelnd: »Ich habe viel geweint? Ich habe ein Geschrei gemacht?«

»Ali, du hast die Stadt in Grund und Boden geschrien. Du hattest dein weißes Käppchen auf und gingst die Gasse auf der Seite von Gokools Haus hinunter, und du hast gebrüllt. Ich konnte nicht mehr sehen, wo du hingingst. Ich hörte nur dein Gebrüll. Ich konnte es nicht aushalten. Ich dachte, sie täten dir etwas Schreckliches an, und ich habe für dich gebettelt, daß du nicht mehr zur Schule zu gehen brauchtest. Und dann gab es Ärger, dich zu bewegen, nach Hause zu kommen. Du hast das vergessen, und weshalb solltest du dich erinnern. Ich merke das schon die ganze Zeit, seit du hier bist. Du hast dich entwikkelt, als seist du dein eigener Herr.«

»Oh, Salim! Das dürfen Sie nicht sagen! Ich habe immer Respekt vor Ihnen.«

Das stimmte. Aber er war heimgekehrt, er hatte sein neues Leben gefunden. Wie sehr er es auch wünschte, er konnte nicht zurück. Er hatte die Vergangenheit abgeschüttelt. Seine Hand auf meiner Schulter – was half das nun?

Ich dachte: »Nichts steht still. Alles ändert sich. Ich werde kein Haus erben, und keins, das ich baue, werden meine Kinder bekommen. Diese Lebensweise ist vorbei. Ich bin über die Zwanziger hinaus, und was ich suche, seit ich meine Heimat verlassen habe, ist mir nicht begegnet. Ich habe nur immer gewartet. Ich werde bis ans Ende meines Lebens warten. Als ich hierherkam, war die Wohnung noch die Wohnung der belgischen Dame. Es war nicht mein Zuhause, es war eine Notunterkunft. Dann wurde die Notunterkunft mein. Nun hat sich wieder alles geändert.«

Später lag ich in meinem Schlafzimmer wach und wurde mir der unfreundlichen Welt bewußt. Ich empfand das ganze Leid eines Kindes, das an einem fremden Ort ist. Durch die weißgetünchten Fenster sah ich die Bäume draußen – nicht ihre Schatten, sondern eine Andeutung ihrer Umrisse. Ich hatte Heimweh, hatte seit Monaten Heimweh. Aber »Heimat« war kaum ein Ort, an den ich zurückkehren konnte. »Heimat« war etwas in meinem Kopf. Es war etwas, das ich verloren hatte. Und darin war ich den zerlumpten Afrikanern gleich, die in der Stadt, der wir dienten, so verachtet wurden.

So wie ich den Schmerz entdeckte und das Altern, das er mit sich bringt, überraschte es mich nicht, daß Metty und ich uns gerade in dem Augenblick so nahe sein sollten, in dem wir beide einsahen, daß unsere Wege sich trennten. Nur unser Bedauern um die Vergangenheit, unsere Trauer darüber, daß die Welt nicht still steht, hatte an dem Abend Nähe vorgetäuscht.

Unser Zusammenleben änderte sich nicht. Er wohnte weiterhin in seinem Zimmer in der Wohnung und brachte mir morgens Kaffee. Aber es herrschte stillschweigende Übereinkunft darüber, daß er draußen ein eigenes Leben hatte. Er veränderte sich. Er verlor die Heiterkeit und Fröhlichkeit des Dieners, der weiß, daß er versorgt wird, daß andere für ihn entscheiden, und damit verlor er auch die Unbekümmertheit um das, was gerade geschehen war, die Fähigkeit zu vergessen, die Bereitschaft für jeden neuen Tag. Er schien innerlich unzufrieden zu werden. Verantwortung war neu für ihn, und mit ihr mußte er trotz seiner Freunde und des neuen Familienlebens entdeckt haben, was Einsamkeit ist.

Ich hatte auch, als ich aus meinem gewohnten Leben ausbrach, entdeckt, was Einsamkeit ist und die Melancholie, die der Religion zugrundeliegt. Die Religion verwandelt diese Melancholie in ermutigende Furcht und Hoffnung. Aber ich hatte die Gebräuche und Tröstungen der Religion zurückgewiesen, ich konnte mich ihnen nicht wieder einfach so zuwenden. Die Traurigkeit über die Welt blieb etwas, mit dem ich ganz allein fertig werden mußte. Manchmal war sie stechend, manchmal gar nicht vorhanden. Und gerade als ich über die Traurigkeit wegen Metty und der Vergangenheit hinweg war, tauchte jemand aus der Vergangenheit auf. Von Metty geführt, der aufgeregt »Salim! Salim!« schrie, spazierte er eines Morgens ins Geschäft.

Es war Indar, der Mann, der meine Panik an der Küste zum Ausbruch gebracht, mich nach jenem Squashspiel auf dem Platz seines großen Hauses mit meinen Ängsten über unsere Zukunft konfrontiert hatte und mit einer Vision von Unglück und Verderben aus seinem Haus gehen ließ. Er hatte den Gedanken an Flucht in mir geweckt. Er war nach England auf die Universität gegangen, ich hierhin geflohen.

Und als Metty ihn jetzt hereinführte und ich an meinem Schreibtisch im Laden saß, die Waren wie immer auf dem Fußboden ausgebreitet, die Regale voll mit billigem Stoff und Wachstuch und Batterien und Schulheften, fühlte ich mich wieder von ihm ertappt.

Er sagte: »Ich habe vor ein paar Jahren in London gehört, daß du hier bist. Ich habe mich gefragt, was du wohl machst.« Er sprach zurückhaltend, irritiert und spöttisch zugleich, und schien ausdrücken zu wollen, daß er jetzt nicht mehr zu fragen brauche und nicht überrascht sei von dem, was er gefunden habe.

Es war alles so schnell gegangen. Als Metty hereinstürzte und rief: »Salim, Salim! Raten Sie mal, wer hier ist!«, ahnte ich sofort, daß es jemand sei, den wir beide von früher kannten. Ich dachte, es wäre Nazruddin oder jemand von meiner Familie, ein Schwager oder Neffe. Und ich dachte: »Das ist mir zuviel. Das Leben hier ist nicht mehr das alte. Ich kann diese Verantwortung nicht übernehmen. Ich will keinen Wohltätigkeitsverein leiten!«

Weil ich also jemanden erwartete, der im Namen von Familie und Gemeinschaft und Religion einen Anspruch an mich stellte, und mich innerlich und äußerlich darauf vorbereitete, bekam ich einen Schrecken, als Metty Indar ins Geschäft führte. Metty war außer sich vor Freude, und er tat nicht nur so, sondern war einen Moment lang begeistert davon, etwas aus den alten Zeiten wieder zum Leben zu erwecken, wieder ein Mann mit Verbindungen zu angesehenen Familien zu sein. Und ich, anstatt ein Mann voller Klagen zu sein, der einen vielleicht schon halb gebrochenen Neuankömmling mit seiner Melancholie in einem barschen Rat überschüttete – »Für dich ist kein Platz hier. Hier ist kein Ort für die Heimatlosen. Geh, such dir was anderes!« –, ich mußte das Gegenteil dessen sein. Ich mußte einen Mann darstellen, der erfolgreich und mehr als das war, hinter dessen langweiligem Laden sich ein größeres Unternehmen verbarg, das Millionen abwarf. Ich mußte der Mann sein, der das alles so geplant hatte, der in die zerstörte Stadt an der

Flußbiegung gekommen war, weil er die reiche Zukunft vorausgesehen hatte.

Ich konnte mich Indar gegenüber nicht anders verhalten. Ich hatte mich ihm immer unterlegen gefühlt. Seine Familie hatte uns alle übertroffen, obwohl sie neu an der Küste war. Und selbst ihre kleinen Anfänge – der Großvater war Eisenbahnarbeiter, später Geldverleiher auf dem Markt – waren durch das Gerede der Leute fast ehrwürdig geworden, eingebettet in ihre wunderbare Geschichte. Sie investierten gewagt und wirtschafteten gut; ihre Lebensart war viel besser als unsere, und sie hatten eine ungewöhnliche Leidenschaft für Sport und Spiele. Ich hatte sie immer für »moderne« Leute gehalten, deren Lebensstil sich beträchtlich von unserem unterschied. An solche Unterscheidungen gewöhnt man sich, mit der Zeit können sie einem sogar natürlich vorkommen.

Als Indar mir nach unserem Squashspiel an jenem Nachmittag mitgeteilt hatte, daß er auf eine englische Universität gehen würde, war ich nicht ärgerlich oder eifersüchtig auf ihn, weil er tat, was er tat. Ins Ausland gehen, die Universität besuchen – das gehörte zu seinem Stil, war zu erwarten gewesen. Ich war unglücklich wie ein Mann, der sich allein zurückgelassen und unvorbereitet für das Kommende fühlt. Und mein Groll auf ihn hing zusammen mit der Unsicherheit, die ich durch ihn fühlte. Er hatte gesagt: »Weißt du, wir sind hier gestrandet.« Seine Worte stimmten; ich wußte, daß sie stimmten. Aber weil er sie ausgesprochen hatte, mochte ich ihn nicht – er hatte gesprochen wie jemand, der das alles vorausgesehen und seine Vorkehrungen getroffen hatte.

Acht Jahre waren seit jenem Tag vergangen. Was er vorausgesagt hatte, war geschehen. Seine Familie hatte viel verloren; sie hatte ihr Haus verloren, und sie (die den Namen der Stadt an der Küste ihrem Familiennamen hinzugefügt hatte) hatte sich wie meine Familie zerstreut. Aber als er nun ins Geschäft trat, schien der Abstand zwischen uns der gleiche geblieben zu sein.

London war seinen Kleidern anzumerken, der Hose, dem gestreiften Baumwollhemd, dem Haarschnitt, seinen Schuhen (ochsenblutfarben, mit dünnen Sohlen, aber kräftig, ein wenig zu eng um die Zehen). Und ich – nun, ich war in meinem

Laden mit der roten ungepflasterten Straße und dem Marktplatz davor. Ich hatte so lange gewartet, so viel durchgemacht, mich verändert; aber für ihn hatte ich mich nicht geändert.

Bis dahin war ich sitzengeblieben. Als ich aufstand, durchzuckte mich Angst. Mich überfiel der Gedanke, daß er nur gekommen wäre, um mir schlechte Nachrichten zu bringen. Und mir fiel nichts anderes ein, als zu sagen: »Was bringt dich hierher, ans Ende der Welt?«

Er sagte: »Das würde ich nicht sagen. Du bist, wo was läuft!«

»›Wo was läuft?‹«

»Wo sich große Dinge tun. Sonst wäre ich nicht hier.«

Das war eine Erleichterung. Wenigstens gab er mir nicht wieder einen Marschbefehl, ohne zu sagen, wohin ich mich wenden sollte.

Metty strahlte die ganze Zeit Indar an, schüttelte den Kopf und sagte: »Indar, Indar!« Und Metty erinnerte sich auch an unsere Gastgeberpflicht. Er sagte: »Möchten Sie eine Tasse Kaffee, Indar?« Als wären wir an der Küste und er brauchte nur die Gasse hinunter zu Noors Strand zu gehen und auf einem schweren Messingtablett die kleinen Messingtassen voll Kaffee, süß und mit Satz, zu bringen. So einen Kaffee gab es hier nicht; nur große Porzellantassen mit Nescafé von der Elfenbeinküste. Es war nicht dasselbe – man konnte darüber nicht sitzen und schwatzen und nach jedem Schluck von dem heißen, süßen Gebräu wohlig seufzen.

Indar sagte: »Das wäre sehr nett, Ali.«

Ich sagte: »Hier heißt er Metty. Das bedeutet ›Mischling‹.«

»Läßt du dich so rufen, Ali?«

»Afrikaner, Indar. *Kafar.* Sie wissen doch, wie die sind.«

»Ich sagte: »Glaub ihm nicht. Er hat es gern. Es macht ihn sehr erfolgreich bei den Mädchen. Ali ist nun schon ein großer Familienvater. Er ist verloren.«

Metty sagte, schon unterwegs zum Lagerraum, um Kaffeewasser zu kochen: »Salim, Salim! Lassen Sie mich nicht ganz fallen!« Indar sagte: »Er war schon lange verloren. Hast du etwas von Nazruddin gehört? Ich habe ihn vor ein paar Wochen in Uganda getroffen.«

»Wie steht's denn jetzt da draußen?«

»Es normalisiert sich. Für wie lange – das ist eine andere

Sache. Nicht eine verdammte Zeitung hat sich für den König ausgesprochen. Hast du das gewußt? Wenn es um Afrika geht, wollen die Leute nichts wissen, oder sie haben ihre Prinzipien. Keiner kümmert sich einen Dreck um die Leute, die dort leben.«

»Du reist aber viel.«

»Das ist mein Beruf. Wie sieht's bei dir hier aus?«

»Seit der Rebellion sehr gut. Die Stadt blüht auf. Immobilien stehen phantastisch. An einigen Stellen kostet das Land nun zwanzig Franc pro Quadratmeter.«

Indar sah nicht beeindruckt aus – aber der Laden war auch nicht beeindruckend. Ich hatte außerdem das Gefühl, daß ich es ein bißchen weit getrieben hatte und das Gegenteil von dem erreichte, was ich mit Indar vorhatte. In meinem Wunsch, ihm zu beweisen, daß er einen falschen Eindruck von mir hatte, strich ich gerade die Persönlichkeit heraus, die er in mir sah. Ich redete, wie ich Händler in der Stadt reden gehört hatte, und wiederholte sogar, was sie sagten.

Ich versuchte eine andere Sprache und sagte: »Es handelt sich um ein spezialisiertes Unternehmen. Ein Markt für hohe Ansprüche wäre in mancher Hinsicht einfacher. Aber hier kann man nicht seinen persönlichen Zu- und Abneigungen folgen. Man muß genau wissen, was gebraucht wird. Und dann gibt es natürlich noch die Vertretungen. Da steckt das meiste Geld drin.«

Indar sagte: »Ja, ja, die Vertretungen. Das ist ja wie früher für dich, Salim.«

Darauf erwiderte ich nichts. Aber ich beschloß, die ganze Sache herunterzuspielen. Ich sagte: »Aber wie lange das noch anhält, weiß ich nicht.«

»Es hält so lange an, wie euer Präsident es will. Und keiner kann wissen, wie lange das sein wird. Er ist ein seltsamer Mann. Er scheint überhaupt nichts zu tun, und dann kann er handeln wie ein Chirurg, schneidet einfach weg, was ihm nicht gefällt.«

»So hat er mit der alten Armee aufgeräumt. Es war schrecklich, Indar. Er schickte Oberst Yenyi eine Botschaft mit der Order, in der Kaserne zu bleiben und den Befehlshaber der Söldner zu begrüßen. Also wartete er in voller Uniform auf der

Treppe, und als sie ankamen, ging er zum Tor. Sie haben ihn im Gehen erschossen. Und alle, die bei ihm waren.«

»Aber ihr seid deshalb mit heiler Haut davongekommen. Ich habe übrigens etwas für dich. Ich habe deinen Vater und deine Mutter besucht, bevor ich herkam.«

»Du warst zu Hause?« aber ich fürchtete mich, von ihm etwas darüber zu hören.

Er sagte: »Oh, ich war schon ein paarmal da seit den großen Ereignissen. So schlimm ist es nicht. Erinnerst du dich an unser Haus? Sie haben es in den Parteifarben angestrichen. Es ist eine Art Parteibüro jetzt. Deine Mutter hat mir eine Flasche Kokosnuß Chutney mitgegeben. Aber sie ist nicht für dich allein, sondern für Ali und dich. Das hat sie extra gesagt.« Und zu Metty, der gerade mit der Kanne mit heißem Wasser, den Tassen und der Dose Nescafé und der Kondensmilch zurückkam, sagte er: »Ma hat dir Kokosnuß Chutney geschickt, Ali.«

Metty sagte: »Chutney! Kokosnuß Chutney! Das Essen hier ist *horrible,* Indar.«

Wir setzten uns alle drei um den Schreibtisch und rührten Kaffee, Wasser und Kondensmilch zusammen.

Indar sagte: »Ich wollte nicht zurück, zumindest nicht beim ersten Mal. Ich dachte, es täte mir zu weh. Aber Flugzeuge sind etwas Wunderbares. Man ist immer noch an dem einen Ort, wenn man am anderen ankommt. Flugzeuge sind schneller als Gefühle. Man kommt schnell an und kommt schnell weg. Dann tut es nicht so weh. Und noch einen Vorteil haben Flugzeuge. Man kann viele Male an denselben Ort zurückkehren. Und wenn man oft genug zurückkehrt, passiert etwas Seltsames. Man hört auf, sich um die Vergangenheit zu grämen. Man erkennt, daß die Vergangenheit nur noch in den eigenen Gedanken existiert und nicht mehr im wirklichen Leben. Man trampelt auf der Vergangeheit herum, zermalmt sie. Am Anfang ist es, als trampele man auf einem Garten herum. Nachher hat man einfach Boden unter den Füßen. So müssen wir nun lernen zu leben. Die Vergangenheit ist hier«, er berührte sein Herz, »nicht dort.« Und er zeigte auf die staubige Straße.

Ich hatte das Gefühl, daß er diese Worte schon einmal gesprochen oder durchdacht hatte. Ich dachte: »Er kämpft darum, seinen Stil zu behalten. Wahrscheinlich hat er mehr gelitten als alle anderen.«

Da saßen wir drei und tranken Nescafé. Und ich fand diesen Augenblick herrlich.

Doch bis jetzt war die Unterhaltung einseitig gewesen. Er wußte alles über mich, ich wußte nichts über sein Leben in der letzten Zeit. Als ich in der Stadt ankam, hatte ich bemerkt, daß Unterhaltung für die meisten Leute hieß, Fragen über sich zu beantworten; sie fragten selten nach einem selbst, sie waren zu lange von der Umwelt abgeschnitten. Ich wollte nicht, daß Indar so etwas von mir glaubte. Und ich wollte wirklich etwas über ihn wissen. Also begann ich, ein wenig linkisch, zu fragen.

Er sagte, er sei seit ein paar Tagen in der Stadt und würde einige Monate bleiben. War er mit dem Dampfer gekommen? Er sagte: »Bist du verrückt? Sieben Tage lang mit Flußafrikanern eingepfercht sein? Ich bin geflogen.«

Metty sagte: »Ich würde niemals irgendwohin mit dem Dampfer fahren. Sie haben mir erzählt, es ist schrecklich. Und auf dem Kahn ist es noch schlimmer, wo die Latrinen sind und die Leute überall kochen und essen. Es ist ganz, ganz schrecklich, haben sie mir gesagt.«

Ich fragte Indar, wo er wohne – es war mir eingefallen, daß ich ihm zumindest als Geste meine Gastfreundschaft anbieten sollte. Wohnte er im van der Weyden?

Auf die Frage hatte er gewartet. Er sagte mit leiser und bescheidener Stimme: »Ich wohne in der Staatsdomäne. Ich habe dort ein Haus. Ich bin Gast der Regierung.«

Und Metty verhielt sich freundlicher als ich. Er schlug auf den Tisch und sagte: »Indar!«

Ich sagte: »Der Große Mann hat dich eingeladen?«

Er fing an, es einzuschränken. »Nicht genau. Ich habe meine eigene Dienststelle. Ich bin für ein Semester an das Polytechnikum verpflichtet. Kennst du es?«

»Ich kenne jemanden, der dort ist. Einen Studenten.«

Indar reagierte, als hätte ich ihn unterbrochen, als täte ich etwas Widerrechtliches und hätte kein Recht, einen Studenten am Polytechnikum zu kennen, obwohl ich doch hier lebte und er gerade angekommen war.

Ich sagte: »Seine Mutter ist eine *marchande,* eine meiner Kundinnen.«

Das war schon besser. Er sagte: »Du mußt einmal kommen und noch ein paar andere Leute da kennenlernen. Vielleicht magst du nicht, was dort vor sich geht. Aber du darfst nicht so tun, als geschähe es nicht. Den Fehler darfst du nicht noch einmal machen.«

Ich wollte sagen: »Ich lebe hier. In den letzten sechs Jahren habe ich hier ziemlich viel miterlebt.« Aber ich sagte es nicht. Ich unterstützte ihn in seiner Selbstgefälligkeit. Er hatte seine eigene Vorstellung davon, was ich für ein Mensch war – und er hatte mich tatsächlich in meinem Laden, bei dem in meiner Familie üblichen Geschäft ertappt. Er hatte seine eigene Vorstellung davon, was er war und was er getan hatte, von dem Abstand, den er zwischen sich und uns andere gelegt hatte.

Seine Selbstgefälligkeit ärgerte mich nicht. Ich erwischte mich dabei, daß ich sie genoß, so wie ich vor Jahren als Kind an der Küste Nazruddins Geschichten über sein Glück und die Freuden des Lebens hier, in dieser Kolonialstadt, genossen hatte. Ich hatte nicht wie Metty auf den Tisch geschlagen, aber was ich von Indar sah, beeindruckte mich. Und es erleichterte mich, die Unzufriedenheit, die er mich fühlen machte, beiseite zu schieben, zu vergessen, daß er mich ertappt hatte, und ihn geradewegs zu bewundern für das, was er aus sich gemacht hatte – seine Kleidung aus London und die Privilegien, die sich in ihnen ausdrückten, seine Reisen, sein Haus in der Domäne, seine Stellung am Polytechnikum.

Wenn man ihn bewunderte, ihm nicht wie ein Konkurrent oder Widersacher vorkam, wurde er umgänglich. Während wir über unserem Nescafé plauderten und Metty manchmal der Bewunderung, die auch sein Herr fühlte, nach Art eines Dieners lautstark Ausdruck gab, verlor sich Indars Unmut. Er wurde liebenswürdig, zeigte exzellente Umgangsformen, nahm Anteil. Gegen Ende des Vormittags fühlte ich, daß ich endlich einen Freund, der zu mir paßte, gefunden hatte. Und so einen Freund brauchte ich dringend.

Und weit davon entfernt, sein Gastgeber und Führer zu sein, wurde ich der Herumgeführte. Das war noch nicht einmal so absurd. Ich konnte ihm so wenig zeigen. Denn als ich ihn später an diesem Vormittag herumfuhr, entdeckte ich, daß man alle wichtigen Punkte der Stadt, die ich kannte, in ein paar Stunden zeigen konnte.

Es gab den Fluß mit einem Stück aufgebrochener Uferpromenade in Hafennähe. Dann gab es den Hafen selbst, die Werften mit offenen Wellblechschuppen voll rostiger Maschinenteile; und etwas den Fluß hinunter lag die zerstörte Kathedrale, die sehr schön überwuchert war und antik aussah wie etwas Europäisches – aber man konnte sie nur von der Straße betrachten, denn das Gestrüpp war zu dicht und berüchtigt wegen seiner Schlangen. Dann waren da die aufgerissenen Plätze mit den verunstalteten Denkmälern, die von ihren Sokkeln gestürzt waren und die Verwaltungsgebäude aus der Kolonialzeit an Gemüsepalmalleen; das Lycée, wo die Masken im Gewehrraum verrotteten (aber das langweilte Indar), das van der Weyden und Maheshs Bigburger Lokal, die man kaum einem Mann zeigen konnte, der schon in Europa gewesen war.

Es gab die *cités* und die Obdachlosenviertel (in einige davon kam ich zum ersten Mal) mit ihren Abfallbergen, ihren aufgeworfenen, staubigen Straßen und Unmengen alter Reifen, die im Staub lagen. Für mich waren die Abfallberge und Reifen typische Merkmale der *cités* und Slums. Die spindeldürren kleinen Kinder, die wir hier hatten, machten wunderbare Saltos von diesen Reifen, liefen und sprangen darauf herum und schnellten dann hoch in die Luft. Aber es war fast Mittag. Es gab keine Salto schlagenden Kinder, als wir vorbeifuhren. Nachdem wir eine leere Gedenktafel und Piedestale ohne Statuen passiert hatten, erkannte ich, daß ich Indar im wahrsten Sinne des Wortes einen Haufen Abfall zeigte. Ich beendete die Tour daraufhin abrupt. Die Stromschnellen und das Fischerdorf waren in die Domäne mit einbezogen; die hatte er schon gesehen.

Wir fuhren zur Domäne. Das zwischen der Stadt und der Domäne liegende Gebiet, früher brach, füllte sich mit den Behausungen Neuzugezogener aus den Dörfern, und diese Hütten schien ich in Indars Beisein zum ersten Mal richtig zu sehen; die rote Erde zwischen den Hütten mit Rinnsalen schwarzen oder graugrünen Unrats getränkt, jedes freie Fleckchen mit Mais und Maniok bepflanzt. Unterwegs sagte Indar: »Wie lange, sagst du, lebst du schon hier?«

»Sechs Jahre.«

»Und du hast mir alles gezeigt?«

Was hatte ich ihm nicht gezeigt? Ein paar Geschäfte, Häuser, und Wohnungen von innen, den Hellenic Club – und die Bars. Aber die Bars hätte ich ihm nie gezeigt. Und wirklich, wenn ich den Ort mit seinen Augen sah, war ich erstaunt darüber, daß ich mit so wenig ausgekommen war. Und so vieles nahm ich nicht mehr wahr. Denn trotz alledem hatte ich die Stadt als wirkliche Stadt betrachtet; nun sah ich sie als eine Anhäufung von Elendsbehausungen. Ich dachte, ich hätte dem Ort standgehalten. Aber ich hatte nur blind gelebt – wie die Leute, die ich hier kannte, und dabei hatte ich tief im Innersten geglaubt, mich von ihnen zu unterscheiden.

Daß Indar angedeutet hatte, ich lebte wie unsere Gemeinschaft in alten Zeiten und achtete nicht darauf, was vor sich ginge, hatte mir nicht geschmeckt. Aber so unrecht hatte er nicht. Er sprach über die Domäne; und für uns in der Stadt war die Domäne bloß eine Quelle für Geschäftsabschlüsse geblieben. Vom Leben dort wußten wir wenig und wollten auch nicht mehr wissen. Für uns gehörte die Domäne mit zur Verschwendung und Torheit des Landes. Aber, und das war wichtiger, sie gehörte für uns auch zur Politik des Präsidenten; und damit wollten wir nichts zu tun haben.

Wir waren uns der neuen Ausländer an der Peripherie unserer Stadt bewußt. Sie waren anders als die Ingenieure und Vertreter und Handwerker, die wir kannten, und wir fühlten uns ihnen gegenüber ein wenig unsicher. Die Leute aus der Domäne waren wie Touristen, aber sie gaben nichts aus – sie waren in der Domäne mit allem ausgestattet. Sie waren an uns nicht interessiert, und weil wir sie für protegierte Leute hielten, hatten sie für uns mit dem wahren Leben des Ortes nichts zu tun und waren deshalb nicht ganz real, nicht so real wie wir selbst.

Während wir die ganze Zeit dachten, wir seien weise und schützten unsere Interessen, wenn wir die Köpfe gesenkt hielten, waren wir, ohne es zu wissen, wie die Afrikaner geworden, über die der Präsident herrschte. Die Domäne war vom Präsidenten geschaffen; aus Gründen, die nur er kannte, hatte er bestimmte Ausländer eingeladen, dort zu leben. Das reichte uns, es stand uns nicht an, nachzufragen oder zu genau hinzusehen.

Manchmal, wenn Ferdinand in die Stadt gekommen war, um seine Mutter zu treffen, die zum Einkaufen dort war, hatte ich ihn anschließend zu seinem Wohnheim in der Domäne zurückgefahren. Was ich dabei gesehen hatte, war alles, was ich wußte, bis Indar mein Führer wurde.

Es war, wie Indar gesagt hatte. Er hatte ein Haus in der Domäne und war Gast der Regierung. Sein Haus war mit Teppichen ausgestattet und wie für ein Schaufenster möbliert – zwölf handgeschnitzte Stühle im Eßzimmer, Polstersessel in einem zweifarbigen gefransten Bezug aus synthetischem Samt im Wohnzimmer, überall Lampen, Tische, Klimaanlagen. Die Klimaanlagen brauchte man. Die Häuser der Domäne, schutzlos auf gerodetem Land, waren wie vornehmere Betonkästen, deren Dächer kein bißchen überstanden, so daß an sonnigen Tagen ein oder zwei Wände immer der prallen Sonne ausgesetzt waren. Zum Haus gehörte auch ein Boy in der Dieneruniform der Domäne – weiße Shorts, weißes Hemd und ein weißes *jacket de boy* (anstelle der Schürze der Kolonialzeit). Das war der Stil der Domäne für Leute in Indars Position. Es war der Stil des Präsidenten. Er hatte die Uniformen für die Boys verfügt.

Und in der fremden Welt der Domäne schien Indar gut angesehen zu sein. Ein Teil dieses Ansehens mußte der Institution zugeschrieben werden, zu der er gehörte. Er konnte mir nicht richtig erklären, was das für eine Institution war, die ihn auf Tournee durch Afrika schickte – oder vielleicht war ich auch nur zu naiv, es zu begreifen. Aber in der Domäne schienen noch mehrere Leute zu ebenso geheimnisvollen Gruppen zu gehören; und sie betrachteten Indar nicht als einen Mann aus unserer Gemeinschaft oder einen Flüchtling von der Küste, sondern als einen von ihnen. Für mich war das alles ein bißchen unverständlich.

Das waren also die neumodischen Ausländer, deren Ankunft wir in der Stadt schon seit einiger Zeit beobachtet hatten. Wir hatten sie afrikanische Kleidung anlegen sehen, und ihre Fröhlichkeit, unserer Vorsicht so unähnlich, ihre Freude über alles, was sie entdeckten, war uns aufgefallen. Und wir hatten sie für Schmarotzer gehalten, schon halb gefährlich, die irgendeinem versteckten Plan des Präsidenten dienten; Leute, mit denen man vorsichtig sein mußte.

Aber nun, wo ich öfter bei ihnen in der Domäne, ihrem Zufluchtsort in jeder Beziehung, war und so leicht in ihr Leben, ihre Welt der Bungalows und Klimaanlagen und ferienähnlichen Sorglosigkeit mit einbezogen wurde und in ihren intellektuellen Gesprächen die Namen berühmter Städte aufschnappte, schwenkte ich um und begann zu erkennen, wie abgekapselt und schäbig und festgefahren wir in der Stadt ihnen wohl vorgekommen waren. Ich entwickelte ein Gefühl für die gesellschaftlichen Anregungen, die das Leben in der Domäne gab, für die Leute, die einen neuen Umgang miteinander pflegten, offener waren, weniger mit Feinden und Gefahren beschäftigt, eher bereit, Anteil zu nehmen und unterhalten zu werden und nach dem menschlichen Wert des Mitmenschen zu fragen. In der Domäne hatten sie ihre eigene Art, über Leute und Ereignisse zu reden; sie standen mit der Welt draußen in Verbindung. Bei ihnen zu sein hieß, eine Neigung zum Abenteuerlichen zu haben.

Ich dachte an mein eigenes und Mettys Leben, an Shoba und Mahesh und ihre überhitzte Zurückgezogenheit, an die Italiener und Griechen – besonders die Griechen –, die wegen ihrer familiären Sorgen und ihrer Nervosität wegen Afrika und den Afrikanern verschlossen und verkrampft waren. Dort gab es kaum etwas Neues. Wenn ich also die wenigen Meilen zwischen der Stadt und der Domäne zurücklegte, mußte ich auch immer eine Einstellung revidieren, eine neue Haltung einnehmen und fast jedesmal ein neues Land erblicken. Als ich mich ertappte, daß ich meine Freunde Shoba und Mahesh, die jahrelang so viel für mich getan hatten und bei denen ich mich so sicher gefühlt hatte, ganz anders beurteilte, schämte ich mich. Aber ich konnte nichts für diese Gedanken. Ich kippte zur anderen Seite, zum Leben der Domäne, wie ich es in Indars Begleitung erlebte.

In der Domäne war mir bewußt, daß ich zu der anderen Welt

gehörte. Wenn ich mit Indar Leute traf, merkte ich, daß ich wenig zu sagen wußte. Manchmal dachte ich, daß ich ihn vielleicht blamierte. Aber so ein Gedanke schien ihm nicht in den Sinn zu kommen. Er stellte mich überall als Freund seiner Familie von der Küste vor, ein Mitglied seiner Gemeinschaft. Er wollte mich nicht nur als Zeuge seines Erfolgs bei den Leuten der Domäne; es schien, als wollte er, daß ich daran teilhatte. So belohnte er mich für meine Bewunderung, und ich erkannte eine Empfindlichkeit in ihm die ich an der Küste nie bemerkt hatte. Sein Benehmen zeigte immer Taktgefühl; so geringfügig die Gelegenheit auch war, es war immer formvollendet. Ein wenig war es das Gehabe eines Impresarios. Aber es war auch der alte Stil seiner Familie; es war, als hätte er Sicherheit und Bewunderung gebraucht, um ihn wieder hervorzuholen. Und in der Künstlichkeit der Domäne hatte er seine ideale Umgebung gefunden.

Wir in der Stadt konnten Indar nichts bieten, was der Achtung und den gesellschaftlichen Anregungen, die er in der Domäne genoß, entsprach, wir wußten kaum zu würdigen, was er dort genoß. Wie sahen wir denn schon mit unserem durch jahrelange Unsicherheit entstandenen Zynismus die Menschen? Die Vertreter im van der Weyden beurteilten wir nach den Firmen, die sie repräsentierten, und nach ihrer Möglichkeit, uns Konzessionen zu erteilen. Weil wir solche Männer kannten, ihre Dienstleistungen in Anspruch nehmen konnten und sie uns schmeichelten, daß wir keine gewöhnlichen Kunden seien, die den vollen Preis bezahlen und in der Schlange stehen müßten, dachten wir, wir hätten die Welt bezwungen. Wir betrachteten diese Vertreter und Repräsentanten als mächtige Männer, um die man sich bemühen mußte. Händler beurteilten wir nach ihren gelungenen Winkelzügen, den Verträgen, die sie an Land zogen, und den Vertretungen, die sie ergatterten.

Mit den Afrikanern war es dasselbe. Sie beurteilten wir nach ihrer Fähigkeit, uns als Soldaten oder Zollbeamte oder Polizisten Dienste zu erweisen; und so beurteilten sie sich auch selbst. Die Mächtigen konnte man in Maheshs Bigburger Lokal entdecken. Sie, die an unserem Aufschwung teilhatten und nicht mehr so verlottert waren wie früher, trugen soviel Gold wie möglich – Brillen mit Goldrand, goldene Ringe, goldene Füller und Stifte, goldene Uhren mit massiven Goldarmbändern. Unter uns verspotteten wir die ordinäre und pathetische Gier der Afrikaner nach Gold. Gold – wie konnte das schon einen Menschen, der bloß ein Afrikaner war, verändern? Aber wir wollten selber Gold; und wir entrichteten regelmäßig unseren Tribut an die Afrikaner, die das Gold trugen.

Unsere Vorstellungen vom Menschen waren einfach; Afrika war ein Land, in dem wir überleben mußten. Aber in der Domäne war das anders. Dort konnten sie sich über Handel und Gold lustig machen, denn in der verzauberten Atmosphäre der Domäne, zwischen den Alleen und neuen Häusern, hatte man ein anderes Afrika geschaffen. In der Domäne waren Afrikaner – die jungen Männer am Polytechnikum – romantisch. Sie waren nicht immer bei den Parties oder Versammlungen anwesend, aber das ganze Leben der Domäne war auf sie hin angelegt. In der Stadt konnte »Afrikaner« Schmähung oder Geringschätzung ausdrücken, in der Domäne war der Begriff stolzer. Ein »Afrikaner« war dort ein neuer Mensch, an dem alle eifrig arbeiteten; ein Mensch, bereit, sein Erbe zu übernehmen – der wichtige Mann, als den Ferdinand sich schon vor Jahren am Lycée gesehen hatte.

Als sie noch in der Stadt auf dem Lycée waren, standen Ferdinand und seine Freunde – ganz bestimmt seine Freunde – den Dorfsitten und -gebräuchen noch nahe. Wenn sie keinen Unterricht hatten, nicht im Lycée oder mit Leuten wie mir zusammen waren, gingen sie im afrikanischen Leben der Stadt auf. Ferdinand und Metty – oder Ferdinand und jeder beliebige afrikanische Junge – konnten Freunde werden, weil sie so viel gemeinsam hatten. Aber in der Domäne kam es nicht in Frage, Ferdinand und seine Freunde mit den weißgekleideten Dienern durcheinanderzubringen.

Ferdinand und seine Freunde hatten eine klare Vorstellung davon, wer sie waren und was von ihnen erwartet wurde. Sie waren junge Männer mit einem Regierungsstipendium, bald würden sie Beamtenanwärter in der Hauptstadt werden und dem Präsidenten dienen. Die Domäne war das Werk des Präsidenten, und in der Domäne lebten sie in Gegenwart von Ausländern, die eine hohe Meinung von dem neuen Afrika hatten.

Selbst ich bekam in der Domäne etwas von der Romantik dieser Vorstellung mit.

So waren Ausländer und Afrikaner aufeinander eingespielt, und jeder wurde in einen Traum von Herrlichkeit und Neuartigkeit eingeschlossen. Von überall sah das Foto des Präsidenten auf uns herab. In der Stadt, in unseren Geschäften und Regierungsgebäuden, überall war das Foto des Präsidenten, des Herrschers; es mußte einfach da sein. In der Domäne färbte etwas von dem Ruhm des Präsidenten auf alle seine neuen Afrikaner ab.

Und sie waren klug, diese jungen Männer. Ich erinnerte mich an sie als kleine Gauner, beharrlich, aber dumm, mit einer Art Bauernschläue; und ich hatte angenommen, das Studium wäre nur sture Paukerei für sie. Wie andere in der Stadt glaubte ich, daß die Abschlußkurse für Afrikaner vereinfacht oder geändert worden seien. Vielleicht war es so; sie widmeten sich bestimmten Fächern besonders – internationale Beziehungen, Politologie, Anthropologie. Aber diese jungen Männer hatten einen scharfen Verstand und konnten wunderbar reden – und auf französisch, nicht Patois. Sie hatten sich schnell entwickelt. Vor ein paar Jahren noch war Ferdinand unfähig gewesen, sich einen Begriff von Afrika zu machen. Das war jetzt nicht mehr so. Die Zeitschriften über afrikanische Angelegenheiten – selbst die halb erschwindelten, subventionierten aus Europa – und Zeitungen (obwohl zensiert) hatten neue Ideen, Wissen, neue Ansichten verbreitet.

Eines Abends nahm Indar mich mit zu einem seiner Seminare in einem Hörsaal des großen Gebäudes, in dem das Polytechnikum untergebracht war. Das Seminar war nicht Teil eines Kurses, sondern eine Sonderveranstaltung und war an der Tür als englische Sprachübung beschrieben. Aber man erwartete wohl mehr von Indar. Fast alle Pulte waren besetzt. Ferdinand war da, inmitten einer kleinen Gruppe.

Die eierschalenfarbenen Wände des Hörsaals waren kahl bis auf ein Foto des Präsidenten – nicht in Uniform, sondern mit einer Kappe aus Leopardenfell wie die Häuptlinge sie trugen, einer kurzärmeligen Jacke und einem getupften Halstuch. Indar, der unter diesem Foto saß, begann ungezwungen über andere Gegenden Afrikas, die er besucht hatte, zu reden, und die jungen Männer waren fasziniert. Ihre Einfalt und ihr Eifer waren erstaunlich. Trotz der Kriege und Staatsstreiche, von denen sie hörten, war Afrika für sie immer noch der neue Kontinent, und sie benahmen sich, als ob Indar wie sie empfände, fast einer von ihnen wäre. Die Sprachübung lief auf eine Diskussion über Afrika hinaus, und ich merkte, wie Themen des Polytechnikums, Themen aus Vorlesungen sich aufdrängten. Einige Fragen zündeten wie Sprengstoff, aber Indar war sehr gut, immer ruhig, nie überrascht. Er war wie ein Philosoph; er versuchte, die jungen Männer dahin zu bringen, daß sie ihre eigenen Worte prüften.

Sie redeten eine Weile über den Staatsstreich in Uganda und über die Stammes- und Religionsunterschiede dort. Dann drehte sich das Gespräch allgemein um Religion in Afrika.

In der Gruppe um Ferdinand entstand Unruhe. Und Ferdinand – wohl wissend, daß ich da war – stand auf und fragte: »Könnte der ehrenwerte Besucher mitteilen, ob er denkt, den Afrikanern sei durch das Christentum die persönliche Entwicklung genommen worden?«

Indar tat, was er vorher auch getan hatte. Er formulierte die Frage neu. Er sagte: »Ich vermute, Sie wollen in Wirklichkeit wissen, ob Afrika mit einer nicht-afrikanischen Religion gedient sein kann. Ist der Islam eine afrikanische Religion? Glauben Sie, daß den Afrikanern durch ihn die persönliche Entwicklung genommen wurde?«

Ferdinand antwortete nicht. Es war wie früher – er hatte über einen gewissen Punkt nicht hinausgedacht.

Indar sagte: »Nun, ich vermute, man kann sagen, daß der Islam eine afrikanische Religion geworden ist. Es gibt ihn schon sehr lange auf diesem Kontinent. Und dasselbe gilt für die Koptische Kirche. Ich weiß nicht – vielleicht empfinden Sie, daß die Leute durch jene Religionen so entpersönlicht wurden, daß sie ihre Bindung an Afrika verloren. Würden Sie dem zustimmen? Oder würden Sie sagen, das seien Afrikaner einer besonderen Art?«

Ferdinand sagte: »Der ehrenwerte Besucher weiß sehr genau, welche Art Christentum ich meine. Er versucht, das Problem zu vertuschen. Er weiß, wie gering die afrikanische Religion geschätzt wird, und er weiß sehr genau, daß ihm eine direkte Frage über die Bedeutung oder Nichtbedeutung der afrikanischen Religion gestellt wurde. Der Besucher ist ein Herr, der Wohlwollen für Afrika aufbringt und weitgereist ist. Er kann uns raten. Deshalb fragen wir.«

Zum Zeichen der Zustimmung wurde mit den Pultdeckeln geklappert.

Indar sagte: »Um diese Frage beantworten zu können, müssen Sie mir erlauben, Ihnen eine zu stellen. Sie sind Studenten. Sie sind keine Dorfbewohner. Das können Sie uns nicht vormachen. Bald werden Sie in verschiedenen Berufen Ihrem Präsidenten und seiner Regierung dienen. Sie sind Menschen der modernen Welt. Brauchen Sie die afrikanische Religion? Oder hängen Sie aus Sentimentalität daran? Haben Sie Angst, sie zu verlieren? Oder glauben Sie, Sie müssen daran festhalten, nur weil es ihre ist?«

Ferdinands Augen wurden hart. Er klappte seinen Pultdekkel heftig zu und stand auf: »Sie stellen eine sehr komplizierte Frage!«

Und »kompliziert« war bei diesen Studenten ganz klar ein Ausdruck der Mißbilligung.

Indar sagte: »Sie vergessen, daß nicht ich diese Frage aufgeworfen habe. Sie haben sie gestellt, und ich habe lediglich um Information gebeten.«

Das stellte die Ordnung wieder her, bereitete dem Pultdekkelklappern ein Ende. Es machte Ferdinand wieder freundlich, und er blieb bis zum Ende des Seminars freundlich. Er ging danach zu Indar, während die Boys in den *jackets de boy* verchromte Servierwagen hereinrollten und Kaffee und Gebäck verteilten (das gehörte zu dem Stil, den der Präsident für die Domäne angeordnet hatte).

Ich sagte zu Ferdinand: »Du hast meinem Freund ganz schön zugesetzt.«

Er sagte: »Ich hätte es nicht getan, wenn ich gewußt hätte, daß er Ihr Freund ist.«

Indar sagte: »Was empfinden Sie denn selbst für die afrikanische Religion?«

Ferdinand sagte: »Ich weiß es nicht. Deshalb habe ich gefragt. Es ist für mich keine einfache Frage.«

Als Indar und ich später das Gebäude des Polytechnikums

verließen und zu seinem Haus zurückgingen, sagte er: »Er ist recht beeindruckend. Ist er der Sohn deiner *marchande*? Das erklärt es. Er hat eine nicht ganz gewöhnliche Herkunft.«

Auf dem asphaltierten Platz vor dem Polytechnikum war die Flagge mit Flutlicht beleuchtet. Entlang der ganzen Hauptallee hoben schlanke Peitschenmasten zu beiden Seiten ihre Leuchtstoffarme; außerdem war die Allee wie eine Rollbahn mit Lampen im Gras beleuchtet. Einige Birnen waren zerbrochen, und um die Fassungen war hohes Gras gewachsen.

Ich sagte: »Seine Mutter ist auch eine Zauberin.«

Indar sagte: »Man kann nicht vorsichtig genug sein. Sie waren hartnäckig heute abend, aber die wirklich schwierige Frage wurde nicht gestellt. Weißt du, welche das ist? Ob Afrikaner Bauern sind. Es ist eine unsinnige Frage, aber große Kämpfe werden darüber ausgetragen. Was immer man sagt, man kriegt Ärger. Da siehst du, weshalb meine Arbeit notwendig ist. Solange wir ihnen nicht Denken beibringen können und realistische Vorstellungen geben anstelle von bloßer Politik und Prinzipien, werden diese jungen Männer unsere Welt für das nächste halbe Jahrhundert in Aufregung halten.«

Ich dachte, wie weit es mit uns beiden schon gekommen wäre, um so über Afrika zu reden. Wir hatten sogar gelernt, afrikanische Zauberei ernst zu nehmen. So war es an der Küste nicht gewesen. Aber als wir an dem Abend über das Seminar redeten, begann ich mich zu fragen, ob Indar und ich uns nicht selber täuschten und dem Afrika, über das wir redeten, erlaubten, sich vollkommen anders darzustellen als das Afrika, das wir kannten. Ferdinand wollte die Verbindung mit den Geistern nicht verlieren; er hatte Angst davor, auf sich gestellt zu sein. Wir alle verstanden seine Ängstlichkeit; aber es war, als hätte jeder im Seminar sich geschämt oder gefürchtet, darauf zu verweisen. In der Diskussion hatten andere Begriffe aus dem Umfeld von Religion und Geschichte vorgeherrscht. So war es in der Domäne, das Afrika da war etwas Besonderes.

Ich fragte mich auch, was mit Indar los war. Wie kam er zu seinen neuen Ansichten? Ich hatte gedacht, daß er Afrika seit den Ereignissen an der Küste haßte. Er hatte viel verloren; ich glaubte nicht, daß er vergeben hatte. Aber in der Domäne blühte er auf; das war seine Umgebung.

Ich war weniger »kompliziert«; ich gehörte zur Stadt. Wenn ich die Domäne verließ, um in die Stadt zurückzufahren, sah ich die Hütten und Abfallhügel, die riesige Flächen bedeckten, spürte den Fluß und den Urwald (die mehr als eine Bereicherung der Landschaft waren), sah die zerlumpten Gruppen vor den Getränkebuden, die Kochfeuer der Obdachlosen auf den Bürgersteigen im Zentrum der Stadt, und das machte aus dieser Rückfahrt eine Rückkehr in das Afrika, das ich kannte. Es bedeutete, aus der Euphorie der Domäne herabzusteigen, sich wieder mit der Realität auseinanderzusetzen. Glaubte Indar an das Afrika der Worte? Glaubte irgend jemand in der Domäne daran? War die Wahrheit nicht das, womit wir in der Stadt lebten – das Vertretergeschwätz im van der Weyden und den Bars, die Fotos vom Präsidenten in den Regierungsbüros und unseren Geschäften, die Kaserne in dem umgebauten Palast des Mannes aus unserer Gemeinde?

Indar sagte: »Glaubt man an irgend etwas? Kommt es darauf an?«

Es gab ein Ritual, das ich jedesmal mitmachte, wenn ich beim Zoll eine schwierige Lieferung deklarieren mußte. Ich füllte die Zollerklärung aus, faltete sie über fünfhundert Franc und übergab sie dem verantwortlichen Beamten. Sobald er seine Untergebenen hinausgeschickt hatte (die natürlich wußten, weshalb sie den Raum verlassen mußten), überprüfte er die Scheine zuerst mit den Augen. Dann nahm er sie an, überprüfte die Eintragungen auf der Erklärung mit übertriebener Sorgfalt und sagte dann bald: »*C' est bien, Mis' Salim. Vous êtes en ordre.*« Weder er noch ich ließen ein Wort über die Banknoten verlauten. Wir besprachen nur Einzelheiten der Zollerklärung, die, korrekt ausgefüllt und korrekt abgestempelt, als Beweis für unser korrektes Verhalten zurückblieb. Aber über den Kern der Transaktion ging man schweigend hinweg, und er hinterließ keine Spuren in den Akten.

In meinen Gesprächen mit Indar über Afrika – den Zweck seines Auftrags, die Domäne, seine Besorgnis um eingeführte Doktrinen, die Gefahr, in der Afrika schwebte, weil es noch so neu war, neue Gedanken, die von einem neuen Verstand, an dem alles so festhaftete wie an Heftpflaster, sicher aufgenommen wurden – fühlte ich, daß zwischen uns eine Unaufrichtigkeit lag oder nur eine unausgefüllte Stelle, eine Leere, die wir beide vorsichtig umgehen mußten. Das war unsere eigene Vergangenheit, das zerschlagene Leben unserer Gemeinschaft. Indar hatte bei unserem ersten Treffen morgens im Geschäft darauf hingewiesen. Er sagte, daß er gelernt habe, auf der Vergangenheit herumzutrampeln. Zuerst sei es, als trampele man auf einem Garten herum, dann habe man einfach Boden unter den Füßen.

Ich wurde selbst verwirrt. Die Domäne war Blendwerk. Aber gleichzeitig war sie wirklich, weil sie voller ernsthafter Männer (und ein paar Frauen) war. Gab es noch eine Wahrheit außerhalb der Menschen? Machten die Menschen die Wahrheit nicht für sich selbst? Alles, was Menschen taten oder machten, wurde wirklich. So zog ich zwischen der Domäne und der Stadt hin und her. Es war immer beruhigend, in die Stadt, die ich kannte, zurückzukehren, dem Afrika der Worte und Ideen, wie es in der Domäne existierte (und an dem oft genug keine Afrikaner teilnahmen), zu entkommen. Aber die Domäne und der Glanz und die gesellschaftlichen Anregungen, die das Leben dort gab, riefen mich immer wieder zurück.

8

Indar sagte: »Nach dem Essen gehen wir auf eine Party. Yvette gibt sie. Kennst du sie? Ihr Mann, Raymond, ist sehr zurückhaltend, aber er leitet den ganzen Zirkus hier. Der Präsident oder der Große Mann, wie ihr ihn nennt, hat ihn hier runtergeschickt, damit er ein Auge auf alles hat. Er ist der weiße Mann des Großen Mannes. In all den Dingern wie hier gibt es so jemanden. Raymond ist Historiker. Man sagt, der Präsident liest alles, was er schreibt. Jedenfalls geht das Gerücht um. Raymond weiß mehr als jeder andere auf Erden über das Land.«

Ich hatte noch nie von Raymond gehört. Den Präsidenten hatte ich nur auf Fotos gesehen – erst in der Uniform der Armee, dann in der schicken kurzärmeligen Jacke mit Halstuch und dann mit der Leopardenfellkappe eines Häuptlings und dem geschnitzten Stab zum Zeichen seiner Häuptlingswürde – und nie war mir in den Sinn gekommen, daß er gerne lese. Was Indar erzählte, brachte mir den Präsidenten näher. Gleichzeitig zeigte es mir, wie weit ich und meinesgleichen vom Zentrum der Macht entfernt waren. Wenn ich mich selbst aus dieser Entfernung betrachtete, sah ich, wie klein und verwundbar wir waren; und es schien mir beinahe unwirklich, daß ich, so wie ich gekleidet war, nach dem Essen durch die Domäne schlendern sollte, um Leute zu treffen, die in persönlicher Verbindung mit Glanz und Ruhm standen. Es war seltsam, aber das Land, der Urwald, die Gewässer und die in der Abgeschiedenheit lebenden Völker bedrückten mich nicht mehr – aus dem neuen Blickwinkel der Mächtigen betrachtet, fühlte ich mich darüber erhaben.

Nach Indars Mitteilungen hatte ich erwartet, daß Raymond und Yvette mittleren Alters seien. Aber die Dame – in schwarzen Hosen aus irgendeinem glänzenden Stoff –, die uns empfing, nachdem der Boy in seinem weißen Jackett uns hereingelassen hatte, war jung, Ende zwanzig, ungefähr in meinem Alter. Das war die erste Überraschung. Die zweite war, daß sie barfuß war, ihre Füße weiß und schön, wohlgeformt. Ich sah mir zuerst ihre Füße an, bevor ich ihr Gesicht und ihre Bluse betrachtete, schwarze Seide, Stickerei um den tiefgezogenen Kragen – teures Zeug, nicht von der Art, die man in unserer Stadt kaufen konnte.

Indar sagte: »Diese reizende Dame ist unsere Gastgeberin. Sie heißt Yvette.«

Er beugte sich über sie und schien sie in einer Umarmung zu umfassen. Es war eine Pantomime. Sie bog spielerisch ihren Rücken, um seine Umarmung entgegenzunehmen, aber seine Wange strich kaum über ihre, er berührte ihre Brust nicht, und nur seine Fingerspitzen ruhten auf ihrem Rücken, auf der Seidenbluse.

Es war ein Haus der Domäne, wie Indars. Aber alle Polstermöbel waren aus dem Wohnraum geschafft und durch Kissen und Polster und afrikanische Matten ersetzt. Auf dem Fußboden standen zwei oder drei Leselampen, so daß der Raum teilweise im Dunkeln lag.

Auf die Einrichtung anspielend, sagte Yvette: »Der Präsident hat eine übertriebene Vorstellung von den Bedürfnissen der Europäer. Ich habe das ganze Samtzeug in ein Schlafzimmer abgeschoben.«

Weil ich mich daran erinnerte, was Indar mir erzählt hatte, ignorierte ich die Ironie in ihrer Stimme und dachte, daß sie so sprach, weil sie Privilegien genoß, das Privileg, dem Präsidenten nahezustehen.

Es waren schon eine Menge Leute da. Indar folgte Yvette tiefer in den Raum, ich folgte Indar.

Indar sagte: »Wie geht's Raymond?«

Yvette antwortete: »Er arbeitet. Er sieht später mal rein.«

Wir setzten uns alle drei vor einen Bücherschrank. Indar lehnte sich bequem gegen ein Polster, ein Mann, der sich zu Hause fühlte. Ich konzentrierte mich auf die Musik. Wie so oft, wenn ich mit Indar in der Domäne war, hatte ich mich darauf eingestellt, nur zu gucken und zu hören. Und dies hier war alles neu für mich. Ich war noch nie auf einer Party in der Domäne gewesen. Und eine Atmosphäre wie in diesem Raum hatte ich noch nie erlebt.

Zwei oder drei Paare tanzten; ich hatte Visionen von Frauenbeinen. Vor allem hatte ich die Vision eines Mädchens in einem grünen Kleid, das auf einem geradlehnigen Eßzimmerstuhl (einem aus dem Zwölferset des Hauses) saß. Ich studierte ihre Knie, ihre Schenkel, ihre Fesseln, ihre Schuhe. Es waren keine besonders schönen Beine, aber sie übten eine Wirkung auf mich aus. Seitdem ich erwachsen war, hatte ich Erleichterung in den Bars der Stadt gesucht. Ich kannte nur Frauen, die man bezahlen mußte. Die andere Seite des Lebens der Leidenschaften, frei gegebene und empfangene Umarmungen, kannte ich nicht, und ich hatte begonnen, das als etwas zu betrachten, das nur für die anderen und nicht für mich da war. Und so war meine Befriedigung immer eine Bordell-Befriedigung gewesen, die eigentlich gar keine Befriedigung war. Ich wußte, das hatte mich immer weiter vom wahren Leben der Sinne weggetrieben, und ich fürchtete, es hätte mich für dieses Leben unfähig gemacht.

Ich war nie in einem Raum gewesen, in dem Männer und Frauen aus gemeinsamem Vergnügen und aus der Freude an der Gesellschaft des anderen tanzten. Zitternde Erwartung lag in den plumpen Beinen des Mädchens in dem grünen Kleid. Das Kleid war neu, lose gesäumt, ohne Bügelfalte und erinnerte immer noch an den Stoff, wie er ausgemessen und gekauft wurde. Später sah ich sie tanzen, beobachtete die Bewegungen ihrer Beine, ihrer Schuhe; und in mir wurde ein solches Wohlgefühl ausgelöst, daß ich fühlte, ich hatte einen Teil von mir, den ich verloren hatte, wiedergefunden. Ich achtete nicht auf das Gesicht des Mädchens, und es war leicht, es im Halbdämmer unerkannt zu lassen. Ich wollte in Wonne versinken; ich wollte, daß nichts diese Stimmung verdarb.

Und die Stimmung wurde noch betörender. Die Musik, die gerade spielte, ging zu Ende, und in dem wunderschön erleuchteten Raum, wo die Lampen auf dem Boden verschwommene Lichtkreise an die Decke warfen, hörten die Paare zu tanzen auf. Was als nächstes kam, ging mir zu Herzen – traurige Gitarren, Worte, ein Lied, ein amerikanisches Mädchen sang ›Barbara Allen‹.

Diese Stimme! Sie brauchte keine Musik, sie brauchte kaum Worte. Sie selbst schuf die Melodie, sie selbst schuf eine ganze Welt der Gefühle. Es ist genau das, was Leute unserer Herkunft in Musik und Gesang suchen – Gefühl. Das bringt uns dazu, »*Wa-wa!* Bravo!« zu rufen und einem Sänger Geld und Gold zu Füßen zu werfen. Als ich dieser Stimme zuhörte, spürte ich, wie der innerste Teil meines Ichs wieder erwachte, der Teil, der Verlust, Heimweh, Kummer und Verlangen nach Liebe kannte. Und in dieser Stimme war ein Versprechen für jeden, der zuhörte.

Ich sagte zu Indar: »Wer ist die Sängerin?«

Er sagte: »Joan Baez. Sie ist in den Staaten sehr berühmt.«

»Und Millionärin«, sagte Yvette.

Ich fing an, ihre Ironie zu erkennen. Sie ließ das, was sie sagte, als etwas Wichtiges erscheinen, auch wenn sie in Wirklichkeit sehr wenig gesagt hatte – und schließlich spielte die Platte in ihrem Haus. Sie lächelte mich an, vielleicht lächelte sie über das, was sie gesagt hatte, oder sie lächelte, weil ich Indars Freund war oder weil sie glaubte, es stünde ihr gut.

Ihr linkes Bein war hochgezogen, ihr rechtes Bein lag mit angewinkeltem Knie flach auf dem Kissen, auf dem sie saß, so daß ihre rechte Ferse fast gegen ihren linken Knöchel stieß. Schöne Füße, deren Weiß wundervoll war gegen das Schwarz ihrer Hose. Ihre aufreizende Haltung, ihr Lächeln – das ging in die Stimmung des Liedes mit ein; zu viel, um darüber nachzudenken.

Indar sagte: »Salim kommt aus einer unserer ältesten Familien an der Küste. Sie haben eine interessante Geschichte.«

Yvettes Hand lag weiß auf ihrem rechten Oberschenkel.

Indar sagte: »Ich möchte dir etwas zeigen.«

Er lehnte sich über meine Beine und griff hinauf in den Bücherschrank. Er nahm ein Buch heraus, öffnete es und zeigte mir, wo ich lesen sollte. Ich hielt das Buch auf den Fußboden, um Licht von einer Leselampe zu bekommen, und sah in einer Aufzählung von Namen die von Raymond und Yvette; der Autor des Buches würdigte sie als die großzügigsten aller Gastgeber bei einem kürzlichen Aufenthalt in der Hauptstadt.

Yvette lächelte weiterhin, aber nicht aus Bescheidenheit oder Verlegenheit; es war auch keine Ironie jetzt. Ihr Name in dem Buch war ihr wichtig.

Ich gab Indar das Buch zurück, wandte mich von Yvette und ihm ab und wieder der Stimme zu. Nicht alle Lieder waren wie ›Barbara Allen‹. Einige waren modern, über Krieg und Ungerechtigkeit und Unterdrückung und atomare Vernichtung. Aber dazwischen kamen immer die alten, süßen Melodien. Auf sie wartete ich, aber am Ende verband die Stimme die zwei Arten Lieder, verband die Mädchen und Liebenden und den traurigen Tod vergangener Zeiten mit den Leuten von heute, die unterdrückt waren und dem Tod nahe.

Es war Augenwischerei – das bezweifelte ich keinen Augenblick. Man konnte nicht süßen Liedern über Ungerechtigkeit zuhören, wenn man nicht selbst Gerechtigkeit erwartete und sie auch meistens bekam. Man konnte nicht Lieder über das Ende der Welt singen, wenn man nicht – wie die anderen Leute in diesem Raum, der so schön war durch einfache Dinge: afrikanische Matten auf dem Boden und an den Wänden Speere und Masken – fühlte, daß die Welt sich weiterdrehte und man in ihr sicher aufgehoben war. Wie leicht war es in diesem Raum, davon auszugehen.

Das war draußen anders, und Mahesh hätte gespottet. Er

hatte gesagt: »Es ist nicht so, als gäbe es hier kein Recht oder Unrecht. Es gibt kein Recht.« Aber Mahesh schien mir weit weg. Wie reizlos war dieses Leben, das auch ich einmal geführt hatte! Es war besser, sich etwas vorzumachen, so wie ich das jetzt konnte. Es war besser, sich der Vorstellung der anderen anzuschließen, sich dem Gefühl zu überlassen, daß wir alle in diesem Raum angesichts von Ungerechtigkeit und drohendem Tod gut und tapfer lebten und uns durch Liebe trösteten. Noch bevor die Lieder endeten, fühlte ich, daß ich das Leben gefunden hatte, das ich immer wollte; ich wollte nie wieder gewöhnlich sein. Ich fühlte, daß ich durch einen Glücksfall über etwas gestolpert war, das dem gleichwertig war, was Nazruddin vor Jahren hier gefunden hatte.

Es war spät, als Raymond hereinkam. Auf Indars Drängen hatte ich sogar mit Yvette getanzt und ihre Haut unter der Seidenbluse gespürt; und als ich Raymond sah, kreisten meine Gedanken – die zu diesem Zeitpunkt schon von Möglichkeit zu Möglichkeit sprangen – zuerst um ihren Altersunterschied. Zwischen Yvette und ihrem Ehemann mußten dreißig Jahre liegen; Raymond war ein Mann Ende Fünfzig.

Aber ich sah meine Möglichkeiten schwinden, empfand sie als Träumerei, als ich den unverzüglich besorgten Ausdruck auf Yvettes Gesicht bemerkte – oder besser, in ihren Augen, denn ihr Lächeln behielt sie bei, ein Trick ihres Gesichts; als ich Raymonds sicheres Auftreten beobachtete, mich an seinen Beruf und seine Stellung erinnerte, mir der Vornehmheit seiner Erscheinung bewußt wurde. Es war die Vornehmheit der Intelligenz und geistigen Arbeit. Er sah aus, als hätte er gerade seine Brille abgenommen, und seine sanften Augen sahen auf eine attraktive Weise müde aus. Er trug eine Safarijacke mit langen Ärmeln; und mir kam der Gedanke, daß Yvette ihm den Stil – lange Ärmel anstatt kurzer – vorgeschlagen hatte.

Nach diesem besorgten Blick auf ihren Mann entspannte die beständig lächelnde Yvette sich wieder. Indar stand auf und holte einen Stuhl von der gegenüberliegenden Wand. Ramond bedeutete uns, zu bleiben, wo wir waren; er nahm die Gelegenheit, sich neben Yvette zu setzen, nicht wahr und setzte sich auf den Stuhl, mit dem Indar zurückkam.

Yvette sagte, ohne sich zu rühren: »Möchtest du etwas zu trinken, Raymond?«

Er sagte: »Das würde mir den Abend kaputt machen, Evie. Ich gehe gleich wieder in mein Zimmer.«

Raymonds Anwesenheit im Zimmer war aufgefallen. Ein junger Mann und Mädchen waren unserer Gruppe nähergerückt. Ein oder zwei andere Leute kamen dazu. Man begrüßte sich.

Indar sagte: »Ich hoffe, wir haben Sie nicht gestört.«

Raymond sagte: »Es war ein angenehmer Hintergrund. Wenn ich ein bißchen bedrückt aussehe, dann weil ich gerade jetzt, in diesem Zimmer, sehr mutlos wurde. Ich habe mich wie schon so oft gefragt, ob die Wahrheit jemals bekannt werden wird. Der Gedanke ist mir nicht neu, aber es gibt Zeiten, in denen er besonders schmerzhaft wird. Ich habe das Gefühl, daß alles, was man tut, vergeudet ist.«

Indar sagte: »Das ist Unsinn, Raymond! Natürlich braucht es seine Zeit, bis jemand wie Sie anerkannt wird, aber irgendwann kommt das. Was Sie tun, ist nicht sehr populär.«

Yvette sagte: »Sag ihm das mal, bitte!«

Einer der umstehenden Männer sagte: »Neue Entdeckungen zwingen uns ständig, unsere Vorstellungen über die Vergangenheit zu revidieren. Die Wahrheit ist immer da. Man kann sie erreichen. Die Arbeit dazu muß geleistet werden, das ist alles.«

Raymond sagte: »Die Zeit deckt die Wahrheit auf. Ich weiß. Das ist die klassische Vorstellung, die religiöse Vorstellung. Aber es gibt Zeiten, in denen man zu zweifeln beginnt. Kennen wir wirklich die Geschichte des Römischen Reiches? Wissen wir wirklich, was bei der Eroberung Galliens geschah? Ich habe in meinem Zimmer gesessen und mit Trauer an all die Dinge gedacht, die nie aufgezeichnet wurden. Glauben Sie, daß wir je die Wahrheit über das erfahren, was in den letzten hundert oder selbst fünfzig Jahren in Afrika geschah? All die Kriege, all die Rebellionen, all die Führer, all die Niederlagen?«

Stille breitete sich aus. Wir sahen Raymond an, der diesen Diskussionsbeitrag zu unserem Abend beigesteuert hatte. Aber die Stimmung knüpfte nahtlos an die der Lieder von Joan Baez an. Und wir dachten eine Weile, diesmal ohne Hilfe der Musik, über das Elend des Kontinents nach.

Indar sagte: »Haben Sie Mullers Artikel gelesen?«

Raymond sagte: »Über die Rebellion der Bapende? Er hat mir einen Probeabdruck geschickt. Er hatte großen Erfolg, habe ich gehört.«

Der junge Mann mit dem Mädchen sagte: »Ich habe gehört, sie wollen ihn nach Texas einladen, um da ein Semster zu lehren.«

Indar sagte: »Ich fand, das war alles dummes Zeug. Alle möglichen Klischees werden als neue Weisheit vorgeführt. Die Azande, das ist der Aufstand eines Stammes. Die Bapende, das ist bloß ökonomische Unterdrückung, das Gummigeschäft. Das kann mit den Budja und Babwa in einen Topf geworfen werden, indem man den religiösen Aspekt unter den Tisch fallen läßt. Genau das macht das Bapende-Gerangel so wunderbar. Genau das passiert immer, wenn Leute sich Afrika zuwenden, um schnell die akademische Leiter raufzufallen.«

Raymond sagte: »Er ist zu mir gekommen. Ich habe alle seine Fragen beantwortet und ihm alle meine Unterlagen gezeigt.«

Der junge Mann sagte: »Muller ist ein richtiger Senkrechtstarter, denke ich.«

Raymond sagte: »Ich mochte ihn.«

Yvette sagte: »Er kam zum Mittagessen. Sobald Raymond den Tisch verlassen hatte, waren die Bapende vergessen, und er sagte zu mir: ›Wollen Sie nicht mal mit mir ausgehen?‹ Einfach so! Sowie Raymond uns den Rücken gekehrt hatte!«

Raymond lächelte.

Indar sagte: »Ich habe Salim erzählt, Raymond, daß Sie der einzige sind, den der Präsident liest.«

Raymond sagte: »Ich glaube nicht, daß er zur Zeit viel zum Lesen kommt.«

Der junge Mann, dessen Mädchen nun eng bei ihm stand, sagte: »Wie haben Sie ihn kennengelernt?«

»Die Geschichte ist gleichzeitig einfach und außergewöhnlich«, sagte Raymond. »Aber ich glaube nicht, daß wir jetzt Zeit dafür haben.« Er schaute Yvette an.

Sie sagte: »Ich glaube nicht, daß jemand gerade jetzt dringend irgendwohin muß.«

»Es ist schon lange her«, sagte Raymond. »Es war zur Kolonialzeit. Ich unterrichtete an einem College in der Hauptstadt. Ich ging meinen Geschichtsforschungen nach. Aber natürlich kam es damals nicht in Frage, sie zu veröffentlichen. Seit dem berühmten Erlaß von 1922 hatten wir eine Zensur, auch wenn die Leute so taten, als gäbe es keine. Und natürlich war Afrika zu jener Zeit kein Thema. Aber ich habe nie ein Geheimnis daraus gemacht, was ich fühlte oder wo ich stand, und ich vermute, das hatte sich herumgesprochen. Eines Tages meldete man mir im College den Besuch einer alten Afrikanerin. Einer der afrikanischen Diener brachte mir die Nachricht, und er war nicht gerade beeindruckt von meiner Besucherin.

Ich forderte ihn auf, sie zu mir zu bringen. Sie war gar nicht so alt, eher im mittleren Alter. Sie arbeitete in einem großen Hotel in der Hauptstadt als Zimmermädchen und kam wegen ihres Sohnes zu mir. Sie gehörte einem der kleineren Stämme an, die nichts zu sagen hatten, und ich glaube, sie hatte niemanden in ihrem Volk, an den sie sich wenden konnte. Der Junge hatte die Schule beendet. Er war einem politischen Klub beigetreten und hatte verschiedene Gelegenheitsarbeiten angenommen. Aber nun hatte er das alles aufgegeben. Er tat überhaupt nichts mehr, blieb einfach zu Hause. Er ging nicht aus und wollte niemanden sehen. Er litt unter Kopfschmerzen, aber er war nicht krank. Ich dachte, sie würde mich bitten, dem Jungen Arbeit zu verschaffen. Aber nein, sie wollte nur, daß ich mir den Jungen ansähe und mit ihm redete.

Sie beeindruckte mich sehr. Ja, die Würde dieses Zimmermädchens war bemerkenswert. Eine andere Frau hätte gedacht, ihr Sohn sei behext und entsprechende Maßnahmen getroffen. Diese einfache Frau sah, daß das Leiden ihres Sohnes durch seine Bildung verursacht war. Deshalb war sie zu mir, dem Collegedozenten, gekommen.

Ich bat sie, den Jungen zu mir zu schicken. Die Vorstellung, daß seine Mutter mit mir über ihn gesprochen hatte, behagte ihm nicht, aber er kam. Er war scheu wie eine junge Katze. Was ihn auszeichnete – in hohem Maße sogar, würde ich sagen – war die Tiefe seiner Verzweiflung. Sie war nicht nur eine Folge der Armut und der fehlenden Perspektiven. Sie reichte viel tiefer. Und in der Tat, wenn man versuchte, die Welt mit seinen

Augen zu betrachten, bekam man selbst Kopfschmerzen. Er konnte der Welt nicht entgegentreten, in der seine Mutter, eine arme Frau Afrikas, solche Demütigungen erlitten hatte. Nichts konnte das ungeschehen machen. Nichts konnte ihm eine bessere Welt geben.

Ich sagte zu ihm: ›Ich habe dir zugehört, und ich weiß, daß diese verzweifelte Stimmung eines Tages nachläßt und du handeln willst. Dann darfst du dich auf keinen Fall mit dem politischen Leben, wie es jetzt ist, einlassen. Diese Klubs und Vereine sind Treffpunkte zum Fachsimpeln, Debattierklubs, in denen Afrikaner sich für Europäer in Positur setzen und hoffen, als entwickelt zu gelten. Sie zehren deine Leidenschaft auf und machen deine Begabung zunichte. Was ich dir jetzt sage, wird sich aus meinem Mund seltsam ausnehmen. Du mußt in die Armee eintreten. Du wirst keine Karriere machen, aber wichtige Sachkenntnisse erlangen. Du wirst etwas über Waffen und Transportwesen lernen, und du wirst auch etwas über Menschen lernen. Wenn du einmal verstanden hast, was die Armee zusammenhält, verstehst du auch, was das Land zusammenhält. Du könntest mir entgegnen: ›Aber ist es nicht besser für mich, Rechtsanwalt zu sein und ›*maitre*‹ genannt zu werden?‹ Ich sage: ›Nein, es ist besser für dich, ein gemeiner Soldat zu sein und den Feldwebel ›Sir‹ zu nennen.‹ Das ist kein Rat, den ich jemand anderem geben würde. Aber dir gebe ich ihn.‹«

Raymond hatte uns alle gefesselt. Als er zu sprechen aufhörte, ließen wir die Stille nachklingen, während wir ihn ansahen, wie er in seiner Safarijacke auf dem Stuhl saß, vornehm, das Haar zurückgekämmt, seine Augen müde, ein wenig dandyhaft auf seine Art.

Raymond brach schließlich die Stille und sagte in einem leichteren Ton, als ob er seine Geschichte kommentierte: »Er ist ein wirklich bemerkenswerter Mann. Ich glaube, wir zollen ihm nicht genügend Anerkennung für das, was er getan hat. Wir nehmen es als selbstverständlich hin. Er hat die Armee diszipliniert und diesem Vielvölkerstaat Frieden geschenkt. Man kann das Land wieder von einem Ende zum anderen durchqueren – obwohl die Kolonialmacht dachte, nur sie hätte das geschafft. Und am bemerkenswertesten ist, daß alles ohne Zwang geschafft wurde, vollkommen mit Zustimmung des

Volkes. Man sieht keine Polizei auf den Straßen. Man sieht keine Gewehre. Man sieht keine Armee.«

Indar, der neben der immer noch lächelnden Yvette saß, schien seine Beinhaltung verändern zu wollen, bevor er etwas sagte. Aber Raymond hob die Hand, und Indar rührte sich nicht.

»Und die Freiheit!« sagte Raymond. »Es ist bewundernswert, wie hier alle möglichen Ideen aus allen möglichen Systemen begrüßt werden. Ich glaube nicht«, sagte er und sprach Indar direkt an, wie um ihn dafür zu entschädigen, daß er ihm den Mund verboten hatte, »daß man Ihnen gegenüber auch nur angedeutet hat, daß Sie gewisse Dinge sagen müssen und andere nicht sagen dürfen.«

Indar sagte: »Wir haben hier absolut freie Hand.«

»Ich glaube nicht, daß es ihm auch nur einfiele, Sie einzuschränken. Er denkt, daß alle Ideen der Sache dienlich gemacht werden können. Man könnte sagen, er hungert richtig nach Ideen. Er benutzt sie alle auf seine eigene Art.«

Yvette sagte: »Ich wünschte, er würde die Uniform der Boys ändern; zurück zu den kurzen Hosen mit den langen weißen Schürzen wie in der guten alten Kolonialzeit. Oder lange Hosen und ein Jackett. Aber nicht kurze Hosen mit Jackett, wie ein Karnevalskostüm.«

Alle lachten, selbst Raymond, als wären wir froh, nicht mehr feierlich sein zu müssen. Yvettes Kühnheit war auch ein Beweis für die Freiheit, von der Raymond gesprochen hatte.

Raymond sagte: »Yvette zieht dauernd über die Uniformen der Boys her. Aber das ist der Einfluß der Armee und der Arbeit seiner Mutter in einem Hotel. Solange sie arbeitete, trug die Mutter die Dienstkleidung eines Zimmermädchens der Kolonialzeit. Die Boys in der Domäne müssen ihre tragen. Und das ist keine kolonialistische Uniform – das ist wichtig! Das muß in der Tat jeder, der heutzutage eine Uniform trägt, verstehen. Jeder in Dienstkleidung muß spüren, daß er einen persönlichen Vertrag mit dem Präsidenten hat. Und versuchen Sie mal, die Boys aus den Uniformen herauszubekommen. Sie werden keinen Erfolg haben. Yvette hat es versucht. Sie wollen diese Uniform tragen, wie absurd es uns auch vorkommt. Das ist das Erstaunliche an diesem Mann Afrikas – dieser Spürsinn, dieses Wissen darum, wann die Leute was brauchen.

Wir haben jetzt all diese Fotos von ihm in afrikanischer Tracht. Ich muß gestehen, als sie so zahlreich erschienen, war ich verwirrt. Ich brachte das Thema eines Tages in der Hauptstadt bei ihm zur Sprache. Die tiefe Einsicht, von der seine Antwort zeugte, erschütterte mich. Er sagte: ›Vor fünf Jahren, Raymond, wäre ich einer Meinung mit Ihnen gewesen. Vor fünf Jahren hätte unser afrikanisches Volk mit dem ihm eigenen grausamen Humor gelacht, und dieser Hohn hätte unser Land zerstört, weil seine Einigkeit noch zu gebrechlich war. Aber die Zeiten haben sich geändert. Die Menschen haben nun Frieden. Sie verlangen etwas anderes. Also sehen sie nicht mehr das Foto eines Soldaten. Sie sehen das Foto eines Afrikaners. Und das ist kein Bild von mir, Raymond. Das ist ein Bild aller Afrikaner.‹ «

Weil ich genau dasselbe fühlte, sagte ich: »Ja! Niemand von uns in der Stadt hängte das alte Foto gern auf. Aber das neue Foto zu sehen, ist etwas anderes, besonders in der Domäne.«

Raymond gestattete diese Unterbrechung. Er hob jedoch seine rechte Hand, um sich die Möglichkeit zum Weiterreden zu sichern. Und er fuhr fort:

»Ich dachte, ich würde das einmal überprüfen – erst letzte Woche, nebenbei bemerkt. Ich traf zufällig einen unserer Studenten vor dem Hauptgebäude. Und bloß um ihn zu provozieren, ließ ich eine Bemerkung über die Anzahl der Fotos vom Präsidenten fallen. Der junge Mann rügte mich ziemlich scharf. Deshalb fragte ich ihn, was er empfände, wenn er das Foto des Präsidenten sähe. Was dieser junge Mann mir in einer Haltung, so stramm wie ein Offiziersanwärter, sagte, wird Sie überraschen: ›Das ist ein Foto des Präsidenten. Aber hier in der Domäne sehe ich es als Student des Polytechnikums auch als ein Foto von mir selbst an.‹ Genau dieselben Worte! Aber das ist eine Eigenart großer Führer – sie spüren intuitiv die Bedürfnisse ihres Volks, lange bevor sie formuliert werden. Es bedarf eines Afrikaners, um Afrika zu regieren – das haben die Kolonialmächte nie richtig verstanden. Wie intensiv wir anderen auch Afrika studieren, wie groß unser Mitgefühl auch ist, wir werden immer Außenseiter bleiben.«

Der junge Mann, der jetzt mit seinem Mädchen auf einer Matte saß, fragte: »Kennen Sie die symbolische Bedeutung der Schlange auf dem Stab des Präsidenten? Stimmt es, daß in dem Bauch der menschlichen Figur auf dem Stab ein Fetisch ist?«

Raymond sagte: »Davon weiß ich nichts. Das ist ein Stab, ein Häuptlingsstab. Er ist einem Amtsstab oder einer Mitra vergleichbar. Ich glaube, wir dürfen nicht dem Irrtum verfallen, überall nach afrikanischen Mysterien zu suchen.«

Der kritische Unterton erzeugte einen kleinen Mißklang. Aber Raymond schien das nicht zu bemerken.

»Ich hatte neulich Gelegenheit, alle Reden des Präsidenten durchzusehen. Ich kann Ihnen sagen, es wäre interessant, sie zu veröffentlichen. Nicht die gesamten Reden, die sich unvermeidbar mit vielen tagesaktuellen Problemen befassen, sondern eine Auswahl, die wesentlichen Gedankengänge.«

Indar sagte: »Arbeiten Sie daran? Hat er Sie darum gebeten?«

Raymond hob die offene Hand und zog eine Schulter hoch, um zu bedeuten, daß es möglich sei, aber daß er über eine noch vertrauliche Angelegenheit nicht sprechen könne.

»Am interessantesten an diesen Reden, der Reihe nach gelesen, ist ihre Entwicklung. Man kann dabei sehr klar erkennen, was ich als Hunger nach Ideen beschrieben habe. Am Anfang sind die Begriffe simpel – Einigkeit, die koloniale Vergangenheit, Notwendigkeit des Friedens. Dann werden sie außerordentlich komplex und großartig, setzen sich mit Afrika, der Regierungsform, der modernen Welt auseinander. Wenn man es adäquat zusammenstellt, könnte solch ein Werk gut ein Handbuch für eine wahre Revolution auf dem ganzen Kontinent werden. Immer kann man darin auf die tiefe Verzweiflung des jungen Mannes stoßen, die mich vor langer Zeit so beeindruckt hatte. Immer hat man das Gefühl, daß der Schaden vielleicht nicht wieder gutzumachen sei. Immer klingt für die, die Ohren haben zu hören, der Schmerz des jungen Mannes um die Demütigungen seiner Mutter, des Zimmermädchens, mit. Dem ist er immer treu geblieben. Ich glaube, es wissen nicht viele Leute, daß er und seine Regierung Anfang des Jahres zum Dorf dieser Frau Afrikas gepilgert sind. Wurde so etwas je zuvor unternommen? Hat je ein Herrscher versucht, den afrikanischen Busch heilig zu halten? Dieser Akt der kindlichen Liebe treibt einem Tränen in die Augen. Können Sie sich die Erniedrigungen eines afrikanischen Zimmermädchens zur Kolonialzeit vorstellen? Das kann keine Pietät wieder gutmachen. Aber das ist alles, was wir zu bieten haben.«

»Oder wir können vergessen«, sagte Indar. »Wir können auf der Vergangenheit herumtrampeln.«

Raymond sagte: »Das tun die meisten afrikanischen Führer. Sie wollen Wolkenkratzer im Busch bauen. Dieser Mann will eine geheiligte Stätte errichten.«

Aus den Lautsprechern war Musik ohne Worte gekommen. Jetzt fing ›Barbara Allen‹ wieder an, und die Worte lenkten uns ab. Raymond stand auf. Der Mann, der auf der Matte gesessen hatte, erhob sich, um die Musik leiser zu stellen. Raymond gab ihm ein Zeichen, daß er sich nicht bemühen solle, aber das Lied wurde leise.

Raymond sagte: »Ich würde gern bei Ihnen bleiben. Aber leider muß ich an meine Arbeit zurück. Sonst könnte mir etwas entfallen. Ich finde, das Schwierigste bei der Prosadarstellung ist, eine Sache mit der anderen zu verbinden. Die Verbindung braucht nur aus einem Satz oder selbst einem Wort zu bestehen. Sie faßt das Vorhergegangene zusammen und bereitet einen auf das Folgende vor. Als ich bei Ihnen saß, ist mir eine mögliche Lösung für ein Problem eingefallen, von dem ich dachte, daß es äußerst schwierig zu bewältigen sei. Ich muß gehen und mir das notieren. Sonst könnte ich es vergessen.«

Er machte Anstalten, uns zu verlassen, aber dann blieb er stehen und sagte: »Ich glaube, man bringt nicht genug Verständnis dafür auf, wie schwer es ist, über etwas zu schreiben, worüber noch nie geschrieben wurde. Die gelegentliche wissenschaftliche Abhandlung über ein bestimmtes Thema, die Rebellion der Bapende oder so etwas – das hat seine eigene Form. Eine umfassendere Darstellung ist ganz etwas anderes. Und deshalb habe ich begonnen, Theodor Mommsen für den führenden Kopf der modernen Geschichtsschreibung zu halten. Unsere ganzen heutigen Diskussionen über die Römische Republik bauen nur auf Mommsen auf. Besonders die Probleme und Fragestellungen, sogar die Form der Darstellung der außerordentlich unruhigen Jahre der späten Republik – man könnte sagen, der deutsche Genius hätte alles entdeckt. Natürlich hatte Theodor Mommsen die tröstliche Gewißheit, daß er an einem großen Thema arbeitete. Diejenigen von uns, die auf unserem speziellen Gebiet arbeiten, haben eine solche Zusicherung nicht. Wir haben keine Vorstellung von dem Stellenwert, den die Nachwelt den Ereignissen zuspricht, die wir aufzuzeichnen versuchen. Wir haben keine Ahnung, wohin der Kontinent treibt. Wir können nur weitermachen.«

Er hörte abrupt auf, drehte sich um und ging aus dem Zimmer. Er ließ uns schweigend, ihm nachstarrend, zurück, und nur langsam wandten wir unsere Aufmerksamkeit Yvette zu, nun seine Repräsentantin hier, die unsere Beachtung lächelnd zur Kenntnis nahm.

Nach einer Weile sagte Indar zu mir: »Kennst du Raymonds Arbeiten?«

Natürlich kannte er meine Antwort. Aber um ihm den gewünschten Einstieg zu geben, sagte ich: »Nein, die kenne ich nicht.«

Indar sagte: »Das ist die Tragödie des Erdteils. Die großen Männer Afrikas sind unbekannt.«

Das war wie eine förmliche Dankesrede. Und Indar hatte seine Worte gut gewählt. Er hatte uns alle zu Männern und Frauen Afrikas gemacht, und weil wir keine Afrikaner waren, hatte uns dieser Anspruch besonders empfindsam für uns selbst gemacht. Zumindest für mich wurde dieses Gefühl bald durch die wieder laut gestellte Stimme von Joan Baez vertieft, die uns nach der angespannten Stimmung, die Raymond verbreitet hatte, wieder süß an unsere gemeinsame Tapferkeit und unser gemeinsames Leid erinnerte.

Indar wurde von Yvette umarmt, als wir gingen. Und ich als der Freund wurde auch umarmt. Ich genoß es, als Höhepunkt des Abends diesen Körper, der sich zu dieser späten Stunde weich anfühlte, an mich zu drücken und die Seide der Bluse und das Fleisch unter der Seide zu spüren.

Draußen schien der Mond – er war vorher noch nicht da

gewesen. Die Sichel stand hoch. Der Himmel hing voll schwerer Wolken, und das Mondlicht kam und ging. Es war sehr still. Man konnte die Stromschnellen hören, die ungefähr eine Meile entfernt waren. Die Stromschnellen im Mondschein! Ich sagte zu Indar: »Laß uns zum Fluß gehen.« Und er willigte ein.

Auf der weiten gerodeten Fläche der Domäne sahen die neuen Gebäude klein aus, und die Erde gab einem das Gefühl der Unermeßlichkeit. Die Domäne schien eine winzige Lichtung im Urwald zu sein, eine winzige Lichtung in der Unendlichkeit von Busch und Fluß – man konnte glauben, die ganze Welt bestände daraus. Der Mondschein verzerrte die Entfernungen, und wenn die Dunkelheit kam, schien sie bis auf unsere Köpfe herabzusinken.

Ich sagte zu Indar: »Was hältst du von Raymonds Ausführungen?«

»Raymond kann gut Geschichten erzählen. Aber vieles von dem, was er sagt, ist wahr. Was er über den Präsidenten und seine Ideen sagt, ist mit Sicherheit wahr. Der Präsident benutzt sie alle und bringt es irgendwie fertig, sie miteinander zu verknüpfen. Er ist der große afrikanische Häuptling, und er ist auch der Mann des Volkes. Er ist der Reformer, und er ist auch der Mann, der die afrikanische Seele wiederentdeckt hat. Er ist konservativ, revolutionär, alles. Er kehrt zu den alten Traditionen zurück, und er ist auch der Mann, der vorangeht, der Mann, der das Land bis zum Jahr 2000 zu einer Weltmacht macht. Ich weiß nicht, ob er das zufällig geschafft hat oder ob ihm jemand gesagt hat, was er tun soll. Aber der Mischmasch funktioniert, weil er sich im Gegensatz zu den anderen Typen immer wieder verändert. Er ist der Soldat, der sich entschloß, ein altmodischer Häuptling zu werden, und er ist der Häuptling, dessen Mutter Zimmermädchen war. Also ist er alles, und er ist alles ganz. Es gibt keinen im Land, der nicht von dieser Mutter, die ein Zimmermädchen war, gehört hat.«

Ich sagte: »Sie haben mich mit dieser Wallfahrt zum Dorf der Mutter reingelegt. Als ich in der Zeitung las, es handele sich um eine nicht publik gemachte Pilgerfahrt, habe ich sie auch dafür gehalten.«

»Er baut Ehrentempel für seine Mutter im Busch. Und gleichzeitig schafft er das moderne Afrika. Raymond sagt, er baue keine Wolkenkratzer. Nun, das tut er nicht. Er baut diese überaus teuren Domänen.«

»Früher besaß Nazruddin hier einmal ein Stück Land.«

»Und er hat es zu einem Schleuderpreis verkauft. Willst du mir das erzählen? Das ist eine afrikanische Geschichte.«

»Nein, Nazruddin hat gut verkauft. Er hat auf der Höhe des Booms vor der Unabhängigkeit verkauft. Er kam eines Sonntagsmorgens hier heraus und sagte: ›Das ist doch nur Busch.‹ Und er verkaufte.«

»Das könnte noch einmal passieren.«

Das Rauschen der Stromschnellen war lauter geworden. Wir hatten die neuen Gebäude der Domäne hinter uns gelassen und näherten uns den Fischerhütten, wie ausgestorben im Mondschein. Die mageren Dorfhunde, die im Mondschein fahl aussahen und schwarze Schatten warfen, trollten sich träge davon. Die Schifferstangen und Netze der Fischer hoben sich dunkel gegen das vielfach gebrochene Glitzern des Flusses ab. Und dann erreichten wir den alten Aussichtspunkt, der, mittlerweile repariert, mit neuen Mauern versehen war; um uns herum, alles andere übertönend, war das Tosen von Wasser über Felsen. Büschel von Wasserhyazinthen schossen vorbei. Die Hyazinthen waren weiß im Licht des Monds, ihre Ranken ein dunkles Gewirr, scharf abgehoben in schwarzen Schatten. War der Mond weg, konnte man nichts sehen; die Welt war dann nur das vertraute Rauschen von stürzendem, sich überschlagendem Wasser.

Ich sagte: »Ich habe dir nie gesagt, weshalb ich hergekommen bin. Das war nicht nur, um von der Küste wegzukommen oder dieses Geschäft zu führen. Nazruddin erzählte uns immer wunderbare Geschichten von der Zeit, die er hier erlebte. Deshalb bin ich gekommen. Ich dachte, ich könnte mein eigenes Leben leben, und ich dachte, daß ich mit der Zeit finden würde, was Nazruddin gefunden hatte. Aber dann kam ich nicht weiter. Ich weiß nicht, was ich getan hätte, wenn du nicht gekommen wärst. Wenn du nicht gekommen wärst, hätte ich nie erfahren, was hier direkt unter meiner Nase vor sich geht.«

»Es ist anders als alles, was wir kennen. Für Leute wie uns ist es verführerisch – Europa in Afrika, dem Afrika nach der

Kolonialzeit. Aber es ist weder Europa noch Afrika. Und von innen sieht es anders aus, kann ich dir sagen.«

»Du meinst, die Leute glauben nicht daran? Sie glauben nicht an das, was sie sagen und tun?«

»So plump ist keiner. Wir glauben, und wir glauben nicht. Wir glauben, weil so alles einfacher und sinnvoller wird. Und wir glauben nicht – nun, deswegen!« Und Indar wies mit einer ausladenden Handbewegung über das Fischerdorf, den Urwald, den mondbeschienenen Fluß.

Nach einiger Zeit sagte er: »Raymond sitzt ganz schön in der Klemme. Er muß immer weiter so tun, als sei er der Führer und Berater, um nicht erkennen zu müssen, daß für ihn die Zeit kommt, wo er nur noch Befehle empfängt. Er fängt tatsächlich schon an, Befehlen zuvorzukommen, um keine zu erhalten. Er wird verrückt, wenn er eingestehen muß, daß das seine Situation ist. Oh, er hat jetzt einen tollen Posten. Aber er ist auf dem absteigenden Ast. Man hat ihn aus der Hauptstadt geschickt. Der Große Mann geht seinen eigenen Weg und braucht Raymond nicht mehr. Jeder weiß das, aber Raymond glaubt, keiner wüßte es. Es ist furchtbar für einen Mann in seinem Alter, mit so etwas leben zu müssen.«

Aber was Indar sagte, ließ mich nicht an Raymond denken. Ich dachte an Yvette, die mir plötzlich durch die Geschichte von den Sorgen ihres Mannes näher gebracht wurde. Ich sah noch einmal die Bilder vor mir, die ich von ihr an diesem Abend hatte, ließ sozusagen den Film noch einmal ablaufen, rekonstruierte und interpretierte noch einmal, was ich gesehen hatte. Ich ließ diese Frau noch einmal erscheinen und ließ sie in der Haltung verharren, die mich verzaubert hatte: ihre weißen Füße nahe beieinander, ein Bein angezogen, das andere angewinkelt flach auf dem Boden. Ich ließ ihr Gesicht noch einmal erstehen, ihr Lächeln, eingebettet in die Stimmung der Lieder von Joan Baez und allem, was sie in mir ausgelöst hatten, und fügte diesem Bild noch die besondere Stimmung des Mondscheins, der Stromschnellen und der weißen Hyazinthen dieses großen afrikanischen Flusses hinzu.

9

An jenem Abend am Fluß begann Indar von sich selbst zu erzählen, nachdem er über Raymond gesprochen hatte. Der Abend, der mich angeregt hatte, hatte ihn entnervt und deprimiert; er war reizbar geworden, sobald wir Yvettes Haus verlassen hatten.

Als wir am frühen Abend zu der Party in ihrem Haus schlenderten, hatte er von Raymond als Star gesprochen, der der Macht nahestand, der weiße Mann des Großen Mannes, aber an den Stromschnellen sprach er dann ganz anders von Raymond. Als mein Führer war Indar ängstlich darauf bedacht, daß ich das Leben in der Domäne und seine Position dort richtig verstände. Nun, da ich den Glanz seiner Welt erfaßt hatte, war er wie ein Führer, der den Glauben an das, was er zeigte, verloren hatte. Oder wie ein Mann, der dachte, er könne etwas von seinem Glauben fahren lassen, weil er jemand anders zum Glauben gebracht hatte.

Der Mondschein, der mich unbeschwert werden ließ, verstärkte seine Niedergeschlagenheit; und aus dieser Niedergeschlagenheit heraus begann er zu sprechen. Die Stimmung dieses Abends hielt jedoch bei ihm nicht vor, am nächsten Tag hatte er sich wieder gefangen und war wie immer. Aber er war eher bereit zuzugeben, wenn er deprimiert war; und was er an diesem Abend umriß, griff er zu anderen Zeiten wieder auf und malte es aus, wenn sich eine passende Gelegenheit ergab oder wenn er in diese Stimmung verfiel.

»Wir müssen lernen, die Vergangenheit niederzutrampeln, Salim. Das habe ich dir gesagt, als wir uns wiedertrafen. Das sollte kein Grund zum Weinen sein, denn das trifft nicht nur auf dich oder mich zu. Es gibt höchstens ein paar Gebiete auf der Welt – tote Länder oder sichere und Länder, an denen alles vorbeiging – wo Menschen die Vergangenheit schätzen und daran denken können, ihren Erben Möbel und Porzellan zu hinterlassen. Das können die Menschen vielleicht in Kanada oder Schweden tun; in irgend einem ländlichen Departement voller Halbidioten in Chateaux in Frankreich; in einer verfallenden indischen Palaststadt oder einer toten Kolonialstadt in einem hoffnungslosen südamerikanischen Land. Überall sonst sind die Menschen in Bewegung, die Welt ist in ständiger Bewegung, und die Vergangenheit kann nur Schmerz verursachen.

Es ist nicht leicht, der Vergangenheit den Rücken zu kehren. Dazu kann man sich nicht einfach so entschließen. Du mußt dich dafür wappnen, sonst überfällt dich der Schmerz und bringt dich um. Deshalb halte ich an dem Bild von dem Garten fest, den man zertrampelt, bis er fester Boden wird – das ist ein schwacher Trost, aber er hilft. Diese Erkenntnis über die Vergangenheit hatte ich gegen Ende meines dritten Jahres in England. Und komischerweise kam sie mir an einem anderen Fluß. Du sagst, ich hätte dich hier zu dem Leben gebracht, nach dem du innerlich immer verlangt hast. Etwas Ähnliches begann auch ich an diesem Fluß in London zu empfinden. Ich traf damals eine Entscheidung für mich selbst. Und als indirekte Folge dieser Entscheidung bin ich nach Afrika zurückgekommen. Obwohl ich vorhatte, nie wiederzukommen, als ich abreiste.

Ich war sehr unglücklich, als ich wegging. Du erinnerst dich sicher. Ich habe versucht, dich zu entmutigen – ich habe sogar versucht, dich zu verletzen – aber das war nur, weil ich selber so niedergeschlagen war. Der Gedanke an die Arbeit von zwei Generationen, die überflüssig sein sollte – das war sehr schmerzlich. Der Gedanke an das Haus, das mein Großvater gebaut hatte und das ich verlieren sollte, der Gedanke an die Risiken, die er und mein Vater auf sich genommen hatten, um ein Geschäft aus dem Nichts aufzubauen, die Tapferkeit, die schlaflosen Nächte – es war alles sehr schmerzlich. In einem anderen Land hätten eine solche Leistung und Begabung uns zu Millionären gemacht, zu Aristokraten, oder uns zumindest für einige Generationen abgesichert. Dort löste sich alles in Rauch auf. Meine Wut galt nicht nur den Afrikanern. Sie galt auch unserer Gemeinschaft und unserer Zivilisation, die uns Energie gab, uns aber sonst vollkommen der Barmherzigkeit anderer überließ. Wie soll man gegen so etwas wüten?

Ich dachte, ich würde all das hinter mir lassen, als ich nach England ging. Weiter reichten meine Pläne nicht. Das Wort ›Universität‹ blendete mich, und ich war naiv genug, zu glauben, daß mich nach meiner Universitätszeit ein wunderbares

Leben erwartete. In diesem Alter kommen einem drei Jahre lang vor – man hat das Gefühl, daß alles passieren kann. Aber ich hatte nicht begriffen, in welchem Ausmaß unsere Zivilisation auch unser Gefängnis war. Ich hatte auch nicht begriffen, in welchem Ausmaß wir durch den Ort, an dem wir aufgewachsen waren, geformt, von Afrika und dem einfachen Leben an der Küste geprägt waren und wie unfähig wir geworden waren, die Welt draußen zu verstehen. Wir haben keine Möglichkeit, auch nur einen Bruchteil des Gedankenguts, der Wissenschaft und Philosophie und der Gesetze, die in die Errichtung der Welt draußen eingegangen sind, zu verstehen. Wir akzeptieren sie einfach. Wir sind damit aufgewachsen, ihr Hochachtung zu erweisen, und mehr können die meisten von uns nicht. Für uns ist die große Welt einfach da. Sie ist etwas, das die Glücklichen unter uns, wenn auch nur am Rande, erforschen können. Es fällt uns überhaupt nicht ein, daß wir selbst ihr etwas beisteuern könnten. Und deshalb bekommen wir nichts mit.

Wenn wir an einem Ort wie dem Londoner Flughafen ankommen, sind wir nur darum besorgt, nicht lächerlich zu wirken. Er ist schöner und komplizierter, als wir zu träumen wagten, aber wir achten nur darauf, die Leute sehen zu lassen, daß wir zurechtkommen und nicht eingeschüchtert sind. Es kann uns sogar einfallen, so zu tun, als hätten wir etwas Besseres erwartet. So dumm und stümperhaft sind wir! Und so verbrachte ich meine Universitätszeit in England; ich war nie überwältigt, immer leicht enttäuscht, begriff nichts, ließ mir alles gefallen, erreichte nichts. Ich sah und verstand so wenig, daß ich selbst am Ende meiner Universitätszeit Gebäude nur aufgrund ihrer Größe unterscheiden konnte und kaum den Wechsel der Jahreszeiten bemerkte. Und dabei war ich ein intelligenter Mann und konnte für Examen büffeln.

In der alten Zeit wäre ich nach drei solchen Jahren und einer mit knapper Not bestandenen Abschlußprüfung nach Hause zurückgekehrt, hätte mein Schild aufgehängt und mich dem Geldverdienen gewidmet; dafür hätte ich die Halbbildung, die ich mir angeeignet hatte, die Halbkenntnis der Bücher anderer Menschen eingesetzt. Aber das konnte ich natürlich nicht. Ich mußte bleiben, wo ich war und mir Arbeit besorgen. Ich hatte keinen Beruf gelernt, verstehst du? Dazu hatte mich zu Hause nichts gedrängt.

Eine ganze Zeit redeten die Jungen meines Jahrgangs an der Universität schon von Stellen und Einstellungsgesprächen. Die besonders Lebenstüchtigen redeten sogar schon von den Unkosten, die bei den Vorgesprächen entstanden und die manche Firmen zurückerstatteten. Die Brieffächer dieser Jungen in der Pförtnerloge steckten voll langer brauner Umschläge vom Stellenvermittlungskomitee der Universität. Die Jungen, die nicht die hellsten waren, hatten natürlich das reichhaltigste Angebot; sie konnten alles werden; und in ihre Fächer fielen die braunen Umschläge so dicht wie Herbstlaub. So war meine Haltung gegenüber diesen unternehmungslustigen Jungen – leicht spöttisch. Ich mußte mir eine Arbeitsstelle besorgen, aber ich hielt mich nicht für jemanden, der das Abenteuer mit den braunen Umschlägen mitmachen müßte. Ich weiß nicht, warum, es war einfach so. Und dann, fast gegen Ende meines Studiums, erkannte ich bestürzt und beschämt, daß ich es doch mitmachte. Ich traf eine Verabredung mit dem Stellungsvermittlungskomitee, zog an dem betreffenden Morgen einen dunklen Anzug an und ging hin.

Sofort, als ich ankam, wußte ich, daß mein Gang ergebnislos bleiben würde. Das Komitee sollte englische Jungen an englische Arbeitsstellen vermitteln; es war nicht für mich da. Das wurde mir sofort klar, als ich den Ausdruck auf dem Gesicht des Vorzimmermädchens sah. Aber es war nett, und der Mann im dunklen Anzug drinnen war auch nett. Meine afrikanische Herkunft interessierte ihn, und nach einem kurzen Gespräch über Afrika sagte er: ›Und womit kann diese große Organisation Ihnen dienen?‹ Ich wollte sagen: ›Können Sie mir nicht auch ein paar braune Umschläge schicken?‹ Aber statt dessen sagte ich: ›Ich hatte gehofft, das könnten Sie mir sagen.‹ Er schien das komisch zu finden. Um die Formalitäten der Angelegenheit zu erfüllen, nahm er meine Daten auf und versuchte dann, eine Unterhaltung in Gang zu bringen, von älterem dunklen Anzug zu jüngerem dunklen Anzug, von Mann zu Mann.

Er hatte mir jedoch wenig zu sagen. Und ich hatte ihm noch weniger zu sagen. Ich hatte der Welt kaum Beachtung geschenkt. Ich wußte weder, wie sie funktionierte, noch was ich darin tun könnte. Nach meinen drei Studentenjahren, in denen ich mich über nichts gewundert hatte, war ich von meiner Unwissenheit überwältigt; und in dem kleinen ruhigen Büro voller friedlicher Akten begann ich zu denken, daß die Welt draußen ein Ort des Schreckens sei. Mein Gesprächspartner im dunklen Anzug wurde ungeduldig. Er sagte: ›Um Himmels willen, Mann! Sie müssen mir einen Anhaltspunkt geben! Sie müssen doch irgendeine Vorstellung von der Arbeit haben, die Sie tun wollen!‹

Er hatte natürlich recht. Aber dieses ›Um Himmels willen, Mann!‹ kam mir unecht vor, wie etwas, das er von einem Vorgesetzten aufgeschnappt haben könnte und nun mir als jemand Geringerem an den Kopf warf. Ich wurde wütend. Ich kam auf die Idee, ihn mit einem äußerst feindseligen Blick festzunageln und zu sagen: ›Ihr Posten ist es, den ich will. Und ich will Ihren Posten, weil er Ihnen so großen Spaß macht.‹ Aber ich sprach es nicht aus; ich sagte überhaupt nichts, warf ihm nur den feindseligen Blick zu. So endete unser Gespräch ergebnislos.

Draußen beruhigte ich mich langsam. Ich ging in das Café, in dem ich morgens immer Kaffee trank. Zum Trost bestellte ich mir auch ein Stück Schokoladenkuchen. Aber dann entdeckte ich zu meiner Überraschung, daß ich mich gar nicht tröstete, ich feierte. Ich fand heraus, daß ich richtig glücklich war, am Vormittag im Café zu sitzen, Kaffee zu trinken und Kuchen zu essen, während mein Peiniger in seinem Büro so ein Getue wegen seiner braunen Umschläge machte. Es war nur ein Ausweichen und konnte nicht lange dauern. Aber ich erinnere mich an diese halbe Stunde als an eine pure Seligkeit.

Danach erwartete ich nichts mehr vom Vermittlungskomitee. Aber der Mann war immerhin ein anständiger Mann; Bürokratie ist Bürokratie; und ein paar braune Umschläge kamen für mich an, nicht zur rechten Jahreszeit, nicht mit dem großen Ansturm des Herbstes, der die Brieffächer in der Pförtnerloge verstopft hatte, sondern wie die letzten toten Blätter des Jahres, die von den Januarstürmen weggerissen werden. Eine Ölgesellschaft und zwei oder drei große Firmen mit Geschäftsverbindungen in Asien oder Afrika. Bei jeder Arbeitsplatzbeschreibung, die ich las, fühlte ich, wie sich das, was ich meine Seele nennen muß, zusammenkrampfte. Ich merkte, wie ich mir selbst gegenüber unehrlich wurde, mir etwas vormachte, mich davon überzeugte, daß ich genau der Richtige wäre für alles, was da beschrieben wurde. An diesem Punkt, vermute ich, hört das Leben für die meisten Leute auf. Sie erstarren in der Haltung, die sie annehmen, um sich der Arbeit und dem Leben, das andere Leute für sie geplant haben, anzupassen.

Keiner dieser Berufe lag mir. Und wieder amüsierte ich, ohne es zu wollen, meine Gesprächspartner. Einmal sagte ich: ›Ich habe keine Ahnung von Ihrem Unternehmen, aber ich kann mich damit auseinandersetzen.‹ Aus irgendeinem Grund haute das die Leute um – in diesem Fall ein dreiköpfiges Direktorium. Sie lachten und lachten, der älteste Mann am lautesten, und am Ende wischten sie sich die Lachtränen weg und entließen mich. Jede Ablehnung erleichterte mich, machte mir aber auch mehr Angst vor der Zukunft.

Ungefähr einmal im Monat ging ich mit einer Dozentin essen. Sie sah nicht schlecht aus, war ungefähr dreißig und sehr nett zu mir. Sie war ein ungewöhnlicher Mensch, weil sie so in Frieden mit sich selbst lebte. Deshalb mochte ich sie. Sie überredete mich zu dem absurden Unterfangen, das ich jetzt schildere.

Diese Dame war davon überzeugt, daß Leute wie ich in der Luft hingen, weil wir zwei Welten angehörten. Sie hatte natürlich recht. Aber damals schien mir das nicht so – ich dachte, ich sähe alles sehr klar –, und ich dachte, sie hätte die Idee von einem jungen Mann aus Bombay oder so, der sich wichtig machen wollte. Aber diese Dame dachte auch, daß meine Bildung und Herkunft mich heraushoben, und gegen die Vorstellung von meiner Außergewöhnlichkeit konnte ich nicht ankämpfen.

Ein außergewöhnlicher Mann, ein Mann zweier Welten, brauche eine außergewöhnliche Tätigkeit, und sie schlug vor, ich solle Diplomat werden. Dazu entschloß ich mich also auch, und das Land, dem ich zu dienen beschloß – da ein Diplomat nun einmal ein Land haben muß – war Indien. Es war absurd; selbst als ich es tat, wußte ich, daß es absurd war, aber ich schrieb einen Brief an die indische Hochkommission. Ich bekam eine Antwort und einen Vorstellungstermin.

Ich fuhr mit dem Zug nach London. Ich kannte London nicht sehr gut, und was ich kannte, gefiel mir nicht, und an diesem Morgen gefiel es mir noch weniger. Da war die Praed Street mit ihren Pornobuchläden, die keine richtige Pornographie führten, da war Edgware Road, in der die Geschäfte und Restaurants ständig die Besitzer zu wechseln schienen, da waren die Geschäfte und Menschenmassen in Oxford Street und Regent Street. Die Weite von Trafalgar Square gab mir Auftrieb, aber er erinnerte mich auch daran, daß ich das Ziel meiner Reise fast erreicht hatte. Und meine Mission hatte schon angefangen, mir peinlich zu sein.

Der Bus brachte mich den Strand hinunter, und ich stieg an der Ecke des Aldwych aus und überquerte die Straße zu dem Gebäude, das man mir als Indisches Haus zeigte. Wie hatte ich es verfehlen können, mit all den indischen Darstellungen auf den Mauern? Mir war heiß vor Verlegenheit.

Ich trug meinen dunklen Anzug und meine Universitätskrawatte, und ich betrat ein Gebäude in London, ein englisches Gebäude, das vortäuschte, es stamme aus Indien – einem Indien, das vollkommen anders war als das Land, von dem mein Großvater erzählt hatte.

Zum ersten Mal in meinem Leben packte mich Wut über die Kolonialzeit. Und es war nicht nur Wut auf London oder England, es war auch eine Wut auf die Leute, die es zugelassen hatten, daß sie in fremde Hirngespinste eingespannt wurden. Meine Wut ebbte auch nicht ab, als ich hineinging. Auch dort gab es wieder orientalische Darstellungen. Die uniformierten Boten waren englischer Nationalität und im mittleren Alter; sie waren ganz offensichtlich von der alten Geschäftsführung, wenn man so sagen kann, eingestellt worden und arbeiteten jetzt ihre letzten Jahre unter der neuen ab. Nie hatte ich mich dem Land meiner und deiner Vorfahren so verbunden und gleichzeitig so fremd gefühlt. Ich fühlte, in diesem Gebäude hatte ich einen wichtigen Teil meiner Vorstellung von mir selbst verloren. Ich fühlte, daß man mir auf grausamste Weise vor Augen geführt hatte, wo ich in der Welt stand. Und ich haßte es.

Es war ein kleiner Beamter, der mir geschrieben hatte. Die

Empfangsdame sprach mit einem der älteren englischen Boten, und er führte mich ohne große Umstände und unter asthmatischem Keuchen in einen Raum mit vielen Schreibtischen. An einem davon saß der Mann, zu dem ich wollte. Sein Schreibtisch war leer, und der Mann selbst wirkte ganz untätig und unbekümmert. Er hatte kleine lächelnde Augen, gab sich überlegen, und er wußte nicht, weshalb ich gekommen war.

Obwohl er ein Jackett und eine Krawatte trug, entsprach er nicht dem, was ich erwartet hatte. Er war nicht der Typ, für den ich einen dunklen Anzug angezogen hätte. Ich dachte, er gehörte in eine andere Art Büro, eine andere Art Gebäude, eine andere Art Stadt. Sein Name war der Name seiner Händlerkaste, und ich konnte ihn mir gut vorstellen, wie er mit einem Dhoti bekleidet in einem Tuchgeschäft in einer Basargasse auf einem Polster ruhte, seine Füße waren barfuß und er massierte seine Zehen, rollte abgestorbene Haut ab. Er war die Sorte Mensch, die sagen könnte: ›Hemdenstoff? Sie suchen Stoff für Hemden?‹ und, ohne sich von dem Polster zu erheben, eine Rolle Stoff auf das Tuch werfen würde, das auf dem Boden ihres Stands ausgebreitet war.

Er warf keinen Hemdenstoff vor mich auf den Schreibtisch, sondern den Brief, den er selber geschrieben und nun zu sehen verlangt hatte. Er begriff, daß ich Arbeit suchte, und seine kleinen Augen blinzelten vor Vergnügen. Ich fühlte mich sehr schäbig in meinem Anzug. Er sagte: ›Sie sprechen besser mit Mr. Varma darüber.‹ Der englische Bote führte mich schwer atmend und bei jedem Atemzug offenbar erstickend zu einem anderen Büro. Und dort verließ er mich.

Mr. Varma trug eine Hornbrille. Er saß in einem weniger überfüllten Büro und hatte viele Schriftstücke und Schnellhefter auf seinem Tisch. An den Wänden hingen Fotos von indischen Gebäuden und indischen Landschaften aus der britischen Zeit. Mr. Varma sah geplagter aus als der erste Mann. Er gehörte zum gehobenen Dienst; den Namen Varma hatte er vermutlich angenommen, um seine ursprüngliche Kaste zu verbergen. Mein Brief verwirrte ihn, aber er fühlte sich auch unbehaglich wegen meines dunklen Anzugs und der Universitätskrawatte, und er machte einen halbherzigen Versuch, ein Interview mit mir zu führen. Das Telefon klingelte oft, und unser Gespräch kam nie in Fluß. Nach einem der Telefongespräche verließ Mr. Varma mich und ging aus dem Zimmer. Er blieb eine Weile weg, und als er mit ein paar Dokumenten wiederkam, schien er überrascht, mich zu sehen. Er sagte mir dann, ich müsse zu einem Büro in einem anderen Stockwerk gehen und schenkte mir zum ersten Mal richtig Beachtung, als er mir erklärte, wie ich dorthin käme.

Das Zimmer, bei dem ich anklopfte, erwies sich als dunkles kleines Vorzimmer, in dem ein kleiner alter Mann hinter einer altmodischen Schreibmaschine mit breitem Wagen saß. Er sah mich beinah entsetzt an – das war die Wirkung meines dunklen Anzugs und der Krawatte, meines Anzugs für den Mann der zwei Welten – und beruhigte sich erst, als er meinen Brief gelesen hatte. Er bat mich, zu warten. Es gab keinen Stuhl. Ich blieb stehen.

Ein Summer ertönte, und der Stenosekretär sprang auf. Nach diesem Sprung schien er auf den Zehenspitzen zu landen, er zog ganz schnell seine Schultern hoch und krümmte sie dann, machte sich noch kleiner, als er schon war, und mit seltsam langen Schritten auf Zehenspitzen, einem leichten Dahinspringen, erreichte er die große Holztür, die uns von dem Raum auf der anderen Seite trennte. Er klopfte, öffnete und verschwand in seiner krummen Haltung, seiner aufgesetzten Unterwürfigkeit.

Mein Wunsch nach einem Leben für die Diplomatie war mir vergangen. Ich betrachtete die großen gerahmten Fotos von Gandhi und Nehru und fragte mich, wie diese Männer es aus so einer Nichtswürdigkeit heraus geschafft hatten, hochgeachtete Männer zu werden. Es war seltsam, in diesem Gebäude im Herzen Londons diese großen Männer auf so neue Art zu sehen, aus nächster Nähe sozusagen. Bis dahin hatte ich sie als Außenstehender bewundert, ohne mehr von ihnen zu wissen, als was ich in Zeitungen und Zeitschriften gelesen hatte. Sie gehörten zu mir; sie erhöhten mich und gaben mir einen Platz in der Welt. Nun empfand ich das Gegenteil. In diesem Raum geben die Fotos der großen Männer mir ein Gefühl, als wäre ich auf dem Grund eines Brunnens. Ich hatte das Gefühl, daß in diesem Gebäude vollkommenes Menschsein nur diesen Männern gestattet und allen anderen verwehrt war. Jeder hatte sein Menschsein oder einen Teil davon für diese Führer aufgegeben. Jeder machte sich willig kleiner, um diese Führer herauszustellen. Diese Gedanken überraschten und schmerzten mich. Sie waren mehr als ketzerisch. Sie zerstörten den Rest meines Glaubens an die Ordnung der Welt. Ich begann, mich ausgestoßen und allein zu fühlen.

Als der Sekretär wieder ins Zimmer kam, bemerkte ich, daß er immer noch auf Zehenspitzen ging, immer noch gekrümmt, immer noch nach vorne gebeugt. Dann sah ich, daß diese Krümmung der Schultern, als er von seinem Stuhl aufsprang und zur Tür eilte, keine aufgesetzte unterwürfige Haltung war, sondern etwas Natürliches. Er hatte einen Buckel. Das war ein Schock. Verwirrt begann ich mich zu meinen ersten Eindrükken von dem Mann zurückzutasten, und ich war vollkommen aufgelöst, als er mich durch die Tür ins hintere Büro winkte, wo einer unserer dunkelhäutigen Inder, ein fetter schwarzer Mann in einem schwarzen Anzug, saß und mit einem Papiermesser Briefe öffnete.

Seine glänzenden Wangen waren vor Fett aufgedunsen und seine Lippen aufgeworfen. Ich setzte mich auf einen Stuhl, der in einiger Entfernung von seinem Schreibtisch plaziert war. Er sah mich nicht an und sagte nichts. Und ich sagte auch nichts, ich ließ ihn seine Briefe öffnen. Nicht eine Stunde Leibesübung hatte er in seinem Leben getrieben, dieser devote Mann des Südens. Er verbreitete eine Aura von Kaste und Tempel um sich, und ich war sicher, daß er unter dem schwarzen Anzug alle möglichen Amulette trug.

Schließlich sagte er, aber immer noch, ohne mich anzusehen: ›Also?‹

Ich sagte: ›Ich habe Ihnen geschrieben, weil ich in den diplomatischen Dienst eintreten möchte. Ich habe einen Brief von Aggarwal bekommen und wollte ihn sehen.‹

Seine Briefe öffnend, sagte er: ›*Mister* Aggarwal.‹

Ich war froh, daß er etwas gefunden hatte, worüber wir uns streiten konnten.

›Aggarwal schien nicht so gut Bescheid zu wissen. Er schickte mich zu Varma.‹

Beinahe hätte er mich angesehen, tat es dann aber doch nicht. Er sagte: ›Mister Varma.‹

›Varma wußte auch nicht richtig Bescheid. Er verbrachte lange Zeit bei jemandem namens Divedi.‹

›Mister Divedi.‹

Ich gab auf. Er konnte mich übertrumpfen. Ich sagte erschöpft: ›Und er schickte mich zu Ihnen.‹

›Aber Sie schreiben in Ihrem Brief, daß Sie aus Afrika kommen. Wie können Sie dann in unseren diplomatischen Dienst eintreten? Wie können wir einen Mann einstellen, dessen Loyalität geteilt ist?‹

Ich dachte: ›Was unterstehst du dich, mich über Geschichte und Loyalität zu belehren, du Sklave? Für Leute wie dich haben wir teuer bezahlt. Wem gegenüber bist du denn schon einmal loyal gewesen, abgesehen von dir selbst und deiner Familie und deiner Kaste?‹

Er sagte: ›Sie haben in Afrika ein gutes Leben gehabt. Jetzt, wo nicht mehr alles so glatt läuft, wollen Sie zurück. Aber Sie sind auf Gedeih und Verderb mit den ansässigen Leuten verbunden.‹

Das hat er gesagt. Aber ich brauche dir nicht zu sagen, daß er in Wirklichkeit über seine eigene Tugend und sein eigenes gutes Los sprach. Reinheit der Kaste, arrangierte Heirat, korrekte Ernährung, Dienste der Unberührbaren, das war alles für ihn selbst. Für alle anderen: Unreinheit! Alle anderen waren besudelt und mußten dafür bezahlen. Das war wie die Botschaft der Fotos von Gandhi und Nehru im Vorzimmer.

Er sagte: ›Um Bürger Indiens zu werden, müssen Sie Prüfungen ablegen. Wir haben es so eingerichtet, daß man sie an einigen Universitäten hier ablegen kann. Mr. Varma hätte Ihnen das sagen sollen. Er hätte Sie nicht zu mir schicken sollen.‹

Er drückte einen Summer auf seinem Schreibtisch. Die Tür öffnete sich, und der bucklige Sekretär schickte einen großen dünnen Mann mit glänzenden unsteten Augen und einer wirklich kriecherischen Haltung herein. Der neue Mann schleppte eine mit Reißverschluß versehene Künstlermappe und hatte einen langen grünen Wollschal um den Hals geschlungen, obwohl das Wetter warm war. Er nahm keine Rücksicht auf mich, hatte nur Augen für den schwarzen Mann, öffnete seine Mappe und begann, seine Zeichnungen auszupacken. Er hielt eine nach der anderen vor seine Brust, lächelte den schwarzen Mann jedesmal ängstlich mit offenem Mund an und sah dann auf das, was er zeigte, hinunter, so daß er mit dem über die Zeichnungen gebeugten Kopf und der sowieso gekrümmten Haltung wie ein Büßer aussah, der eine Sünde nach der anderen offenbarte. Der schwarze Mann sah den Künstler nicht an, sondern nur die Bilder. Sie zeigten Tempel und lächelnde Frauen, die Tee pflückten – vielleicht für Schaukästen über das neue Indien.

Ich war entlassen. Der bucklige Sekretär saß verkrampft über seiner großen alten Schreibmaschine. Er tippte aber nicht, seine knochigen Hände lagen wie Krabben auf den Tasten, und er warf mir einen letzten entsetzten Blick zu. Diesmal jedoch glaubte ich, daß in seinem Blick auch eine Frage lag: ›Verstehst du jetzt, was mit mir los ist?‹

Als ich die von Darstellungen aus dem Indien des britischen Reiches umgebene Treppe hinunterging, sah ich Mr. Varma, der wieder unterwegs war, anstatt an seinem Schreibtisch zu sitzen, und noch mehr Schriftstücke bei sich hatte; aber er hatte mich vergessen. Der müßige Mann aus der Händlerkaste in seinem Büro unten erinnerte sich natürlich an mich. Ich bekam sein spöttisches Lächeln mit, und dann ging ich durch die Drehtür hinaus in die Londoner Luft.

Mein Schnellkurs in Diplomatie hatte etwas über eine Stunde gedauert. Es war zwölf Uhr durch, zu spät, um mich mit Kaffee und Kuchen zu trösten, wie mich ein Schild vor einer Snack Bar erinnerte. Ich entschloß mich zu einem Fußmarsch. Ich war voller Wut. Ich folgte der Kurve um das Aldwych bis zum Ende, überquerte den Strand und ging zum Fluß hinunter.

Während ich spazierenging, kam mir der Gedanke: ›Es ist Zeit, nach Hause zu gehen.‹ Dabei dachte ich nicht an unsere Stadt, an unseren Abschnitt der afrikanischen Küste. Ich sah eine von hohen schattenspendenden Bäumen gesäumte Landstraße vor mir. Ich sah Felder, Vieh, ein Dorf unter Bäumen. Ich weiß nicht, aus welchem Buch oder Bild ich das hatte, oder warum so ein Ort mir sicher vorkommen sollte. Aber das war das Bild, das ich vor Augen hatte, und ich spielte damit. Der Morgen, der Tau, die frischen Blumen, der Schatten der Bäume am Mittag, die Feuer am Abend. Ich hatte das Gefühl, daß ich dieses Leben einmal gekannt hatte und daß es irgendwo wieder auf mich wartete. Das war natürlich Einbildung.

Ich erwachte wieder zu meiner Wirklichkeit. Ich spazierte auf dem Embankment, lief ohne zu sehen am Fluß entlang. Auf der Embankment-Mauer stehen grüne Laternenpfähle aus Metall. Ich hatte die Delphine auf diesen Pfosten untersucht, Delphin um Delphin, Pfosten um Pfosten. Von meinem Ausgangspunkt war ich weit entfernt, und ich hatte für einen Moment die Delphine verlassen, um die Metallständer der Bänke auf dem Bürgersteig zu untersuchen. Diese Ständer hatten, wie ich mit Erstaunen sah, die Form von Kamelen. Kamele mit ihren Lasttaschen! Eine seltsame Stadt – die Romantik Indiens in diesem Haus und die Romantik der Wüste hier. Ich blieb stehen, trat im Geist einen Schritt zurück und sah auf einmal die Schönheit, in der ich mich bewegt hatte – die Schönheit des Flusses und des Himmels, die weichen Farben der Wolken, die Schönheit des Lichts auf dem Wasser, die Schönheit der Gebäude, die Sorgfalt, mit der alles angelegt war.

In Afrika, an der Küste, hatte ich nur einer Farbe der Natur Beachtung geschenkt – der Farbe des Meers. Alles andere war bloß Busch, grün und lebendig oder braun und tot. In England war ich bis dahin mit meinen Augen auf Ladenhöhe herumgelaufen; ich hatte nichts gesehen. Eine Stadt, selbst London, war nur eine Ansammlung von Straßen oder Straßennamen, und eine Straße war eine Reihe von Geschäften. Jetzt sah ich mit anderen Augen. Und ich verstand, daß London kein Ort war, der einfach da war, wie man es von Bergen sagt, sondern daß es von Menschen gemacht war, daß Menschen ihre Aufmerksamkeit selbst so winzigen Einzelheiten wie den Kamelen gewidmet hatten.

Gleichzeitig begann ich einzusehen, daß meine quälende Sorge, ein dem Leben preisgegebener Mann zu sein, falsch war, daß der Traum von Heimat und Sicherheit für mich nur ein Traum der Isolation war, anachronistisch und dumm und sehr hinfällig. Ich gehörte ganz allein mir selbst. Ich würde mein Menschsein für niemanden aufgeben. Für jemanden wie mich gab es nur eine Zivilisation und einen Ort – London oder einen ähnlichen Ort. Jede andere Lebensweise war Heuchelei. Heimat – wozu? Um sich zu verstecken? Um sich unseren großen Männern zu beugen? Für Leute in unserer Lage, Leute, die in die Sklaverei geführt wurden, ist das die größte Falle von allen. Wir haben nichts. Wir finden Trost in dem Gedanken an die großen Männer unseres Stammes, die Gandhi und Nehru, und verstümmeln uns selbst. ›Hier nimm mein Menschsein und lege es für mich an. Nimm mein Menschsein und sei um meinetwillen ein noch größerer Mann.‹ Nein, ich will selbst ein Mensch sein!

In manchen Zivilisationen können große Führer zu gewissen Zeiten die Menschlichkeit in dem Volk, das sie führen, zum Vorschein bringen. Mit Sklaven ist das anders. Mach den Führern keinen Vorwurf! Es gehört einfach zu der schrecklichen Situation. Man zieht sich besser von der ganzen Affäre zurück, wenn man kann. Und ich konnte! Du kannst sagen – und ich weiß, Salim, daß du es gedacht hast – ich hätte unserer Gemeinschaft den Rücken gekehrt und hätte sie verraten und verkauft. Ich sage: ›An wen verkauft und vor wem abgehauen? Was kannst du mir denn bieten? Was ist dein eigener Beitrag? Und kannst du mir meine Menschlichkeit zurückgeben?‹ Jedenfalls beschloß ich es so an jenem Morgen an Londons Fluß, zwischen den Delphinen und Kamelen, dem Werk einiger toter Künstler, die zur Schönheit ihrer Stadt beigetragen hatten.

Das war vor fünf Jahren. Ich habe mich oft gefragt, was aus mir geworden wäre, wenn ich diese Entscheidung nicht getroffen hätte. Ich vermute, ich wäre untergegangen. Ich vermute, ich hätte irgendein Loch gefunden und versucht, mich zu verstecken oder unbeachtet zu bleiben. Schließlich bilden wir uns nach den Vorstellungen, die wir von unseren Möglichkeiten haben. Ich hätte mich in meinem Loch verkrochen, und meine Sentimentalität hätte mich verkrüppelt. Ich hätte getan, was ich tat, und hätte es gut gemacht, aber ich hätte immer nach der Klagemauer geschaut. Und ich hätte nie erkannt, daß die Welt so großartig ist. Du hättest nie erlebt, daß ich hier in Afrika das tue, was ich tue. Ich hätte es gar nicht machen wollen, und keiner hätte gewollt, daß ich es mache. Ich hätte gesagt: ›Für mich ist alles vorbei, weshalb sollte ich mich also von jemandem benutzen lassen? Die Amerikaner wollen die Welt erobern. Das ist ihr Kampf, nicht meiner.‹ Und das wäre blöd gewesen. Es ist dumm, von den Amerikanern zu sprechen. Sie sind kein Stamm, wie man das als Außenstehender annehmen mag. Sie sind alle Individuen, die um ihren Erfolg kämpfen und die genauso angestrengt wie du und ich versuchen, nicht unterzugehen.

Es war nicht leicht, nachdem ich die Universität verlassen hatte. Ich suchte immer noch Arbeit, und das einzige, was ich nun wußte, war, was ich nicht wollte. Ich wollte nicht ein Gefängnis für ein anderes eintauschen. Leute wie ich müssen ihr eigenes Tätigkeitsfeld schaffen. So etwas kommt einem nicht in einem braunen Umschlag zugeflogen. Der Beruf ist da, wartet. Aber er ist weder für dich noch für jemand anders wirklich vorhanden, solange du ihn nicht entdeckst, und du entdeckst ihn, weil er für dich und ganz allein für dich da ist.

An der Universität hatte ich ein wenig geschauspielert – das hatte mit einer Statistenrolle in einem kleinen Film angefangen, den jemand über einen Jungen und ein Mädchen, die in einem Park spazierengingen, gedreht hatte. Ich schloß mich dem Rest dieser Gruppe in London an und betrieb die Schauspielerei ziemlich intensiv. Es war aber nichts Bedeutendes. London ist voll von kleinen Theatergruppen. Sie schreiben ihre Stücke selbst und bekommen hier und da Zuschüsse von Firmen und Gemeinderäten. Viele von ihnen leben von Arbeitslosenunterstützung. Manchmal spielte ich englische Rollen, aber gewöhnlich schrieben sie Rollen für mich, so daß ich mich als Schauspieler in den Rollen fand, die ich im wirklichen Leben nicht darstellen wollte. Ich spielte einen indischen Arzt, der eine sterbende Mutter aus der Arbeiterklasse besuchte, ich stellte einen anderen indischen Arzt dar, der wegen Vergewaltigung angeklagt war, ich war ein Busschaffner, mit dem niemand arbeiten wollte, und so weiter. Einmal habe ich Romeo gegeben. Ein anderes Mal hatte jemand die Idee, den ›Kaufmann von Venedig‹ in den ›Bankier von Malindi‹ umzuschreiben, damit ich den Shylock spielen konnte. Aber das wurde zu kompliziert.

Es war ein Bohème-Leben, und zuerst war es attraktiv. Dann wurde es deprimierend. Leute gaben auf und nahmen Arbeitsstellen an, und man kapierte, daß sie die ganze Zeit über sehr solide Beziehungen verfügt hatten. Dann fühlte man sich jedesmal im Stich gelassen, und es gab in diesen zwei Jahren

Zeiten, in denen ich mich verlassen fühlte und schwer kämpfen mußte, um an der Stimmung festzuhalten, die ich am Fluß erlebt hatte. Unter all diesen netten Menschen war ich der einzige richtige Aussteiger. Und ich wollte beileibe kein Aussteiger sein. Ich mache diese Leute nicht schlecht. Sie taten alles, um Raum für mich zu schaffen, und das ist mehr, als irgendein Außenseiter von sich behaupten kann. Es ist einfach ein Unterschied der Zivilisation.

An einem Sonntag wurde ich zu einem Mittagessen im Haus eines Freundes von einem Freund mitgenommen. Das Haus oder das Essen waren überhaupt nicht bohèmehaft, und ich entdeckte, daß ich einem der anderen Gäste zuliebe eingeladen worden war. Er war Amerikaner und an Afrika interessiert. Er sprach auf ungewöhnliche Weise über Afrika. Er sprach davon, als wäre es ein krankes Kind und er der Vater. Später sollte ich diesem Mann einmal sehr nahe stehen, aber bei dem Essen regte er mich auf, und ich war unhöflich zu ihm. So einen Menschen hatte ich nämlich noch nie getroffen. Ihm stand so viel Geld zur Verfügung, um es für Afrika auszugeben, und er versuchte verzweifelt, das Richtige zu tun. Ich glaube, der Gedanke an das ganze Geld, das verschwendet werden würde, machte mich unglücklich. Aber er hatte auch die naivsten Großmachtvorstellungen von der Neuschaffung Afrikas.

Ich sagte ihm, daß Afrika nicht gerettet oder gewonnen würde, wenn man Jewtuschenkos Gedichte bekannt machte oder den Leuten erzählte, wie schlimm die Berliner Mauer wäre. Er sah nicht sehr überrascht aus. Er wollte mehr darüber hören, und ich erkannte, daß man mich zu dem Essen eingeladen hatte, damit ich sagte, was ich gesagt hatte. Und dort fing ich an, zu begreifen, daß alles, wovon ich dachte, daß es mich in der Welt machtlos machte, mich gleichzeitig auch wertvoll machte. Für den Amerikaner war ich gerade deshalb interessant, weil ich war, was ich war: ein Mann, der keiner Seite zugehörte.

So fing es an. So wurde ich auf all die Organisationen aufmerksam, die den Überschuß der westlichen Welt benutzten, um diese Welt zu schützen. Die Ideen, die ich bei diesem Essen noch aggressiv, später aber ruhiger und pragmatischer zur Diskussion stellte, waren recht einfach. Aber sie konnten nur von jemandem wie mir kommen, der zwar aus Afrika stammte, aber von der ganzen Freiheit, die über Afrika gekommen war, keinen Gebrauch machen konnte.

Meine Idee war folgende: Alles hatte zusammengewirkt, um Schwarzafrika in jede Art von Tyrannei zu stoßen. Deshalb war Afrika voller Flüchtlinge, voller Intellektueller der ersten Generation. Die westlichen Regierungen wollten davon nichts wissen, und die alten afrikanischen Mächte waren nicht in der Lage, es zu begreifen – sie führten immer noch uralte Kriege. Wenn Afrika eine Zukunft hatte, dann lag sie bei diesen Flüchtlingen. Meine Idee war, sie aus den Ländern zu entfernen, wo sie nicht wirken konnten, und sie, wenn auch nur für kurze Zeit, in die Teile des Kontinents zu schicken, wo sie es konnten. Ein interkontinentaler Austausch, um den Menschen selbst Hoffnung zu geben, um Afrika einmal bessere Nachrichten von sich selbst zu geben und um einen Anfang für die wahre afrikanische Revolution zu setzen.

Die Idee hat wunderbar funktioniert. Jede Woche bekommen wir Nachfragen von der einen oder anderen Universität, an der man gern ein geistiges Leben aufrechterhalten möchte, ohne sich in die Lokalpolitik zu verstricken. Natürlich haben wir auch die üblichen Schmarotzer, schwarze und weiße, angezogen und uns Ärger mit den berufsmäßigen Antiamerikanern eingehandelt. Aber die Idee ist gut. Ich glaube, ich brauche sie nicht zu verteidigen. Ob sie gerade jetzt Gutes bewirkt, ist eine andere Sache. Vielleicht haben wir auch nicht genug Zeit. Du hast die Jungen hier in der Domäne gesehen. Du hast gesehen, wie aufgeweckt sie sind. Aber sie wollen nur Posten. Dafür tun sie alles, und dort kann alles enden. Ich habe manchmal das Gefühl, daß Afrika einfach seinen eigenen Weg gehen will – hungrige Menschen sind hungrige Menschen. Und dann kann ich mich sehr bedrückt fühlen.

Im Rahmen eines solchen Auftrags zu arbeiten heißt, in einem künstlichen Gebilde zu leben – das brauchst du mir nicht zu sagen. Aber alle Menschen leben in künstlichen Gebilden. Die Zivilisation ist ein künstliches Gebilde. Und dies ist mein eigenes Gebilde. In ihm bin ich so, wie ich bin, von Wert. Ich muß nichts vortäuschen. Ich beute mich selbst aus. Ich erlaube keinem, mich auszubeuten. Und wenn es zusammenbricht, wenn die Leute an der Spitze morgen beschließen, daß wir nichts erreichen, dann habe ich mittlerweile gelernt, daß es andere Mittel und Wege gibt, wie ich mich ausbeuten kann.

Ich habe Glück gehabt. Ich trage die Welt in mir herum. Siehst du, Salim, in dieser Welt sind Bettler die einzigen, die wählen können. Alle anderen bekommen ihr Los ausgesucht. Ich habe die Wahl. Die Welt ist großartig. Es hängt alles davon ab, was du dir in ihr aussuchst. Du kannst sentimental sein und dich an die Vorstellung von deinem eigenen Untergang klammern. Du kannst ein indischer Diplomat sein und immer zu den Verlierern gehören. Es ist wie mit dem Bankwesen. Es ist blöd, sich als Bankier in Kenia oder im Sudan niederzulassen. Und das hat meine Familie an der Küste mehr oder weniger getan. Was sagen die Banken in ihren Jahresberichten über diese Gebiete? Daß viele Leute dort ›außerhalb der Geldwirtschaft‹ lebten. Dort wirst du kein Rothschild. Die Rothschilds sind, was sie sind, weil sie sich Europa zur richtigen Zeit ausgesucht haben. Die anderen Juden, die genauso talentiert waren, aber ins Osmanische Reich, in die Türkei oder nach Ägypten oder wohin auch immer zogen, hatten nicht so viel Erfolg. Niemand kennt ihre Namen. Und genau das haben wir jahrhundertelang gemacht. Wir haben uns an der Vorstellung von unserem Untergang festgehalten und vergessen, daß wir Menschen wie alle anderen sind. Wir haben die falsche Seite gewählt. Ich habe es satt, zu den Verlierern zu gehören. Ich will nicht untergehen. Ich weiß genau, wer ich bin und wo ich in der Welt stehe. Aber nun will ich gewinnen und gewinnen und nochmals gewinnen.«

10

Indar hatte seine Geschichte nach dem Abend bei Yvette und Raymond begonnen und später bei anderen Gelegenheiten noch mehr erzählt. Er hatte sie an dem Abend begonnen, an dem ich Yvette das erste Mal sah, und jedesmal, wenn ich Yvette danach traf, war sie in seiner Begleitung. Ich hatte Schwierigkeiten mit seiner und ihrer Persönlichkeit; ich wurde aus beiden nicht recht klug.

In meiner Vorstellung hatte ich mein eigenes Bild von Yvette, und das veränderte sich nie. Aber die Person, die ich nun traf, zu verschiedenen Tageszeiten, bei verschiedenen Licht- und Wetterverhältnissen, unter vollkommen anderen Umständen als die, unter denen ich sie zuerst gesehen hatte, war immer neu, immer überraschend. Ich hatte Angst, ihr ins Gesicht zu sehen – ich war wie besessen von ihr.

Und auch Indar begann, sich für mich zu verändern. Auch seine Persönlichkeit zersetzte sich für mich. Wie er seine Geschichte ausmalte, wurde er in meinen Augen dem Mann, als der er sich vor vielen Wochen in meinem Geschäft präsentiert hatte, ganz unähnlich. In seiner Kleidung hatte ich London und Privilegiertheit gesehen. Ich hatte bemerkt, daß er darum kämpfte, seinen Stil aufrechtzuerhalten, aber ich hatte nicht gedacht, daß er diesen Stil für sich selbst geschaffen hatte. Ich hatte ihn eher für einen vom Glanz der großen Welt umstrahlten Mann gehalten und gedacht, daß auch ich von demselben Glanz angestrahlt würde, wenn ich die Chance hätte, in seiner Welt zu leben. Am Anfang hatte ich oft zu ihm sagen wollen: »Hilf mir, aus diesem Ort wegzukommen. Zeig mir, wie ich so werden kann wie du.«

Aber das war nun nicht mehr so. Ich konnte ihn nicht mehr um seinen Stil oder seine Vornehmheit beneiden. Ich erkannte sie als seinen einzigen Besitz. Ich fühlte mich ihm gegenüber als Beschützer. Ich fühlte, daß wir seit dem Abend bei Yvette – dem Abend, der mich mitgerissen, ihn aber niedergeschmettert hatte – Rollen getauscht hatten. Ich sah ihn nicht länger als meinen Führer an; er war der Mann, der an der Hand geführt werden mußte.

Das war vielleicht das Geheimnis seines gesellschaftlichen Erfolges, auf das ich neidisch gewesen war. Ich wollte – wie wohl auch die Leute in London, die Raum für ihn geschafft hatten und von denen er mir erzählt hatte – ihn von der Aggressivität und Niedergeschlagenheit befreien, denn ich wußte, daß darunter erstickte Empfindsamkeit lag. Ich schützte ihn und seine Vornehmheit, seine Übertreibungen, seine Selbsttäuschungen. Ich wollte sie davor bewahren, verletzt zu werden. Es machte mich traurig, daß er bald weggehen mußte, um seinen Dozentenpflichten anderswo nachzukommen. Denn dafür hielt ich ihn nach seiner Geschichte – für einen Dozenten, der in dieser Rolle genauso im Ungewissen über seine Zukunft war wie in seinen bisherigen Rollen.

Die einzigen Freunde in der Stadt, denen ich ihn vorgestellt hatte, waren Shoba und Mahesh. Sie waren die einzigen, von denen ich annahm, daß er mit ihnen etwas gemeinsam hätte. Aber es war nicht gut gegangen. Beide Seiten waren argwöhnisch. Diese drei Leute waren sich in vieler Hinsicht ähnlich – Abtrünnige, um ihre persönliche Schönheit besorgt, in der sie die einfachste Form der Würde fanden. Jeder sah den anderen als eine Spielart seiner selbst, und Shoba und Mahesh auf der einen, Indar auf der anderen Seite waren wie Leute, die die Falschheit im anderen wittern.

Als wir eines Tages in ihrer Wohnung zu Mittag aßen – ein gutes Essen, für das sie sich viel Mühe gegeben hatten: Silber und Messing poliert, die Vorhänge zugezogen, um das grelle, blendende Licht draußen zu lassen, die dreiarmige Wandleuchte eingeschaltet, um den persischen Teppich an der Wand anzustrahlen – fragte Shoba Indar: »Kann man mit Ihrer Tätigkeit viel Geld verdienen?« Indar sagte: »Ich komme aus.« Aber draußen in der Sonne und dem roten Staub tobte er. Als wir zur Domäne, seinem Zuhause, zurückfuhren, sagte er: »Deine Freunde haben keine Ahnung, wer ich bin oder was ich getan habe. Sie wissen noch nicht einmal, wo ich gewesen bin.« Er bezog sich nicht auf seine Reisen; er meinte, daß sie die Kämpfe, die er ausgefochten hatte, nicht würdigten. »Sag ihnen, daß mein Wert der Wert ist, den ich mir selbst verleihe. Es gibt keinen Grund, warum er nicht fünfzigtausend, hunderttausend Dollar im Jahr betragen könnte.«

So war seine Stimmung, als seine Zeit in der Domäne ablief. Er wurde leichter gereizt und deprimiert. Aber für mich blieb die Domäne selbst in diesen dahinrasenden Tagen ein Ort, an dem alles möglich war. Ich suchte eine Wiederholung des Abends, den ich erlebt hatte – die Stimmung der Joan-Baez-Lieder, Leselampen und afrikanische Matten auf dem Boden, eine beunruhigende Frau in schwarzen Hosen, ein Mondscheinspaziergang zu den Stromschnellen unter dahinziehenden Wolken. Es wurde zu einer Phantasievorstellung; vor Indar hielt ich sie geheim. Und Yvette verwirrte mich wieder und wieder; jedesmal wenn ich sie sah, ob im grelleren elektrischen Licht oder gewöhnlichen Tageslicht, war sie anders als in meiner Erinnerung.

Die Tage vergingen; das Semester am Polytechnikum war vorüber. Wie ein Mann, der um einen Abschied nicht zu viel Aufhebens machen will, verabschiedete Indar sich eines Nachmittags kurz angebunden; er wollte nicht, daß ich ihn wegbrachte. Und ich fühlte, daß die Domäne und das Leben dort für mich auf immer verschlossen waren.

Auch Ferdinand ging fort. Er fuhr in die Hauptstadt, um seine Ausbildung als Beamter zu beginnen. Und Ferdinand begleitete ich am Ende des Semsters zum Dampfer. Die Hyazinthen auf dem Fluß schwammen vorbei: in den Tagen der Rebellion hatten sie von Blut gesprochen, an schwülen, vor Hitze flirrenden Nachmittagen von fader Erfahrung, weiß im Mondschein hatten sie zur Stimmung eines speziellen Abends gepaßt. Lila auf Hellgrün sprachen sie nun von etwas, das vorbei war, von anderen Menschen, die weiterzogen.

Der Dampfer mit seinem Passagierkahn im Schlepptau hatte am vorhergehenden Nachmittag angelegt. Zabeth mit ihrem Einbaum war nicht dabei. Ferdinand wollte nicht haben, daß sie da wäre. Ich hatte Zabeth erklärt, das sei nur, weil Ferdinand in dem Alter sei, in dem er vollkommen unabhängig erscheinen wolle. Und bis zu einem gewissen Punkt stimmte das. Die Reise in die Hauptstadt war wichtig für Ferdinand, und weil sie wichtig war, wollte er sie herunterspielen.

Er hatte sich immer für wichtig gehalten. Aber das gehörte zu der neuen selbstverständlichen Haltung sich selbst gegenüber, die er entwickelt hatte. Vom Einbaum zur Kabine Erster Klasse auf dem Dampfer, vom Urwalddorf zum Polytechnikum und zur Beamtenanwartschaft – er hatte Jahrhunderte übersprungen. Sein Weg war nicht immer einfach gewesen; während der Rebellion hatte er weglaufen und sich verstecken wollen. Aber seitdem hatte er gelernt, alle seine Seiten und alle Seiten des Landes zu akzeptieren; er wies nichts zurück. Er kannte nur sein Land und sein Angebot, und alles, was sein Land bot, wollte er als das ihm Zustehende beanspruchen. Das grenzte an Arroganz, war aber auch eine Form der Ungezwungenheit und Billigung. Er war in jeder Umgebung zu Hause, er akzeptierte jede Situation, und er war überall er selbst.

Das zeigte er an dem Morgen, als ich ihn von der Domäne abholte, um ihn zum Hafen zu fahren. Der Wechsel von der Domäne zu den Barackensiedlungen draußen mit den verstreuten Maisanpflanzungen und ihren Schmutzrinnsalen und Hügeln aus feinem Abfall irritierte mich mehr als ihn. Ich hätte es vorgezogen, sie in seiner Gesellschaft und aus Rücksicht auf seinen Stolz zu ignorieren; er sprach darüber, nicht kritisch, sondern er betrachtete sie als Teil seiner Stadt. Als er sich in der Domäne von Leuten, die er kannte, verabschiedet hatte, benahm er sich wie ein Beamtenanwärter, im Auto war er zu mir wie ein alter Freund und vor der Einfahrt zur Anlegestelle ein leidlich glückliches und geduldiges Mitglied einer afrikanischen Menge, die sich mit dem Markttreiben zufrieden gab.

Miscerique probat populos et foedera iungi. Ich hatte schon lange aufgehört, über die Überheblichkeit der Worte nachzudenken. Das Monument war einfach ein Teil des Bildes geworden, das der Markt an Dampfertagen bot. Von einem alten Mann begleitet, der schwächer als wir beide war und von Ferdinands Gepäck Besitz ergriffen hatte, begannen wir nun, uns unseren Weg durch die Menge zu bahnen.

Schüsseln mit Maden und Raupen; Körbe mit zusammengeschnürten Hühnern, die schrill gackerten, wenn ein Verkäufer oder Kaufinteressent sie an einem Fügel hochhob; Ziegen mit glanzlosen Augen, die auf dem nackten, zerscharrten Boden an Abfall und selbst Papier kauten; junge Affen voller Elend mit feuchtem Fell, deren Leinen fest um die mageren Leiber geknotet waren und die an Erdnüssen und Bananen- und Mangoschalen knabberten, aber ohne Appetit, als wüßten sie, daß sie selbst bald gegessen würden.

Aufgeregte Passagiere aus dem Busch, Kahnpassagiere, die von einem abgelegenen Dorf in ein anderes reisten und von ihren Familien oder Freunden verabschiedet wurden; die eingesessenen Händler an ihren festen Plätzen (zwei oder drei davon am Fuß des Denkmals) mit ihren Sitzgelegenheiten aus Kästen, Kochsteinen, Töpfen und Pfannen, Bündeln und Kindern; Müßiggänger, Krüppel und Diebe. Und Beamte.

Es gab heutzutage viel mehr Beamte, und die meisten davon

schienen an Dampfertagen in diesem Gebiet tätig zu sein. Nicht alle trugen Armee- oder Polizeiuniform, und nicht alle waren Männer. Im Namen seiner verstorbenen Mutter, des Zimmermädchens, »der Frau Afrikas«, wie er sie in seinen Reden nannte, hatte der Präsident beschlossen, so viele Frauen wie möglich zu ehren; und das hatte er getan, indem er sie zu Regierungsangestellten machte, allerdings nicht immer mit klar umrissenen Pflichten.

Ferdinand, ich selbst und der Träger stellten eine auffallende Gruppe dar (Ferdinand war viel größer als die Männer unserer Gegend), und wir wurden ungefähr ein halbes dutzendmal von Leuten angehalten, die unsere Papiere sehen wollten. Einmal hielt uns eine Frau in einem langen afrikanischen Baumwollkleid an. Sie war genauso klein wie ihre Schwestern, die in den Dorfbächen die Einbäume stakten und Lasten holten und trugen, ihr Kopf war genauso kahl und sah genauso geschoren aus, aber ihr Gesicht war pausbackig geworden. Sie sprach in schroffem Ton mit uns. Ferdinands Dampferkarten (eine für die Fahrt, eine fürs Essen) hielt sie verkehrt herum, als sie sie kontrollierte, und sie blickte finster.

Ferdinand verzog keine Miene. Als sie ihm die Fahrkarten zurückgab, sagte er: »Danke, *citoyenne.* « Er sprach ohne Ironie, und die finstere Miene der Frau wich einem Lächeln. Und das schien der Sinn der Übung gewesen zu sein – die Frau wollte, daß man ihr Respekt erwies und sie *citoyenne* nannte. *Monsieur* und *Madame* und *Boy* waren gesetzlich verboten worden; der Präsident hatte uns alle zu *citoyens* und *citoyennes* erklärt. Die beiden Worte gebrauchte er in seinen Reden stets zusammen, immer wieder, wie wohlklingende Verse.

Wir schoben uns durch die wartende Menge – Leute machten uns Platz, einfach, weil wir uns bewegten – zum Tor der Anlegestelle. Und als wüßte er, was kam, ließ unser Träger dort seine Last fallen, forderte eine Menge Francs, gab sich schnell mit weniger zufrieden und machte sich aus dem Staub. Ohne Begründung wurde das Tor vor uns verschlossen. Die Soldaten schauten uns an und sahen dann weg – sie weigerten sich, auf das Palaver einzugehen, das Ferdinand und ich anzufangen versuchten. Eine halbe Stunde lang standen wir dort in der stechenden Sonne zwischen der Menge gegen das Tor gepreßt, in einem Geruch von Schweiß und geräuchertem Essen; und dann öffnete einer der Soldaten aus einem unerfindlichen Grund das Tor und ließ uns hinein, aber nur uns und niemanden hinter uns, als täte er uns, ungeachtet Ferdinands Fahrkarte und meines Passierscheins, einen großen Gefallen.

Der Dampfer lag noch in Richtung der Stromschnellen. Der weiße Aufbau mit den Kabinen Erster Klasse, gerade noch sichtbar hinter dem Dach der Zollbaracken, war am Heck des Dampfers. Um das nur knapp über dem Wasser liegende, mit Stahlplatten belegte Deck darunter zog sich eine Reihe eisenverkleideter zellenähnlicher Aufbauten bis zu dem gerundeten Bug. Die Eisenverschläge waren für die geringeren Passagiere. Und für die allergeringsten Passagiere war der Kahn da – Käfigreihen auf einem flachen Rumpf, die Käfige mit Maschendraht und Schranken umgeben. Der Draht und die Stangen waren verdreht und verbogen, die innere Anlage der Käfige blieb trotz Sonnenschein und glitzerndem Fluß in Dunkelheit verborgen.

Die Kabinen Erster Klasse vermittelten noch einen Anschein von Luxus. Die Eisenwände waren weiß, die Holzplanken geteert und gescheuert. Die Türen standen offen; es gab Vorhänge. Es gab Stewards und sogar einen Proviantmeister.

Ich sagte zu Ferdinand: »Ich dachte, die da unten hätten dich nach deiner Bürgerrechtsbescheinigung gefragt. In der alten Zeit mußte man eine haben, bevor sie einen hier herauf ließen.«

Ein älterer Mann hätte wahrscheinlich gelacht, er nicht. Er wußte nichts von der kolonialen Vergangenheit. Seine Erinnerungen an eine weiterreichende Welt begannen mit dem rätselhaften Tag, an dem aufrührerische Soldaten, Fremde, die Weiße suchten, um sie zu töten, ins Dorf seiner Mutter gekommen waren und Zabeth sie verjagte und sie nur ein paar Frauen aus dem Dorf mitgenommen hatten.

Für Ferdinand war die koloniale Vergangenheit verschwunden. Der Dampfer war immer afrikanisch gewesen, und was Erster Klasse auf dem Dampfer bedeutete, konnte er nun sehen. Solide gekleidete Afrikaner, die älteren Männer in Anzügen, Männer der vorhergehenden Generation, die sich hochgearbeitet hatten; ein paar Frauen mit Familien, alle für die Reise feingemacht. Ein oder zwei der alten Damen dieser Familien, der Lebensweise des Urwalds näher, saßen schon in ihren Kabinen auf dem Boden und bereiteten das Mittagessen zu, brachen die schwarzen Hüllen von geräuchertem Fisch und geräucherten Affen auf buntgemusterte Emailteller und verbreiteten einen strengen, salzigen Geruch um sich.

Ländliche Sitten, Urwaldsitten, in einer Umgebung, die nichts mit dem Urwald zu tun hatte. Aber so fingen wir in den Ländern unserer Vorfahren alle an – der Gebetsteppich im Sand, dann der Marmorfußboden einer Moschee; die Rituale und Tabus der Nomaden, die – in den Palast eines Sultans oder Maharadschas übertragen – zu Traditionen des Adels wurden.

Trotzdem, ich hätte die Reise beschwerlich gefunden, besonders wenn ich wie Ferdinand eine Kabine mit jemandem hätte teilen müssen, mit jemandem aus der Menge draußen, der noch nicht hereingelassen war. Aber trotz der kolonialistischen Embleme, die in Rot auf die verschlissenen, oft gewaschenen Bettücher und den Kopfkissenbezug auf Ferdinands Wandbett gestickt waren, war der Dampfer nicht für mich gedacht oder für die Leute, die in der alten Zeit Bürgerrechtsbescheinigungen erlangt hatten, und das aus gutem Grund. Der Dampfer war nun für die Leute, die ihn gebrauchten, und für sie war er imposant. Die Menschen auf Ferdinands Deck waren sich bewußt, daß sie nicht Passagiere auf dem Kahn waren.

Vom hinteren Teil des Schiffs konnten wir über die Lebensrettungsboote hinweg sehen, wie Leute mit ihren Kisten und Bündeln den Kahn bestiegen. Über dem Dach der Zollbaracken schien die Stadt hauptsächlich aus Bäumen und Gebüsch zu bestehen – die Stadt, die, wenn man sich in ihr befand, voller Straßen und geräumiger Plätze und Sonne und Gebäude war. Durch die Bäume sah man nur wenige Gebäude, und keins erhob sich darüber. Und aus der Höhe des Erster-Klasse-Decks konnte man an der Art der Vegetation, an dem Wechsel von eingeführten Zierbäumen zu ununterscheidbarem Gestrüpp erkennen, wie schnell die Stadt zu Ende, wie schmal der Uferstreifen war, den sie beanspruchte. Und wenn man in die andere Richtung sah, über den schlammigen Fluß auf die niedrige Silhouette des Buschs und die Leere am anderen Ufer, konnte man sich einbilden, es gäbe die Stadt nicht.

Und dann war der Kahn an diesem Ufer wie ein Wunder und die Kabinen des Erster-Klasse-Decks wie ein unvorstellbarer Luxus.

An jedem Ende dieses Decks gab es etwas noch Beeindruckenderes – eine *cabine de luxe.* Jedenfalls stand das auf den alten farbbespritzten Metallplaketten über den Türen. Was war in diesen Kabinen? Ferdinand sagte: »Sollen wir mal nachsehen?« Wir gingen in die Luxuskabine am Heck. Sie war dunkel und sehr heiß, die Fenster waren hermetisch verriegelt und mit schweren Vorhängen verhangen. Ein brütendheißes Badezimmer; zwei Sessel, ziemlich zerfleddert und einer davon mit einer fehlenden Armlehne, aber immerhin Sessel; ein Tisch mit zwei wackligen Stühlen; Wandleuchten mit fehlenden Glühbirnen; zerrissene Vorhänge, die die Schlafkoje von der übrigen Kabine abschirmten; eine Klimaanlage. Wer in dieser Menge draußen hatte so lächerliche Vorstellungen von seinen Bedürfnissen? Wer verlangte solche Abgeschiedenheit, solch einengenden Komfort?

Vom vorderen Ende des Decks drang Lärm von einem Tumult. Ein Mann beschwerte sich laut, und er beschwerte sich auf englisch.

Ferdinand sagte: »Ich glaube, ich höre Ihren Freund kommen.«

Es war Indar. Er trug eine ungewöhnliche Last, und er schwitzte und wütete. Auf seinen waagrecht ausgestreckten Armen – wie die Gabel eines Gabelstaplers – trug er einen flachen, aber sehr umfangreichen Pappkarton, der oben offen war und den er offensichtlich nicht richtig zu packen bekam. Der Karton war schwer. Er war voller Lebensmittel und großer Flaschen, zehn oder zwölf Stück; und nach dem langen Marsch vom Tor der Anlegestelle und den ganzen Treppen des Dampfers schien Indar am Ende seiner körperlichen Kraft und den Tränen nahe zu sein.

Hintenüber gebeugt wankte er in die *cabine de luxe,* und ich sah ihn den Pappkarton aufs Bett fallenlassen, beinah schon werfen. Und dann führte er vor körperlicher Pein einen kleinen Tanz auf, stampfte durch die Kabine und schlug die Unterarme kräftig aus, wie um den Schmerz aus allen seinen gemarterten Muskeln zu schlagen.

Er übertrieb seine Vorstellung, aber er hatte Publikum. Nicht mich, den er zwar gesehen, aber noch keine Lust zu begrüßen hatte; Yvette war hinter ihm. Sie trug seine Aktentasche. In der Sicherheit, die die englische Sprache ihm hier gab, brüllte er sie an: »Der Koffer – bringt der Scheißkerl den Koffer?« Sie sah selbst verschwitzt und überanstrengt aus, aber sie sagte tröstend: »Ja, ja.« Und ein Mann in einem geblümten Hemd, den ich für einen Passagier gehalten hatte, erschien mit dem Koffer.

Ich hatte Indar und Yvette oft zusammen gesehen, aber nie in einer so familiären Beziehung. Einen beunruhigenden Augenblick lang dachte ich, daß sie zusammen weggingen. Aber dann richtete Yvette sich gerade auf und, sich an ihr Lächeln erinnernd, sagte sie zu mir: »Verabschieden Sie auch jemanden?« Und ich begriff, daß meine Sorge töricht war.

Indar betastete nun seinen Bizeps. Was immer er mit Yvette für diesen Augenblick vorgehabt hatte, war durch den Schmerz von dem Pappkarton zunichte gemacht

Er sagte: »Sie hatten keine Tragetaschen. Es gab keine verdammte Tragetasche!«

Ich sagte: »Ich dachte, du hättest das Flugzeug genommen?«

»Wir haben gestern stundenlang gewartet am Flughafen. Es hieß immer, es käme. Um Mitternacht haben sie uns dann ein Bier gegeben und mitgeteilt, das Flugzeug sei aus dem Verkehr gezogen. Einfach so! Nicht verspätet, aus dem Verkehr gezogen! Der Große Mann brauche es. Und keiner weiß, wann er es zurückschicken wird. Und dann eine Fahrkarte für den Dampfer kaufen – hast du das schon mal gemacht? Es gibt alle möglichen Vorschriften darüber, wann sie verkaufen können und wann nicht. Der Mann ist kaum jemals da. Die verdammte Tür ist immer geschlossen. Und alle fünf Meter will einer deine Papiere sehen. Ferdinand, erklären Sie mir das mal! Als der Mann das Fahrgeld zusammenzählte, diese ganzen De-luxe-Zuschläge, hat er die Summe zwanzigmal mit der Rechenmaschine ausgerechnet. Dieselbe Summe, zwanzigmal! Weshalb? Hat er gedacht, die Maschine würde ihre Meinung ändern? Das hat eine halbe Stunde gedauert. Und dann hat Yvette mich Gott sei Dank ans Essen erinnert, und an Wasser. Also mußten wir einkaufen gehen. Sechs Flaschen Vichy-Wasser für fünf

Tage. Das war alles, was sie hatten – ich bin nach Afrika gekommen, um Vichy-Wasser zu trinken. Ein US-Dollar und fünfzig Cent die Flasche! Sechs Flaschen Rotwein, dieses saure portugiesische Zeug, das man hier kriegt. Wenn ich gewußt hätte, daß ich das alles in diesem Karton tragen müßte, wäre ich lieber ohne ausgekommen.«

Er hatte auch fünf Büchsen Ölsardinen gekauft, eine für jeden Tag der Reise vermutlich; zwei Büchsen Kondensmilch; eine Dose Nescafé, einen holländischen Käse, ein paar Plätzchen und ein Stück belgischen Honigkuchen.

Er sagte: »Der Honigkuchen war Yvettes Idee. Sie hat gesagt, er sei sehr nahrhaft.«

Sie sagte: »Er hält sich bei Hitze.«

Ich sagte: »Am Lycée gab es einen Mann, der von Honigkuchen lebte.«

Ferdinand sagte: »Deshalb räuchern wir fast alles. Solange man die Kruste nicht bricht, hält es sich lange.«

»Aber die Lebensmittelversorgung hier ist schrecklich«, sagte Indar. »In den Läden ist alles importiert und teuer. Und auf dem Markt gibt es, abgesehen von den Maden und dem Kram, den die Leute sammeln, nur zwei Stengel davon und zwei Ohren davon. Und die ganze Zeit kommen Leute dazu. Wie kommen die aus? Ihr habt den ganzen Busch, so viel Regen! Und trotzdem könnte es in dieser Stadt eine Hungersnot geben.«

Die Kabine war voller als vorhin. Ein untersetzter barfüßiger Mann war hereingekommen, um sich als Steward der *cabine de luxe* vorzustellen, und nach ihm war der Proviantmeister mit einem Handtuch über der Schulter und einer zusammengefalteten Tischdecke in der Hand hereingekommen. Der Proviantmeister verscheuchte den Steward und breitete das Tischtuch auf dem Tisch aus – wunderschöner alter Stoff, aber erbarmungslos gewaschen und gebügelt. Dann sprach er Yvette an.

»Ich sehe, daß der Herr sein eigenes Essen und Wasser mitgebracht hat. Aber dazu besteht kein Anlaß, Madame. Wir folgen noch den alten Regeln. Unser Wasser ist gereinigt. Ich selbst habe auf Ozeanriesen gearbeitet und bin in allen möglichen Ländern der Welt gewesen. Jetzt bin ich alt und arbeite auf diesem afrikanischen Dampfer. Aber ich bin weiße Leute gewöhnt und kenne ihre Bräuche gut. Der Herr hat nichts zu befürchten, Madame. Er wird gut versorgt sein. Ich werde dafür sorgen, daß das Essen des Herrn extra zubereitet wird, und es ihm mit eigenen Händen in seiner Kabine servieren.«

Er war ein dünner, ältlicher Mann gemischter Rasse; seine Mutter oder sein Vater hätten Mulatten sein können. Er hatte bewußt die verbotenen Worte »*monsieur, madame*« benutzt, er hatte ein Tischtuch ausgebreitet. Und er stand da und wartete auf seine Belohnung. Indar gab ihm zweihundert Franc.

Ferdinand sagte: »Sie haben ihm zu viel gegeben. Er hat Sie *monsieur* und *madame* genannt, und Sie haben ihm ein Trinkgeld gegeben. Was ihn betrifft, ist seine Rechnung beglichen. Er wird jetzt nichts mehr für Sie tun.«

Und Ferdinand schien recht zu haben. Als wir in die Bar ein Deck tiefer gingen, war der Proviantmeister da, lehnte an der Theke und trank Bier. Er ignorierte uns alle vier und tat nichts für uns, als wir Bier bestellten und der Barkeeper sagte »*Terminé*«. Wenn der Proviantmeister und noch ein Mann mit drei gut gekleideten Frauen an einem der Tische nicht getrunken hätten, wäre es glaubwürdig gewesen. Die Bar – mit dem gerahmten Foto des Präsidenten in Häuptlingstracht, den geschnitzten Stab mit dem Fetisch hochhaltend – war ausgeräumt, die braunen Regale leer.

Ich sagte: »*Citoyen!*« zu dem Barkeeper. Ferdinand sagte: »*Citoyen!*« Wir brachten ein Palaver in Gang, und aus dem Hinterzimmer wurde Bier gebracht.

Indar sagte: »Sie müssen mein Führer sein, Ferdinand! Sie müssen für mich palavern!«

Es war Mittagszeit und sehr heiß. In der Bar spiegelte sich das Licht vom Fluß in tanzenden Adern aus Gold wider. Das Bier, so leicht es auch war, lullte uns ein. Indar vergaß seine Wehwehchen; eine Diskussion, die er mit Ferdinand über die von den Chinesen oder Taiwanesen im Stich gelassene Farm in der Domäne angefangen hatte, plätscherte dahin. Meine eigene Beunruhigung war beschwichtigt, ich war guter Laune – ich würde den Dampfer mit Yvette verlassen.

Das Licht war das des ganz frühen Nachmittags – alles war mit Hitze aufgeladen, das Feuer wirklich entfacht, aber schon mit einer Ahnung, daß die Glut sich selbst verzehren würde.

Der Fluß glitzerte, schlammiges Wasser verwandelte sich in Weiß und Gold. Wie immer an Dampfertagen wimmelte es auf ihm von Einbäumen mit Außenbordmotoren. Auf die Breitseiten der Einbäume waren in großen Buchstaben die extravaganten Namen ihrer »Unternehmen« gemalt. Manchmal, wenn ein Einbaum eine gleißende Stelle durchquerte, zeichnete sich die Silhouette seiner Insassen gegen das Glitzern ab; sie schienen dann alle sehr tief zu sitzen, nur noch runder Kopf und Schultern zu sein, so daß sie für eine Weile wie komische Figuren in einem Comic Strip wirkten, angeheuert für eine äußerst lächerliche Reise.

Ein Mann in Schuhen mit ungefähr vier Zentimeter dicken Plateausohlen eierte in die Bar. Er mußte aus der Hauptstadt kommen; diese Schuhmode war noch nicht bis zu uns gedrungen. Er war auch ein Beamter und gekommen, um unsere Fahrkarten und Passierscheine zu kontrollieren. Nicht lange, nachdem er hinausgeeiert war, schien den Proviantmeister und den Barkeeper und einige der an Tischen trinkenden Männer Panik zu ergreifen. Diese Panik unterschied endlich Besatzung und Beamte, die alle keine Uniform trugen, von den anderen Leuten, die hereingekommen waren und um ihr Bier palavert hatten; und sie bedeutete nur, daß der Dampfer gleich ablegte.

Indar legte eine Hand auf Yvettes Oberschenkel. Als sie sich ihm zuwandte, sagte er sanft: »Ich werde sehen, was ich über Raymonds Buch herausfinden kann. Aber du kennst ja diese Leute in der Hauptstadt. Wenn sie deine Briefe nicht beantworten, dann wollen sie nicht antworten. Die sagen nicht ja oder nein. Die sagen gar nichts. Aber ich werde mal sehen.«

Ihre Umarmung, als wir vom Schiff gingen, war nicht mehr als förmlich. Ferdinand war ruhig und gelassen. Kein Händeschütteln, keine Abschiedsworte. Er sagte einfach: »Salim!« Und Yvette war eher ein Nicken als eine Verbeugung zugedacht.

Wir standen am Kai und guckten. Nach einigem Manövrieren kam der Dampfer von der Kaimauer los. Dann wurde der Kahn angehängt, und Dampfer und Kahn vollzogen eine langsame, weite Wendung auf dem Fluß. Der Kahn offenbarte in seinem Heck ein verschachteltes Hinterhofleben in Käfigen, eine Mischung aus Küchen und Tierverschlägen.

Eine Abreise kann einem wie ein Verlassenwerden vorkommen, eine Verurteilung des Ortes und der Leute, die zurückgelassen werden. Damit hatte ich mich seit dem vergangenen Tag vertraut gemacht, als ich dachte, ich hätte Indar auf Wiedersehen gesagt. Trotz all meiner Besorgnis um ihn hatte ich ihn – wie Ferdinand – für den Glücklichen gehalten, der zu einer reicheren Erfahrung weiterzog und mich meinem beschränkten Leben in einem Ort überließ, der nun wieder ganz ohne Bedeutung war.

Aber nun dachte ich nicht mehr so, nachdem ich mich durch Zufall und Glück ein zweites Mal verabschiedet hatte und mit Yvette auf dem vorgezogenen Kai stand und zusah, wie Dampfer und Kahn sich auf dem braunen Flußufer hintereinander ausrichteten, gegen die Leere des fernen Ufers, das in der Hitze fahl und wie ein Teil des weißen Himmels aussah. Der Ort, in dem schließlich alles weiter ging, war dort, wo wir waren, in der Stadt am Flußufer. Indar war derjenige, der weggeschickt worden war. Die mühsame Reise war seine.

11

Es war zwei Uhr durch, eine Zeit, in der es an sonnigen Tagen schmerzte, im Freien zu sein. Wir hatten beide nichts gegessen – nur das aufblähende Bier getrunken – und Yvette wies den Vorschlag, an einem kühlen Ort einen Imbiß zu uns zu nehmen, nicht zurück.

Der asphaltierte Boden an der Anlegestelle war weich unter den Füßen. Die harten, schwarzen Schatten hatten sich bis an den Rand der Häuser zurückgezogen; Häuser, die hier am Hafen noch aus der Kolonialzeit und solide waren – ockerfarben getünchte Steinmauern, grüne Fensterläden, hohe, mit Eisenstäben versehene Fenster, grüngestrichene Wellblechdächer. Eine zerkratzte Tafel vor dem geschlossenen Büro der Dampfergesellschaft zeigte noch die Abfahrtszeit des Dampfers an. Aber die Beamten waren weg, die Menge vor dem Tor zur Anlegestelle war weg. Der Markt um die Graniteinfassung des zerstörten Monuments wurde abgebaut. Die federigen Blätter der Flamboyants spendeten keinen Schatten, die Sonne stach durch sie hindurch. Die Erde, aufgeworfen an den Grasbüscheln, zu Staub zermahlen anderswo, war übersät von Abfall und Tierkot und Pfützen, die, auf der Unterseite mit feinem Staub bedeckt, zusammenklebten und sich aufzurollen und vom Boden abzuschälen schienen.

Wir gingen nicht in Maheshs Bigburger Bar. Ich wollte Komplikationen vermeiden – Shoba hatte Yvettes Verbindung mit Indar nicht gebilligt. Statt dessen gingen wir ins Tivoli. Es war nicht weit weg, und ich hoffte, daß Maheshs Boy Ildephonse es nicht melden würde. Aber das war unwahrscheinlich; es war die Tageszeit, in der Ildephonse gewöhnlich nichts zu tun hatte.

Das Tivoli war ein neues oder relativ neues Lokal, Teil unserer anhaltenden Hochkonjunktur und gehörte einer Familie, die vor der Unabhängigkeit ein Restaurant in der Hauptstadt geführt hatte. Nach einigen Jahren in Europa waren sie nun zurückgekommen, um es hier noch einmal zu versuchen. Es war eine große Investition für sie – sie hatten an nichts gespart, und ich dachte, sie riskierten viel. Aber ich hatte keine Ahnung von Europäern und ihren Gewohnheiten in bezug auf Restaurants. Und das Tivoli war für unsere Europäer bestimmt. Es war ein Familienrestaurant und kam den Männern mit Kurzzeitverträgen zugute, die an den verschiedenen Regierungsprojekten in unserer Region arbeiteten – der Domäne, dem Flughafen, dem Wasserversorgungssystem, dem Wasserkraftwerk. Seine Atmosphäre war europäisch; Afrikaner hielten sich fern. Es gab dort keine Beamten mit goldenen Uhren und goldenen Füllern und Stiften wie bei Mahesh. Solange man im Tivoli war, konnte man ohne diese Strapaze leben.

Aber wo man war, konnte man nicht vergessen. Das Foto des Präsidenten war ungefähr ein Meter hoch. Die offiziellen Porträts vom Präsidenten in afrikanischen Gewändern wurden größer und größer, die Qualität der Drucke besser (sie waren angeblich in Europa angefertigt). Und wenn man einmal die Bedeutung des Leopardenfells und die Symbolik der Schnitzereien auf dem Stab kannte, war man ergriffen; man konnte nichts dafür. Wir alle waren sein Volk geworden; selbst hier im Tivoli wurden wir daran erinnert, daß wir alle auf die eine oder andere Weise von ihm abhingen.

Normalerweise waren die Boys – oder Bürger Kellner – freundlich und einladend und flink. Aber die Essenszeit war mehr oder weniger vorbei, und der große, fette Sohn der Familie, der sonst hinter der Theke an der Kaffeemaschine stand und den Betrieb beaufsichtigte, hielt wahrscheinlich seinen Mittagsschlaf; kein anderes Mitglied der Familie war anwesend, und die Kellner standen müßig herum, wie Fremdkörper in ihren blauen Kellnerjacken. Sie waren nicht unhöflich; sie waren einfach geistesabwesend, wie Leute, die ihre Rolle vergessen hatten.

Die Klimaanlage jedoch, der Schatten und die Trockenheit nach dem grellen Licht und der Feuchtigkeit draußen waren uns willkommen. Yvette sah weniger angestrengt aus, ihre Energie kehrte zurück. Wir erlangten die Aufmerksamkeit eines Kellners. Er brachte uns einen Krug portugiesischen Rotwein, der einmal gekühlt gewesen war, aber seine Kühle längst verloren hatte, und zwei Holzbretter mit schottischem Räucherlachs auf Toast. Alles war eingeführt, alles war teuer; Räucherlachs auf Toast war sogar das Einfachste, was man im Tivoli haben konnte.

Ich sagte zu Yvette: »Indar hat etwas von einem Schauspieler. War wirklich alles so schlimm, wie er sagt?«

»Viel schlimmer. Er hat ausgelassen, wie er die Reiseschecks eingelöst hat.«

Sie saß mit dem Rücken zur Wand. Sie machte eine kleine fesselnde Geste – wie Raymond – mit der Handfläche gegen die Tischkante und neigte ihren Kopf leicht nach rechts.

Zwei Tische weiter beendete eine fünfköpfige Familie laut redend ihr Mittagessen. Ganz normale Leute, die Sorte Familiengruppe, die ich im Tivoli schon oft gesehen hatte. Aber Yvette schien sie zu mißbilligen und mehr als zu mißbilligen; es überkam sie ein kleiner Wutanfall.

Sie sagte: »Sie können sie nicht einschätzen. Ich kann es.«

Und doch schien dieses Gesicht, das Wut ausdrückte, immer noch einem Lächeln nahe zu sein; und die schrägstehenden Augen über der kleinen Kaffeetasse, die sie in Mundhöhe hielt, halb geschlossen, waren ziemlich zurückhaltend. Was hatte sie an der Familiengruppe aufgeregt? Die Gegend, aus der sie ihrer Meinung nach kam? Der Beruf des Mannes, die Sprache, das laute Reden, die Manieren? Was hätte sie wohl zu den Leuten in unseren Nachtklubs gesagt.

Ich sagte: »Haben Sie Indar schon früher gekannt?«

»Ich habe ihn hier kennengelernt.« Sie setzte die Tasse ab. Ihre schrägstehenden Augen betrachteten sie, und dann, als hätte sie etwas beschlossen, sah sie mich an: »Man lebt sein Leben. Ein Fremder taucht auf. Er ist eine Last. Man braucht ihn nicht. Aber man kann sich an die Abhängigkeit gewöhnen.«

Meine Erfahrungen mit Frauen außerhalb meiner Familie waren spezieller Art, begrenzt. Ich hatte keine Erfahrung im Umgang mit einer solchen Frau, keine Erfahrung mit einer solchen Sprache, keine Erfahrung mit einer Frau, die solchen Gereiztheiten und Überzeugungen ausgesetzt war. Und in dem, was sie gerade gesagt hatte, erkannte ich eine Aufrichtigkeit, eine Kühnheit, die für einen Mann meiner Herkunft ein wenig erschreckend und aus diesem Grund bestrickend war.

Ich war nicht gewillt, Indar mit ihr gemeinsam zu haben, wie sie und Indar anscheinend Raymond gemeinsam gehabt hatten. Ich sagte: »Ich kann Ihnen nicht sagen, wie gut es mir an diesem Abend bei Ihnen zu Hause gefallen hat. Die Bluse, die Sie trugen, habe ich nie vergessen. Ich habe immer gehofft, ich würde Sie noch einmal darin sehen. Schwarze Seide, wunderbar geschnitten und bestickt.«

Ein besseres Thema hätte ich nicht anschneiden können. Sie sagte: »Es hat keine passende Gelegenheit mehr gegeben. Aber ich versichere Ihnen, sie ist noch da.«

»Ich glaube nicht, daß sie aus Indien kommt. Schnitt und Ausführung waren europäisch.«

»Sie ist aus Kopenhagen; Margit Brandt. Raymond ist einmal zu einer Konferenz dorthin gefahren.«

Bevor wir wieder hinaus in die Hitze und das Licht gingen, in diesem Augenblick der Pause, der für die Tropen wie die Pause ist, die wir machen, bevor wir endgültig hinaus in den Regen gehen, sagte sie an der Tür des Tivoli, als wäre es ein nachträglicher Einfall: »Hätten Sie Lust, morgen zum Mittagessen zu uns nach Hause zu kommen? Wir müssen einen der Dozenten einladen, und Raymond findet Ereignisse dieser Art zur Zeit sehr mühsam.«

Der Dampfer würde ungefähr fünfzehn Meilen den Fluß hinunter sein. Er würde durch Busch gefahren sein, hätte die erste Buschsiedlung passiert. Sie würden da, obwohl die Stadt so nahe war, seit dem Morgen auf den Dampfer gewartet haben, und bis der Dampfer vorüber war, würde Jahrmarktsstimmung geherrscht haben. Die Jungen würden von den Einbäumen aus getaucht, zum fahrenden Dampfer und Kahn geschwommen sein und versucht haben, die Aufmerksamkeit der Passagiere auf sich zu ziehen. Die Einbäume der Händler mit ihren unbedeutenden Frachten aus Ananas und roh gezimmerten Stühlen und Hockern (Wegwerfmöbel für die Reise auf dem Fluß, eine Spezialität dieser Gegend) würden sich von ihren Anlegestellen am Ufer in Bewegung gesetzt und in Trauben an der Seite des Dampfers festgemacht haben. Und diese Einbäume würden – genau um diese Zeit – meilenweit den Fluß hinuntergeschleppt werden, um nach dieser kurzen Aufregung stundenlang zurückzupaddeln, schweigend durch den verblassenden Nachmittag, die Dämmerung, die Nacht.

Yvette hatte das Essen ausfallen lassen. Aber sie hatte es mich nicht wissen lassen. Der Diener im weißen Jackett führte mich in einen Raum, der offensichtlich keine Besucher erwartete und überhaupt nicht wie der Raum aussah, an den ich mich erinnerte. Die afrikanischen Matten lagen auf dem Boden, aber einige der Polstersessel, die man für den Abend hinausgestellt hatte (und in einem Schlafzimmer abgestellt, wie ich Yvette noch sagen hörte), waren wieder hereingebracht worden – Samtimitation mit Fransen, in dem Altbronze-Ton, den es überall in der Domäne gab.

Die Gebäude der Domäne waren schnell hochgezogen worden, und die Mängel, die das Lampenlicht verborgen hatte, fielen im hellen Mittagslicht auf. Der Wandverputz zeigte an vielen Stellen Risse, und an einer Stelle folgten die Risse dem versetzten Muster der hohlen Tonziegel darunter. Die Fenster und Türen hatten weder Tragbalken noch Holzeinfassungen und sahen wie uneben aus dem Mauerwerk geschlagene Löcher aus. Die Deckenverkleidung aus irgendeiner Art Preßpappe warf hier und dort Beulen. Aus einer der beiden Klimaanlagen im Zimmer war Wasser die Wand heruntergesickert; sie waren nicht an. Die Fenster standen auf; weil kein Vordach, keine Bäume davor waren, bloß das gerodete Land, war der Raum von grellem Licht durchflutet und gab kein Gefühl des Schutzes. Welche Phantasien hatte ich um dieses Zimmer gesponnen, um die Musik des Plattenspielers – dort vor der Wand neben dem Bücherschrank unter seiner rauchfarbenen Plexiglashaube, die in dem harten Licht Staub sehen ließ.

Den Raum so zu sehen, wie Yvette jeden Tag in ihm lebte, und mein Wissen um Raymonds Position im Land dazuzählend, hieß, sie unvorbereitet zu ertappen und eine Vorstellung vom Alltag ihres Hausfrauendaseins zu bekommen, eine Vorstellung davon, wie eingespannt und unbefriedigend ihr Leben in der Domäne war, das mir bis dahin so verlockend vorgekommen war. Es stand zu befürchten, daß ich mich zu sehr mit ihr und ihrem Leben einlassen würde, und ich hätte über das Verschwinden meiner Phantasien überrascht und erleichtert sein sollen. Aber Erleichterung und Furcht hielten nur an, bis sie hereinkam. Die Überraschung war dann, wie immer für mich, sie selbst.

Sie war eher amüsiert als reumütig. Sie hatte es vergessen, aber gewußt, daß sie sich noch an irgend etwas im Zusammenhang mit dem Essen erinnern mußte. Die Pläne für das Essen waren so oft geändert worden – in Wirklichkeit fand es im Lehrerzimmer des Polytechnikums statt. Sie ging hinaus, um uns ein paar Rühreier aus südafrikanischen Eiern zu machen. Der Diener kam herein, um einige Papiere von dem ovalen Tisch, der dunkel und glänzend poliert war, zu räumen, und den Tisch zu decken. »Man lebt sein Leben. Ein Fremder taucht auf. Er ist eine Last.«

Auf dem oberen Bord des Bücherschranks sah ich das Buch, das Indar mir an dem Abend gezeigt hatte, in dem Raymond und Yvette seinerzeit in der Hauptstadt als großzügige Gastgeber erwähnt wurden – eine Erwähnung, die Yvette etwas bedeutet hatte. Das helle Licht und der veränderte Raum schienen es zu einem anderen Buch zu machen. Die Farbe der Buchrücken war verblaßt. Ein Buch, das ich herausnahm, trug Raymonds Unterschrift und das Datum, 1937 – ein Besitzervermerk, aber zu jener Zeit vielleicht auch eine Verlautbarung seiner Vorsätze, Raymonds Ausdruck von Glauben an seine

Zukunft. Das Buch war nun sehr vergilbt, die roten Buchstaben auf dem Rücken des Schutzumschlags fast verblichen – tot, ein Relikt. Ein anderes, neueres Buch war von Yvette mit ihrem Mädchennamen unterschrieben – die europäische Handschrift mit einem verspielten *Y* war sehr elegant und drückte Ähnliches aus wie Raymonds Unterschrift dreiundzwanzig Jahre vorher.

Während wir die Rühreier aßen, sagte ich zu Yvette: »Ich möchte gern etwas von Raymond lesen. Indar sagt, er wisse mehr über das Land als jeder andere. Hat er irgendwelche Bücher veröffentlicht?«

»Er arbeitet jetzt schon ein paar Jahre an diesem einen Buch. Die Regierung wollte es veröffentlichen, aber nun gibt es offenbar Schwierigkeiten.«

»Also gibt es keine Bücher.«

»Es gibt seine Dissertation. Sie ist als Buch erschienen. Aber die kann ich nicht empfehlen. Ich konnte es nicht ertragen, sie zu lesen. Als ich das Raymond sagte, hat er gesagt, er hätte es kaum ertragen, sie zu schreiben. Es gibt ein paar Artikel in verschiedenen Zeitschriften. Aber er hat nicht viel Zeit für so etwas gehabt. Er hat seine ganze Zeit auf dieses große Buch über die Geschichte des Landes verwandt.«

»Stimmt es, daß der Präsident Teile von diesem Buch gelesen hat?«

»Das hat man erzählt.«

Aber sie konnte mir nicht sagen, worin die Schwierigkeiten jetzt bestanden. Alles, was ich erfuhr, war, daß Raymond seine Geschichte für eine Weile beiseitegelegt hatte, um an einer Auswahl der Präsidentenreden zu arbeiten. Die Stimmung bei unserem Essen wurde traurig. Weil ich nun Yvettes Situation in der Domäne verstand und wußte, daß auch andere die Geschichten gehört hatten, die ich über Raymond wußte, begann ich nachzuempfinden, daß das Haus wie ein Gefängnis für sie gewesen sein mußte. Und der Abend, an dem sie eine Party gegeben und ihre Margit Brandt-Bluse getragen hatte, kam mir langsam wie eine Verirrung vor.

Als ich mich anschickte, zu gehen, sagte ich: »Sie müssen einmal nachmittags mit mir in den Hellenic Club gehen. Sie müssen schon morgen mitkommen! Die Leute dort sind alle schon lange hier. Sie haben alles miterlebt. Das Letzte, worüber sie reden wollen, ist die Situation des Landes.«

Sie willigte ein. Aber dann sagte sie: »Sie dürfen sie nicht vergessen.«

Ich hatte keine Ahnung, wovon sie sprach. Sie ging aus dem Zimmer, ging durch dieselbe Tür wie Raymond an dem Abend, nachdem er seine Abgangsrede gehalten hatte, und kam mit einem Stapel Zeitschriften zurück, *Cahiers* über dieses und jenes, einige davon in der Regierungsdruckerei in der Hauptstadt gedruckt. Es waren Zeitschriften mit Artikeln von Raymond. Also hatten wir Raymond schon gemeinsam; es war wie ein Anfang.

Das struppige Gras der Rasen oder unbebauten Flächen dieses Teils der Domäne stand hoch, es begrub fast die niedrigen Lampen unter pilzähnlichen Aluminiumschirmen, die die asphaltierten Alleen säumten. Eine Reihe dieser Lampen war schon seit langer Zeit zertrümmert, aber es schien niemanden zu geben, der sie reparierte. Auf der anderen Seite der Domäne war das Gelände für die Modellfarm überwuchert; nur das chinesische Tor, das die nun fernen Taiwanesen oder Chinesen gebaut hatten und die sechs Traktoren, die in einer Reihe standen und verrotteten, waren von dem Projekt übriggeblieben. Aber das Gebiet, in dem sonntags auf einer festgelegten Einbahnroute das Volk spazieren ging – nun von der Jungen Garde, nicht mehr der Armee bewacht – wurde gepflegt. Dem öffentlichen Spazierweg wurden von Zeit zu Zeit noch neue Statuen zugefügt. Die letzte, am Ende der Hauptstraße, war eine klotzige, unfertig aussehende Steinskulptur einer Mutter mit Kind.

Nazruddins alte Worte kamen mir in den Sinn: »Das ist nichts. Das ist nur Busch.« Aber meine Bestürzung war nicht die Nazruddins. Sie hatte nichts mit den Aussichten für mein Geschäft zu tun. Ich sah die leeren Flächen der Domäne und die Obdachlosen aus den Dörfern, die direkt davor hausten; und meine Gedanken galten Yvette und ihrem Leben in der Domäne. Das war nicht Europa in Afrika, wie es mir während Indars Anwesenheit vorgekommen war. Das war nur ein Leben im Busch. Und meine Angst war gleichzeitig die Angst, eine Niederlage bei ihr zu erleiden, mit nichts zurückzubleiben, und die Angst vor den Konsequenzen des Erfolgs.

Aber die Alarmiertheit löste sich auf, als sie am nächsten Nachmittag in die Wohnung kam. Sie war früher schon mit Indar da gewesen, und in dieser Umgebung, meiner eigenen, hatte sie für mich ein gut Teil ihres alten Zaubers. Sie hatte den Zeichentisch mit meinem Haushaltsplunder und Mettys freigehaltener Bügelecke gesehen. Sie hatte die Gemälde von europäischen Häfen gesehen, die die belgische Dame mir mit dem weißen Atelier-Wohnraum hinterlassen hatte.

Vor dieser weißen Wand zeigte sie mir ihr Profil, nachdem wir uns stehend über die Gemälde und den Hellenic Club unterhalten hatten. Sie drehte sich weg, als ich mich ihr näherte, wies mich nicht zurück oder ermutigte mich, wirkte einfach erschöpft, akzeptierte eine neue Last. Dieser Augenblick – wie ich ihn interpretierte – war der Schlüssel zu allem, was folgte. Die Herausforderung, die ich damals sah, sah ich immer; es war die Herausforderung, auf die ich unfehlbar reagierte.

Bis dahin waren meine Phantasien immer Bordellphantasien von Eroberung und Erniedrigung gewesen, in denen die Frau das willige Opfer war, die Mitwirkende an ihrer eigenen Erniedrigung. Das war alles, was ich kannte. Das war alles, was ich in den Bordells und Nachtklubs unserer Stadt gelernt hatte. Es war mir nicht schwergefallen, diese Orte aufzugeben, solange Indar da war. Ich war mittlerweile so weit, daß ich diese Gelegenheiten der Lasterhaftigkeit zermürbend fand. Ich schreckte in der Tat schon seit einiger Zeit vor richtigem Sex mit gekauften Frauen zurück und beschränkte mich auf sexuelle Ersatzbefriedigungen, obwohl es mich immer noch erregte, wenn ich diese Frauen in Gruppen in einer Bar oder im Kontaktraum eines Bordells sah. Vertrautheit dieser Art mit so vielen Frauen hatte in mir so etwas wie Verachtung für das, was sie boten, erzeugt; und gleichzeitig kam ich dazu, mich – wie viele Männer, die ständig nur ins Bordell gehen – für kraftlos und auf bedenkliche Weise benachteiligt zu halten. Meine Besessenheit von Yvette hatte mich überrascht, und das Abenteuer mit ihr (nicht erkauft, sondern freiwillig eingegangen), das in dem weißen Wohnraum begann, war etwas ganz Neues für mich.

Was ich meine Bordellphantasien nannte, trieb mich durch die anfängliche Peinlichkeit. Aber in dem Schlafzimmer mit dem übergroßen Bett mit der Schaumstoffmatratze – die jetzt endlich dem Zweck diente, zu dem die belgische Dame sie mit Sicherheit bestimmt hatte – änderten diese Phantasien sich. Der Eigennutz dieser Phantasien fiel nach und nach ab.

Die halbe Welt besteht aus Frauen, und ich dachte, ich hätte das Stadium erreicht, in dem mich an einer nackten Frau nichts mehr in Erstaunen versetzen könnte. Aber jetzt fühlte ich mich, als erlebte ich alles neu und sähe zum ersten Mal eine Frau. Ich war erstaunt, daß ich, besessen von Yvette wie ich war, so viel für selbstverständlich gehalten hatte. Der Körper auf dem Bett war für mich wie die Offenbarung einer Frauengestalt. Ich wunderte mich, daß Kleider, selbst die offensichtlich enthüllende tropische Kleidung, die ich an Yvette gesehen hatte, so viel verhüllt hatten, daß sie den Körper gleichsam in verschiedene Teile getrennt und keinen Hinweis auf die Herrlichkeit des Ganzen gegeben hatten.

Über das Ereignis im Stil meiner pornographischen Zeitschriften zu schreiben, wäre mehr als falsch. Es wäre genauso, als würde ich versuchen, Fotos von mir selbst zu machen, bei meinen eigenen Handlungen Voyeur zu sein, das Ereignis in die Bordellphantasie zurückzuverwandeln, der es im Schlafzimmer entkommen war.

Ich war überwältigt, aber umsichtig. Ich wollte mich nicht im Eigennutz und der Selbstversunkenheit dieser Phantasie, der Blindheit der Phantasie verlieren. Der Wunsch, der mir kam – und der mir die Angst nahm, mich fallen zu lassen – war, die Besitzerin dieses Körpers zu erobern. Weil ich seine Besitzerin erobern wollte, hielt ich diesen Körper für vollkommen und wollte ihn die ganze Zeit, auch während des Aktes selbst, sehen. Deshalb hielt ich mich in Stellungen, die mir das möglich machten, vermied es, den Körper mit meinem zu erdrücken, vermied es, Sehen und Berühren auszulöschen. Alle meine Kräfte und Gefühle waren dem neuen Ziel, die Person zu erobern, untergeordnet. Meine ganze Befriedigung gewann ich daraus; und der Sexualakt wurde etwas Außerordentliches, Neuartiges für mich, eine neue Art der Erfüllung, anhaltend neu.

Wie oft hatte mich früher in solchen Augenblicken, Augenblicke des Triumphs angeblich, Langeweile befallen! Aber als

Mittel der Eroberung und nicht bloß des Triumphs verlangte der gegenwärtige Akt stetige Umsichtigkeit, unaufhörliches Absehen von mir selbst. Er war nicht zärtlich, obwohl er ein großes Bedürfnis nach Zärtlichkeit ausdrückte. Er wurde ein tierischer, körperlicher Akt, fast ein Kraftakt, und während er sich entfaltete, wurde er von absichtlicher Brutalität erfüllt. Das überraschte mich. Aber ich war überhaupt von meinem neuen Ich überrascht, das von dem Bordellbesucher mit seiner ganzen Neigung zur Schwäche, für den ich mich gehalten hatte, so weit entfernt war, wie dieser Akt vom Akt der Unterwerfung im Bordell, den ich bis dahin als einzigen gekannt hatte.

Yvette sagte: »Das ist mir seit Jahren nicht mehr passiert.« Wenn diese Feststellung stimmte, wäre sie Belohnung genug gewesen; mein eigener Höhepunkt war mir nicht wichtig. Wenn es stimmte, was sie sagte! Aber ich hatte keine Möglichkeit, ihre Erwiderung einzuschätzen. Sie war die Erfahrene, ich war der Anfänger.

Und eine weitere Überraschung folgte. Keine Ermüdung, keine Schläfrigkeit überkam mich am Ende. Im Gegenteil! Ich schwitzte, mein Körper war schlüpfrig vor Schweiß in diesem aufgeheizten Raum mit den weißgestrichenen Fensterscheiben, deren Weiß im Licht des späten Nachmittags leuchtete, aber ich war voller Energie am Ende eines unserer heißen, schwülen Tage. Ich hätte in den Hellenic Club gehen und Squash spielen können. Ich fühlte mich erfrischt, belebt; meine Haut fühlte sich neu an. Ich war erfüllt von dem Wunder, das mir widerfahren war. Und während ich allmählich zu der ganzen Tiefe meiner Befriedigung erwachte, wurde mir von Minute zu Minute mehr bewußt, wie ungeheuer meine Entbehrung vorher gewesen war. Es war, als entdeckte ich einen großen, unstillbaren Hunger in mir.

Yvette, nackt, naß, ohne Verlegenheit, mit herunterhängendem Haar, aber schon wieder sie selbst, die Röte verschwunden, die Augen ruhig, saß mit übereinandergeschlagenen Beinen auf der Bettkante und telefonierte. Sie sprach Patois. Sie sagte ihrem Hausdiener, sie käme gleich nach Hause, er solle das Raymond sagen. Sie zog sich an und machte das Bett. Diese hausfrauliche Aufmerksamkeit erinnerte mich – schon schmerzlich – an ähnliche Aufmerksamkeiten, die sie anderswo verteilte.

Kurz bevor sie das Schlafzimmer verließ, bückte sie sich und küßte mich kurz vorn auf die Hose. Und dann war es vorüber – der Flur, Mettys schreckliche Küche, die Plattform, das gelbliche Nachmittagslicht, die Bäume im Hinterhof, der Staub in der Luft, der Rauch vom Kochen, die geschäftige Welt und das Getrappel von Yvettes Füßen die Außentreppe hinunter. Diese Geste, dieser Kuß auf meine Hose, die ich sonst als Bordellgefälligkeit abgetan hätte, als Geste einer zu reichlich entlohnten Hure, machte mich nun traurig und ließ mich zweifeln. War sie ehrlich gemeint? War sie aufrichtig?

Ich dachte daran, in den Hellenic Club zu gehen, um die Energie, die mir zugeflossen war, aufzubrauchen und noch ein wenig zu schwitzen. Aber ich ging nicht. Ich wanderte in der Wohnung umher und ließ die Zeit verstreichen. Das Licht begann zu verblassen, und Stille senkte sich über mich. Ich fühlte mich beglückt und wie neu geboren; ich wollte eine Weile mit dieser Empfindung allein sein.

Als ich später ans Abendessen dachte, fuhr ich zum Nachtklub am Damm hinaus. Durch die Hochkonjunktur und die im Exil Lebenden florierte er besser denn je. Aber man hatte dem Bau nichts hinzugefügt, und er sah immer noch provisorisch aus, wie ein Ort, der ohne zu großen Verlust aufgegeben werden konnte – einfach vier Ziegelwände, mehr oder weniger, um einen eingeebneten Platz im Busch.

Ich setzte mich draußen an einen der Tische unter den Bäumen an der Klippe und sah auf den mit Flutlicht beleuchteten Damm; und bis mich jemand bemerkte und die durch die Bäume geschlungenen bunten Glühbirnen einschaltete, saß ich im Dunklen, die Neuartigkeit meiner Haut empfindend. Autos kamen an und parkten. Man hörte die französischen Akzente Europas und Afrikas. Afrikanische Frauen kamen zu zweit und zu dritt in Taxis aus der Stadt. Einen Turban auf dem Kopf, lässig, aufrecht, laut redend, ließen sie ihre Pantoletten über den unbelegten Boden schleifen. Das war die andere Seite des Bilds, das die im Exil lebende Familie geboten hatte und das Yvette im Tivoli beleidigt hatte. Für mich war alles weit weg – der Nachtklub, die Stadt, die Obdachlosen, die im Exil Lebenden, »die Situation des Landes«; alles war einfach in den Hintergrund gerückt.

Als ich zurückfuhr, hatte die Stadt sich in ihrem eigenen Nachtleben eingerichtet. Nachts herrschte in den zunehmend überfüllten Hauptstraßen nun dörfliche Atmosphäre, mit schwankenden Gruppen um die kleinen Getränkebuden in den Barackenstädten, den Kochfeuern auf den Bürgersteigen, dem Absichern von Schlafstellen, den verrückten oder betrunkenen alten Männern in Lumpen, die wie Hunde immer nahe daran waren, wütend zu knurren, und ihr Essen in dunkle Ecken schleppten, um nicht unter den Blicken der anderen zu essen. Die Fenster einiger Geschäfte – besonders der Bekleidungsgeschäfte mit ihren teuren importierten Waren – waren, um Diebstähle zu verhindern, hell erleuchtet.

Auf dem Platz nicht weit von der Wohnung heulte eine junge Frau – ein richtiges afrikanisches Kreischen. Sie wurde von zwei Männern, die ihr die Arme verdrehten, die Straße entlanggedrängt. Aber niemand auf dem Platz unternahm etwas. Die Männer gehörten zu unserer Jungen Garde. Die Funktionäre bezogen ein kleines Gehalt vom Großen Mann, und sie hatten auch ein paar Regierungsjeeps bekommen. Aber wie die Beamten am Hafen mußten sie sich in Wirklichkeit Beschäftigung suchen. Das war ihre neue »Streife zur Überwachung der Moral«. Sie war das Gegenteil von dem, was der Name sagte. Das Mädchen hatten sie bestimmt aus einer Bar geholt; es hatte vermutlich Widerworte gegeben oder sich geweigert, zu bezahlen.

In der Wohnung sah ich, daß bei Metty Licht war. Ich sagte: »Metty?« Er sagte durch die Tür: »*Patron!*« Er hatte aufgehört, mich Salim zu nennen; seit einiger Zeit sahen wir uns selten außerhalb des Geschäfts. Ich dachte, seine Stimme klänge traurig; und während ich in mein Zimmer ging und mir mein eigenes Glück bewußt machte, dachte ich: »Armer Metty! Wie wird es für ihn ausgehen? Er ist so freundlich und am Ende doch immer ohne Freunde. Er hätte an der Küste bleiben sollen. Dort hatte er seinen Platz. Er hatte Leute, die wie er waren. Hier ist er verloren.«

Yvette rief mich am nächsten Vormittag im Geschäft an. Es war unser erstes Telefongespräch, aber sie redete mich nicht mit meinem Namen an, noch meldete sie sich mit ihrem. Sie sagte: »Bist du zum Mittagessen in der Wohnung?« In der Woche aß ich selten in der Wohnung, aber ich sagte: »Ja.« Sie sagte: »Ich sehe dich dann da.« Und das war alles.

Sie hatte keine Pause, keine Stille erlaubt, mir keine Zeit gegeben, überrascht zu sein. Und tatsächlich, als ich kurz nach zwölf in dem weißen Wohnraum auf sie wartete, am Zeichentisch stand und in einer Zeitschrift blätterte, empfand ich keinerlei Verwunderung. Ich empfand das Ereignis trotz seiner Ungewöhnlichkeit, seiner sonderbaren Zeit, des mörderisch hellen Tageslichts nur als Fortsetzung von etwas, mit dem ich schon lange lebte.

Ich hörte sie die Treppe heraufeilen, die sie am vergangenen Nachmittag hinuntergeklappert war. Aus lauter Nervosität rührte ich mich nicht. Die Tür zur Plattform war auf, die Tür zum Wohnraum war auf – ihre Schritte waren munter und zögerten nicht. Ich freute mich sehr, sie zu sehen; es war eine ungeheure Erleichterung. Ihr Benehmen hatte noch etwas Munteres, aber obwohl ihr Gesicht darauf festgelegt zu sein schien, lächelte sie nicht. Ihre Augen blickten ernst, mit einem beunruhigenden, herausfordernden Anflug von Gier.

Sie sagte: »Ich habe den ganzen Morgen an dich gedacht. Ich konnte dich nicht aus dem Kopf kriegen.« Und als hätte sie den Wohnraum nur betreten, um ihn zu verlassen, als wollte sie nach ihrer Ankunft in der Wohnung die Direktheit ihres Anrufs fortsetzen und keinem von uns Zeit für Worte geben, ging sie ins Schlafzimmer und begann, sich auszuziehen.

Es war für mich wie beim letzten Mal. Sobald ich ihr gegenüber war, warf ich alte Phantasien ab. Mein Körper gehorchte seinen neuen Regungen, entdeckte Fähigkeiten in sich, die seinen neuen Bedürfnissen entsprachen. Neu – das war das Wort! Es war stets neu, obwohl der Körper und seine Reaktionen vertraut wurden und der Akt, so körperlich er war, solche Heftigkeit, Beherrschung und Subtilität verlangte. Am Ende (das ich bestimmt hatte, wie alles, das ihm vorausgegangen war) mit Tatkraft und neuem Leben erfüllt, spürte ich, daß ich weit über das Wunder des letzten Tages hinausgetragen worden war.

Ich hatte das Geschäft um zwölf geschlossen. Ich kam kurz

nach drei wieder dort an. Ich hatte nichts gegessen. Das hätte mich noch länger aufgehalten, und Freitag war ein guter Tag für den Umsatz. Ich fand das Geschäft geschlossen. Metty hatte es nicht um eins aufgemacht, wie ich es von ihm erwartet hatte. Kaum eine Stunde blieb für den Verkauf, und viele Einzelhändler aus den abgelegenen Dörfern würden ihre Einkäufe erledigt und die lange Heimreise mit Einbaum oder Laster angetreten haben. Die letzten Lieferwagen auf dem Platz, die abfuhren, wenn sie eine Ladung hatten, waren mehr oder weniger beladen.

Ich erschrak zum ersten Mal über mich selbst, über den beginnenden Verfall des Mannes, als den ich mich kannte. Ich sah Armut und Hinfälligkeit vor mir: der Mann, der nicht aus Afrika stammte, in Afrika verloren, ohne Kraft oder Vorsatz, das Seinige zu halten, und mit geringerem Anspruch auf irgendwas als die zerlumpten, halb verhungerten Betrunkenen aus den Dörfern, die über den Platz strichen, die Stände mit Essen beäugten und um einen Schluck Bier bettelten oder als die jungen Unruhestifter aus den Barackenvierteln, eine neue Brut, die Hemden mit dem Bild des Großen Mannes trugen, von Ausländern und Profit redeten und (wie früher Ferdinand und seine Freunde am Lycée) in die Geschäfte kamen und, obwohl sie nur Geld wollten, aggressiv um Waren feilschten, die sie gar nicht haben wollten, wobei sie auf dem Selbstkostenpreis beharrten.

Nach diesem Schrecken über mich selbst – der übertrieben war, weil es das erste Mal war – entwickelte ich ein Wutgefühl gegen Metty, für den ich in der letzten Nacht solch ein Mitleid empfunden hatte. Dann fiel es mir ein. Es war nicht Mettys Schuld. Er war beim Zoll und versteuerte die Güter, die mit dem Dampfer angekommen waren, der Indar und Ferdinand mit fortgenommen hatte, mit dem Dampfer, der immer noch eine Tagesreise von der Hauptstadt entfernt war.

Seit zwei Tagen, seit dem Rührreier-Essen mit Yvette in ihrem Haus in der Domäne, lagen die Zeitschriften mit Raymonds Artikeln in meiner Schreibtischschublade. Ich hatte sie nicht angeschaut. Durch die Gedanken an den Dampfer an sie erinnert, tat ich es jetzt.

Meine Bitte an Yvette, etwas zu sehen, das Raymond geschrieben hatte, war nur ein Versuch gewesen, ihr näherzukommen. Jetzt bestand die Notwendigkeit nicht mehr, und das war genauso gut. Raymonds Artikel in den hiesigen Zeitschriften sahen besonders schwierig aus. Einer war eine Besprechung eines amerikanischen Buchs über afrikanische Erbgesetze. Der andere war ziemlich lang, mit Fußnoten und Schautafeln. Es schien eine bezirksweise vorgenommene Analyse vom Wahlverhalten der einzelnen Stämme bei der Wahl der örtlichen Ratsversammlung in der großen Bergwerksstadt im Süden kurz vor der Unabhängigkeit zu sein; von einigen kleineren Stämmen hatte ich noch nicht einmal die Namen gehört.

Die früheren Artikel in den ausländischen Zeitschriften schienen leichter zu sein. ›Aufruhr beim Fußballspiel‹ in einer amerikanischen Zeitschrift handelte von Rassenunruhen in der Hauptstadt um 1930, die zur Bildung der ersten afrikanischen politischen Vereinigung geführt hatten. ›Verlorene Freiheiten‹ in einer belgischen Zeitschrift berichtete vom Scheitern eines missionarischen Projekts Ende des 19. Jahrhunderts, sorgfältig ausgewählte Sklaven von den arabischen Sklaventrecks zu kaufen und sie in »Freiheitsdörfern« wieder anzusiedeln.

Diese Artikel kamen meinen Interessen ein bißchen näher – besonders an den Missionaren und Sklaven war ich interessiert. Aber die vielversprechenden einleitenden Sätze waren irreführend; die Artikel nicht gerade die geeignete Nachmittagslektüre während der Geschäftszeit. Und als ich abends in dem großen Bett las, das Yvette erst vor ein paar Stunden gemacht hatte und in dem immer noch ihr Duft hing, war ich entsetzt.

Der Artikel über die Rassenunruhen erwies sich nach dem vielversprechenden einleitenden Abschnitt, den ich im Geschäft gelesen hatte, als Anhäufung von Regierungserlassen und Zeitungszitaten. Aus den Zeitungen war viel übernommen; Raymond schien sie sehr ernst genommen zu haben. Darüber konnte ich nicht wegkommen, denn aus meiner Erfahrung an der Küste wußte ich, daß Zeitungen in kleinen Kolonialländern eine spezielle Wahrheit verbreiteten. Sie logen nicht, aber sie waren formell. Sie behandelten wichtige Leute –

Geschäftsmänner, hohe Beamte, Mitglieder unserer legislativen und exekutiven Räte – mit Respekt. Sie ließen eine Menge wichtiger Einzelheiten – oft wesentliche – aus, über die die Ortsansässigen Bescheid wußten und klatschten.

Ich glaubte nicht, daß die Zeitungen hier in den 30er Jahren sich stark von unseren an der Küste unterschieden; und ich hoffte immer, daß Raymond die Zeitungsgeschichten und Leitartikel hinterfragen und versuchen würde, zu den wirklichen Geschehnissen vorzudringen. Rassenunruhen in der Hauptstadt in den 30er Jahren – das hätte doch eine wirkungsvolle Geschichte geben müssen: Krisengerede in den europäischen Cafés und Klubs, Hysterie und Entsetzen in den afrikanischen *cités*. Aber an diesem Aspekt war Raymond nicht interessiert. Es machte nicht den Eindruck, als hätte er mit jemandem geredet, der damit zu tun gehabt hatte, obwohl viele zu der Zeit, in der er das geschrieben hatte, noch gelebt haben mußten. Er hielt sich an die Zeitungen; er schien darlegen zu wollen, daß er sie alle gelesen und die exakte politische Schattierung jeder einzelnen herausgearbeitet hatte. Sein Thema war ein Ereignis in Afrika, aber er hätte genauso gut über Europa oder einen Ort, an dem er nie gewesen war, schreiben können.

Der Artikel über die Missionare und die freigekauften Sklaven war auch voller Zitate, nicht aus Zeitungen, sondern aus Missionsarchiven in Europa. Der Gegenstand war mir nicht neu. In der Schule hatte man uns über die Expansion der Europäer in unserem Gebiet so belehrt, als wäre es nicht mehr als eine Niederlage der Araber und ihrer Sklavenhandelsgeschäfte gewesen. Wir hielten das für Gerede unserer englischen Schule; uns war es egal. Geschichte war tot und vorbei, gehörte zur Welt unserer Großväter, und wir schenkten ihr so gut wie keine Beachtung; obwohl doch unter handeltreibenden Familien wie unseren immer dunkle – so dunkel, daß sie unwirklich erschienen – Geschichten von europäischen Priestern kursierten, die Sklaven billig von den Trecks aufkauften, bevor sie an die Küste zu den Sammelstellen kamen. Die Afrikaner (und das war die Pointe der Geschichten) wurden wahnsinnig vor Angst – sie dachten, die Missionare kauften sie, um sie aufzuessen.

Bis ich Raymonds Artikel las, hatte ich keine Ahnung, daß das Unternehmen so groß und ernst gewesen war. Raymond teilte die Namen aller Freiheitsdörfer mit, die eingerichtet worden waren. Dann, immer aus Briefen und Archivberichten zitierend, versuchte er, für jedes das Datum seines Verschwindens festzulegen. Er gab keine Gründe an und suchte auch keine; er zitierte einfach aus den Missionarsberichten. Er schien zu keinem der Orte, über die er schrieb, hingefahren zu sein; er hatte nicht versucht, mit jemandem zu sprechen. Dabei hätte ein fünf Minuten langes Gespräch mit jemandem wie Metty – der trotz seiner Erfahrung von der Küste voller Angst durch die Fremdartigkeit des Kontinents gereist war – Raymond gezeigt, daß der ganze fromme Plan grausam und ignorant war, daß man die paar schutzlosen Menschen, die in einem fremden Gebiet angesiedelt wurden, damit auch Angriffen und Entführungen und Schlimmerem aussetzte. Aber Raymond schien das nicht zu wissen.

Aber er wußte so viel, hatte so viel geforscht. Er mußte Wochen für jeden Artikel gebraucht haben. Aber er hatte weniger wahre Kenntnis, weniger Gespür für Afrika als Indar oder Nazruddin oder selbst Mahesh; er hatte nichts von Pater Huismans Gespür für das Fremdartige und Wunderbare des Kontinents. Aber er hatte Afrika zu seinem Fachgebiet gemacht. Er hatte diesen Kästen voller Dokumente in seinem Arbeitszimmer, von denen mir Indar erzählt hatte, Jahre gewidmet. Vielleicht hatte er Afrika zu seinem Fachgebiet gemacht, weil er nach Afrika kam und ein Gelehrter war, der gewohnt war, mit Schriftstücken zu arbeiten und diesen Kontinent voll mit neuen Schriftstücken gefunden hatte.

Er war Lehrer in der Hauptstadt gewesen. Zufall hatte ihn – nachdem seine Jugend vorbei war – in Verbindung mit der Mutter des zukünftigen Präsidenten gebracht. Zufall – und etwas vom Mitgefühl des Lehrers für den verzweifelnden afrikanischen Jungen, ein Mitgefühl, das wahrscheinlich mit ein wenig Bitterkeit über die Erfolgreicheren seiner eigenen Art gemischt war, vielleicht erkannte der Mann sich selbst in dem Jungen wieder: der Rat, der Armee beizutreten, den er dem Jungen gegeben hatte, schien mit persönlicher Verbitterung versetzt zu sein – Zufall hatte ihm diese außergewöhnliche

Beziehung zu dem Mann beschert, der Präsident wurde und ihm nach der Unabhängigkeit zu einem Ruhm verhalf, von dem er nie geträumt hatte.

Yvette, die unerfahren war, aus Europa kam und selber Ambitionen hatte, mußte er blenden. Sie war wohl durch ihren Ehrgeiz verführt worden, so wie ich durch ihre Umgebung, in der ich bis dahin solchen Reiz gesehen hatte. Tatsächlich hatten wir also Raymond gemeinsam, von Anfang an.

12

Ich dachte oft über den Zufall nach, der mir Yvette zum ersten Mal gezeigt hatte, damals an diesem Abend in ihrem Haus, in dieser europäischen Atmosphäre in Afrika, in der sie ihre schwarze Margit Brandt-Bluse getragen hatte und von den Leselampen auf dem Fußboden angeleuchtet wurde und die Stimme von Joan Baez alle Sehnsüchte in mir geweckt hatte.

In einer anderen Umgebung und zu einer anderen Zeit hätte sie vielleicht nicht so einen Eindruck auf mich gemacht. Und wenn ich Raymonds Artikel an dem Tag gelesen hätte, an dem Yvette sie mir gab, wäre am nächsten Nachmittag, als sie in die Wohnung kam, vielleicht nichts passiert. Ich hätte ihr keinen Anlaß gegeben, mir ihr Profil vor der weißen Wand des Atelier-Wohnraums zu zeigen; wir wären statt dessen einfach in den Hellenic Club gegangen. Es hatte mich schon ein wenig alarmiert, ihr Haus im hellen Mittagslicht zu sehen. Hätte ich sofort danach besser über Raymond Bescheid gewußt, hätte ich sie klarer erkennen können – ihren Ehrgeiz, ihre schlechte Urteilskraft, ihren Mißerfolg.

Und mit so einem Mißerfolg hätte ich mich nicht einlassen mögen. Mein Wunsch nach einem Abenteuer mit Yvette war der Wunsch, in den Himmel entführt zu werden, dem Leben, das ich führte, entrückt zu werden – der Eintönigkeit, dem sinnlosen Streß, der »Situation des Landes«. Es war nicht der Wunsch, mit Leuten, die genauso in die Falle gegangen waren wie ich, verquickt zu werden.

Aber das war ich nun. Und es stand mir nicht frei, mich zurückzuziehen. Nach dem ersten Nachmittag, an dem ich sie das erste Mal entdeckte, wurde ich von Yvette besessen, besessen von dieser Person, die ich nie aufhörte, erobern zu wollen. Befriedigung löste nichts; sie tat nur eine neue Leere auf, ein neues Bedürfnis.

Die Stadt änderte sich für mich. Sie weckte neue Assoziationen. Verschiedene Erinnerungen und Stimmungen verknüpften sich mit bestimmten Orten, Tageszeiten, dem Wetter. In der Schublade meines Schreibtischs im Geschäft, in der Raymonds Zeitschriften einmal zwei Tage lang vergessen gelegen hatten, waren jetzt Fotos von Yvette. Einige davon waren ziemlich alt und mußten ihr wertvoll gewesen sein. Diese Fotos hatte sie mir zu verschiedenen Zeiten als Gunstbeweise, Belohnungen, Gesten der Zärtlichkeit geschenkt; denn ebenso wie wir uns nie umarmten, wenn wir uns trafen, uns nie mit dem Empfinden des Berührens aufhielten (und uns sogar selten küßten), hielten wir es wie durch stillschweigendes Übereinkommen so, wie wir begonnen hatten, und tauschten nie zärtliche Worte aus. Trotz des verderbten körperlichen Wegs, den unsere Leidenschaft eingeschlagen hatte, mochte ich die keuschsten Fotos von Yvette am liebsten. Am meisten interessierten mich die, die sie als Mädchen in Belgien zeigten, für das die Zukunft noch ein Geheimnis war.

Mit diesen Fotos in meiner Schublade bedeutete der Blick aus meinem Geschäft etwas anderes: der Platz mit den struppigen Bäumen, die Marktstände, die herumspazierenden Dorfbewohner, die ungepflasterten Straßen, in der Sonne staubig und rot überschwemmt im Regen. Die heruntergekommene Stadt, in der ich mich geschlechtslos gefühlt hatte, wurde der Ort, an dem mir alles zugefallen war.

Gleichzeitig damit entwickelte ich eine neue Art politischer Anteilnahme, fast eine politische Besorgnis. Ich wäre ohne das ausgekommen, konnte es aber nicht ändern. Durch Yvette war ich mit Raymond verbunden, und durch Raymond war ich enger denn je mit der Tatsache oder dem Wissen von der Macht des Präsidenten verbunden. Überall das Foto des Präsidenten zu sehen, hatte mir schon das Gefühl gegeben, daß wir alle, ob Afrikaner oder nicht, sein Volk geworden waren. Dazu kam jetzt durch Raymond noch das Gefühl, daß wir alle vom Präsidenten abhingen und ihm dienten – gleichgültig, was unser Beruf war und wie sehr wir überzeugt waren, für uns selber zu arbeiten.

Für den kurzen Augenblick, den ich geglaubt hatte, Raymond sei so, wie Indar ihn beschrieben hatte – der weiße Mann des Großen Mannes – hatte mich die Freude erregt, mich der höchsten Macht im Land so nahe zu fühlen. Ich fühlte mich erhaben über das Land, das ich kannte, und seine Alltagssorgen – die zu Bergen angewachsenen Abfallhaufen, schlechte Straßen, betrügerische Beamte, Barackensiedlungen und Leute, die jeden Tag aus dem Busch kamen und nichts zu tun und wenig zu essen fanden, die Trunksucht, die schnellen Morde, mein eigenes Geschäft. Macht und das Leben um den Präsidenten in der Hauptstadt schienen für das Land wichtig und grundlegend zu sein.

Als ich begriffen hatte, was Raymonds Position war, schien es, als wäre der Präsident schnell wieder weit weggerückt und hoch über uns. Aber nun blieb eine Verbindung zu ihm: das Gefühl, daß seine Macht eine persönliche Angelegenheit sei, mit der wir alle wie durch Fäden verknüpft seien, die er anziehen oder baumeln lassen könne. Das war etwas, das ich nie vorher empfunden hatte. Wie die anderen im Exil Lebenden in der Stadt hatte ich getan, was man von mir erwartete. Wir hängten die offiziellen Fotos in unseren Geschäften und Büros auf; wir trugen zu den verschiedenen Fonds des Präsidenten bei. Aber wir versuchten, das alles im Hintergrund zu halten, losgelöst von unserem Privatleben. Im Hellenic Club zum Beispiel redeten wir nie, obwohl es keine dementsprechende Regel gab, über Lokalpolitik.

Aber nun, wo ich mich durch Raymond und Yvette intensiv mit der Politik beschäftigte und die Absicht hinter jedem neuen offiziellen Foto, jeder neuen Statue von der afrikanischen Madonna mit Kind verstand, konnte ich die Statuen und Fotos nicht mehr als Kulisse betrachten. Man hätte mir sagen können, daß die Schulden bei den Druckern dieser Fotos in Europa in die Tausende gingen, aber die Absicht des Präsidenten zu verstehen, hieß, davon betroffen zu sein. Der Besucher konnte vielleicht über die afrikanische Madonna hämisch lachen; ich konnte es nicht.

Die Neuigkeiten über Raymonds Buch, die Geschichte, waren schlecht – es gab keine. Indar hatte trotz seines Versprechens, etwas über das Buch herauszubekommen (und der Hand, die er auf dem Dampfer zum Abschied auf Yvettes Bein gelegt hatte) nicht geschrieben. Es tröstete Yvette nicht, zu hören, daß er mir auch nicht geschrieben habe, daß er selber große Probleme habe. Es war nicht Indar, um den sie besorgt war; sie wollte Nachrichten, und lange nachdem Indar das Land verlassen hatte, wartete sie immer noch auf ein Wort aus der Hauptstadt.

Raymond hatte in der Zwischenzeit seine Arbeit an den Präsidentenreden abgeschlossen und war zu seiner Geschichte zurückgekehrt. Er konnte seine Enttäuschungen und Anstrengungen gut verbergen. Aber sie spiegelten sich in Yvette wider. Manchmal, wenn sie in die Wohnung kam, sah sie Jahre älter aus als sie war; ihre junge Haut sah farblos aus, das Fleisch unter ihrem Kinn schlaffte zu einem beginnenden Doppelkinn ab, die kleinen Fältchen um die Augen wurden sichtbarer.

Armes Mädchen! Das war auf keinen Fall, was sie sich von einem Leben mit Raymond versprochen hatte. Sie war noch Studentin in Europa, als sie sich kennenlernten. Er war mit einer offiziellen Delegation dorthin gekommen. Seine Rolle als Berater des Mannes, der sich kürzlich zum Präsidenten gemacht hatte, war eigentlich geheim, aber seine hohe Stellung war allgemein bekannt, und man hatte ihn eingeladen, an der Universität, die Yvette besuchte, zu lesen. Sie hatte eine Frage gestellt – sie schrieb eine wissenschaftliche Arbeit über das Thema der Sklaverei in der französischsprachigen afrikanischen Literatur. Danach hatten sie sich getroffen; sie war überwältigt gewesen von seinen Aufmerksamkeiten. Raymond war vorher schon einmal verheiratet, aber einige Jahre vor der Unabhängigkeit, als er noch Lehrer war, geschieden worden, und seine Frau und seine Tochter waren nach Europa zurückgegangen.

»Man sagt, Männer sollten sich die Mutter des Mädchens, das sie heiraten wollen, ansehen«, sagte Yvette. »Mädchen, die das tun, was ich getan habe, sollten sich die Frau ansehen, die ein Mann abgeschoben oder verschlissen hat, dann wüßten sie, daß es ihnen nicht viel besser geht. Aber kannst du dir das vorstellen? Dieser gutaussehende und vornehme Mann – als Raymond mich zum ersten Mal zum Essen einlud, führte er mich in eins der teuersten Lokale. Er machte das alles auf sehr zerstreute Art. Aber er wußte, aus was für einer Familie ich kam, und er wußte genau, was er tat. Er gab für dieses Essen mehr aus, als mein Vater in einer Woche verdiente. Ich wußte, daß es Geld der Delegation war, aber das war egal. Frauen sind dumm. Aber wenn Frauen nicht dumm wären, würde die Welt sich nicht drehen.

Es war wunderbar, als wir hier herauskamen, das muß ich sagen. Der Präsident lud uns regelmäßig zum Essen ein, und die ersten zwei oder drei Male saß ich zu seiner Rechten. Er sagte, das wäre das Wenigste, was er für die Frau seines alten *professeur* tun könne – aber das stimmte nicht: Raymond unterrichtete ihn zu keiner Zeit, das war bloß für die europäische Presse. Er war außerordentlich charmant, der Präsident, und es gab nie eine Andeutung von Unsinn, muß ich hinzufügen. Das erste Mal redeten wir buchstäblich über den Tisch. Er war aus hiesigem Holz und an den Kanten mit geschnitzten afrikanischen Motiven verziert. Ziemlich scheußlich, wenn du es wissen willst. Er sagte, daß die Afrikaner ungeheuer geschickt im Holzschnitzen seien und das Land die ganze Welt mit Möbeln ausgezeichneter Qualität versorgen könne. Es war wie neulich das Gerede über das Industriegebiet am Fluß entlang – einfach eine Idee, über die man reden konnte. Aber damals war ich neu, und ich wollte alles glauben, was man mir sagte.

Immer waren die Kameras dabei. Immer die Kameras, sogar damals schon. Er posierte immer für sie – das wußte man, und das machte es schwierig, sich mit ihm zu unterhalten. Er entspannte sich nie. Immer führte er die Unterhaltung. Er ließ einen nie ein neues Thema anfangen; er drehte sich einfach weg. Die Umfangsformen einer Majestät – er hatte sie von irgend jemand gelernt, und ich lernte sie von ihm, die harte Schule. Er hatte so eine abrupte Art, sich von einem wegzudrehen; das war etwas wie ein ganz persönlicher Stil. Und diese Eleganz des sich Herumdrehens und Herausgehens aus einem Zimmer zu einem festgesetzten Zeitpunkt schien ihm Spaß zu machen.

Wir gingen oft auf Rundreisen mit ihm. Auf ein paar alten offiziellen Bildern sind wir im Hintergrund zu sehen – Weiße im Hintergrund. Ich habe gemerkt, daß seine Kleidung sich veränderte, aber ich dachte, es wäre nur seine Art, bequemere Kleidung zu tragen, afrikanische, ländliche Kleidung. Überall wo wir hinkamen, gab es zur Begrüßung diese *séances d'animation,* Stammestänze. Er war versessen darauf. Er sagte, er wolle diesen Tänzen, die Hollywood und der Westen verleumdet hätten, Würde verleihen. Er hatte vor, moderne Theater für sie zu bauen. Und es war bei einer dieser kulturellen Darbietungen, daß ich mich in die Nesseln setzte. Er hatte seinen Stab in den Boden gestoßen. Ich wußte nicht, daß das eine Bedeutung hatte. Ich wußte nicht, daß ich den Mund halten mußte, daß man in den alten Zeiten der Häuptlinge erschlagen werden konnte, wenn man redete, solange dieser Stab unten war. Ich stand in seiner Nähe und sagte etwas vollkommen Nebensächliches über die Geschicklichkeit der Tänzer. Er kräuselte bloß zornig seine Lippen und sah weg, seinen Kopf erhebend. Das war überhaupt nicht elegant. Die ganzen Afrikaner waren entsetzt über das, was ich getan hatte. Und ich fühlte, daß die Verstellung grausig geworden war und ich an einen grausigen Ort gekommen war.

Danach konnte ich nicht mehr mit ihm in der Öffentlichkeit auftreten. Aber das war natürlich nicht der Grund, weshalb er mit Raymond gebrochen hat. In Wirklichkeit war er danach freundlicher denn je zu Raymond. Er hat mit Raymond gebrochen, als er beschloß, daß ihm bei der neuen Richtung, die er einschlug, der weiße Mann in der Hauptstadt hinderlich wäre.

Und was mich betraf, so sprach er nie mit mir. Aber er legte immer Wert darauf, mir seine Grüße zu senden, einen Beamten kommen zu lassen, um zu fragen, wie es mir ginge. Er braucht für alles ein Vorbild, und ich glaube, er hat einmal irgendwo gehört, daß de Gaulle den Frauen seiner politischen Feinde immer persönliche Grüße schickte.

Deshalb dachte ich, daß man es ihm wiedererzählen würde, wenn Indar sich in der Hauptstadt nach Raymonds Buch erkundigte. Alles kommt hier dem Präsidenten zu Ohren. Weißt du, das Land ist ein Einmannbetrieb. Und ich habe erwartet, eine indirekte Nachricht zu bekommen. Aber in all diesen Monaten hat er mich noch nicht einmal grüßen lassen.«

Sie litt mehr, als Raymond es zu tun schien. Sie war in einem Land, das ihr immer noch fremd war, und sie hing in der Luft, doppelt abhängig. Raymond war an einem Ort, der seine Heimat geworden war. Er war in einer Situation, die er vielleicht schon einmal durchlebt hatte, als er ein mißachteter Lehrer in der Hauptstadt der Kolonie war. Vielleicht war er zu seiner früheren Persönlichkeit zurückgekehrt, der Selbstgenügsamkeit, zu der er als Lehrer gefunden hatte, der Mann mit dem zurückhaltenden, aber trotzigen Wissen um seinen eigenen Wert. Aber ich fühlte, daß da noch etwas anderes hintersteckte. Ich fühlte, daß Raymond bewußt einem Kodex folgte, den er sich selber vorgeschrieben hatte, und daß er diesem Kodex folgte, gab ihm seine stille Heiterkeit.

Dieser Kodex verbot ihm, Enttäuschung oder Neid zu äußern. Darin unterschied er sich von den jungen Männern, die immer noch zur Domäne kamen, ihn besuchten und ihm zuhörten – Raymond hatte immer noch seine gute Stellung. Er hatte immer noch die Kästen mit Dokumenten, die viele Leute durchsehen wollten; und nach all seinen Jahren als der weiße Mann des Großen Mannes, all diesen Jahren als der Mann, der mehr als jeder andere auf Erden über das Land wußte, hatte Raymond noch einen Ruf.

Wenn einer der Besucher kritisch über ein Buch von irgend jemandem sprach oder einer Konferenz, die irgend jemand irgendwo organisiert hatte (Raymond wurde zu dieser Zeit nicht zu Konferenzen eingeladen), sagte Raymond nichts, wenn er nicht Gutes über das Buch oder die Konferenz zu sagen hatte. Er sah seinem Besucher beharrlich in die Augen, als wartete er nur darauf, daß er fertig würde. Ich sah ihn das oft tun; er machte dann einen Eindruck, als ließe er jemanden ausreden, der ihn unterbrochen hatte. Yvettes Gesicht zeigte Überraschung oder Verletztheit.

So wie an dem Abend, als ich aus dem, was einer unserer Besucher sagte, begriff, daß Raymond sich um eine Stelle in den Vereinigten Staaten beworben hatte und abgelehnt worden war. Der Besucher, ein Mann mit Bart und niederträchtigen, kleinen Augen, redete wie ein Mann, der auf Raymonds Seite stand. Er versuchte sogar, im Interesse Raymonds ein wenig bitter zu sein, und das ließ mich vermuten, er wäre einer dieser Wissenschaftler, von denen Yvette mir erzählt hatte, daß sie zu Besuch kämen und, während sie Raymonds Dokumente durcharbeiteten, auch die Gelegenheit wahrnähmen, ihr deutliche Angebote zu machen.

Die Zeiten hätten sich seit Anfang 1960 geändert, sagte der Bärtige. Afrikanisten seien nun nicht mehr so rar, und Leute, die dem Kontinent ihr Leben gewidmet hätten, würden übergangen. Die Großmächte seien vorläufig übereingekommen, sich nicht wegen Afrika zu streiten, und als Ergebnis hätte sich die Haltung zu Afrika geändert. Dieselben Leute, die gesagt hätten, daß dieses Jahrzehnt das Jahrzehnt Afrikas sei, und seinen großen Männern nachgejagt seien, wären nun dabei, sich von Afrika abzuwenden.

Yvette hob das Armgelenk und sah sorgfältig auf die Uhr. Es war wie eine absichtliche Unterbrechung. Sie sagte: »Das Jahrzehnt Afrikas ist vor zehn Sekunden zu Ende gegangen.«

Das hatte sie schon einmal getan, als jemand vom Jahrzehnt Afrikas gesprochen hatte. Und der Trick klappte wieder. Sie lächelte; Raymond und ich lachten. Der Bärtige verstand den Wink, und das Thema von Raymonds abgelehnter Bewerbung wurde nicht mehr berührt.

Aber ich war erschreckt über das, was ich gehört hatte, und als Yvette das nächste Mal in die Wohnung kam, sagte ich: »Du hast mir ja überhaupt nicht gesagt, daß du ans Weggehen denkst.«

»Denkst du nicht daran, wegzugehen?«

»Letzten Endes, ja.«

»Letzten Endes müssen wir alle weggehen. Dein weiteres Leben ist festgelegt. Du bist mit der Tochter von diesem Mann da so gut wie verlobt, hast du mir erzählt. Alles wartet auf dich. Mein Leben ist immer noch in Fluß. Ich muß etwas tun. Ich kann einfach nicht hier bleiben.«

»Aber warum hast du mir das nicht gesagt?«

»Warum von etwas reden, von dem man weiß, daß es nicht passiert. Und es würde uns nicht gut tun, wenn es sich herumspräche. Das weißt du. Raymond hat im Ausland heutzutage sowieso keine Chance.«

»Warum hat er sich beworben?«

»Ich habe ihn überredet. Ich dachte, es gäbe eine Möglichkeit. Raymond würde so etwas nicht von sich aus tun. Er ist loyal.«

Die Nähe zum Präsidenten, die Raymond seinen Ruf eingebracht hatte und die Leute veranlaßt hatte, ihn zu Konferenzen in den verschiedensten Teilen der Welt zu rufen, war nun schuld daran, daß er im Ausland nicht ernsthaft in Betracht gezogen wurde. Wenn nicht etwas Außergewöhnliches geschähe, müßte er bleiben, wo er war, abhängig von der Macht des Präsidenten.

Seine Position in der Domäne verlangte von ihm, Autorität zu Schau zu stellen. Aber er konnte jeden Moment seiner Autorität entkleidet, zu nichts zurückgestuft werden, ohne auf etwas zurückgreifen zu können. An seiner Stelle wäre ich, glaube ich, nicht fähig gewesen, so zu tun, als hätte ich Autorität – das wäre das Schwerste für mich gewesen. Ich hätte einfach aufgegeben, weil ich die Wahrheit dessen einsah, was Mahesh mir vor Jahren gesagt hatte: »Denk daran, Salim, die Leute hier sind *malins.*«

Aber Raymond zeigte keine Unsicherheit. Und er war loyal – dem Präsidente, sich selbst, seinen Gedanken und seiner Arbeit, seiner Vergangenheit gegenüber. Meine Bewunderung für ihn stieg. Ich untersuchte die Reden des Präsidenten – die Tageszeitungen wurden von der Hauptstadt aus hergeflogen – auf Anzeichen, daß Raymond wieder in Gunst und Gnade gesetzt werden könne. Und wenn ich Raymond, nach Yvette, Mut machte, wenn ich für seine Sache kämpfte und ihn sogar im Hellenic Club als den Mann pries, den jeder intelligente Besucher sehen müsse, dann war das nicht nur, weil ich nicht wollte, daß er – und Yvette mit ihm – wegginge. Ich wollte ihn nicht erniedrigt sehen. Ich bewunderte seinen Kodex und wünschte, daß ich mich, wenn meine Zeit käme, auch an so etwas halten könne.

Das Leben in unserer Stadt war willkürlich genug. Yvette, die mein Leben als vorbestimmt ansah und dachte, daß irgendwo alles auf mich wartete, glaubte, ihr eigenes Leben sei im Fluß. Sie dachte, sie sei nicht so ausgerüstet wie wir übrigen; sie müsse für sich selbst wachsam sein. So fühlten wir uns jedoch alle: wir sahen unser eigenes Leben als fließend an, den anderen sahen wir als unerschütterlich. Aber in der Stadt, wo alles willkürlich war und das Gesetz so war, wie es war, war jedes Leben im Fluß. Keiner von uns hatte Sicherheiten irgendeiner Art. Ohne immer genau zu wissen, was wir taten, paßten wir uns andauernd der Willkürlichkeit an, die uns umgab. Schließlich konnten wir nicht mehr sagen, wo wir standen.

Wir standen für uns allein. Wir mußten alle überleben. Aber

weil wir das Gefühl hatten, unser Leben sei im Fluß, fühlten wir uns alle isoliert und nicht mehr für irgend jemanden oder irgend etwas verantwortlich. Das war Mahesh so gegangen: »Es ist nicht so, als gäbe es kein Recht oder Unrecht hier. Es gibt kein Recht.« Das war mir so gegangen.

Es war das Gegenteil vom Leben unserer Familie und Gemeinschaft an der Küste. Dieses Leben war voller Regeln. Zu vieler Regeln; es war eine Art fertig abgepacktes Leben. Hier hatte ich mich aller Regeln entledigt. Während der Rebellion – schon so lange her – hatte ich entdeckt, daß ich mich auch der Hilfe, die die Regeln gaben, entledigt hatte. Wenn ich so daran dachte, fühlte ich mich dahintreibend und verloren. Und ich dachte lieber nicht daran – es ähnelte zu sehr der Panik, in die man sich jederzeit bringen konnte, wenn man intensiv genug über die geographische Lage der Stadt auf dem Kontinent nachdachte und den Platz, den man selbst in dieser Stadt hatte.

Daß Raymond der Willkür mit einem Kodex wie dem, den er für sich ausgearbeitet hatte, entgegentrat, schien mir außergewöhnlich.

Als ich das Yvette sagte, meinte sie: »Denkst du, ich hätte jemanden geheiratet, der nicht außergewöhnlich ist?«

Merkwürdig nach der ganzen Kritik, oder was ich als Kritik verstanden hatte! Aber alles, was in meiner Beziehung zu Yvette fremd war, hörte schnell auf, fremd zu sein. Alles an der Beziehung war neu für mich; ich nahm alles, wie es kam. Mit Yvette – und mit Yvette und Raymond zusammen – hatte ich eine Art häusliches Leben gewonnen: die Leidenschaft in der Wohnung, der ruhige Familienabend im Haus in der Domäne. Der Gedanke, daß es mein häusliches Leben war, kam mir, als das Leben selbst durcheinandergebracht war. Solange es andauerte, lebte ich es einfach. Zu der Zeit schien nichts festgelegt. Und als das Leben durcheinander war, erschrak ich über die Unverfrorenheit, mit der ich eine Lebensweise angenommen hatte, die mir, wenn ich gehört hätte, daß jemand anders so lebte, schrecklich vorgekommen wäre, als ich noch jünger war. Ehebruch war mir furchtbar. Ich urteilte darüber immer noch vor dem Hintergrund der Familie und Gemeinschaft an der Küste und hielt ihn für verschlagen, unehrenhaft und charakterschwach.

Es war Yvette, die nach einem Nachmittag in der Wohnung vorschlug, daß ich an dem Abend mit ihnen zu Hause essen solle. Sie hatte das aus Zuneigung und Anteilnahme an meinem einsamen Abend getan, und sie schien kein Problem darin zu sehen. Ich war nervös; ich glaubte, ich könne so kurz danach Raymond in seinem Haus nicht in die Augen sehen. Aber Raymond war in seinem Arbeitszimmer, als ich ankam, und blieb dort, bis es Zeit zum Essen war; und meine Nervosität verschwand hinter der neuartigen Erregung, die ich empfand, als ich Yvette, vor kurzem noch nackt, lasziv in ihrer Lust, in der Rolle der Ehefrau sah.

Ich saß im Wohnzimmer. Sie kam und ging. Diese Augenblicke verzückten mich aufs höchste. Ich war von jeder Hausfrauengeste erregt, ich liebte die Einfachheit ihrer Kleidung. Ihre Bewegungen waren in ihrem Haus frischer, bestimmter, ihre Sprache auf französisch (mit Raymond bei Tisch) genauer. Sogar während ich (alle Ängste waren verflogen) Raymond zuhörte, fand ich es erregend, mich innerlich von Yvette zu entfernen, zu versuchen, sie als Fremde zu sehen und dann durch diese Fremde auf die andere Frau, die ich kannte, zu schauen.

Bei der zweiten oder dritten Gelegenheit dieser Art überredete ich sie dazu, mit mir in die Wohnung zurückzufahren. Ein Vorwand war nicht nötig: Sofort nach dem Essen war Raymond in sein Arbeitszimmer zurückgegangen.

Yvette hatte gedacht, ich wollte nur eine Spazierfahrt machen. Als sie begriff, was ich im Sinn hatte, stieß sie einen Ausruf aus, und ihr Gesicht – so maskenhaft und hausfraulich am Eßtisch – war vor Vergnügen verwandelt. Den ganzen Weg zur Wohnung war sie dem Lachen nahe. Ich war von ihrer Reaktion überrascht; ich hatte sie nie so locker gesehen, so erfreut, so entspannt.

Sie wußte, daß sie Männer anzog – diese Wissenschaftler auf Besuch machten ihr diese Ausstrahlung klar. Aber nach all dem, was an unserem langen Nachmittag geschehen war, wieder begehrt und verlangt zu werden, schien sie auf eine Weise zu berühren, auf die sie vorher noch nie berührt worden war. Sie war zufrieden mit mir, bis zur Albernheit zufrieden mit sich und so gesellig, daß ich eher ein alter Schulfreund als ihr Liebhaber hätte sein können. Ich versuchte, mich in sie hineinzuversetzen, und eine kurze Zeit hatte ich die Illusion, in ihren Frauenkörper und ihre Gedanken einzudringen und ihre Freude zu verstehen. Und nach allem, was ich von ihrem Leben wußte, dachte ich, daß ich eine Vorstellung von ihren Bedürfnissen und Entbehrungen bekommen hätte.

Metty war da. Früher hatte ich, alten Bräuchen folgend, darauf geachtet, diese Seite meines Lebens vor ihm geheimzuhalten oder zumindest so zu erscheinen, als versuchte ich es. Aber jetzt war keine Geheimhaltung möglich, und es schien auch nicht darauf anzukommen. Und wir machten uns nie wieder Gedanken um Metty in der Wohnung.

Was an diesem Abend außergewöhnlich war, wurde fester Bestandteil des Ablaufs vieler Tage, an denen wir zusammen waren. Das Abendessen mit Raymond im Haus oder das Zusammensein mit Raymond nach dem Essen ereignete sich als eine Art Zwischenspiel zwischen dem Nachmittag in der Wohnung und dem späten Abend in der Wohnung. So daß ich, wenn ich im Haus war und Raymond erschien, fähig war, allem, was er zu sagen hatte, mit klarem Kopf und echtem Interesse zuzuhören.

Seine Gewohnheiten änderten sich nicht. Er arbeitete meistens in seinem Arbeitszimmer, wenn ich – und Besucher, falls es Besucher gab – ankamen. Er nahm sich Zeit, bevor er auftrat, und obwohl er so geistesabwesend wirkte, war sein Haar immer frisch angefeuchtet, sorgfältig zurückgekämmt, und er war geschmackvoll angezogen. Sein Abgang, wenn ihm eine kleine Rede vorausging, konnte dramatisch sein, aber sein Auftritt war gewöhnlich bescheiden.

Zu Anfang tat er besonders bei einem geselligen Beisammensein nach dem Essen gern so, als sei er ein schüchterner Gast im eigenen Haus. Aber es gehörte nicht viel dazu, ihn aus der Reserve zu locken. Viele Leute wollten etwas über seine Position im Land und seine Beziehungen zum Präsidenten hören; aber darüber sprach Raymond nicht mehr. Er sprach statt dessen über seine Arbeit und ging dann zu Themen von allgemeinem intellektuellen Interesse über. Ein Lieblingsthema war der Genius Theodor Mommsens, von dem Raymond sagte, er habe die Geschichte Roms neu geschrieben. Mit der Zeit erkannte ich Raymonds Methode, darauf hinzusteuern, wieder.

Er wich einer politischen Stellungnahme nie aus, brachte aber selbst nie ein politisches Thema zur Sprache und ließ sich nie in eine politische Diskussion verwickeln. Wie sehr unsere Gäste das Land auch kritisierten, Raymond ließ sie ihre Meinung äußern, genauso wie er einer Unterbrechung zuhörte.

Unsere Besucher wurden zunehmend kritischer. Sie hatten viel über den Kult mit der afrikanischen Madonna zu berichten. An verschiedenen Stellen, die mit der Mutter des Präsidenten in Verbindung gebracht wurden, hatte man Ehrentempel errichtet – und errichtete sie noch –, und für bestimmte Tage waren Wallfahrten zu diesen Stätten angeordnet. Wir wußten von dem Kult, hatten aber in unserer Gegend noch nicht viel davon gesehen.

Die Mutter des Präsidenten stammte aus einem der kleinen Stämme, die viel weiter unten am Fluß lebten, und in unserer Stadt gab es nur ein paar halb afrikanische Statuen und Fotos von Ehrentempeln und Prozessionen. Aber Besucher, die in der Hauptstadt gewesen waren, hatten viel zu berichten, und ihnen als Außenseitern fiel es leicht genug, sarkastisch zu sein.

Mehr und mehr schlossen sie uns – Raymond und Yvette und Leute wie mich – in ihre Satire mit ein. Es wurde offensichtlich, daß wir in ihren Augen Menschen waren, die nicht aus Afrika stammten, sich aber zu Afrikanern hatten machen lassen und sich alles gefallen ließen, was über sie verfügt wurde. Von Leuten, die bloß auf der Durchreise waren, die wir nicht wiedersehen würden, für die wir aber unser Bestes taten, die in ihren eigenen Ländern in Sicherheit waren, war so eine Verächtlichmachung manchmal verletzend. Aber Raymond ließ sich nie provozieren.

Zu einem ungehobelten Mann sagte er: »Was Sie nicht verstehen, ist, daß diese Parodie des Christentums, über die Sie so lebhaft reden, nur für Christen Sinn ergibt. Das ist in der Tat ein Grund, weshalb die Idee vom Standpunkte des Präsidenten aus wirklich nicht so gut ist. Das Wichtigste der Botschaft kann in der Parodie untergehen. Denn diesem außergewöhnlichen Kult liegt eine ungeheure Vorstellung von Wiedergutmachung für die Frau Afrikas zugrunde. Aber so wie er dargeboten wird, kann dieser Kult sich die Leute aus verschiedenen Gründen zum Gegner machen. Seine Botschaft kann falsch ausgelegt werden, und die große Idee, die er in einem Ehrentempel umfaßt, kann um zwei oder drei Generationen zurückgeworfen werden.«

So war Raymond – er war immer noch loyal, versuchte immer noch angestrengt, sich Ereignisse zusammenzureimen, die ihn verwirrt haben mußten. Es nützte ihm nichts, die ganze Mühe, die in diese Gedanken einfloß, war vergeudet. Aus der Hauptstadt kam kein Wort. Er und Yvette blieben weiterhin im Ungewissen.

Aber dann schien sich ihre Stimmung für einen Monat oder so zu bessern. Yvette erzählte mir, Raymond habe Grund zu der Annahme, daß seine Auswahl der Präsidentenreden gut aufgenommen worden sei. Ich freute mich. Es war richtig lächerlich – ich ertappte mich dabei, daß ich die Bilder des Präsidenten anders betrachtete. Und obwohl keine direkte Nachricht kam, begann Raymond, nachdem er sich so lange in der Defensive befunden hatte und so viel über den Madonnenkult hatte reden müssen, seinen Besuchern gegenüber streitlustiger zu sein und fast mit seinem alten Schwung anzudeuten, daß der Präsident etwas im Schilde führe, das dem Land eine neue Richtung gäbe. Ein- oder zweimal sprach er sogar von der möglichen Veröffentlichung eines Buches mit den Reden des Präsidenten und seiner Wirkung auf das Volk.

Das Buch wurde veröffentlicht. Aber es war nicht das Buch, an dem Raymond gearbeitet hatte, nicht das Buch mit den ziemlich langen Auszügen und verbindenden Kommentaren. Es war ein ganz kleines, dünnes Buch mit Grundsätzen, *Maximes,* je zwei oder drei Gedanken auf einer Seite, jede Sentenz ungefähr vier oder fünf Zeilen lang.

Das Buch kam in Stapeln in unsere Stadt. Es tauchte in jeder Bar, jedem Geschäft und Büro auf. Mein Geschäft bekam hundert, Mahesh bekam im Bigburger einhundertfünfzig, das Tivoli bekam einhundertfünfzig. Jeder fliegende Händler auf der Straße bekam einen kleinen Vorrat – fünf oder zehn, das hing vom Bevollmächtigten der Regierung ab. Die Bücher waren nicht umsonst. Wir mußten jeweils fünf zu zwanzig Franc das

Stück kaufen. Der Regierungsbevollmächtigte mußte das Geld für seine ganze Sendung zurück in die Hauptstadt schicken, und der wichtige Mann fuhr ungefähr zwei Wochen lang mit seinem Landrover voller *Maximes* herum und versuchte, sie unterzubringen.

Die Junge Garde brauchte eine Menge ihres Vorrats bei einem ihrer Samstagsnachmittagsmärsche für Kinder auf. Bei diesen Märschen handelte es sich um eine gehetzte, abgerissene Angelegenheit – blaue Hemden, Hunderte eiliger, kleiner Beine, weiße Leinenschuhe; und einige der kleineren Kinder waren außer sich, den Tränen nahe, fielen immer wieder ins Rennen, um mit ihrer Bezirksgruppe Schritt zu halten. Jeder dachte nur ängstlich daran, zum Ende und dann nach Hause zu kommen, das viele Meilen weit weg sein konnte.

Der Marsch mit dem Büchlein des Präsidenten war noch verlotterter als gewöhnlich. Nach Regen am frühen Morgen war der Nachmittag bedeckt und schwül, und der trocknende Schlamm auf den Straßen hatte das ekelhafte Stadium erreicht, in dem Fahrräder und selbst Fußschritte ihn in klebrigen Klumpen und Kugeln herumfliegen ließen. Schlamm fleckte die Leinenschuhe der Kinder rot und sah auf ihren schwarzen Beinen wie Wunden aus.

Auf dem Marsch sollten die Kinder das Buch des Präsidenten hochhalten und den langen afrikanischen Namen rufen, den der Präsident sich gegeben hatte. Aber man hatte es den Kindern nicht richtig eingedrillt; die Rufe waren unregelmäßig, und weil sich schwarze Wolken heranwälzten und es aussah, als würde es bald wieder regnen, beeilten sich die Marschierenden noch mehr als sonst. Sie hielten einfach das kleine Buch und hetzten durch die beginnende Dunkelheit, bespritzten sich gegenseitig mit Schlamm und riefen nur, wenn die Junge Garde sie anschrie.

Diese Märsche waren bei unserem Volk schon zum Witz geworden, aber das half nichts. Die meisten Leute, sogar Leute aus dem tiefsten Urwald, begriffen, was hinter dem Madonnenkult steckte. Aber niemand auf den Plätzen oder dem Markt hatte, glaube ich, eine Ahnung, was der *Maximes*-Marsch sollte. Und um die Wahrheit zu sagen, ich glaube, daß noch nicht einmal Mahesh wußte, worauf er sich bezog oder was sein Vorbild war, bis man es ihm sagte.

Die *Maximes* waren also ein Fehlschlag bei uns. Und das mußte in anderen Teilen des Landes auch so gewesen sein, denn kurz nachdem sie über die große Nachfrage nach dem Buch berichtet hatten, ließen die Zeitungen das Thema fallen.

Als er einmal vom Präsidenten sprach, sagte Raymond: »Er weiß, wann er einen Rückzieher machen muß. Das ist schon immer eine seiner großen Tugenden gewesen. Niemand versteht den grausamen Humor seines Volkes besser als er. Und er trifft vielleicht endlich die Entscheidung, daß er schlecht beraten ist.«

Raymond wartete also immer noch. In dem, was ich als seinen Kodex betrachtet hatte, begann ich Verstocktheit und so etwas wie Eitelkeit zu erkennen. Aber Yvette gab sich nun noch nicht einmal Mühe, ihre Ungeduld zu verbergen. Der Präsident als Thema langweilte sie. Raymond hatte vielleicht nichts, wo er hingehen konnte. Aber Yvette war rastlos. Und das war ein schlechtes Zeichen für mich.

13

Mahesh war mein Freund. Aber ich hielt ihn für einen Mann, der durch seine Beziehung zu Shoba verkümmert war. Mit ihr hatte er genug errungen. Shoba bewunderte ihn und brauchte ihn, und deshalb war er mit sich selbst zufrieden, zufrieden mit der Person, die sie bewunderte. Auf seine Person aufzupassen, schien sein einziger Wunsch zu sein. Er kleidete sich für sie, bewahrte sein Aussehen für sie. Ich nahm immer an, daß Mahesh sich nicht mit anderen Männern verglich oder an einem männlichen Ideal maß, wenn er seinen Körper betrachtete, sondern nur den Körper sah, der Shoba gefiel. Er sah sich so, wie seine Frau ihn sah; und obwohl er mein Freund war, dachte ich deshalb, daß seine Ergebenheit gegenüber Shoba ihn zu einem halben Mann und unwürdig gemacht hätte.

Ich hatte mich selbst nach einem Abenteuer, nach Leidenschaft und körperlicher Erfüllung gesehnt, dachte aber nie, daß es mich so ergreifen würde, daß die Vorstellung von meinem eigenen Wert so ganz vom Verhalten einer Frau mir gegenüber abhängen könne. Aber es war so. Meine ganze Selbstschätzung zog ich daraus, daß ich Yvettes Liebhaber war, ihr diente und sie körperlich so befriedigte, wie ich es tat.

Das war mein Stolz. Es war auch meine Schande, meine Männlichkeit nur darauf beschränkt zu haben. Besonders während flauer Stunden im Geschäft ertappte ich mich manchmal dabei, daß ich an meinem Schreibtisch (mit Yvettes Fotos in der Schublade) saß und trauerte. Trauer inmitten einer körperlichen Erfüllung, die nicht vollkommener sein konnte! Es gab einmal eine Zeit, in der ich das für unmöglich gehalten hätte.

Und ich hatte so viel bekommen durch Yvette. Ich hatte so viel mehr erfahren. Ich hatte das Gehabe des im Exil lebenden Geschäftsmanns abgelegt, nie so zu erscheinen, als kümmere er sich zu sehr um etwas, denn das konnte in echter Rückständigkeit enden. Ich hatte so viele Gedanken über Geschichte, politische Macht und andere Kontinente mitbekommen. Aber bei meinem ganzen neuen Wissen war meine Welt enger als je zuvor. Auf Ereignisse um mich herum – wie die Veröffentlichung des Buchs des Präsidenten und den Marsch mit dem Buch – achtete ich nur, um zu erfahren, ob das Leben, das ich mit Yvette führte, bedroht war oder weitergehen würde. Und je enger meine Welt wurde, desto verbohrter lebte ich in ihr.

Aber trotzdem war es ein Schock, als ich hörte, daß Noimon alles verkauft hatte und abgereist war, um nach Australien zu gehen. Noimon war unser größter Geschäftsmann, der Grieche, der seine Hände überall im Spiel hatte. Er war als sehr junger Mann bei Kriegsende ins Land gekommen, um auf einer der griechischen Kaffeeplantagen mitten im Busch zu arbeiten. Obwohl er nur Griechisch sprach, als er kam, hatte er sich sehr schnell sehr gut herausgemacht, eigene Plantagen und dann ein Möbelgeschäft in der Stadt erworben. Die Unabhängigkeit hatte ihn anscheinend vernichtet; aber er hatte ausgehalten. Im Hellenic-Club – den er wie seine Privatstiftung behandelte und regierte, weil er ihn in sehr schlechten Zeiten in Betrieb gehalten hatte – sagte er immer, das Land sei seine Heimat.

Während der ganzen Zeit der Hochkonjunktur hatte Noimon sein Geld immer wieder investiert und seine Geschäfte ausgebaut; einmal hatte er Mahesh viel Geld für den Besitz am Bigburger geboten. Er kam gut mit Beamten zurecht und hatte ein Talent, Regierungsaufträge zu bekommen (er hatte die Häuser in der Domäne möbliert). Und jetzt hatte er heimlich alles an ein paar der läppischen staatlichen Handelsagenturen in der Hauptstadt verkauft. Über die Besonderheiten des ausländischen Wechselkurses und die versteckten Nutznießer dieses Handels konnten wir nur rätseln – die Zeitung in der Hauptstadt kündigten ihn als eine Art Verstaatlichung mit angemessener Entschädigung an.

Durch seinen Weggang fühlten wir uns alle ein bißchen betrogen. Wir fühlten uns auch töricht, ausgetrickst. In einer Panik kann jeder entschlußkräftig sein; um in einer Hochkonjunktur zu handeln, bedarf es eines starken Mannes. Und Nazruddin hatte mich gewarnt. Ich erinnerte mich an seinen kleinen Vortrag über den Unterschied zwischen einem Geschäftsmann und einem Mann, der in Wirklichkeit nur ein Mathematiker war. Der Geschäftsmann kaufte bei zehn und war froh, mit zwölf herauszukommen; der Mathematiker sah seine zehn auf achtzehn steigen, aber verkaufte nicht, weil er seine zehn auf zwanzig verdoppeln wollte.

Ich hatte mehr geschafft als das. Ich hatte, was ich (um Nazruddins Maßeinteilung zu gebrauchen) bei zwei gekauft hatte, über die Jahre auf zwanzig gebracht. Aber nun fiel es mit Noimons Weggang auf fünfzehn.

Noimons Weggang kennzeichnete das Ende unseres Aufschwungs, das Ende der Zuversicht. Das wußten wir alle. Aber im Hellenic Club – wo Noimon uns erst vor vierzehn Tagen Sand in die Augen gestreut hatte, als er in seiner üblichen praktischen Art darüber sprach, den Swimming-pool zu verbessern – setzten wir allem gegenüber ein tapferes Gesicht auf.

Ich hörte, daß Noimon nur um der Ausbildung seiner Kinder willen verkauft habe; es hieß auch, seine Frau hätte ihn unter Druck gesetzt (man munkelte, daß Noimon eine zweite, halb afrikanische Familie habe). Und dann fing man an zu sagen, Noimon würde seine Entscheidung bereuen. Kupfer bliebe Kupfer, die Hochkonjunktur würde anhalten, und solange der Große Mann die Verantwortung trage, würde alles glatt laufen.

Außerdem wären Australien, Europa und Nordamerika zwar schöne Gegenden für einen Besuch, aber das Leben dort wäre nicht so rosig, wie manche Leute glaubten – und das würde Noimon nach einem Leben in Afrika sehr schnell herausfinden. Wir lebten besser, wo wir waren – mit Dienern und Swimming-pools, Luxus, den anderswo nur Millionäre hätten.

Es war eine Menge Unsinn. Aber sie mußten sagen, was sie sagten, obwohl die Swimming-pools als Argument besonders blöd waren, denn trotz der ausländischen Techniker war unser Wasserversorgungssystem zusammengebrochen. Die Stadt war zu schnell gewachsen, und zu viele Leute zogen immer noch zu; in den Barackenvierteln liefen die Wasserrohre den ganzen Tag, und nun war das Wasser überall rationiert. Einige der Swimming-pools – und so viele hatten wir nicht – hatte man leerlaufen lassen. In einigen hatte man einfach – Sparsamkeit oder Unerfahrenheit – die Filterapparatur abgestellt, und diese Becken waren mit leuchtend grünen Algen und wilderen Gewächsen zugewachsen und sahen aus wie giftige Urwaldtümpel. Aber die Swimming-pools waren da, gleichgültig, in welchem Zustand, und die Leute konnten so darüber reden, wie sie es taten, weil uns hier die Vorstellung von einem Swimming-pool besser gefiel als die Sache selbst. Selbst als die Schwimmbecken in Ordnung waren, hatte man sie nicht oft benutzt – es war, als hätten wir noch nicht gelernt, diesen lästigen Luxus in unser tagtägliches Leben einzubauen.

Ich erzählte das Geschwätz aus dem Hellenic Club Mahesh in der Erwartung wieder, daß er meine Haltung teile oder wenigstens den Witz sähe, auch wenn es für uns ein schlechter Scherz war.

Aber Mahesh sah den Witz nicht. Auch er betonte die überdurchschnittliche Lebensqualität in der Stadt.

Er sagte: »Ich bin froh, daß Noimon weg ist. Laß ihn doch das Leben da draußen probieren. Ich hoffe, es schmeckt ihm. Shoba hat ein paar ismailitische Freunde in London. Die bekommen einen ganz hübschen Geschmack von dem Leben da drüben. Es ist nicht alles Harrods. Sie haben Shoba geschrieben. Frag sie! Dann wird sie dir was von ihren Freunden in London erzählen. Was die da drüben ein großes Haus nennen, wäre ein Witz für uns hier. Du hast die Vertreter im van der

Weyden gesehen. Das sind Spesen. Frag sie mal, wie sie dahinten zu Hause leben! Keiner von denen lebt so gut, wie ich hier lebe.«

Später dachte ich, daß mich das »ich« in Maheshs letztem Satz beleidigte. Mahesh hätte das besser ausdrücken können. Das »ich« gab mir einen Schimmer davon, was Indar bei seinem Essen mit Mahesh und Shoba in Wut versetzt hatte. Indar hatte gesagt: »Sie haben keine Ahnung, wer ich bin oder was ich gemacht habe. Sie wissen noch nicht einmal, wo ich gewesen bin.« Er hatte gesehen, was ich nicht gesehen hatte: daß Mahesh dachte, er lebe »gut«, so wie er es meinte, war mir neu.

Mir war keine große Veränderung in seinem Lebensstil aufgefallen. Er und Shoba lebten immer noch in ihrer Wohnung mit den Betonwänden, deren Wohnzimmer voller Flitterkram war. Aber Mahesh scherzte nicht. Während er in seinen schönen Kleidern neben der importierten Kaffeemaschine in seinem durch Konzession erlangten Geschäft stand, dachte er wirklich, er wäre etwas, erfolgreich und perfekt; dachte wirklich, er hätte es geschafft und nichts Besseres zu erreichen. Bigburger und der Boom – und die immer anwesende Shoba – hatten seinen Sinn für Humor zunichte gemacht. Und ich hatte ihn für einen Gefährten im Überleben gehalten!

Aber es stand mir nicht zu, ihn oder die anderen zu verdammen. Ich war wie sie. Ich wollte auch mit dem, was ich hatte, bleiben; auch ich haßte den Gedanken, vielleicht in die Falle gegangen zu sein. Ich konnte nicht wie sie sagen, daß alles immer noch zum Besten stände. Aber meine Haltung lief darauf hinaus. Gerade die Tatsache, daß die Hochkonjunktur ihre Spitze überschritten hatte und die Zuversicht erschüttert war, wurde für mich ein ausreichender Grund, nichts zu tun. So erklärte ich Nazruddin die Lage, als er aus Uganda schrieb.

Nazruddin schrieb kaum. Aber er sammelte immer noch Erfahrung, sein Verstand lief immer noch wie geschmiert; und obwohl seine Briefe mich nervös machten, bevor ich sie öffnete, las ich sie immer mit großem Vergnügen, weil hinter und über seinen persönlichen Neuigkeiten immer ein neues allgemeines Problem stand, das Nazruddin behandeln wollte. Uns ging der Schock über Noimon immer noch so nahe, daß ich, als Metty den Brief von der Post brachte, dachte, er handele von Noimon oder den Aussichten für Kupfer. Aber er befaßte sich mit Uganda. Auch dort hatten sie ihre Probleme.

Es stand schlecht in Uganda, schrieb Nazruddin. Die Armee, die die Macht übernommen hatte, schien anfangs annehmbar zu sein, aber nun gab es deutliche Anzeichen für Stammes- und Rassenunruhen. Und diese Unruhen würden nicht einfach vorüberziehen.

Uganda war schön, fruchtbar, sorgenfrei und ohne Armut, es hatte bedeutende afrikanische Traditionen. Es hätte eine Zukunft haben müssen, aber das Problem mit Uganda war, daß es nicht groß genug war. Das Land war nun zu klein für den Haß zwischen den Stämmen. Das Auto und moderne Straßen hatten das Land zu klein gemacht; es würde immer Konflikte geben. Jeder Stamm fühlte sich in seinem Gebiet nun bedrohter als zu der Zeit, in der alle, auch Händler von der Küste wie unsere Großväter, zu Fuß reisten und ein einziges Handelsunternehmen bis zu einem Jahr dauern konnte. Afrika, das mit modernen Werkzeugen zu seinen alten Traditionen zurückkehrte, würde schwierig sein für einige Zeit. Es war besser, die Zeichen richtig zu deuten, als zu hoffen, daß sich alles einrenkte.

Also dachte Nazruddin zum dritten Mal in seinem Leben daran, wegzuziehen und einen neuen Anfang zu machen, diesmal außerhalb Afrikas, in Kanada. »Aber mit meinem Glück ist es vorbei. Das kann ich in meiner Hand sehen.«

Der Brief war trotz seiner beunruhigenden Neuigkeiten in Nazruddins altem ruhigen Stil geschrieben. Er bot keinen direkten Rat und stellte keine direkten Bitten. Aber er erinnerte mich – wie Nazruddin es, besonders zu dieser Zeit des Umbruchs, vorgehabt hatte – an meinen Handel mit Nazruddin, meine Verpflichtung meiner und seiner Familie gegenüber. Er verstärkte meine Panik. Gleichzeitig bestärkte er mich in meinem Entschluß, zu bleiben und nichts zu unternehmen.

Wie ich schon sagte, antwortete ich, indem ich unsere neuen Schwierigkeiten in der Stadt hervorhob. Ich brauchte eine Zeit, bevor ich antwortete, und als ich es tat, merkte ich, daß ich leidenschaftlich schrieb und Nazruddin ein Bild von mir anbot, das mich unfähig und hilflos darstellte, als einen seiner

»Mathematiker«. Und nichts von dem, was ich schrieb, war unwahr. Ich war so hilflos, wie ich mich darstellte. Ich wußte nicht, wohin ich weitergehen konnte. Nach dem, was ich von Indar und anderen Leuten in der Domäne gesehen hatte, glaubte ich nicht, daß ich das Talent oder die Fähigkeiten hätte, in einem anderen Land zu überleben.

Und es war, als wäre ich meinem eigenen Brief auf den Leim gegangen. Meine Panik wuchs und meine Schuld und das Gefühl, meine eigene Vernichtung herauszufordern. Und aus dieser Situation, diesem Leben heraus, das ich als schrumpfend empfand und das, indem es schrumpfte, immer verrannter wurde, begann ich mich selbst in Frage zu stellen. War ich von Yvette besessen? Oder war ich wie Mahesh mit seiner neuen Vorstellung von dem, was er darstellte, von mir selbst besessen, von dem Mann, für den ich mich bei Yvette hielt. Um ihr so zu dienen, wie ich es tat, mußte ich von mir selbst absehen. Aber in dieser Selbstlosigkeit lag meine eigene Erfüllung; nach meinen Bordellerfahrungen bezweifelte ich, daß ich bei irgendeiner anderen Frau so ein Mann sein könnte. Sie gab mir die Vorstellung von meiner Männlichkeit, die ich mittlerweile längst brauchte. War meine Bindung an sie nicht eine Bindung an diese Vorstellung?

Und mit dieser Vorstellung von mir selbst und mir und Yvette war die Stadt seltsam verwoben – die Wohnung, das Haus in der Domäne, die Ordnung, in der unser beider Leben verlief, die fehlende Gemeinschaft, die Isolation, in der wir beide lebten. An keinem anderen Ort würde es genauso sein; und unsere Beziehung würde vielleicht an keinem anderen Ort möglich sein. Die Frage, sie an einem anderen Ort fortzusetzen, stellte sich nie. Die Frage eines anderen Ortes war überhaupt etwas, über das ich lieber nicht nachdachte.

Als sie das erste Mal nach einem Abendessen im Haus mit in die Wohnung zurückgekommen war, dachte ich, ich hätte eine Vorstellung von ihren eigenen Bedürfnissen bekommen, den Bedürfnissen einer ehrgeizigen Frau, die jung geheiratet hatte und ins falsche Land gekommen war, sich ausgeschlossen hatte. Ich hatte nie das Gefühl, daß ich diese Bedürfnisse befriedigen könnte. Ich hatte die Vorstellung, daß ich eine Last sei, die zu Gewohnheit geworden war, nicht nur akzeptiert, sondern sie erregte mich auch. Vielleicht war Yvette das für mich auch. Aber ich hatte keine Möglichkeit, es herauszufinden, und legte auch keinen besonderen Wert darauf. Die Isolation, die mich in solcher Besessenheit hielt, sah ich mittlerweile als notwendig an.

Mit der Zeit würde alles vorbeigehen; wir würden beide zu unserem unterbrochenen Leben zurückkehren. Das war keine Tragödie. Die Gewißheit dieses Endes war, selbst während die Konjunktur flau wurde und meine fünfzehn auf vierzehn fielen und Nazruddin mit seiner entwurzelten Familie sich in Kanada niederzulassen versuchte, meine Sicherheit.

Ganz plötzlich verließ Shoba uns, um ihre Familie im Osten zu besuchen. Ihr Vater war gestorben. Sie war zur Einäscherung gefahren.

Ich war überrascht, als Mahesh mir das erzählte. Nicht von dem Tod, sondern daß Shoba zu ihrer Familie zurückgehen konnte. Das war überhaupt nicht, was man mich glauben gemacht hatte. Shoba hatte sich als Ausreißerin dargestellt, als eine Frau, die durch die Heirat mit Mahesh gegen die Regeln ihrer Gemeinschaft verstoßen hatte und an diesem abgelegenen Ort lebte, um sich vor der Rache ihrer Familie zu verbergen.

Als sie mir ihre Geschichte das erste Mal erzählte – beim Mittagessen an einem stillen, geräuschlosen Tag während der Rebellion – hatte sie gesagt, daß sie mit Fremden vorsichtig sein müsse. Es war ihr in den Sinn gekommen, daß ihre Familie jemanden, gleich welcher Rasse, dingen konnte, um auszuführen, was sie angedroht hatten: sie zu entstellen oder Mahesh zu töten. Der Frau Säure ins Gesicht schütten, den Mann umbringen – das waren die normalen Familiendrohungen bei solchen Vorkommnissen, und Shoba, in vieler Hinsicht konventionell, ließ mich gar nicht so ungern wissen, daß die Drohungen in ihrem Fall ausgestoßen worden waren. Gewöhnlich waren diese Drohungen bedeutungslos und nur ausgesprochen, um dem Brauch Genüge zu tun, aber manchmal konnten sie buchstäblich ausgeführt werden. Mit der Zeit jedoch, als Shoba einige Einzelheiten ihrer ersten Geschichte zu vergessen schien, glaubte ich nicht mehr an das Drama von dem gedungenen Fremden. Aber ich hielt es für ausgemacht, daß Shoba von ihrer Familie verstoßen war.

In meiner eigenen mißlichen Lage war mir Shobas Beispiel immer bewußt gewesen, und ich war enttäuscht, als ich entdeckte, daß sie sich Verbindungswege offen gehalten hatte. Was Mahesh betraf, so begann er sich wie der trauernde Schwiegersohn zu benehmen. Daß er teure Bestellungen für Kaffee und Bier und Bigburger (die Preise heutzutage!) mit einem Anflug von Empfindsamkeit und Leid entgegennahm, mochte seine Art sein, ein öffentliches Drama aus der Angelegenheit zu machen. Es mochte auch seine Art sein, Mitleid mit Shoba und Respekt gegenüber dem Toten zu zeigen. Aber es war auch ein wenig wie das Benehmen eines Mannes, der fühlte, daß er endlich seinen verdienten Platz hatte. Nun gut!

Aber dann wurde Ernst aus dem Spaß. Shoba hätte zwei Monate wegbleiben sollen. Sie kam nach drei Wochen wieder und schien sich dann versteckt zu halten. Keine Einladung zum Essen erfolgte mehr für mich, dieses Abkommen – schon fast eine Tradition nun – fand schließlich ein Ende. Sie hätte die politische Situation im Osten nicht ausstehen können, sagte Mahesh. Sie hätte die Afrikaner nie gemocht und sei wütend über die diebischen und angeberischen Politiker zurückgekommen, über die unaufhörlichen Lügen und den Haß, die im Radio und in den Zeitungen verbreitet würden, über die Taschendiebstähle bei Tag, die Gewalt bei Nacht. Sie wäre entsetzt über die Lage ihrer Familie, wo sie doch in dem Glauben aufgewachsen wäre, daß sie gefestigt und abgesichert sei. Zusammen mit der Trauer um ihren Vater hätte all das sie seltsam gemacht. Es wäre vorläufig besser für mich, meinte Mahesh, wegzubleiben.

Aber diese Erklärung schien kaum auszureichen. Steckte mehr dahinter als Wut auf Politiker, Rassenhaß und Schmerz um den Vater, dem sie einst Schande bereitet hatte? Steckte vielleicht eine neue Auffassung von dem Mann dahinter, den sie gewählt, und dem Leben, das sie geführt hatte? Bedauern um das Familienleben, das sie, wie sie jetzt erkannte, verpaßt hatte; war der Schmerz um die Dinge, die sie betrogen hatte, größer geworden?

Das Trauergebaren, das Mahesh in Shobas Abwesenheit so

gern angelegt hatte, wurde nach ihrer Rückkehr zu einer tiefen und aufrichtigen Schwermut; und dann durchzuckten gereizte Stimmungen diese Schwermut. Man merkte ihm langsam sein Alter an. Die Zuversicht, die mich irritiert hatte, verließ ihn.

Das tat mir leid, es bekümmerte mich, daß er sie nur so kurz genossen haben sollte. Und er, der so spitz über Noimon gesprochen hatte und mit so großem Stolz über die Art, wie er hier lebte, sagte nun: »Es ist alles Plunder, Salim. Es verwandelt sich alles wieder in Plunder.«

Weil ich nicht mehr mit ihnen zu Mittag essen oder sie in ihrer Wohnung besuchen konnte, gewöhnte ich mir an, manchmal abends im Bigburger vorbeizuschauen, um ein paar Worte mit Mahesh zu wechseln. Eines Abends sah ich Shoba dort.

Sie saß an der Theke, gegen die Wand gelehnt, und Mahesh saß auf dem Hocker neben ihr. Sie waren wie Kunden in ihrem eigenen Lokal.

Ich begrüßte Shoba, aber in ihrer Erwiderung lag keine Wärme. Ich hätte ein Fremder sein können oder jemand, den sie kaum kannte. Und selbst als ich mich neben Mahesh setzte, blieb sie abweisend. Sie schien mich nicht zu sehen. Und Mahesh schien nichts zu bemerken. Wies sie mich wegen der Dinge zurück, die sie gelernt hatte, in sich selbst zu verurteilen?

Ich kannte sie beide schon so lange. Sie waren Teil meines Lebens, gleichgültig, wie meine Gefühle für sie sich veränderten. Ich konnte Beklemmung und Schmerz und so etwas wie Krankheit in Shobas Blick erkennen. Ich konnte auch sehen, daß sie ein bißchen Theater spielte. Dennoch war ich verletzt. Und als ich sie verließ – keiner von ihnen rief »Bleib doch!« – fühlte ich mich ausgestoßen und leicht benommen. Und jede vertraute Einzelheit auf den nächtlichen Straßen – die Kochfeuer, die einen goldenen Widerschein auf die mageren, erschöpft aussehenden Gesichter der um sie herumsitzenden Leute warfen, die Gruppen in den Schatten unter den Markisen der Geschäfte, die Schlafenden auf ihren abgegrenzten Plätzen, die zerlumpten, verirrten Verrückten, die Lichter einer Bar, die über einen hölzernen Fußweg ausschwärmten – alles hatte sich verändert.

In der Wohnung lief ein Radio. Es war ungewöhnlich laut, und als ich die Außentreppe hochging, hatte ich den Eindruck, Metty höre sich die Übertragung eines Fußballspiels aus der Hauptstadt an. Eine hallende Stimme wechselte oft Geschwindigkeit und Tonhöhe, und man hörte das Toben einer Menschenmenge. Mettys Tür stand offen, und er saß in Unterhosen und Unterhemd auf dem Bettrand. Das Licht der Glühbirne, die in der Mitte seines Zimmers hing, war gelb und trübe, der Radiolärm war ohrenbetäubend.

Zu mir aufsehend und sofort wieder wegsehend, weil er sich konzentrierte, sagte Metty: »Der Präsident.«

Das war nun, wo ich angefangen hatte, den Worten zu folgen, klar. Es erklärte, warum Metty dachte, er brauche das Radio nicht leiser zu stellen. Die Rede war angekündigt worden; und ich hatte es vergessen.

Der Präsident redete in der afrikanischen Sprache, die die meisten Menschen, die entlang des Flusses lebten, verstanden. Früher hatte der Präsident seine Reden auf französisch gehalten. Aber in dieser Rede waren *citoyens* und *citoyennes* die einzigen französischen Worte, und sie wurden um der harmonischen Wirkung willen immer wieder gebraucht, nun in ein wogendes Schlagwort zusammengetrieben, nun getrennt ausgerufen, jede Silbe gedehnt, um die Wirkung eines eindringlichen Trommelschlags zu erzielen.

Die afrikanische Sprache, die der Präsident für seine Reden gewählt hatte, war eine einfache Mischsprache, und er vereinfachte sie noch mehr, machte sie zur Sprache der Trinkbuden und der Gosse. Während er sprach, verwandelte sich dieser Mann, der jeden im Ungewissen ließ und die Umgangsformen einer Majestät und die Höflichkeiten de Gaulles imitierte, in den Niedrigsten der Niedrigen. Und das machte die Anziehungskraft der afrikanischen Sprache im Mund des Präsidenten aus. Dieser prächtige und musikalische Gebrauch der ordinärsten Sprache und derbsten Ausdrücke faszinierte Metty.

Metty war ganz gefesselt. Seine Augen waren unter der gelb angestrahlten Stirn unbewegt, schmal, aufmerksam. Seine Lippen waren zusammengepreßt, und in seiner gespannten Aufmerksamkeit bearbeitete er sie fortwährend. Wenn derbe Ausdrücke oder Obszönitäten vorkamen und die Menge brüllte, lachte Metty, ohne den Mund zu bewegen.

Bis dahin war die Rede wie viele andere, die der Präsident gehalten hatte. Die Themen waren nicht neu: Opfer und eine helle Zukunft; die Würde der Frau Afrikas; wie notwendig es war, die Revolution zu stärken, obwohl die schwarzen Männer in den Städten, die davon träumten, eines Tages als Weiße aufzuwachen, das nicht gern hörten; wie notwendig es für Afrikaner war, afrikanisch zu sein, ohne Scham zu ihren demokratischen und sozialistischen Bräuchen zurückzukehren, die Vorzüge der Ernährung und Medizin ihrer Großväter wieder zu entdecken und nicht wie Kinder den in Büchsen und Flaschen importierten Sachen nachzulaufen; die Notwendigkeit zur Wachsamkeit, Arbeit und vor allem Disziplin.

Während er also alte Prinzipien einfach neu darzustellen schien, gab er auch neue Kritik zu und machte sie lächerlich, ob sie den Madonnenkult oder den Mangel an Lebensmitteln und Medizin betraf. Er gab Kritik immer zu und kam ihr oft zuvor. Bei ihm paßte alles zusammen; er konnte andeuten, er wisse alles. Er konnte alles, was im Land geschah, gut oder schlecht oder durchschnittlich, als Teil eines größeren Plans erscheinen lassen.

Die Leute hörten den Reden des Präsidenten gerne zu, weil ihnen so viel vertraut war; wie Metty nun warteten sie auf die alten Witze. Aber jede Rede war auch eine neue Darbietung mit eigenen dramatischen Kunstgriffen, und jede Rede verfolgte einen Zweck. Diese Rede war von besonderer Bedeutung für unsere Stadt und Region. Das sagte der Präsident, und das wurde einer der dramatischen Kunstgriffe des letzten Teils der Rede: er unterbrach sich immer wieder, um zu sagen, daß er den Menschen unserer Stadt und Region etwas zu sagen habe, aber daß wir darauf warten müßten. Die Menge in der Hauptstadt erkannte den Trick als Trick, ein neues Stilmittel, und begann zu röhren, wenn sie ihn kommen sah.

Wir in der Region tränken gern unser Bier, sagte der Präsident. Er tränke es noch lieber, er könne jeden von uns jederzeit unter den Tisch trinken. Aber wir dürften nicht zu schnell besoffen werden; er hätte uns etwas zu sagen. Und es war bekannt, daß die Erklärung, die der Präsident abgeben würde, mit unserer Jungen Garde zu tun hatte. Seit zwei Wochen oder länger warteten wir auf diese Erklärung, seit zwei Wochen ließ er die ganze Stadt in der Luft hängen.

Die Junge Garde hatte nach dem mißlungenen Marsch mit dem Buch ihr Ansehen nie wieder zurückgewonnen. Ihre Kindermärsche an Samstagnachmittagen waren verlotterter und spärlicher geworden, und die Funktionäre hatten gemerkt, daß sie keine Möglichkeit hatten, Kinder zur Teilnahme zu zwingen. Die »Streife zur Überwachung der Moral« hatten sie aufrechterhalten. Aber die nächtlichen Ansammlungen waren nun feindlicher, und eines Abends war ein Funktionär der Garde getötet worden.

Begonnen hatte es als harmlose Balgerei mit ein paar Leuten, die ständig auf der Straße schliefen und einen Abschnitt des Bürgersteigs mit Betonklötzen, die von einer Baustelle ergaunert waren, halbwegs dauerhaft abgesperrt hatten. Und es hätte leicht als Schimpfwettbewerb und nicht mehr enden können. Aber der Funktionär war gestolpert und gefallen. Durch diesen Fall, der ihn für einen Augenblick hilflos erscheinen ließ, hatte er zum ersten Schlag mit einem Betonbaustein herausgefordert, und der Anblick des Blutes hatte dann Dutzende kleiner Hände zu einem plötzlichen, wahnsinnigen Mord ermutigt.

Niemand wurde verhaftet. Die Polizei war nervös; die Junge Garde war nervös; die Leute auf den Straßen waren nervös. Man munkelte ein paar Tage danach, daß die Armee hergeschickt würde, um ein paar Barackenviertel zu zerschlagen. Das hatte bei manchen einen plötzlichen Aufbruch in die Dörfer zurück verursacht; die Einbäume waren viel unterwegs gewesen. Aber nichts war geschehen. Jeder hatte abgewartet, um zu sehen, was der Präsident tun würde. Aber mehr als zwei Wochen lang hatte der Präsident nichts gesagt oder getan.

Und was der Präsident nun sagte, war niederschmetternd. Die Junge Garde in unserer Region sollte aufgelöst werden. Sie hätte ihre Pflicht dem Volk gegenüber vergessen; sie hätte ihm, dem Präsidenten, die Treue gebrochen; sie hätte zu viel geschwätzt. Die Funktionäre würden ihr Gehalt verlieren; es würde für keinen von ihnen Regierungsarbeiten geben; sie würden aus der Stadt verbannt und in den Busch geschickt, um dort Bauarbeiten zu verrichten. Im Busch würden sie die Weisheit des Affen erlernen.

»*Citoyens – Citoyennes!* Affe schlau. Affe schlau wie Scheiße. Affe kann sprechen. Ihr habt das nicht gewußt? Nun, jetzt sage ich es euch. Affe kann sprechen, aber er kann auch die Schnauze halten. Affe weiß, wenn er vor Menschen redet, dann fängt der Mensch ihn und schlägt ihn und läßt ihn arbeiten. Läßt ihn in der heißen Sonne Lasten tragen. Läßt ihn Boote rudern. *Citoyens! Citoyennes!* Wir bringen diesen Leuten bei, wie Affen zu sein. Wir schicken sie in den Busch und lassen sie arbeiten, bis ihnen der Arsch abfällt.«

14

Das war die Art des Großen Mannes. Er wählte seine Zeit aus, und was wie eine Herausforderung seiner Autorität aussah, diente am Ende dazu, seine Autorität hervorzuheben. Er zeigte sich wieder als Freund des Volkes, der *petit peuple,* wie er sie gerne nannte, und bestrafte ihre Unterdrücker.

Aber der Große Mann hatte unsere Stadt nie besucht. Vielleicht waren, wie Raymond meinte, die Berichte, die er erhalten hatte, ungenau oder unvollständig. Und diesmal lief etwas schief. Wir hatten alle die Junge Garde als Bedrohung betrachtet, und jeder war froh, sie verschwinden zu sehen. Aber es war nach der Auflösung der Jungen Garde, daß die Lage in unserer Stadt sich zum Schlechten entwickelte.

Die Polizei und andere Beamte wurden schwierig. Sie verlegten sich darauf, Metty zu plagen, wenn er mit dem Auto unterwegs war, sogar auf der kurzen Fahrt zum Zoll. Er wurde immer wieder angehalten, manchmal von Leuten, die er kannte, manchmal von Leuten, die ihn schon vorher angehalten hatten, und die Autopapiere und seine eigenen wurden überprüft. Manchmal mußte er das Auto stehen lassen, wo es war, und zum Geschäft zurücklaufen und eine Bescheinigung oder ein Schriftstück holen, das er nicht mit hatte. Und es half nichts, wenn er alle Papiere hatte.

Einmal wurde er vollkommen grundlos auf die Polizeihauptwache mitgenommen; man nahm seine Fingerabdrücke ab und ließ ihn – zusammen mit anderen entmutigten Leuten, die aufgegriffen worden waren – einen ganzen Nachmittag mit geschwärzten Händen in einem Raum verbringen, in dem nur Holzbänke ohne Rückenlehne standen und der Betonfußboden geborsten war und dessen mit blauer Leimfarbe gestrichene Wände von den Köpfen und Schultern, die sich dagegen gerieben hatten, schmierig und speckig waren.

Der Raum, aus dem ich ihn am Spätnachmittag rettete, nachdem ich lange gebraucht hatte, um ihn aufzuspüren, lag hinter dem wichtigsten Gebäude aus der Kolonialzeit in einem unförmigen Schuppen aus Beton und Wellblech. Der Fußboden war nur ein paar Zentimeter über der Erde; die Tür stand offen, und auf dem kahlen Hof scharrten Hühner. Aber roh und einfach und voller Nachmittagssonne, wie er war, sah der Raum nach Gefängnis aus. Der einzige Tisch und Stuhl gehörten dem wachhabenden Offizier, und diese schäbigen Möbelstücke hoben hervor, daß alle anderen ohne auskommen mußten.

Der Offizier, der in seiner zu sehr gestärkten Uniform unter den Armen schwitzte, schrieb sehr langsam in einen Aktenordner, jeden Buchstaben für sich malend. Er übertrug anscheinend die Angaben aus den verklecksten Bögen mit den Fingerabdrücken. Er hatte einen Revolver. Es gab noch ein Foto des Präsidenten, der seinen Häuptlingsstab vorzeigte, und darüber hatte man hoch oben auf die blaue Wand, wo die unebene Fläche eher staubig als schmutzig war, gemalt: DISCIPLINE AVANT TOUT, Diziplin über alles.

Ich mochte den Raum nicht, und ich dachte, danach wäre es besser, wenn Metty das Auto nicht mehr benutzte und ich mein eigener Zollangestellter und Agent wäre. Aber dann wandten die Beamten ihre Aufmerksamkeit mir zu.

Sie gruben alte Zollerklärungsformulare aus, Sachen, die im normalen Verfahren längst vergeben und vergessen waren, brachten sie ins Geschäft und wedelten mir damit vor der Nase herum, als seien es nicht eingelöste Schuldscheine. Sie sagten, sie handelten auf Drängen ihrer Vorgesetzten und wollten gewisse Einzelheiten noch einmal mit mir durchgehen. Zunächst waren sie schüchtern, wie mutwillige Schuljungen; dann taten sie verschwörerisch, wie Freunde, die mir heimlich etwas Gutes tun wollten; dann waren sie aggressiv, wie mutwillige Beamte. Andere wollten meinen Lagerbestand mit meinen Zollerklärungen und Verkaufsquittungen vergleichen; wieder andere sagten, sie wollten meine Preise überprüfen.

Es war eine aufreibende Belästigung, und der Zweck war Geld, und schnell Geld, bevor sich alles änderte. Diese Männer spürten, daß eine Veränderung in der Luft lag; in der Auflösung der Jungen Garde hatten sie eher Anzeichen für die Schwäche denn die Stärke des Präsidenten gesehen. Und in dieser Situation konnte ich mich an niemanden wenden. Jeder Beamte war gegen eine kleine Vergütung bereit, Versprechungen in bezug auf sein eigenes Verhalten abzugeben. Aber kein Beamter war bedeutend oder abgesichert genug, das Verhalten eines anderen Beamten zu garantieren.

In der Stadt war alles wie immer – die Armee lag in der Kaserne, überall sah man Fotos vom Präsidenten, der Dampfer kam regelmäßig aus der Hauptstadt herauf. Aber die Menschen hatten die Vorstellung von einer alles überwachenden Autorität verloren oder zurückgewiesen, und alles war wieder so in Fluß wie am Anfang. Nur daß nach all den Jahren des Friedens, in denen es in allen Geschäften Waren gegeben hatte, diesmal jeder habgieriger war.

Was mir geschah, geschah jedem anderen ausländischen Geschäftsmann. Sogar Noimon hätte gelitten, wenn er noch hier gewesen wäre. Mahesh war schwermütiger denn je. Er sagte: »Ich sage immer: du kannst sie mieten, aber nicht kaufen.« Es war eine seiner Redensarten; sie besagte, daß stabile Beziehungen hier nicht möglich waren, daß es zwischen den Menschen nur Verträge von Tag zu Tag geben konnte, daß man in einer Krise seinen Frieden jeden Tag neu kaufen mußte. Sein Rat war, auszuhalten. Und etwas anderes konnten wir auch nicht tun.

Mein eigenes Empfinden – mein heimlicher Trost in dieser Zeit war, daß die Beamten die Lage falsch gedeutet und ihre Raserei selber künstlich herbeigeführt hatten. Wie Raymond hatte ich gelernt, an die Macht und Weisheit des Präsidenten zu glauben, und war zuversichtlich, daß er etwas tun würde, um seine Macht wieder geltend zu machen. So machte ich Ausflüchte und bezahlte nicht, weil ich kein Ende des Bezahlens sah, wenn ich einmal damit anfinge.

Aber die Geduld der Beamten war größer als meine. Es ist nicht übertrieben, zu sagen, daß nun kein Tag verging, ohne daß irgendein Beamter vorbeikam. Ich begann, auf ihre Besuche zu warten. Für meine Nerven war das schlimm. Wenn mitten am Nachmittag noch niemand dagewesen war, konnte ich merken, wie ich anfing zu schwitzen. Ich fing an, diese lächelnden *malin*-Gesichter, die sich in falscher Vertrautheit und Hilfsbereitschaft an mein Gesicht gedrängt hatten, zu hassen.

Und dann ließ der Druck nach. Nicht, weil der Präsident etwas unternahm, wie ich gehofft hatte, sondern weil Gewalt in unsere Stadt gekommen war. Nicht das abendliche Drama von Gezänk auf der Straße und von Morden, sondern ein regelmäßiger nächtlicher Angriff auf Polizisten und Polizeistationen und Beamte und offizielle Gebäude in verschiedenen Vierteln der Stadt.

Das war zweifellos das, was die Beamten hatten kommen sehen – und ich nicht. Das hatte sie begierig gemacht, so viel sie konnten zusammenzuraffen, solange sie noch konnten. Eines Nachts wurde die Statue der afrikanischen Madonna mit Kind in der Domäne von ihrem Sockel gestürzt und zerschmettert, so wie einst die Statuen aus der Kolonialzeit und das Monument vor der Hafeneinfahrt zerschmettert worden waren. Danach begannen die Beamten, sich rar zu machen.

Sie blieben aus dem Geschäft weg, sie hatten zu viele andere Sachen zu erledigen. Obwohl ich nicht sagen konnte, daß die Sache jetzt besser stand, kam die Gewalttätigkeit doch als Erleichterung und war für mich und die Leute, die ich auf den Straßen und Plätzen sah, eine Zeitlang sogar erheiternd, so wie eine Feuersbrunst oder ein Sturm erheiternd sein können.

In unserer zu schnell zu groß gewordenen, überbevölkerten Stadt, in der nichts geordnet war, hatten wir jede Menge Gewaltausbrüche. Es hatte Aufruhr um Wasser gegeben, und oft war es in den Barackenvierteln zu Krawallen gekommen, wenn jemand von einem Auto getötet worden war. In dem, was jetzt geschah, lag immer noch etwas von der Raserei des Volkes, aber es wurde auch klar, daß sie organisierter war oder zumindest einem tieferen Prinzip folgte. Irgendeine Weissagung hatte vielleicht in den *cités* und Barackenvierteln die

Runde gemacht und in den Träumen verschiedener Menschen Bekräftigung gefunden. Von irgend so was mußten die Beamten Wind bekommen haben.

Eines Morgens, als Metty mir den Kaffee brachte, gab er mir ernst dreinschauend ein Blatt Zeitungspapier, das klein und sorgfältig zusammengefaltet und an den äußeren Kanten drekkig war. Es war ein gedrucktes Flugblatt und offensichtlich schon viele Male auseinander- und wieder zusammengefaltet worden. Es war »Die Vorfahren schreien auf« überschrieben und von etwas, das sich Die Befreiungsarmee nannte, herausgegeben.

Die VORFAHREN schreien auf. Viele falsche Götter sind schon in dieses Land gekommen, aber keine waren so falsch wie die Götter von heute. Der Kult mit der Frau Afrikas bringt alle unsere Mütter um, und weil Krieg eine Weiterführung der Politik ist, haben wir beschlossen, dem FEIND in bewaffneter Gegenüberstellung die Stirn zu bieten. Sonst werden wir alle auf ewig ausgelöscht. Die Vorfahren schreien gellend auf. Wenn wir nicht taub sind, können wir sie hören. Mit FEIND meinen wir die Kräfte des Imperialismus, der Multis und der herrschenden Marionetten, die falschen Götter, die Kapitalisten, die Priester und Lehrer, die falsche Darstellungen liefern. Das Gesetz ermutigt Verbrechen. Die Schulen lehren Unfähigkeit, und die Leute handeln lieber unwissend, als ihre wahre Kultur auszuüben. Unseren Soldaten und Wächtern hat man falsche Sehnsüchte und falsche Begierden eingegeben, und die Ausländer bezeichnen uns nun überall als Diebe. Wir wissen nichts von uns selbst und sind selbst in die Irre geführt. Wir marschieren bis zum Tod. Wir haben die WAHREN GESETZE vergessen. Wir von der BEFREIUNGS-ARMEE haben keine Bildung erhalten. Wir drucken keine Bücher und halten keine Reden. Wir kennen nur die WAHRHEIT, und wir erkennen dieses Land als das Land der Menschen an, deren Vorfahren nun gellend vor Angst um sie aufschreien. UNSER VOLK muß den Kampf verstehen. Es muß lernen, mit uns zu sterben.

Metty sagte, er wüßte nicht, woher das Flugblatt käme. Jemand hätte es ihm letzte Nacht einfach gegeben. Ich dachte, er wüßte mehr, als er sagte, aber ich drängte ihn nicht.

Wir hatten nicht viele Druckereien in der Stadt, und mir war klar, daß das Flugblatt – übrigens sehr schlecht gedruckt, mit gebrochenen und gemischten Drucktypen – aus der Druckerei kam, die immer die Wochenzeitung der Jungen Garde gemacht hatte. Solange sie bestanden hatte, war das unsere einzige Lokalzeitung und ein unsinniges Blättchen gewesen – wie die Wandzeitung einer Schule, mit sinnlosen Anzeigen von Händlern und Geschäftsleuten und sogar Standinhabern vom Markt und ein paar kurzen Artikeln mit sogenannten Nachrichten (eher wie unverhüllte Erpressungen) über Leute, die Verkehrsregeln brachen oder Dienstwagen der Regierung nachts als Taxis benutzten oder Hütten bauten, wo sie nicht sollten.

Es war trotzdem befremdend. Solange sie dem Präsidenten gedient hatten, waren die Funktionäre der Jungen Garde dem Volk, das sie zu überwachen versucht hatten, verhaßt gewesen. Vom Präsidenten in dieser »Affenrede« gedemütigt, ihrer Macht und Arbeit beraubt, boten sie sich dem Volk nun als gedemütigte und angstvolle Männer der Region an, als Verteidiger des Volkes der Region. Und das Volk sprach darauf an.

Es war wie in der Zeit vor der Rebellion. Aber damals hatte es keine Flugblätter gegeben, keine Führer, die so jung und gebildet waren wie diese. Und es gab noch etwas. Zur Zeit der Rebellion fing man gerade erst an, die Stadt wieder aufzubauen, und die ersten Unruhen fanden weit weg, in den Dörfern statt. Jetzt geschah alles in der Stadt selbst. Als Folge davon floß viel mehr Blut, und die Gewalttätigkeit, die zuerst allein gegen die Behörden gerichtet schien, griff um sich. Afrikanische Stände und Läden in den Randgebieten wurden angegriffen und geplündert. Aufständische und Polizisten und Kriminelle aus den Elendsvierteln fingen an, Menschen auf schreckliche Weise umzubringen.

Afrikaner und Randgebiete zuerst, Ausländer und Innenstadt später – so, dachte ich, würde es hier gehen. So mußte ich mich, gerade befreit von einer Art offizieller Erpressung, gegen die es keine Rechtsmittel gab, schon wieder als schutzlos betrachten, ohne etwas zu haben, woran ich mich halten konnte. Diese Furcht, dieses Gefühl, daß ich nun körperlich verwundbar wäre, trug ich mit mir auf den vertrauten Straßen herum. Die Straßen waren immer gefährlich gewesen; aber nicht für mich. Als einem Außenseiter hatte man mir bis dahin zugestanden, abseits der Gewalttätigkeit, die ich beobachtete, zu stehen.

Die Anspannung war groß. Sie zersetzte alles, und zum ersten Mal zog ich den Gedanken an Flucht in Erwägung. Hätte in einer weit entfernten Stadt ein sicheres Haus auf mich gewartet, das mich aufgenommen hätte, ich glaube, ich wäre in dieser Zeit weggegangen. Einst gab es so ein Haus, einst gab es mehrere solcher Häuser. Aber nun war kein solches Haus da. Die Nachrichten von Nazruddin waren entmutigend. Sein Jahr in Kanada war schlecht gewesen, und er riß seine Familie wieder einmal aus allem heraus und ging nach England. Die Welt draußen bot keine Zuflucht mehr; für mich war sie die große Unbekannte geblieben und wurde zunehmend gefahrvoller. Was ich Nazruddin einmal fälschlicherweise geschrieben hatte, war wahr geworden. Ich hatte keine Möglichkeit, zu handeln. Ich mußte bleiben, wo ich war.

Und während ich meine Ziele vernachlässigte, machte ich weiter, lebte mein Leben – das hatte ich vor Jahren von Mahesh gelernt. Und in meinem Umgang mit Leuten, die ich gut kannte, geschah es immer öfter, daß ich vergaß, ihre Gesichter aufmerksam zu betrachten, meine Furcht vergaß. So wurde die Furcht, das Gefühl, daß jeden Moment alles vorbei sein könnte, nebensächlich, eine Lebensbedingung, die man akzeptieren mußte. Und das, was ein Deutscher aus der Hauptstadt, ein Mann Ende Fünfzig, mir eines Tages im Hellenic Club sagte, beruhigte mich fast.

Er sagte: »In so einer Situation können Sie nicht die ganze Zeit damit verbringen, Angst zu haben. Es kann etwas passieren, aber Sie müssen sich dazu überwinden, es wie einen schweren Verkehrsunfall zu betrachten, etwas, das außerhalb Ihrer Kontrolle liegt, das überall passieren kann.«

Die Zeit verging. Keine Explosion kam, keine vollkommene Umwälzung, wie ich anfangs erwartet hatte. Es brannten keine Feuer in der Innenstadt; die Mittel der Rebellen waren begrenzt. Die Angriffe und Morde gingen weiter; die Polizei machte ihre Vergeltungsrazzien, und es wurde so etwas wie ein Gleichgewicht erreicht. Zwei oder drei Leute wurden jede Nacht getötet. Aber seltsamerweise fing alles an, mir weit weg vorzukommen. Bis auf die hervorstechendsten Ereignisse wurde alles von der Übergröße und unkontrollierten Ausdehnung der Stadt gedämpft. Die Leute auf den Straßen und Plätzen warteten nicht mehr auf Neuigkeiten. Neuigkeiten waren selten. Der Präsident gab keine Erklärung ab, und im Radio und den Zeitungen aus der Hauptstadt wurde nichts gemeldet.

Im Zentrum der Stadt ging das Leben weiter wie vorher. Die Geschäftsleute, die per Flugzeug oder Dampfer aus der Hauptstadt heraufkamen, im van der Weyden abstiegen, die besser bekannten Restaurants und Nachtklubs besuchten und keine Fragen stellten, wären nicht darauf gekommen, daß die Stadt sich in Aufruhr befand, daß der Aufruhr seine Führer und – obwohl deren Namen nur in ihren eigenen Vierteln bekannt waren – seine Märtyrer hatte.

Seit einiger Zeit war Raymond wie gelähmt. In irgendeinem Augenblick schien er beschlossen zu haben, daß er nicht in die Gunst des Präsidenten zurückgerufen würde, und er hatte aufgehört zu warten, aufgehört, die Zeichen zu deuten. Beim Abendessen im Haus analysierte oder erklärte er keine Ereignisse mehr; er versuchte nicht mehr, sich Sachen zusammenzureimen.

Er sprach nicht über Geschichte oder Theodor Mommsen. Ich wußte nicht, was er in seinem Arbeitszimmer machte, und Yvette konnte es mir nicht sagen; es interessierte sie nicht zu sehr. Einmal bekam ich den Eindruck, er läse alte Sachen, die er geschrieben hatte. Er erwähnte ein Tagebuch, das er geführt habe, als er erstmals ins Land gekommen sei. Er habe so vieles vergessen, sagte er, so viele Dinge seien zum Vergessen verurteilt. Das war eins seiner Gesprächsthemen bei Tisch gewesen; er schien das zu erkennen und brach ab. Später sagte er: »Es ist seltsam, diese Tagebücher zu lesen. Zu der Zeit kratzte man sich, um zu sehen, ob man blutete.«

Der Aufstand trug zu seiner Unsicherheit bei, und nachdem man die Madonnenstatue in der Domäne zerschlagen hatte, wurde er sehr nervös. Es entsprach nicht der Art des Großen

Mannes, so zu tun, als unterstütze er die seiner Männer, die angegriffen wurden; er neigte dazu, sie zu entlassen. Und Raymond lebte nun in der Furcht vor Entlassung. Eine Arbeitsstelle, ein Haus, sein Lebensunterhalt, simple Sicherheit – darauf war alles für ihn zusammengeschrumpft. Er war ein geschlagener Mann, und das Haus in der Domäne war wie ein Trauerhaus.

Auch ich verlor etwas. Das Haus war mir wichtig und hing, wie ich jetzt sah, stark vom Wohlergehen und Optimismus der beiden Leute ab, die in ihm lebten. Ein gebrochener Raymond machte meine Abende dort unsinnig. Diese Abende im Haus waren Teil meiner Beziehung zu Yvette, sie konnten nicht einfach an einen anderen Schauplatz übertragen werden. Das hätte eine neue geographische Beschaffenheit bedeutet, eine andere Art Stadt, eine andere Art Beziehung, nicht die, die ich hatte.

Mein Leben mit Yvette hing davon ab, wie wohl und optimistisch wir uns alle drei fühlten. Ich war erstaunt über diese Entdeckung. Zuerst hatte ich sie bei mir selbst gemacht, als die Beamten mich bedrängten. Ich wollte mich damals vor ihr verstecken. Ich fühlte, zu ihr gehen und mit ihr zusammensein, wie ich wollte, konnte ich nur in einem Bewußtsein von Stärke, wie ich es immer gehabt hatte. Ich konnte ihr nicht als Mann, der von anderen Männern gequält und geschwächt wurde, entgegentreten. Sie hatte selbst Veranlassung, rastlos zu sein, das wußte ich, und ich konnte die Vorstellung von Verlorenen, die zusammenkamen, um sich zu trösten, nicht ertragen.

Zu der Zeit begannen wir – als verstünden wir einander – unsere Treffen hinauszuschieben. Die ersten Tage ohne Yvette, die ersten Tage der Einsamkeit, nachlassender Erregung und Scharfsichtigkeit waren immer eine Erleichterung. Ich konnte sogar so tun, als sei ich ein freier Mann und als sei es möglich, ohne sie zurechtzukommen.

Dann rief sie an. Das Wissen, daß ich immer noch gebraucht wurde, war schon wie eine ausreichende Befriedigung und wurde, während ich in der Wohnung auf sie wartete, in Verärgerung und Ekel vor mir selbst umgewandelt, die bis genau zu dem Moment anhielten, in dem sie, nachdem sie die Außentreppe hochgeklappert war, in den Wohnraum trat und ihr die ganze Belastung durch Raymond und die dazwischenliegenden Tage im Gesicht geschrieben stand. Dann fielen in meinen eigenen Gedanken die dazwischenliegenden Tage sehr schnell ab; die Zeit schob sich ineinander. Ihren Körper kannte ich nun so gut, eine Gelegenheit schien bald mit der letzten verbunden zu sein.

Aber ich wußte, daß die Vorstellung der Dauer, wie überwältigend sie auch in diesen intimen knappen Augenblicken war, eine Illusion war. Da waren die Stunden und Tage in ihrem Haus, mit Raymond; da war ihr Eigenleben und ihre eigene Suche. Sie hatte immer weniger Neuigkeiten. Es gab nun Ereignisse, die wir nicht teilten, und sie konnte mir immer weniger Angelegenheiten ohne irgendwelche Anmerkungen oder Erklärungen erzählen.

Sie rief mich nun alle zehn Tage an. Zehn Tage schienen die Grenze zu sein, die sie nicht überschreiten konnte. An einem dieser Tage, als sie – das große Schaumstoffbett war schon wieder gemacht – sich schminkte und Stellen ihres Körpers im Spiegel des Frisiertischs betrachtete, bevor sie zurück in die Domäne fuhr, fiel mir auf, daß unsere Beziehung genau in dem Augenblick etwas Lebloses hatte. Ich hätte ein entgegenkommender Vater oder Ehemann oder sogar eine Freundin sein und ihr zusehen können, wie sie sich für einen Liebhaber zurechtmachte.

So eine Vorstellung ist wie ein lebendiger Traum, nagelt eine Furcht fest, die wir nicht wahrhaben wollen, und hat die Wirkung einer Enthüllung. Weil ich an meine eigene Beunruhigung und Raymonds Niederlage dachte, hatte ich, glaube ich, angefangen, auch Yvette als besiegte Persönlichkeit zu betrachten, die in der Stadt festsaß und ihrer selbst und ihrer schwindenden körperlichen Vorzüge genauso überdrüssig war, wie ich meiner selbst und meiner Ängste. Als ich nun Yvette vor dem Spiegel des Frisiertischs betrachtete und sah, daß sie mit mehr, als ich ihr gerade gegeben hatte, strahlte, erkannte ich, wie unrecht ich gehabt hatte. Diese unbeschriebenen Tage, in denen sie fern von mir war, diese Tage, nach denen ich nicht fragte, waren für sie voller Möglichkeiten gewesen. Ich begann auf eine Bestätigung zu warten, und dann, beim zweiten Treffen danach, dachte ich, ich hätte sie gefunden.

Ich kannte sie so gut. Bei ihr hatte ich nie, nicht einmal jetzt, aufgehört, von mir selbst abzusehen. Nichts anderes hätte Sinn gehabt, nichts anderes wäre möglich gewesen. Was sie aus mir herauslockte, blieb außerordentlich für mich. Ihre Reaktionen waren Teil dieser Fähigkeiten, und so wie sie sich entfalteten, hatte ich mich an sie gewöhnt; ich hatte gelernt, sie feinfühlig abzuschätzen. Bei jeder Gelegenheit wurde mir klar, wie ihre sinnliche Erinnerung an mich anfing zu arbeiten und die Gegenwart mit der Vergangenheit verband. Aber bei der Gelegenheit, von der ich nun spreche, waren ihre Reaktionen verwirrt. Etwas war dazwischengetreten, eine neue Gewohnheit hatte sich zu bilden begonnen und zerriß die zarte Membran der älteren Erinnerung. Ich hatte das erwartet. Es mußte eines Tages geschehen. Aber der Augenblick war wie Gift.

Danach kam dieses leblose Zwischenspiel. Das große Schaumstoffbett war gemacht – diesen hausfraulichen Dienst gab es noch, nach dem, was einmal Leidenschaft gewesen war. Ich stand da. Sie stand auch, ihre Lippen im Spiegel betrachtend.

Sie sagte: »Durch dich sehe ich immer so gut aus. Was soll ich bloß ohne dich machen?« Das war eine übliche Höflichkeit. Aber dann sagte sie: »Raymond wird mit mir schlafen wollen, wenn er mich so sieht.« Und das war ungewöhnlich, sah ihr gar nicht ähnlich.

Ich sagte: »Erregt dich das?«

»Ältere Männer sind nicht so widerwärtig, wie du anzunehmen scheinst. Und ich bin schließlich eine Frau. Wenn ein Mann gewisse Sachen mit mir macht, reagiere ich.«

Sie wollte mich nicht absichtlich verletzen, aber sie tat es. Und dann dachte ich: »Aber sie hat wahrscheinlich recht. Raymond ist wie ein geprügeltes Kind. Das ist das einzige, dem er sich nun zuwenden kann.«

Ich sagte: »Ich glaube, er hat wegen uns leiden müssen.«

»Raymond? Ich weiß nicht. Ich glaube nicht. Er hat sich nie etwas anmerken lassen. Natürlich kann er sich jetzt etwas anderes einreden.«

Ich begleitete sie zur Plattform – der Schatten des Hauses

über dem Hof, die Bäume über den Häusern und den Nebengebäuden aus Holz, das gelbe Nachmittagslicht, der Staub in der Luft, die Flamboyantblüten, der Rauch vom Kochen. Sie eilte die Holztreppe hinunter, bis dorthin, wo die schräg durch die Häuser einfallende Sonne sie voll traf. Dann hörte ich, wie sie, den Lärm der umliegenden Höfe übertönend, wegfuhr.

Und erst ein paar Tage später dachte ich, wie seltsam es für uns war, in diesem Augenblick von Raymond gesprochen zu haben. Ich hatte von Raymonds Schmerz gesprochen, während ich an meinen eigenen dachte, und Yvette hatte von Raymonds Bedürfnissen gesprochen, während sie an ihre eigenen dachte. Wir hatten angefangen, nicht gerade in Gegensätzen zu reden, aber doch zweideutig, lügend und nicht lügend, die Wahrheit mit solchen Zeichen andeutend, die Leute in gewissen Situationen für nötig halten.

Eines Abends, ungefähr eine Woche später, lag ich im Bett und las in einer meiner enzyklopädischen Zeitschriften über den »Urknall«-Ursprung des Universums. Es war ein vertrautes Thema; ich las gern in meinen Enzyklopädien über Dinge, die ich in anderen Enzyklopädien gelesen hatte. Diese Art Lektüre las ich nicht, um mein Wissen zu erweitern, sondern um mich in leichter und vergnüglicher Weise an all die Dinge zu erinnern, die ich nicht wußte. Es war eine Art Droge; sie versetzte mich in einen Traum von einer undenkbaren Zukunft, in der ich inmitten eines allumfassenden Friedens jeder Sache von Grund auf nachgehen und meine Tage und Nächte dem Studium widmen würde.

Ich hörte eine Autotür schlagen. Und bevor ich die Schritte auf der Treppe hörte, wußte ich, daß es Yvette war, wie durch ein Wunder zu dieser späten Stunde angekommen, ohne Vorwarnung. Sie eilte die Treppe herauf; ihre Schuhe und Kleider machten ungewöhnlich viele Geräusche im Flur; und sie stieß die Schlafzimmertür auf.

Sie war sorgfältig angezogen und ihr Gesicht erhitzt. Sie mußte bei irgendeiner Festlichkeit gewesen sein. Obwohl sie angekleidet war, warf sie sich aufs Bett und umarmte mich.

Sie sagte: »Ich habe es darauf ankommen lassen. Während des ganzen Essens habe ich an dich gedacht, und sobald ich konnte, habe ich mich verdrückt. Ich mußte. Ich war mir nicht sicher, ob du hier wärest, aber ich habe es darauf ankommen lassen.«

Ich konnte das Essen und Trinken in ihrem Atem riechen. Es war alles so schnell gegangen, vom Geräusch der Autotür bis hierhin: Yvette auf dem Bett, das kahle Zimmer verwandelt, Yvette in dieser eifrigen, verzückten Stimmung, die wie die Stimmung war, die sie überkommen hatte, als wir das erste Mal nach einem Abendessen in der Domäne in die Wohnung zurückgekommen waren. Ich fand mich in Tränen aufgelöst.

Sie sagte: »Ich kann nicht bleiben. Ich gebe dem Gott bloß einen Kuß und gehe.«

Danach erinnerte sie sich ihrer Kleider, mit denen sie bisher ganz unachtsam gewesen war. Vor dem Spiegel stehend hob sie ihren Rock, um die Bluse herunterzuziehen. Ich blieb im Bett, weil sie darauf bestand.

Ihren Kopf schräg haltend, in den Spiegel sehend, sagte sie: »Ich dachte, du wärst vielleicht an deinen alten Lieblingsorten.«

Sie schien jetzt mechanischer zu reden. Die Stimmung, die sie ins Zimmer gebracht hatte, hatte sie verlassen. Endlich war sie fertig. Als sie vom Spiegel zu mir herüberblickte, schien sie jedoch wieder wahrhaft zufrieden mit sich selbst und mir zu sein, zufrieden über ihr kleines Abenteuer.

Sie sagte: »Tut mir leid, aber ich muß gehen.« Als sie schon fast an der Tür war, drehte sie sich um, lächelte und sagte: »Du hast doch keine Frau im Schrank versteckt, oder?«

Das war so untypisch. Es glich so sehr dem, was ich von Huren gehört hatte, die dachten, sie müßten Eifersucht vortäuschen, um zu gefallen. Es zerschlug den Augenblick. Gegensätze: wieder diese Verständigung durch Gegensätze. Die Frau im Schrank: die andere Person draußen. Die Reise aus der Domäne heraus: die andere Reise zurück; Zuneigung gerade vor dem Verrat. Und ich hatte Tränen vergossen!

Dann explodierte alles, was sich in mir aufgestaut hatte, seit sie angefangen hatte, ihre Kleider in Ordnung zu bringen.

»Glaubst du, ich bin Raymond?«

Sie war verdutzt.

»Glaubst du, ich bin Raymond?«

Diesmal blieb ihr keine Chance für eine Antwort. Sie wurde

selbst durch schützend erhobene Arme so hart und so oft ins Gesicht geschlagen, daß sie zurücktaumelte und sich zu Boden fallen ließ. Dann trat ich sie mit Füßen, tat das um der Schönheit ihrer Schuhe, ihrer Fesseln, des Rocks, den ich sie hatte hochheben sehen, um ihres Hüftschwungs willen. Sie drehte ihr Gesicht zum Boden und blieb eine Weile still, dann fing sie mit einem tiefen Atemzug, wie ein Kind ihn tut, bevor es schreit, zu weinen an, und das Wimmern schlug nach einiger Zeit in richtige erschreckende Schluchzer um. Und so blieb es viele Minuten lang im Raum.

Ich saß zwischen den Kleidern, die ich ausgezogen hatte, bevor ich zu Bett ging, in dem gegen die Wand gestellten Windsor-Stuhl mit der gebogenen Lehne. Meine Handfläche war steif, geschwollen. Mein Handrücken schmerzte vom kleinen Finger bis zum Handgelenk; Knochen war auf Knochen geschlagen. Yvette richtete sich auf. Ihre Augen waren Schlitze zwischen Augenlidern, die rot und von wirklichen Tränen geschwollen waren. Sie setzte sich an der Ecke des Betts auf die Kante der Schaumstoffmatratze und sah zu Boden, ihre Hände mit den Handflächen nach außen auf den Knien. Ich fühlte mich elend.

Sie sagte nach einiger Zeit: »Ich bin gekommen, um dich zu sehen. Es schien so eine gute Idee. Ich habe mich vertan.«

Dann sagten wir nichts.

Ich sagte: »Dein Essen?«

Sie schüttelte langsam den Kopf. Ihr Abend war verdorben, sie hatte ihn aufgegeben – aber wie leicht! Und diese Geste des Kopfschüttelns brachte mich dazu, mich in ihre nun vergangene Freude von vorhin zu versetzen. Mein Fehler: ich war zu bereit, sie als jemanden zu sehen, der verloren war.

Sie mühte sich ab, ihre Schuhe auszuziehen, gebrauchte einen Fuß gegen den anderen dazu. Sie stand auf, öffnete ihren Rock und zog ihn aus. Dann kletterte sie so, wie sie war, mit ihrem hochgesteckten Haar, mit ihrer Bluse, ins Bett, zog das obere Baumwollbettuch über sich und rückte zur entgegengesetzten Seite des Bettes, die immer ihre war. Sie bettete ihren verwuschelten Kopf auf das Kissen, drehte mir den Rücken zu; und die enzyklopädische Zeitschrift, die auf der Seite des Bettes liegen geblieben war, fiel mit einem kleinen Rascheln zu

Boden. Und so merkwürdig ruhend verharrten wir eine Weile in der Parodie eines häuslichen Lebens, zu dieser Zeit des Abschieds.

Nach einiger Zeit sagte sie: »Kommst du nicht?«

Ich war zu aufgeregt, um mich zu bewegen oder zu reden.

Ein bißchen später sagte sie, sich mir zuwendend: »Du kannst nicht auf diesem Stuhl sitzen bleiben.«

Ich ging und setzte mich neben sie aufs Bett. Ihr Körper war weich, gefügig und sehr warm. Nur ein- oder zweimal hatte ich sie vorher so erlebt. In diesem Augenblick! Ich bog ihre Beine auseinander. Sie hob sie leicht – das Fleisch wölbte sich glatt zu jeder Seite der inneren Furche – und dann spuckte ich ihr immer weiter zwischen die Beine, bis ich keinen Speichel mehr hatte. Ihre ganze Weichheit verging vor Schmach. Sie schrie: »Das kannst du doch nicht machen!« Wieder schlug Knochen auf Knochen; meine Hand schmerzte bei jedem Schlag; bis sie über das Bett auf die andere Seite rollte, sich aufsetzte und eine Nummer im Telefon wählte. Wen rief sie um diese Zeit an? An wen konnte sie sich wenden, wessen war sie so sicher?

Sie sagte: »Raymond. Oh, Raymond! Nein, nein. Mit mir ist alles in Ordnung. Es tut mir leid. Ich komme sofort.«

Sie zog Rock und Schuhe an, und durch die Tür, die sie offen gelassen hatte, stob sie hinaus in den Flur. Keine Pause, kein Zögern: ich hörte sie die Treppe hinunterklappern – was für ein Klang nun! Das Bett, in dem nichts geschehen war, blieb unordentlich zurück – zum ersten Mal, nachdem sie hier gewesen war. Von diesem hausfraulichen Dienst hatte ich das letzte Mal etwas gehabt. Auf dem Kopfkissen waren Spuren ihres Kopfes, im Bettuch Falten von ihren Bewegungen: seltene Dinge nun, unbeschreiblich kostbar für mich waren diese Überbleibsel im Stoff, die so bald vergehen würden. Ich legte mich dorthin, wo sie gelegen hatte, um ihren Duft zu riechen.

Vor der Tür sagte Metty: »Salim?« Er rief wieder: »Salim!« Und er kam herein, in Unterhose und Unterhemd.

Ich sagte: »Oh, Ali, Ali! Schreckliche Dinge sind heute nacht geschehen. Ich habe sie bespuckt. Sie hat mich dazu gebracht, auf sie zu spucken.«

»Menschen zanken sich. Nach drei Jahren hört etwas nicht einfach so auf.«

»Ali, das ist es nicht. Ich konnte nichts mit ihr anfangen. Ich wollte sie nicht, ich wollte sie nicht! Das ist es, was ich nicht ertragen kann. Es ist alles vorbei!«

»Sie dürfen nicht im Haus bleiben. Kommen Sie heraus. Ich ziehe Hemd und Hose an und gehe mit Ihnen spazieren. Wir gehen zusammen spazieren. Wir gehen zum Fluß. Kommen Sie, ich gehe mit Ihnen spazieren.«

Der Fluß, der Fluß bei Nacht. Nein, nein.

»Ich weiß mehr über Ihre Familie als Sie, Salim. Es ist besser für Sie, es sich von der Seele zu laufen. Das ist das Beste.«

»Ich bleibe hier.«

Er stand eine Weile herum, dann ging er in sein Zimmer. Aber ich wußte, daß er wartete und wachte. Der ganze Rücken meiner geschwollenen Hand schmerzte, mein kleiner Finger fühlte sich tot an. Die Haut war an manchen Stellen blauschwarz – auch das ein Überbleibsel nun.

Als das Telefon klingelte, war ich darauf gefaßt.

»Salim, ich wollte nicht weggehen. Wie geht's dir?«

»Schrecklich! Und dir?«

»Als ich wegfuhr, bin ich ganz langsam gefahren. Nach der Brücke bin ich dann ganz schnell gefahren, um hierher zurückzukommen und dich anzurufen.«

»Ich wußte, daß du das tun würdest. Ich habe darauf gewartet.«

»Willst du, daß ich wiederkomme? Die Straße ist ganz leer. Ich kann in zwanzig Minuten zurück sein. Oh, Salim! Ich sehe schrecklich aus. Mein Gesicht ist in einem furchtbaren Zustand. Ich werde mich tagelang verbergen müssen.«

»Für mich siehst du immer wunderbar aus. Das weißt du.«

»Ich hätte dir etwas Valium geben sollen, als ich gesehen habe, wie es dir ging. Aber ich habe erst darüber nachgedacht, als ich schon im Auto war. Du mußt versuchen zu schlafen. Mach dir etwas heiße Milch und versuch zu schlafen. Es hilft, etwas Heißes zu trinken. Laß Metty Milch für dich heiß machen.«

Nie war sie näher, nie mehr wie eine Ehefrau als in diesem Augenblick. Es war einfacher, übers Telefon zu reden. Und als das vorüber war, fing ich an, die Nacht zu durchwachen, auf das Tageslicht und einen weiteren Telefonanruf zu warten.

Metty schlief. Er hatte die Tür seines Zimmers aufgelassen, und ich hörte seinen Atem.

Mit der Dämmerung kam ein Augenblick, in dem die Nacht plötzlich zum Teil der Vergangenheit wurde. Die Pinselstriche auf der weißgetünchten Fensterscheibe begannen sich zu zeigen, und zu der Zeit hatte ich, aus meinem großen Schmerz heraus, eine Erleuchtung. Sie kam nicht in Worten; die Worte, die ich ihr anzupassen versuchte, waren verwirrt und brachten die Erleuchtung selbst zum Verschwinden. Es schien mir, daß Menschen nur geboren würden, um alt zu werden, ihre Spanne auszuleben, Erfahrung zu erlangen. Menschen lebten, um Erfahrung zu erlangen; die Qualität der Erfahrung war unwesentlich; Vergnügen und Schmerz – und Schmerz vor allem – hatten keine Bedeutung; Schmerz zu empfinden war so bedeutungslos, wie Vergnügen nachzujagen. Und selbst als die Erleuchtung verschwand, so dünn und halb unsinnig wie ein Traum wurde, erinnerte ich mich daran, daß ich sie gehabt hatte, diese Erkenntnis, daß Schmerz eine Illusion war.

Das Licht schien heller durch die weißgestrichenen Fensterscheiben. Der durcheinandergebrachte Raum veränderte sein Aussehen. Er schien öde geworden zu sein. Das einzige wirkliche Überbleibsel war nun meine schmerzende Hand, obwohl ich ein Haar oder zwei von ihrem Kopf gefunden hätte, wenn ich gesucht hätte. Ich zog mich an, ging hinunter und fuhr, den Gedanken an einen Morgenspaziergang aufgebend, durch die erwachende Stadt. Ich fühlte mich von den Farben erfrischt; ich dachte, ich hätte öfters morgens so eine Spazierfahrt unternehmen sollen.

Kurz vor sieben fuhr ich ins Zentrum, zum Bigburger. Säcke und Kartons mit nicht abgeholtem Abfall standen auf dem Bürgersteig. Ildephonse war da, der die Jacke seiner Uniform nun als Schmuck trug. Sogar zu dieser frühen Stunde hatte Ildephonse getrunken; wie die meisten Afrikaner brauchte er nur ein bißchen von dem schwachen hiesigen Bier, um aufzutanken und high zu werden. Er kannte mich seit Jahren; ich war der erste Kunde des Tages; aber er nahm mich kaum zur Kenntnis. Seine vom Bier glasigen Augen starrten an mir vorbei auf die Straße. In eine der Falten oder Runzeln seiner Unterlippe hatte er einen Zahnstocher eingepaßt, sehr genau, sehr gut sitzend, so daß er reden oder seine Unterlippe fallen lassen konnte, ohne daß der Zahnstocher beeinträchtigt wurde; es war wie ein Trick.

Ich rief ihn zurück, egal, wo er war, und er brachte mir eine Tasse Kaffee und ein Brötchen mit einer Scheibe Schmelzkäse dazwischen. Das kostete zweihundert Franc, fast sechs Dollar; die Preise zu der Zeit waren lächerlich.

Ein paar Minuten vor acht kam Mahesh. Er hatte sich gehen lassen. Er war immer stolz darauf gewesen, daß er so klein und dünn war. Aber er war nicht mehr so zierlich, wie er einmal gewesen war, und ich konnte mit gutem Grund anfangen, ihn für eine einfachere Ausgabe eines kleinen, fetten Mannes zu halten.

Seine Ankunft wirkte elektrisierend auf Ildephonse. Der stumpfe Blick verließ Ildephonses Augen, der Zahnstocher verschwand, und er begann lächelnd herumzuspringen und die Frühmorgenskunden, hauptsächlich Gäste aus dem van der Weyden, zu begrüßen.

Ich hoffte, daß Mahesh meinen Zustand bemerkte. Aber er gab keinen Hinweis darauf; er schien noch nicht einmal überrascht, mich zu sehen.

Er sagte: »Shoba möchte dich sehen, Salim.«

»Wie geht es ihr?«

»Es geht ihr besser. Ich glaube, daß es ihr besser geht. Sie möchte dich sehen. Du mußt in die Wohnung kommen. Komm zu einem Essen. Komm zum Mittagessen. Komm morgen zum Mittagessen.«

Zabeth half mir, durch den Morgen zu kommen. Es war ihr Einkaufstag. Mit ihrem Geschäft war es seit dem Aufstand bergab gegangen, und ihre Neuigkeiten handelten zu dieser Zeit von Unruhen in den Dörfern. Junge Männer wurden hier und da von Polizei und Armee entführt: das war die neue Regierungstaktik. Obwohl in den Zeitungen nichts darüber erschien, befand der Busch sich wieder im Krieg. Zabeth schien auf Seiten der Rebellen zu stehen, aber ich konnte nicht sicher sein, und ich versuchte, so neutral wie möglich zu sein.

Ich fragte nach Ferdinand. Seine Zeit als Beamtenanwärter in der Hauptstadt war vorbei. Ihm stand bald ein hoher Posten zu, und das letzte, was ich von Zabeth gehört hatte, war, daß er als Nachfolger für unseren hiesigen Regierungsbevollmächtigten in Betracht gezogen würde, der kurz nach Ausbruch des Aufstandes gefeuert worden war. Daß Ferdinands Vorfahren verschiedenen Stämmen angehörten, machte ihn zu einer guten Wahl für den Posten.

Zabeth sprach den großen Titel ganz ruhig aus (ich dachte an die alte Spendenliste für die Turnhalle des Lycées und die Zeit, in der der Gouverneur wie ein Fürst ganz allein für sich auf einer ganzen Seite unterschrieben hatte). Zabeth sagte: »Ich glaube, Fer'nand wird Regierungsbevollmächtigter, Salim. Wenn sie ihn am Leben lassen.«

»Wenn er am Leben bleibt, Beth?«

»Wenn sie ihn nicht umbringen. Ich weiß nicht, ob ich mich freuen soll, wenn er die Stelle annimmt, Salim. Beide Seiten würden ihn umbringen wollen. Und der Präsident will ihn zuerst umbringen lassen, als Opfer. Er ist ein mißgünstiger Mann, Salim. Er läßt nicht zu, daß einer statt seiner groß wird. Überall ist nur sein Foto. Und sehen Sie sich die Zeitungen an. Sein Foto ist jeden Tag größer als das von allen anderen. Sehen Sie!«

Die Zeitung des gestrigen Tages aus der Hauptstadt lag auf meinem Schreibtisch, und das Foto, auf das Zabeth deutete, zeigte den Präsidenten, der Regierungsbeamte in der südlichen Provinz ansprach.

»Sehen Sie, Salim. Er ist sehr groß. Die anderen sind so klein, daß man sie kaum sehen kann. Man kann nicht sagen, wer wer ist.«

Die Beamten trugen die Dienstkleidung, die der Präsident sich ausgedacht hatte – kurzärmelige Jacken, Halstücher anstelle von Hemd und Krawatte. Sie saßen in ordentlich zusammengedrängten Reihen, und auf dem Foto sahen sie wirklich gleich aus. Aber Zabeth wies mich auch noch auf etwas anderes hin. Sie sah das Foto nicht als Foto; sie interpretierte Entfernung und Perspektive nicht. Sie befaßte sich mit dem tatsächlichen Raum, den die verschiedenen Personen ausfüllten. Sie machte mich tatsächlich auf etwas aufmerksam, das ich nie bemerkt hatte: Auf den Bildern in der Zeitung wurde nur Ausländern auf Besuch der gleiche Raum wie dem Präsidenten zugestanden. Mit hiesigen Leuten war der Präsident immer als überragende Figur dargestellt. So nahmen nun in dem Foto, auf dem der Präsident die südlichen Beamten ansprach und das über die Schulter des Präsidenten hinweg aufgenommen war, seine Schultern, sein Kopf und seine Kappe den größten Raum ein, und die Beamten waren Tupfen, nah aneinander gerückt, ähnlich gekleidet.

»Er bringt diese Männer um, Salim. Sie schreien innerlich, und er weiß, daß sie schreien. Und wissen Sie, Salim, das ist kein Fetisch, den er da hat. Es ist nichts.«

Sie schaute auf das große Foto im Geschäft, das den Präsidenten zeigte, wie er seinen Häuptlingsstab, in den verschiedene Embleme geschnitzt waren, hochhielt. In dem aufgetriebenen Bauch der hockenden menschlichen Figur ungefähr in der Mitte des Stabs, glaubte man, stecke der besondere Fetisch.

Sie sagte: »Es ist *nichts*. Ich sage Ihnen etwas über den Präsidenten. Er hat einen Mann, und dieser Mann geht ihm immer voran, wohin er auch geht. Dieser Mann springt aus dem Auto, bevor das Auto anhält, und alles, was schlecht ist für den Präsidenten, folgt diesem Mann und läßt den Präsidenten in Ruhe. Ich habe es gesehen, Salim. Und ich sage Ihnen noch etwas. Der Mann, der herausspringt und in der Menge untergeht, ist weiß.«

»Aber der Präsident ist nicht hier gewesen, Beth.«

»Ich habe es gesehen, Salim. Ich habe den Mann gesehen. Und Sie dürfen mir nicht erzählen, daß Sie es nicht wissen.«

Metty war den ganzen Tag über lieb. Ohne ein Wort darüber zu verlieren, was geschehen war, behandelte er mich mit Scheu (Scheu vor mir als ungestümem, verletzten Mann) und Zartheit – ich erinnerte mich an Augenblicke wie diese in unserem Leben in der Gemeinschaft nach einem bösen Familienstreit. Ich vermute, auch er erinnerte sich an solche Augenblicke und fiel in alte Verhaltensweisen. Am Ende begann ich ihm etwas vorzuspielen, und das war eine Hilfe.

Ich erlaubte ihm, mich mitten am Nachmittag nach Hause in die Wohnung zu schicken; er sagte, er würde zumachen. Er ging danach nicht, wie es seine Gewohnheit war, zu seiner Familie. Er kam in die Wohnung und ließ mich unauffällig wissen, daß er da war und blieb. Ich hörte ihn auf Zehenspitzen umhergehen. Das war nicht nötig, aber die Aufmerksamkeit tröstete mich; auf dem Bett, auf dem ich von Zeit zu Zeit einen schwachen Duft vom vergangenen Tag (nein, diesem Tag selbst) wahrnahm, schlief ich ein.

Die Zeit verging sprunghaft. Immer wenn ich wach wurde, war ich verwirrt. Weder das Nachmittagslicht noch die geräuschvolle Dunkelheit schienen angemessen zu sein. So verging die zweite Nacht. Und das Telefon klingelte nicht, und ich telefonierte nicht. Am Morgen brachte Metty mir Kaffee. Zum Mittagessen ging ich zu Mahesh und Shoba – es kam mir vor, als wäre ich vor langer Zeit im Bigburger gewesen und hätte die Einladung erhalten.

Die Wohnung mit den zugezogenen Vorhängen, um das grelle Licht draußen zu halten, den schönen Perserteppichen und Messingwaren und all den anderen kitschigen kleinen Stücken war so, wie ich sie in Erinnerung hatte. Es war ein stilles Essen, nicht gerade ein Essen zur Einigung oder Versöhnung. Über die Ereignisse der letzten Zeit sprachen wir nicht. Das Thema der Wertsteigerung von Eigentum – das einst Maheshs Lieblingsthema war, jetzt aber jeden deprimierte – kam nicht zur Sprache. Wenn wir redeten, dann nur über das, was wir aßen.

Gegen Ende fragte Shoba nach Yvette. Es war das erste Mal, daß sie das tat. Ich gab ihr eine Vorstellung davon, wie die Sache stand. Sie sagte: »Das tut mir leid. So etwas passiert dir vielleicht in zwanzig Jahren nicht wieder.« Und nach all dem, was ich über Shoba, ihre Angepaßtheit und Gehässigkeit gedacht hatte, war ich von ihrem Mitgefühl und ihrer Weisheit überrascht.

Mahesh räumte den Tisch ab und machte den Nescafé – bis dahin hatte ich keinen Diener gesehen. Shoba zog einen der Vorhänge ein wenig beiseite, um mehr Licht hereinzulassen. Sie setzte sich so, daß das zusätzliche Licht auf sie fiel, auf das moderne Sofa – glänzender Metallrohrrahmen, wuchtige, gepolsterte Armlehnen – und forderte mich auf, mich neben sie zu setzen. »Hier, Salim.«

Sie betrachtete mich aufmerksam, als ich mich hinsetzte. Dann zeigte sie mir, ihren Kopf ein wenig hebend, ihr Profil und sagte: »Fällt dir etwas auf an meinem Gesicht?«

Ich verstand die Frage nicht.

Sie sagte: »Salim!« und wandte mir ihr hochgehaltenes Gesicht voll zu, ihre Augen auf meine richtend. »Bin ich immer noch schlimm verunstaltet? Sieh dir die Stelle um meine Augen und meine linke Wange an. Besonders die linke Wange. Was siehst du?«

Mahesh hatte die Tassen mit Kaffee auf den niedrigen Tisch gestellt und stand neben mir, guckte mit mir. Er sagte: »Salim kann nichts sehen.«

Shoba sagte: »Laß ihn selbst reden. Sieh dir mein linkes Auge an. Sieh dir die Haut unter dem Auge und auf dem Wangenknochen an.« Und sie hielt ihr Gesicht hoch, als posiere sie für einen Kopf auf einer Münze.

Als ich angestrengt nachsah und das suchte, was ich finden sollte, sah ich, daß das, was ich unter ihren Augen für Anzeichen von Müdigkeit oder Krankheit gehalten hatte, an manchen Stellen auch eine ganz leichte Verfärbung der Haut war. Ihre bleiche Haut war bläulich verfärbt, gerade noch bemerkbar auf dem linken Wangenknochen. Und als ich es einmal gesehen hatte, nachdem ich es vorher nicht gesehen hatte, konnte ich nicht umhin, es zu bemerken, und ich sah es als die Verunstaltung, für die sie es hielt. Sie sah, daß ich es sah. Sie wurde traurig, resigniert.

Mahesh sagte: »Es ist gar nicht mehr so schlimm. Du hast ihn *gezwungen*, es zu sehen.«

Shoba sagte: »Als ich meiner Familie mitteilte, daß ich mit Mahesh zusammenleben würde, drohten meine Brüder, mir Säure ins Gesicht zu schütten. Man könnte sagen, daß es geschehen ist. Als mein Vater starb, schickten sie mir ein Telegramm, und ich faßte das als Zeichen auf, daß ich für die Trauerfeierlichkeiten nach Hause kommen sollte. Es war eine schreckliche Art, zurückzugehen – mein Vater tot, das Land in solch einem Zustand, die Afrikaner so furchtbar. Ich sah jeden am Rand eines Abgrunds stehen. Aber ich konnte es ihnen nicht sagen. Wenn man sie fragte, was sie machten, gaben sie vor, daß alles in Ordnung sei und daß man keinen Grund zur

Sorge habe. Und man mußte mit ihnen heucheln. Warum sind wir so?

Ich weiß nicht, was eines Morgens in mich gefahren ist. Da war dieses Sindhimädchen, das, wie es sagte, in England studiert und ein Friseurgeschäft aufgemacht hatte. Die Sonne brennt kräftig im Hochland dort, und ich war viel herumgefahren, hatte alte Freunde besucht und war einfach spazierengefahren, um aus dem Haus zu kommen. Ich begannn jeden Ort, den ich gern gehabt hatte und wieder besuchte, zu hassen, und ich mußte aufhören. Ich glaube, dieses Herumfahren hatte meine Haut dunkler und fleckig gemacht. Ich fragte das Sindhimädchen, ob es nicht eine Creme oder so etwas gäbe, was ich benutzen könnte. Sie sagte, sie hätte etwas. Sie trug dieses Etwas auf. Ich schrie sie an, aufzuhören. Sie hatte Wasserstoffsuperoxyd gebraucht. Ich lief mit meinem versengten Gesicht nach Hause. Und das Haus des Todes wurde für mich wirklich zum Trauerhaus.

Ich konnte danach nicht bleiben. Ich mußte mein Gesicht vor jedem verbergen. Und dann eilte ich hierhin zurück, um mich zu verstecken wie früher. Jetzt kann ich nirgendwohin gehen. Nur abends kann ich manchmal ausgehen. Es ist besser geworden. Aber ich muß immer noch achtsam sein. Erzähl mir nichts, Salim! Ich habe die Wahrheit in deinen Augen gesehen. Ich kann nun nicht ins Ausland gehen. Und ich wäre so sehr gern gegangen, um wegzukommen. Und wir hatten das Geld dazu; New York, London, Paris. Kennst du Paris? Dort gibt es einen Hautspezialisten. Man sagt, er mache bessere Hautabschälungen als irgend jemand anders. Es wäre schön, wenn ich dorthin gehen könnte. Und dann könnte ich überall hingehen. Suisse, also – wie sagt man noch?«

»Schweiz.«

»Da siehst du's. Durch das Leben in dieser Wohnung vergesse ich sogar mein Englisch. Das wäre ein schönes Land, denke ich, wenn man eine Einreiseerlaubnis bekäme.«

Die ganze Zeit betrachtete Mahesh ihr Gesicht, halb sie ermutigend, halb böse auf sie. Sein elegantes rotes Baumwollhemd mit dem steifen, schön geformten Kragen stand am Hals offen – das gehörte zu der Eleganz, die er von ihr gelernt hatte.

Ich war froh, von ihnen wegzukommen, von der Besessenheit, die sie mir in ihrem Wohnzimmer aufgezwungen hatten. Abschälung, Haut – diese Worte gaben mir noch lange, nachdem ich sie verlassen hatte, ein ungutes Gefühl.

Die Besessenheit betraf mehr als einen Hautmakel. Sie hatten sich isoliert. Einst hatten sie Unterstützung durch die Vorstellung von ihren bedeutenden Traditionen bekommen (die irgendwoanders von anderen Leuten aufrechterhalten wurden), nun waren sie in Afrika verlassen und ungeschützt, hatten nichts, worauf sie zurückgreifen konnten. Sie hatten angefangen, zu verkommen. Ich war wie sie. Wenn ich jetzt nicht handelte, würde mein Schicksal wie ihres sein. Andauernd Spiegel und Augen befragen; andere zwingen, den Fehler zu suchen, aufgrund dessen man sich versteckt halten mußte; Wahnsinn in einem kleinen Zimmer.

Ich beschloß, mich wieder der Welt anzuschließen, aus der engen Geographie der Stadt auszubrechen, meine Pflicht denen gegenüber zu tun, die auf mich angewiesen waren. Ich schrieb Nazruddin, daß ich nach London zu Besuch käme und überließ es ihm, diese einfache Botschaft zu deuten. Was war das jedoch für eine Entscheidung – als mir keine andere Wahl mehr blieb, als Familie und Gemeinschaft kaum noch bestanden, als Pflicht kaum noch etwas bedeutete und es keine sicheren Häuser mehr gab.

Ich reiste schließlich mit einem Flugzeug ab, das in den Osten des Kontinents flog, bevor es nach Norden abdrehte. Dieses Flugzeug machte auf unserem Flughafen eine Zwischenlandung. Ich brauchte nicht in die Hauptstadt zu fahren, um es nehmen zu können. So blieb mir selbst jetzt die Hauptstadt unbekannt.

Auf dem Nachtflug nach Europa schlief ich ein. Eine Frau auf dem Fenstersitz strich gegen meine Beine, als sie in den Gang hinausging und machte mich wach. Ich dachte: »Aber das ist ja Yvette. Sie ist also bei mir. Ich warte auf sie, bis sie zurückkommt.« Und für zehn oder fünfzehn Sekunden hellwach, wartete ich. Dann begriff ich, daß es ein Wachtraum gewesen war. Es schmerzte, zu verstehen, daß ich allein war und einer ganz anderen Bestimmung entgegenflog.

Ich war nie vorher geflogen. Ich erinnerte mich noch so halb daran, was Indar über Reisen mit dem Flugzeug gesagt hatte: er hatte so ungefähr gesagt, das Flugzeug hätte ihm geholfen, mit seinem Heimweh fertig zu werden. Ich begann zu verstehen, was er meinte.

An einem Tag war ich in Afrika, am nächsten Morgen in Europa. Das war mehr als schnell reisen. Es war, als wäre man an zwei Orten auf einmal. Ich wachte in London auf und hatte noch etwas von Afrika an mir – wie die Quittung für die Flughafentaxe, die ich von einem Beamten, den ich kannte, inmitten einer anderen Menge, in einem anderen Gebäude, in einem anderen Klima bekommen hatte. Beide Orte waren wirklich; beide Orte waren unwirklich. Man konnte einen gegen den anderen ausspielen und hatte nicht das Gefühl, eine endgültige Entscheidung getroffen, eine letzte große Reise gemacht zu haben. Was sie ja eigentlich für mich war, obwohl ich nur ein Ferienbillett hatte, ein Touristenvisum und innerhalb von sechs Wochen zurückfliegen mußte.

Das Europa, in das mich das Flugzeug brachte, war nicht das Europa, das ich mein ganzes Leben lang gekannt hatte. Als ich ein Kind war, beherrschte Europa meine Welt. Es hatte die Araber in Afrika besiegt und kontrollierte das Innere des Kontinents. Es herrschte über die Küste und alle Länder am Indischen Ozean, mit denen wir Handel trieben; es lieferte unsere Güter. Wir wußten, wer wir waren und woher wir kamen. Aber es war Europa, das uns die anschaulichen Briefmarken gab, die uns eine Vorstellung davon vermittelten, was malerisch an uns war. Außerdem gab es uns die Sprache.

Europa herrschte nicht mehr. Aber es nährte uns immer noch auf hunderterlei Weisen mit seiner Sprache und schickte uns seine immer großartiger werdenden Güter; Dinge, die im afrikanischen Busch von Jahr zu Jahr mehr zu unserer Vorstellung davon, wer wir waren, beitrugen, uns eine Vorstellung von unserer Modernität und Entwicklung gaben und uns von einem anderen Europa in Kenntnis setzten – dem Europa der großen Städte, großen Warenhäuser, großen Gebäude, großen Universitäten. In dieses Europa reisten nur die Privilegierten oder Begabten von uns. In dieses Europa war Indar gefahren, als er zu seiner berühmten Universität aufgebrochen war. Dieses Europa hatte jemand wie Shoba im Sinn, wenn sie von Reisen sprach.

Aber das Europa, in das ich gekommen war – und von Beginn an wußte ich, daß ich dahin kommen würde – war weder das alte noch das neue Europa. Es war etwas Zusammengeschrumpftes, Gewöhnliches und Abschreckendes. Es war das Europa, in dem Indar nach seiner Zeit an der berühmten Universität gelitten hatte, als er versuchte, zu einem Entschluß über seinen Platz in der Welt zu kommen; in dem Nazruddin und seine Familie Zuflucht gefunden hatten; in das Abertausende von Leuten wie ich, aus Teilen der Welt wie meinem, sich hineingedrängt hatten, um zu arbeiten und zu leben.

Von diesem Europa konnte ich mir kein geistiges Bild machen. Aber es war vorhanden in London, es konnte nicht übersehen werden, und es war kein Geheimnis. Die Leute in den kleinen Ständen, Buden, Kiosken und vollgepfropften Gemischtwarenhandlungen – von Leuten wie mir selbst geführt – wirkten, als hätten sie sich hereingezwängt. Mitten in London handelten sie, wie sie in Afrika gehandelt hatten. Die Güter legten eine kürzere Entfernung zurück, aber die Beziehung des Händlers zu seinen Waren blieb dieselbe. In den Straßen Londons sah ich diese Leute, die wie ich waren, mit Abstand. Ich sah die jungen Mädchen, die um Mitternacht Zigaretten verkauften, als wären sie in ihren Kiosken eingesperrt, wie Marionetten in einem Puppentheater. Sie waren ausgeschlossen aus dem Leben der großen Stadt, in die sie gekommen waren, um darin zu leben, und ich wunderte mich über die Sinnlosigkeit ihres mühsamen Lebens, die Sinnlosigkeit ihrer beschwerlichen Reise.

Welche Illusionen gab Afrika den Leuten, die von außen kamen! In Afrika hatte ich unsere Begabung und Kraft, auch unter extremen Bedingungen zu arbeiten, für heldenhaft und schöpferisch gehalten. Ich hatte sie der Interesselosigkeit und Zurückgezogenheit des dörflichen Afrika gegenübergestellt. Aber hier in London, vor einem Hintergrund von Geschäftigkeit, sah ich diesen Instinkt rein als Instinkt, sinnlos, nur sich selbst dienend. Und mich ergriff ein Gefühl der Auflehnung, stärker als jedes, das ich in meiner Kindheit erlebt hatte. Dazu kam ein neues Verständnis für die Auflehnung, von der Indar mir erzählt hatte, die Auflehnung, die er entdeckt hatte, als er an diesem Fluß Londons spazierenging und beschloß, die Vorstellung von Heimat und Pietät gegenüber den Vorfahren, die gedankenlose Verehrung seiner großen Männer, die Selbstunterdrückung, die mit dieser Verehrung und diesen Vorstellungen einherging, zurückzuweisen und sich bewußt in die umfassendere, härtere Welt zu werfen. Nur so konnte ich hier leben, wenn ich hier leben mußte.

Aber ich hatte mein Leben der Auflehnung in Afrika gehabt. Ich hatte es so weit durchgeführt, wie ich konnte. Und nach London war ich gekommen, um Trost und Hilfe zu finden, mich an das klammernd, was von unserem vorgeplanten Leben übrig blieb.

Nazruddin war von meiner Verlobung mit seiner Tochter Kareisha nicht überrascht. Er hatte immer, wie ich mit Bestürzung feststellte, an der Vorstellung von meiner Treue, die er vor Jahren in meiner Hand gesehen hatte, festgehalten. Kareisha selbst war nicht überrascht. In der Tat war ich die einzige Person, die das Ereignis mit Verwunderung zu betrachten schien, die staunte, daß eine solche Wendung in ihrem Leben so einfach eintrat.

Die Verlobung fand fast am Ende meiner Zeit in London statt. Aber sie war von Anfang an als abgemacht betrachtet worden. Und es war wirklich tröstlich, in dieser fremden, großen Stadt, nach dieser schnellen Reise von Kareisha betreut zu werden, von ihr die ganze Zeit mit meinem Namen angeredet und durch London geführt zu werden, sie die Wissende (Uganda und Kanada hinter sich), ich der Primitive (der sich ein wenig aufspielte).

Sie war Apothekerin; teilweise auf Nazruddins Veranlassung. Mit seiner Erfahrung von Wechsel und plötzlichem Umbruch hatte er schon lange den Glauben, daß Eigentum und Unternehmen die Macht hätten, Leute zu schützen, verloren, und er hatte seine Kinder angehalten, Fähigkeiten zu erlernen, die überall nutzbringend angewendet werden konnten. Es hätte ihr Beruf sein können, der Kareisha die ruhige Heiterkeit gab, die für eine ledige dreißigjährige Frau aus unserer Gemeinschaft außergewöhnlich war; es hätte auch ihr erfülltes Familienleben sein können und Nazruddins Beispiel, der immer noch seine Erfahrungen genoß und neue Einsichten suchte. Aber ich fühlte mehr und mehr, daß es zu irgendeiner Zeit in Kareishas Wanderungen eine Romanze gegeben haben mußte. Einst hätte der Gedanke mich schockiert. Nun machte ich mir nichts daraus. Und der Mann mußte nett gewesen sein, denn er hatte Kareisha mit einer Zuneigung für Männer zurückgelassen. Das war mir neu – meine Erfahrung mit Frauen war so beschränkt. Ich schwelgte in Kareishas Zuneigung und spielte meine Rolle als Mann ein bißchen aus. Es war wunderbar besänftigend.

Schauspielern – das tat ich oft zu der Zeit. Denn ich mußte immer in mein Hotel (nicht weit von ihrer Wohnung) zurückgehen und dort meiner Einsamkeit entgegentreten, dem anderen Mann, der ich auch war. Ich haßte dieses Hotelzimmer. Es gab mir das Gefühl, als sei ich nirgendwo. Es drängte mir alte Ängste auf und fügte neue hinzu, vor London, vor dieser umfassenderen Welt, in der ich meinen Weg machen mußte. Wo sollte ich anfangen? Wenn ich das Fernsehen anmachte, dann nicht, um zu staunen, sondern um mir der übermächtigen Fremdheit draußen bewußt zu werden und mich zu fragen, wie diese Männer auf dem Bildschirm es geschafft hatten, aus der Menge ausgewählt zu werden. In meinen Gedanken tröstete ich mich immer damit, zurückzugehen, ein anderes Flugzeug zu nehmen, um vielleicht letzten Endes doch nicht hier leben zu müssen. Die Entscheidungen und Vergnügungen des Tages und frühen Abends wurden nachts regelmäßig von mir widerrufen.

Indar hatte von Leuten wie mir gesagt, daß wir unsere Augen schlössen, wenn wir in eine große Stadt kämen und nur darum besorgt seien, nicht zu zeigen, daß wir verwundert seien. Ein wenig war es so, obwohl ich Kareisha hatte, die mich herumführte. Ich konnte sagen, daß ich in London war, aber ich wußte nicht wirklich, wo ich war. Ich hatte keine Mittel, die Stadt zu erfassen. Ich wußte nur, daß ich in der Gloucester Road war. Mein Hotel war dort, Nazruddins Wohnung war dort. Ich fuhr überall mit der U-Bahn hin, verschwand unter der Erde an der einen Stelle und tauchte an einer anderen wieder auf, war nicht fähig, einen Platz zu dem anderen in Beziehung zu setzen und machte manchmal komplizierte Umsteigemanöver, um kurze Strecken zu fahren.

Die einzige Straße, die ich gut kannte, war die Gloucester Road. Wenn ich in der einen Richtung ging, kam ich zu noch mehr Gebäuden und Straßen und verlief mich. Wenn ich in der anderen Richtung ging, passierte ich viele Eßlokale für Touristen, ein paar arabische Restaurants und kam dann zu einem Park. In dem Park gab es eine breite, leicht abschüssige Allee, auf der Jungen Skateboard fuhren. Auf der Höhe des Abhangs war ein großer Teich mit einem gepflasterten Rand. Er sah künstlich aus, war aber voll richtiger Vögel, Schwänen und verschiedenen Entenarten; und das befremdete mich, daß es den Vögeln nichts ausmachte, dort zu sein. Künstliche Vögel wie die schönen Zelluloiddinger meiner Kindheit wären nicht fehl am Platz gewesen. Weit weg, rund herum, hinter den Bäumen, waren die Häuser. Dort konnte man sich wirklich vorstellen, daß eine Stadt vom Menschen gemacht wurde und nicht bloß von sich aus gewachsen und einfach da war. Indar hatte auch davon gesprochen; und er hatte recht. Für Leute wie uns war es so leicht, sich große Städte als natürlich gewachsen vorzustellen. Das söhnte uns mit unseren eigenen Barackenstädten aus. Wir verfielen dem Irrtum, zu glauben, der eine Ort wäre so und der andere so.

An schönen Nachmittagen ließen die Leute im Park Drachen steigen, und manchmal spielten Araber aus den Botschaften Fußball unter den Bäumen. Es waren immer viele Araber da, hellhäutige, richtige Araber, nicht die halbafrikanischen Araber von unserer Küste; einer der Zeitungsstände vor dem U-Bahnhof Gloucester Road war voll mit arabischen Zeitungen und Zeitschriften. Nicht alle Araber waren reich oder sauber. Manchmal sah ich kleine Gruppen armer Araber in schmuddeligen Kleidern auf dem Rasen im Park oder den Bürgersteigen der nahen Straßen hocken. Ich dachte, es seien Diener, und das schien mir beschämend genug. Aber dann sah ich eines Tages eine arabische Dame mit ihrem Sklaven.

Ich sah sofort, was mit dem Kerl los war. Er hatte seine kleine weiße Kappe und sein einfaches weißes Gewand an, tat so jedem seinen Status kund und schleppte zwei Tragetaschen mit Lebensmitteln vom Waitrose Supermarkt auf der Gloucester Road. Er ging die vorgeschriebenen zehn Schritte vor seiner Herrin, die auf eine Weise fett war, wie die arabischen Frauen es gern sind, und deren bleiches Gesicht unter dem gazeartigen schwarzen Schleier blau gezeichnet war. Sie war zufrieden mit sich; man konnte sehen, daß es sie anregte, in London zu sein und mit anderen Hausfrauen diese modernen Einkäufe im Waitrose Supermarkt zu machen. Für einen Augenblick dachte sie, ich sei ein Araber, und sie warf mir durch den gazeartigen Schleier einen Blick zu, der mich aufforderte, zustimmend und bewundernd zurückzublicken.

Was den Typ, der die Lebensmittel trug, betraf, so war er ein dünner hellhäutiger junger Mann, und ich hätte wetten mögen, daß er in dem Haushalt geboren war. Er hatte den leeren, hundeähnlichen Ausdruck, den im Haushalt geborene Sklaven, wie ich mich erinnerte, gern aufsetzten, wenn sie mit ihren Herren in der Öffentlichkeit waren und irgendeine simple Aufgabe ausführten. Dieser Kerl tat so, als ob die Lebensmittel von Waitrose eine schwere Last wären, aber das war nur Theater, um die Aufmerksamkeit auf sich und die Dame, der er diente, zu ziehen. Auch er hatte mich versehentlich für einen Araber gehalten, und als wir aneinander vorbeigingen, ließ er den schwer bepackten Ausdruck fallen und sah mich mit schmachtender Neugierde an, wie ein junger Hund, der spielen will und dem man gerade klar gemacht hat, daß nicht die richtige Zeit zum Spielen sei.

Ich ging zum Waitrose, um Wein als Geschenk für Nazruddin zu kaufen. Er hatte seinen Geschmack an Wein und gutem Essen nicht verloren. Er freute sich, mein Führer in diesen Dingen zu sein; und nach Jahren mit diesem portugiesischen Zeug in Afrika, weiß und nichtssagend oder rot und essigähnlich, war das Weinangebot in London in der Tat ein kleiner täglicher Reiz für mich. Beim Abendessen in der Wohnung (und vor dem Fernsehen; er sah jeden Abend ein paar Stunden fern) erzählte ich Nazruddin von dem Sklaven in Weiß. Er sagte, er sei nicht überrascht, das sei ein neuer Zug im Leben der Gloucester Road; ihm fiele schon seit ein paar Wochen ein schmieriger Typ in Braun auf.

Nazruddin sagte: »In der alten Zeit hat man Theater gemacht, wenn man einen erwischte, der ein paar Kerle in einem Dhau nach Arabien schickte. Heute haben sie ihre Pässe und Visa wie jeder andere und passieren die Einwanderungsbehörde wie jeder andere, und niemand kümmert sich einen Dreck darum.

Ich bin abergläubisch wegen der Araber. Sie haben uns und der halben Welt die Religion gegeben, aber ich kann mir nicht helfen, ich habe das Gefühl, daß der Welt schreckliche Dinge bevorstehen, wenn sie Arabien verlassen. Du brauchst nur daran zu denken, wo wir herkommen; Persien, Indien, Arabien. Denk daran, was da passiert ist. Jetzt Europa. Sie pumpen das Öl herein und saugen das Geld heraus; pumpen das Öl herein, um das System am Laufen zu halten, saugen das Geld heraus, um es zum Einsturz zu bringen. Sie brauchen Europa. Sie wollen die Waren und die Besitztümer, und gleichzeitig brauchen sie einen sicheren Platz für ihr Geld. Ihre eigenen Länder sind so entsetzlich. Aber sie machen das Geld kaputt. Sie schlachten die Gans, die die goldenen Eier legt.

Und sie sind nicht die einzigen. In der ganzen Welt befindet sich das Geld auf der Flucht. Die Menschen haben die Welt sauber ausgeräumt, so sauber wie ein Afrikaner seinen Hof auskratzt, und jetzt wollen sie vor den schrecklichen Orten, an denen sie ihr Geld gemacht haben, weglaufen und ein hübsches, sicheres Land finden. Ich war einer in der Masse. Koreaner, Philippinos, Leute aus Hongkong und Taiwan, Südafrikaner, Italiener, Griechen, Südamerikaner, Argentinier, Kolumbianer, Venezuelaner, Bolivianer, viele Schwarze, die Orte ausgenommen haben, von denen du noch nie etwas gehört hast, Chinesen von überall her. Alle sind auf der Flucht. Sie fürchten sich vor dem Feuer. Du darfst nicht denken, daß die Leute nur aus Afrika weglaufen.

Heutzutage, seit die Schweiz dicht gemacht hat, gehen sie meistens in die Vereinigten Staaten oder nach Kanada. Und dort wartet man bloß auf sie, um ihnen den letzten Pfennig abzuknöpfen. Dort treffen sie die Experten. Die Südamerikaner warten auf die Südamerikaner, die Asiaten auf die Asiaten, die Griechen auf die Griechen. Und sie ziehen ihnen das letzte Geld aus der Tasche, in Toronto, Vancouver, Kalifornien. Was Miami betrifft, das ist eine einzige Schröpfanstalt.

Ich wußte das, bevor ich nach Kanada ging. Ich habe mir von niemandem eine Million-Dollar-Villa in Kalifornien oder einen Orangenhain in Mittelamerika oder ein Stück Sumpf in Florida verkaufen lassen. Weißt du, was ich statt dessen gekauft habe? Du wirst es nicht glauben. Ich habe ein Ölbohrloch gekauft, einen Anteil daran. Der Mann war Geologe. Advani machte mich mit ihm bekannt. Sie sagten, sie möchten, daß zehn von uns eine kleine Offene Handelsgesellschaft für Öl gründeten. Sie wollten hunderttausend Dollar aufbringen, jeder sollte zehn einsetzen. Das bewilligte Kapital sollte jedoch mehr als das betragen, und wir vereinbarten, daß der Geologe den Rest der Anteile zum Nennwert kaufen sollte, wenn wir auf Öl stießen. Das war recht und billig. Es war sein Interesse, seine Arbeit.

Der Einsatz war in Ordnung, das Land war da. In Kanada kann man einfach hingehen und selbst bohren. Die Ausrüstung kann man mieten, und das kostet nicht so sehr viel. Dreißigtausend für eine Probebohrung, je nachdem wo man bohren will. Und sie haben nicht die Gesetze für Bodenschätze, die es dort gibt, wo du lebst. Ich prüfte alles nach. Es war ein Risiko, aber ich dachte, nur ein geologisches. Ich setzte meine zehn ein. Und rate mal, was passiert! Wir stießen auf Öl. Über Nacht waren meine zehn dann zweihundert wert – na, sagen wir, hundert. Aber weil wir eine Personalgesellschaft waren, stand der Profit nur auf dem Papier. Wir konnten nur untereinander verkaufen, und keiner von uns hatte so viel Geld.

Der Geologe machte Gebrauch von seinen Optionen und kaufte die restlichen Anteile der Gesellschaft für so gut wie nichts auf. So bekam er die Kontrolle über unsere Gesellschaft – das stand aber alles im Vertrag. Dann kaufte er eine halb bankrotte Bergbaugesellschaft. Wir wunderten uns darüber, stellten aber die Weisheit unseres Mannes nun nicht mehr in Frage. Dann verschwand er auf eine der schwarzen Inseln. Er hatte die zwei Gesellschaften irgendwie miteinander verbunden, kraft unseres Öls eine Million Dollar auf unsere Gesellschaft aufgenommen und das Geld unter irgendeinem Vorwand auf seine eigene Gesellschaft überschrieben. Uns ließ er mit den Schulden sitzen. Der älteste Trick der Welt, und während das ablief, standen wir neun da und guckten zu, als beobachteten wir einen Mann, der ein Loch in die Straße gräbt. Um zum Schaden den Spott noch hinzuzufügen, fanden wir heraus, daß er seine zehn nicht eingesetzt hatte. Er hatte alles mit unserem Geld gemacht. Nun setzt er vermutlich Himmel und Hölle in Bewegung, um seine Million an einen sicheren Ort zu transferieren. Jedenfalls habe ich so das Unmögliche geschafft, zehn in eine Schuld von hundert zu verwandeln.

Mit der Zeit wird die Schuld sich von selbst begleichen. Das Öl ist da. Ich könnte sogar meine zehn zurückbekommen. Der Haken ist, daß Leute wie wir, die mit Geld, das sie verstecken wollen, durch die Welt irren, nur an ihren eigenen Orten gute Geschäftsleute sind. Das Öl war allerdings nur ein Nebenerwerb. Ich versuchte eigentlich, ein Kino zu führen, ein ethnisches Theater. Kennst du das Wort? Es meint die ganzen ausländischen Volksgruppen an einem Ort. Es war sehr ethnisch dort, wo ich war, aber ich glaube, ich hatte die Idee nur, weil ein Kino zum Verkauf stand und es eine gute Gelegenheit schien, ein schönes Eigentum im Geschäftsviertel zu erwerben.

Als ich mir das Ding anschaute, funktionierte alles, aber als ich es übernahm, merkte ich, daß wir kein klares Bild auf die Leinwand bekamen. Zuerst dachte ich, es läge nur an den Linsen des Projektors. Dann erkannte ich, daß der Mann, der mir das Kino verkauft hatte, die Ausstattung ausgetauscht hatte. Ich ging zu ihm und sagte: ›Das können Sie nicht machen.‹ Er sagte: ›Wer sind Sie? Ich kenne Sie nicht.‹ So! Nun, wir brachten schließlich die Projektoren in Ordnung, wir verbesserten die Bestuhlung und so weiter. Das Geschäft lief nicht sehr gut. Ein ethnisches Kino im Geschäftsviertel war doch keine so gute Idee. Das Problem mit einigen der Volksgruppen dort drüben ist, daß sie nicht gern viel herumlaufen. Sie wollen einfach so schnell sie können nach Hause und dort bleiben. Filme, die gut liefen, waren die indischen. Dann kamen viele Griechen. Die Griechen lieben indische Filme. Wußtest du das? Wie dem auch sei, wir quälten uns durch den Sommer. Die Kaltwetterperiode kam. Ich legte ein paar Hebel für die Heizung um. Nichts passierte. Es gab keine Heizung; oder was es gab, war entfernt worden.

Ich ging wieder zu dem Mann. Ich sagte: ›Sie haben mir das

Kino als funktionierendes Unternehmen verkauft.‹ Er sagte: ›Wer sind Sie?‹ Ich sagte: ›Meine Familie hat jahrhundertelang, unter allen möglichen Regierungen, als Händler und Kaufleute am Indischen Ozean gelebt. Es gibt einen Grund dafür, weshalb wir uns so lange gehalten haben. Wir verhandeln hart, aber wir halten uns an unsere Abmachungen. Wir machen nur mündliche Verträge, aber wir liefern, was wir versprechen. Nicht, weil wir Heilige sind, sondern weil sonst alles zusammenbricht.‹ Er sagte: ›Sie sollten zum Indischen Ozean zurückgehen.‹

Als ich von ihm wegging, bin ich sehr schnell gelaufen. Ich stolperte über eine Unebenheit auf dem Bürgersteig und verrenkte mir den Knöchel. Das nahm ich als Zeichen. Mit meinem Glück war es vorbei; ich wußte, daß es so kommen mußte. Ich glaubte nicht, daß ich in dem Land bleiben konnte. Ich fühlte, der Ort war eine Täuschung. Sie hielten sich für einen Teil des Westens, aber in Wirklichkeit waren sie geworden wie wir übrigen, die um der Sicherheit willen zu ihnen gelaufen waren. Sie waren wie weit entfernte Menschen, die auf dem Land anderer Leute und von der Klugheit anderer Leute lebten. Und das wäre alles, was sie tun müßten, dachten sie. Deshalb waren sie so gelangweilt und langweilig. Ich glaubte, ich würde sterben, wenn ich bei ihnen bliebe.

Als ich nach England kam, drängte mich alles zum Maschinenbau. Ein kleines Land, ein gutes Straßen- und Eisenbahnnetz, Energie, industrielle Einrichtungen aller Art. Ich dachte, wenn man sorgfältig ein Gebiet auswählte, eine gute Ausrüstung hereinbekäme und Asiaten einstellte, könnte man nicht verlieren. Europäer finden Maschinen und Fabriken langweilig, Asiaten lieben sie; insgeheim ziehen sie Fabriken ihrem Familienleben vor. Aber nach Kanada hatte ich meine Tatkraft verloren. Ich wollte auf Nummer sicher gehen. Ich wollte mich Immobilien zuwenden. So kam ich in die Gloucester Road.

Wie du siehst, ist es eins der Zentren des Tourismusgeschäfts in London. London zerstört sich selbst nur wegen seinem Tourismusgeschäft – das kannst du hier erkennen. Hunderte von Häusern, Tausende von Wohnungen wurden geräumt, um Hotels, Herbergen und Restaurants für die Touristen bereitzustellen. Privatunterkünfte wurden knapper. Ich dachte, ich könnte nichts verlieren. Ich habe sechs Wohnungen in einem Häuserblock gekauft. Ich habe auf der Spitze des Booms gekauft. Die Preise sind nun um fünfundzwanzig Prozent gefallen, und der Zinssatz ist von zwölf auf zwanzig und sogar vierundzwanzig Prozent gestiegen. Erinnerst du dich an den Skandal an der Küste, als herauskam, daß Indars Verwandtschaft Geld für zehn und zwölf Prozent verlieh? Ich habe das Gefühl, ich verstehe das Geld nicht mehr. Und die Araber sind draußen auf der Straße.

Ich muß lächerliche Mieten verlangen, um ohne Verluste davonzukommen. Und wenn man lächerliche Mieten verlangt, zieht man seltsame Leute an. Das ist eins meiner Souvenirs. Es ist ein Wettschein aus einem Wettbüro in der Gloucester Road. Ich behalte ihn, um mich an ein einfaches Mädchen zu erinnern, das aus dem Norden herunterkam. Sie verkehrte mit Arabern von der falschen Sorte. Der Araber, mit dem sie sich einließ, war einer von den armen, aus Algerien. Sie lud immer ihren Abfall vor der Wohnungstür ab. Der Algerier wettete immer auf Pferde. So wollten sie das große Geschäft machen.

Sie gewannen, und dann verloren sie. Sie konnten die Miete nicht bezahlen. Ich setzte sie runter. Sie konnten immer noch nicht bezahlen. Es gab Beschwerden über den Abfall und den Streit, und der Algerier hatte die Gewohnheit, in den Lift zu pissen, wenn er ausgesperrt war. Ich forderte sie auf, auszuziehen. Sie weigerten sich, und das Gesetz war auf ihrer Seite. Eines Tages, als sie nicht da waren, ließ ich ein neues Schloß einsetzen. Als sie zurückkamen, riefen sie einfach die Polizei, und die machte ihnen auf. Um zu verhindern, daß ich noch einmal hereinkam, setzten sie ein anderes Schloß ein. Die Schlüssellöcher und ihre Metalleinfassungen auf dieser Tür sahen damals aus wie die Knopfleiste an einem Hemd. Ich gab auf.

Alle möglichen Rechnungen blieben unbezahlt. Eines Morgens ging ich hin und klopfte. In der Wohnung wurde geflüstert, aber keiner machte auf. Der Fahrstuhl war ganz nahe bei der Wohnungstür. Ich öffnete und schloß die Tür des Fahrstuhls. Sie dachten, ich wäre weg und machten tatsächlich auf, um nachzusehen. Ich stellte einen Fuß zwischen die Tür und ging hinein. Die kleine Wohnung war voller armer Araber in

Unterhemden und Unterhosen in schrecklichen Farben. Über den ganzen Fußboden lag Bettzeug verstreut. Das Mädchen war nicht bei ihnen. Sie hatten sie weggeschickt, oder sie war gegangen. Zwei Monate lang hatte ich also zwanzig Prozent Zinsen und andere Unkosten bezahlt und einem ganzen Zeltvoll armer Araber umsonst Zuflucht gewährt. Von der Rasse her sind es seltsame Leute. Einer von ihnen hatte leuchtend rote Haare. Was taten sie in London? Was hatten sie vor? Wie wollten sie überleben? Was für einen Ort gibt es in der Welt für Leute wie diese? Es gibt so viele von ihnen.

Hier ist ein anderes Mädchen, das mir abgehauen ist. Siebenhundert Pfund sind mit ihr weg. Sie kam aus Osteuropa. Ein Flüchtling? Aber sie war eine Frau. Sie muß ziemlich viel Geld ausgegeben haben, um diese Fotopostkarten drucken zu lassen. Hier ist sie bis zum Hals im Wasser – ich weiß nicht, weshalb sie gedacht hat, sie sollte das auf eine Karte drucken lassen. Und hier tut sie so, als hielte sie in so einem groben Kattunkittel zum Zuknöpfen, der oben offen ist und ein bißchen von ihrem Busen sehen läßt, Autos an. Hier trägt sie eine große schwarze Melone, eine schwarze Lederhose und schiebt ihren kleinen Hintern raus. ›Erika: Modell – Schauspielerin – Sängerin – Tänzerin. Haare: rot. Augen: graugrün. Spezialitäten: Mode, Kosmetik, Fußbekleidung, Hände, Beine, Zähne, Haar. 1,70, 82 – 63 – 84.‹ All das, und keiner will kaufen. Das einzige, was passierte, war, daß sie schwanger wurde, eine Telefonrechnung von £ 1200 – zwölfhundert Pfund! – auflaufen ließ und eines Nachts weglief, wobei sie die ganzen Bildpostkarten von sich zurückließ, einen stattlichen Stapel. Ich konnte es nicht über mich bringen, sie alle wegzuwerfen. Ich dachte, ich sollte ihr zuliebe eine behalten.

Was geschieht mit diesen Leuten? Wohin gehen sie? Wie leben sie? Gehen sie zurück nach Hause? Haben sie ein Heim, in das sie zurückkehren können? Salim, du hast so viel von diesen ostafrikanischen Mädchen in den Tabakkiosken geredet, die die ganze Nacht Zigaretten verkaufen. Sie haben dich deprimiert. Du sagst, sie hätten keine Zukunft und wüßten noch nicht einmal, wo sie sind. Ich frage mich, ob das nicht ihr Glück ist. Sie sind gefaßt darauf, gelangweilt zu sein, zu tun, was sie tun. Die Leute, von denen ich spreche, haben Erwartungen, und sie wissen, daß sie in London verloren sind. Ich glaube, für sie muß es furchtbar sein, wenn sie zurückgehen müssen. Die Gegend ist voll von ihnen, denn sie kommen ins Zentrum, weil das alles ist, was sie kennen, und weil sie denken, es sei schick; und sie versuchen aus nichts etwas aufzubauen. Man kann ihnen keinen Vorwurf machen. Sie tun, was sie die gemachten Leute tun sehen.

Diese Stadt ist so groß und geschäftig, daß man eine Weile braucht, um zu sehen, daß sehr wenig passiert. Sie hält sich gerade selbst am Laufen. Viele Leute sind still und heimlich ausradiert worden. Es gibt kein neues Geld, kein wirkliches Geld, und das macht jeden noch verwegener. Wir sind zur falschen Zeit hergekommen. Aber mach dir nichts draus. Es ist auch überall sonst die falsche Zeit. Als wir in der alten Zeit in Afrika waren, in unseren Katalogen nachschlugen, unsere Waren bestellten und das Löschen der Schiffe im Hafen beobachteten, dachten wir, glaube ich, nicht, daß es in Europa so sein würde, oder daß uns die britischen Pässe, die wir uns zum Schutz gegen die Afrikaner geben ließen, wirklich herbringen würden und daß die Araber draußen auf den Straßen wären.«

Das war Nazruddin. Kareisha sagte: »Ich hoffe, du weißt, daß du der Geschichte eines glücklichen Mannes zugehört hast.« Das hätte sie mir nicht zu sagen brauchen.

Nazruddin ging es gut. Er hatte sich in der Gloucester Road ein Zuhause geschaffen. Die Londoner Umgebung war befremdend, aber Nazruddin schien zu sein, wie er immer gewesen war. Er war von fünfzig auf die sechzig zugegangen, sah aber nicht sonderlich viel älter aus. Er trug immer noch seine Anzüge alten Stils; und die breiten Revers (mit sich kräuselnden Spitzen), die ich mit ihm verband, waren wieder modern. Er zweifelte, glaube ich, nicht daran, daß seine Immobilienspekulation sich mit der Zeit von selbst einpendeln würde. Was ihn bedrückte (und über sein zur Neige gehendes Glück sprechen ließ), war seine Untätigkeit. Aber in dem ungefähr eine halbe Meile langen Stück der Gloucester Road zwischen dem U-Bahnhof und dem Park hatte er einen vollkommenen Ort für den Ruhestand gefunden.

Seine Zeitung kaufte er immer im selben Geschäft, las sie beim Morgenkaffee in einem winzigen Café, das auch alte

Aquarelle zum Verkauf anbot, drehte eine Runde im Park, kaufte Delikatessen in den verschiedenen Lebensmittelgeschäften. Manchmal gönnte er sich den Luxus, in der großen altmodischen Bar des Backsteinhotels beim Bahnhof Tee oder etwas Alkoholisches zu trinken. Manchmal ging er in die arabische oder persische »Tanzhalle«. Und für die abendliche Unterhaltung gab es das Fernsehen in der Wohnung. Die Bevölkerung der Gloucester Road war kosmopolitisch, veränderte sich ständig, vereinte Menschen allen Alters in sich. Sie war freundlich, bot Ferienstimmung, und Nazruddins Tage waren mit Begegnungen und neuen Beobachtungen ausgefüllt. Er sagte, es sei die beste Straße der Welt; er hatte vor, dort so lange zu bleiben, wie man ihn ließ.

Er hatte wieder einmal gut gewählt. Er hatte schon immer eine Begabung dafür gehabt, anzudeuten, daß er gut gewählt hatte. Einst hatte mich das begierig gemacht, die Welt zu finden, die er gefunden hatte. Schließlich hatte Nazruddins Beispiel oder die Art, wie ich seine Erfahrung heimlich interpretierte, dazu beigetragen, mein Leben zu bestimmen. In London nun, obwohl ich froh war, ihn in guter Stimmung anzutreffen, bedrückte seine Begabung mich. Sie ließ mich spüren, daß ich ihn nach all den Jahren nicht eingeholt hatte und ihn auch nie einholen würde, daß mein Leben immer unbefriedigend sein würde. Sie konnte mich von Einsamkeit und bösen Ahnungen gequält auf mein Hotelzimmer zurückschicken.

Beim Einschlafen wurde ich manchmal durch ein Bild von meiner afrikanischen Stadt, das mir einfiel, urplötzlich wach gemacht – es war ganz echt (und das Flugzeug konnte mich morgen hinbringen), aber die damit verbundenen Gedanken machten es traumartig. Dann erinnerte ich mich meiner Erleuchtung vom Bedürfnis der Menschen, nur zu leben, von der Einbildung des Schmerzes. Ich spielte London gegen Afrika aus, bis beide unwirklich wurden und ich einschlafen konnte. Nach einiger Zeit mußte ich die Erleuchtung, die Stimmung des afrikanischen Morgens, nicht mehr heraufbeschwören. Sie war da, neben mir, diese entrückte Vision vom Planeten, von den Menschen, die in Raum und Zeit verloren, aber so entsetzlich sinnlos geschäftig waren.

In diesem Zustand der Gleichgültigkeit und Verantwortungslosigkeit – wie die verlorenen Leute der Gloucester Road, von denen Nazruddin gesprochen hatte – fand meine Verlobung mit Kareisha statt.

Eines Tages, gegen Ende meiner Zeit in London, sagte Kareisha: »Hast du Indar besucht? Wirst du ihn noch besuchen?«

Indar! Sein Name war oft in unseren Gesprächen vorgekommen, aber ich hatte nicht gewußt, daß er in London war.

Kareisha sagte: »Das ist nur gut. Ich würde dir nicht empfehlen, ihn zu besuchen oder zu versuchen, Kontakt aufzunehmen oder so etwas. Er kann schwierig und aggressiv sein, wenn er in der entsprechenden Stimmung ist, und das ist nicht lustig. Er ist so, seit seine Organisation zusammengebrochen ist.«

»Seine Organisation ist zusammengebrochen?«

»Vor ungefähr zwei Jahren.«

»Aber er wußte, daß sie zusammenbrechen würde. Er hat so geredet, als erwartete er das. Dozenten, Universitäten, ein Austausch innerhalb Afrikas – er wußte, daß der Reiz nicht anhalten konnte, daß keine Landesregierung sich wirklich auf die eine oder andere Weise darum bemühte. Aber ich dachte, er hätte seine Pläne gehabt. Er sagte, er könnte sich auf viele andere Arten ausbeuten.«

Kareisha sagte: »Als es soweit war, sah es anders aus. Er legte größeren Wert auf seine Organisation, als er vorgab. Natürlich kann er vieles machen. Aber er ist entschlossen, es nicht zu tun. Er kann eine Stelle an einer Universität bekommen, ganz bestimmt in Amerika. Er hat die Verbindungen dazu. Er kann für Zeitungen schreiben. Wir sprechen nun nicht mehr darüber. Naz' sagt, Indar sei gegen Hilfe immun geworden. Das Problem ist, daß er zuviel in seine Organisation da investierte. Und nachdem sie zusammengebrochen war, hatte er diese schlimme Erfahrung in Amerika; auf jeden Fall für ihn eine schlimme Erfahrung.

Du kennst Indar ja. Du weißt, daß der Reichtum seiner Familie das Wichtigste für ihn war, als er jung war. Du erinnerst dich an das Haus, in dem sie wohnten. Wenn man in so einem Haus lebt, dankt man vermutlich zehn- oder zwölfmal am Tag, daß man sehr reich oder reicher als andere ist. Und du erinnerst dich, wie er sich immer aufführte. Er sprach nicht über

Geld, aber es war immer da. Du hast immer gesagt, er fühlte sich, als hätte das Geld ihn heilig gemacht. Alle reichen Leute sind so, vermute ich. Und genau diese Vorstellung von sich selbst verlor Indar nie. Seine Organisation gab ihm zwar nicht sein Geld zurück, aber sie machte ihn wieder heilig. Sie stellte ihn wieder über alle anderen und setzte ihn, der Gast der Regierung in diesem oder jenem Ort war, ausländische Minister und Präsidenten traf, mit den prominenten Männern Afrikas gleich. Deshalb war es ein Schlag, als die Organisation zusammenbrach, als die Amerikaner beschlossen, daß da für sie nichts drin war.

Indar fuhr nach Amerika, nach New York. Wie Indar nun einmal ist, wohnte er in einem teuren Hotel. Er sah seine amerikanischen Leute. Sie waren alle sehr nett. Aber er mochte die Richtung nicht, in die sie ihn drängten. Er hatte das Gefühl, sie drängten ihn zu unbedeutenderen Angelegenheiten, und er tat so, als merkte er es nicht. Ich weiß nicht, was Indar von diesen Leuten erwartete. Doch, ich weiß. Er hoffte, sie würden ihn zu einem der ihren machen, um auf dem alten Niveau fortzufahren. Er dachte, das stünde ihm zu. Er gab viel Geld aus, und das Geld wurde knapp. Eines Tages sah er sich, sehr gegen seinen Willen, sogar billigere Hotels an. Er wollte das nicht, weil er dachte, wenn er nur nach billigeren Hotels suche, gäbe er damit zu, daß für ihn vielleicht bald alles vorbei sei. In New York sinke man schnell, sagte er.

Mit einem Mann hatte er besonders viel zu tun. Er hatte diesen Mann gleich zu Anfang in London getroffen, und sie waren Freunde geworden. Das war nicht immer so gewesen. Anfangs hatte er den Mann für idiotisch gehalten und ihn angegriffen. Das war Indar peinlich, denn dieser Mann hatte ihm aus dem Wirrwarr, in dem sich Indar in seiner ersten Zeit in London befand, geholfen. Dieser Mann hatte Indar dann seine Zuversicht wiedergegeben und ihn veranlaßt, positiv von Afrika und sich selbst zu denken. Er war es, der die guten Ideen aus Indar herausgelockt hatte. Indar hatte gelernt, sich auf diesen Mann zu verlassen. Er betrachtete ihn als seinesgleichen, und du weißt wohl, was ich damit meine.

Sie trafen sich ständig in New York. Mittagessen, Apéritifs, Treffen im Büro. Aber nichts schien sich zu tun. Er konnte immer nur zurück ins Hotel gehen und warten. Indar wurde niedergeschlagener. Eines Abends lud der Mann Indar zum Abendessen in seine Wohnung ein. Es war ein teuer aussehendes Gebäude. Indar gab unten seinen Namen an und fuhr mit dem Fahrstuhl hinauf. Der Fahrstuhlführer wartete und guckte zu, bis die Wohnungstür geöffnet und Indar eingelassen wurde. Als Indar eintrat, war er überwältigt.

Er hatte den Mann für seinesgleichen, seinen Freund gehalten. Er hatte sich dem Mann mitgeteilt. Nun fand er heraus, daß der Mann ungeheuer reich war. Er war nie in einem prächtigeren Raum gewesen. Du oder ich hätten es interessant gefunden, das viele Geld. Indar war niedergeschmettert. Erst dort in der prächtigen Wohnung mit den kostbaren Objekten und Bildern verstand Indar, daß er, während er sich dem Mann mitgeteilt und von all den kleinen Dingen erzählt hatte, die ihn bewegten, von ihm sehr wenig zurückbekommen hatte. Dieser Mann war viel, viel heiliger. Er fühlte sich hinters Licht geführt und zum Narren gehalten. Er hatte gelernt, diesem Mann zu vertrauen. Er probierte seine Ideen an ihm aus, wandte sich an ihn um moralische Unterstützung. Er hatte diesen Mann für jemanden wie sich selbst gehalten. Er fühlte, er war die ganzen Jahre verführt und auf schlimmste Weise ausgebeutet worden. Nachdem er so viel verloren hatte, erlahmte sein ganzer Optimismus. All diese schöpferischen Ideen! Afrika! Von Afrika war in dieser Wohnung, bei diesem Essen nichts zu spüren. Keine Gefahr, kein Verlust. Das Privatleben, das Leben mit Freunden war ganz anders als das Leben draußen. Ich weiß nicht, was Indar erwartete.

Bei dem Essen konzentrierte er seinen ganzen Groll auf eine junge Frau. Sie war die Ehefrau eines sehr alten Journalisten, der Bücher geschrieben hatte, die zu ihrer Zeit viel Geld gebracht hatten. Indar haßte sie. Warum hatte sie den alten Mann geheiratet? Wo war der Witz? Denn das Essen war offensichtlich für sie und den Mann, mit dem sie ein Verhältnis hatte, ausgerichtet. Sie hielten es nicht sehr geheim, und der alte Mann tat so, als merkte er nichts. Er schwatzte einfach immer weiter über französische Politik in den dreißiger Jahre, wobei er sich jedoch im Mittelpunkt des Geschehens hielt, weil er nur von den wichtigen Leuten, die er getroffen hatte, und dem, was sie ihm persönlich erzählt hatten, berichtete. Niemand schenkte ihm die geringste Beachtung, aber daraus machte er sich nichts.

Und doch war er ein berühmter Mann gewesen. Darauf hielt Indar große Stücke. Er versuchte, sich auf die Seite des alten Mannes zu schlagen, um die anderen noch mehr zu hassen. Dann entdeckte der alte Mann, wer Indar war, und fing an, über Indien in alten Zeiten und seine Begegnung mit Gandhi in irgendeiner berühmten Lehmhütte zu erzählen. Wie du weißt, sind Gandhi und Nehru nicht gerade Indars Lieblingsthemen. Er entschloß sich, an diesem Abend kein soziales Werk zu tun und war sehr grob zu dem alten Mann, viel unhöflicher als jeder andere es gewesen war.

So war Indar am Ende des Essens in einem äußerst erregten Zustand. Er dachte an die billigen Hotels, die er angesehen hatte, und als er im Aufzug hinunterfuhr, geriet er in wilde Panik. Er dachte, er würde umkippen. Aber er kam mit Haltung hinaus, und dort beruhigte er sich. Ihm war eine einfache Idee gekommen. Die Idee war, daß es Zeit für ihn wäre, nach Hause zu gehen, wegzukommen.

Und so steht es mit ihm. Von Zeit zu Zeit ist das alles, was er weiß: daß es Zeit für ihn ist, nach Hause zu gehen. In seinem Kopf existiert irgendein Traumdorf. Zwischendurch verrichtet er die niedrigsten Arbeiten. Er weiß, daß er für Besseres ausgebildet ist, aber er will nicht. Ich glaube, er genießt es, wenn man ihm sagt, daß er mehr kann. Wir haben das nun aufgegeben. Er will nichts mehr riskieren. Die Vorstellung vom Opfer ist sicherer, und das Spiel gefällt ihm. Aber du wirst es ja selbst sehen, wenn du zurückkommst.«

Als Kareisha von Indar sprach, rührte sie mich mehr, als sie wußte. Die Vorstellung, nach Hause zu gehen, wegzugehen, die Vorstellung von anderen Orten – damit hatte ich in verschiedener Form viele Jahre gelebt. In Afrika war sie immer bei mir gewesen. In London, in meinem Hotelzimmer, hatte ich mich ihr in manchen Nächten überlassen. Sie war eine Täuschung. Ich erkannte nun, daß sie nur tröstete, um zu schwächen und zerstören.

Die Erleuchtung über die Einheitlichkeit der Erfahrung und

die Illusion des Schmerzes, an der ich festhielt, war Teil des gleichen Gefühls. Wir – Leute wie Indar und ich – verfielen darauf, weil es die Grundlage unserer alten Lebensart war. Aber ich hatte diese Lebensart zurückgestoßen – und gerade noch rechtzeitig. Trotz der Mädchen in den Zigarettenkiosken existierte diese Lebensart nicht mehr in London oder Afrika. Es konnte kein Zurück geben; es gab nichts, wohin man zurückkehren konnte. Wir waren geworden, zu was die Welt draußen uns gemacht hatte; wir mußten in der Welt leben, wie sie war. Der jüngere Indar war weiser gewesen. Das Flugzeug nehmen, auf der Vergangenheit herumtrampeln, wie Indar gesagt hatte, er wäre auf der Vergangenheit herumgetrampelt. Diese Vorstellung von der Vergangenheit loswerden, die traumartigen Bilder vom Verlust gewöhnlich machen.

In dieser Stimmung verließ ich London und Kareisha, um nach Afrika zurückzufliegen, meine Geschäfte dort abzuwikkeln, um so viel wie ich konnte von dem, was ich hatte, zu Geld zu machen. Und anderswo einen neuen Anfang zu machen.

Ich kam am Spätnachmittag in Brüssel an. Das Flugzeug nach Afrika flog um Mitternacht von dort ab. Ich empfand das Drama der Flugreise von neuem. London verschwunden, Afrika vor mir, Brüssel nun. Ich gönnte mir ein Abendessen und ging danach in eine Bar, ein Lokal mit Frauen. Die ganze Erregung lag eher in der Vorstellung von dem Lokal als in dem Lokal selbst. Was wenig später folgte, war kurz und bedeutungslos und bekräftigend. Es minderte nicht den Wert dessen, was ich in Afrika gehabt hatte – das war keine Einbildung; das blieb wahr. Und es beseitigte den speziellen Zweifel, den ich über meine Verlobung mit Kareisha, die ich noch nicht einmal geküßt hatte, empfand.

Die Frau, nackt, gleichmütig, stand vor einem hohen Spiegel und betrachtete sich. Fette Beine, runder Bauch, gewaltige Brüste. Sie sagte: »Ich habe mit einer Gruppe von Freunden angefangen, Yoga zu machen. Wir haben einen Lehrer. Machst du Yoga?«

»Ich spiele viel Squash.«

Sie gab nicht acht. »Unser Lehrer sagt, daß die psychischen Säfte eines Mannes eine Frau überwältigen können. Unser

Lehrer sagt, daß eine Frau nach einer gefährlichen Begegnung wieder sie selbst werden kann, wenn sie die Hände zusammenschlägt oder tief durchatmet. Was für eine Methode empfiehlst du?«

»Klatsch in die Hände!«

Sie sah mich an, wie sie ihren Yogalehrer hätte anblicken können, richtete sich gerade auf, schloß die Augen halb, riß ihre ausgestreckten Arme hoch und brachte ihre Hände heftig zusammen. Bei dem Schall, der einen in dem kleinen, mit Möbeln vollgestopften Zimmer zusammenfahren ließ, öffnete sie die Augen, sah überrascht aus, lächelte, als hätte sie die ganze Zeit Spaß gemacht und sagte: »Geh!« Als ich draußen auf der Straße war, holte ich tief Luft und ging geradewegs zum Flughafen, um den Mitternachtsflug zu erwischen.

16

Die Morgendämmerung kam plötzlich, im Westen blaßblau, im Osten rot mit dicken, waagrechten, schwarzen Wolkenbalken. Und so blieb es viele Minuten lang. Diese Farbskala, diese Pracht – sechs Meilen über der Erde! Langsam flogen wir tiefer, verließen das obere Licht. Unter den schweren Wolken zeigte Afrika sich als ein dunkelgrünes, feucht aussehendes Land. Man konnte sehen, daß es dort unten kaum dämmerte; in den Urwäldern und an den Bächen würde es noch fast ganz dunkel sein. Rundherum erstreckte sich das bewaldete Land. Die Sonne durchstieß den Wolkenboden; als wir zur Landung ansetzten, war es hell.

So kam ich endlich in die Hauptstadt. Es war seltsam, nach so einer Rundreise hierher zu kommen. Wenn ich frisch von meiner Stadt am oberen Flußlauf dorthin gekommen wäre, hätte sie riesig, reich, wie eine Hauptstadt ausgesehen. Aber nach Europa und London, das mir noch nahe war, schien sie mir trotz ihrer Größe nichtig, ein Abklatsch Europas und am Ende dieses ganzen Urwalds wie eine Vorspiegelung.

Die Erfahreneren unter den europäischen Passagieren beachteten das große Foto des Präsidenten mit seinem Häuptlingsstab nicht, stürzten auf die Einwanderungs- und Zollbeamten zu und kämpften sich anscheinend durch. Ich wunderte mich über ihre Zuversichtlichkeit, aber es waren hauptsächlich protegierte Leute – Botschaftsangehörige, Leute, die an Regierungsprojekten arbeiteten, Leute, die für große Gesellschaften arbeiteten. Mein eigenes Vorwärtskommen war langsamer. Als ich durch war, war die Abfertigungshalle fast leer. Die Plakate der Fluggesellschaft und das Foto des Präsidenten hatten keinen, der sie ansehen konnte. Die meisten Beamten waren verschwunden. Und es war voller Morgen.

Es war eine lange Fahrt in die Stadt. Sie war wie die Fahrt von der Domäne ins Zentrum in meiner eigenen Stadt. Aber das Land war hügeliger hier und alles größer angelegt. Die

Barackenstädte und *cités* (mit den Maisanpflanzungen zwischen den Häusern) waren größer; es gab Busse, sogar eine Eisenbahn mit altmodischen offenen Abteilen; es gab Fabriken. Überall entlang der Straße waren große, ungefähr drei Meter hohe Tafeln, die einheitlich gestrichen und alle mit einem einzelnen Ausspruch oder Gedanken des Präsidenten versehen waren. Einige der gemalten Porträts des Präsidenten waren buchstäblich haushoch. Etwas Derartiges hatten wir in unserer Stadt nicht. Alles in unserer Stadt war, erkannte ich, ein paar Nummern kleiner.

Porträts, Maximen, gelegentlich Statuen der afrikanischen Madonna – sie zogen sich den ganzen Weg zum Hotel hin. Wenn ich frisch aus unserer Stadt in die Hauptstadt gekommen wäre, hätte ich mich erdrückt gefühlt. Aber nach Europa und dem, was ich aus der Luft vom Land gesehen hatte, und meinem anhaltenden Gefühl von der Nichtigkeit der Hauptstadt war meine Haltung anders, und das überraschte mich. Für mich lag eine Spur von Pathos in diesen Maximen, Porträts und Statuen, in diesem Wunsch eines Mannes aus dem Busch, sich wichtig zu machen, und der das auf so grobe Weise anging. Ich empfand sogar etwas Mitgefühl für den Mann, der sich derart zur Schau stellte.

Ich verstand nun, weshalb so viele unserer letzten Besucher in der Domäne unser Land und unsere Furcht vor dem Präsidenten komisch fanden. Was ich jedoch auf der Straße vom Flughafen sah, erschien mir nicht komisch. Ich empfand es mehr als einen Aufschrei. Ich kam gerade aus Europa, ich hatte den wirklichen Wettbewerb gesehen.

Über Nacht hatte ich einen Kontinent gegen einen anderen eingetauscht, und dieses Mitgefühl für den Präsidenten, diese Vision von der Unmöglichkeit dessen, was er, wie ich dachte, zu tun versuchte, kam genau im Augenblick meiner Ankunft. Das Mitgefühl ebbte ab, als die Stadt vertrauter wurde und ich sie als größere Version meiner eigenen Stadt zu sehen begann. Tatsächlich fing das Mitgefühl an, schwächer zu werden, als ich in dem neuen großen Hotel ankam (mit Klimaanlage, Geschäften im Foyer, einem Swimming Pool, den niemand benutzte) und es voller Geheimpolizei fand. Ich kann mir nicht vorstellen, daß sie dort viel zu tun hatten. Sie waren da, um sich Besuchern zu zeigen. Auch, weil es ihnen gefiel, in dem schicken neuen Hotel zu sein; sie wollten sich in dieser modernen Umgebung Besuchern zeigen. Es war pathetisch; oder man konnte darüber lachen. Aber diese Männer waren nicht immer lustig. Schon kehrten also die Spannungen Afrikas zu mir zurück.

Das war die Stadt des Präsidenten. Dort war er aufgewachsen, und dort hatte seine Mutter als Zimmermädchen gearbeitet. Dort hatte er zur Kolonialzeit seine Vorstellung von Europa bekommen. Die Kolonialstadt, die sich weiter als unsere ausdehnte und viele Wohngebiete hatte, die mit schmückenden, schützenden, jetzt voll ausgewachsenen Bäumen prächtig ausgestattet waren, war immer noch zu erkennen. Gegen dieses Europa wollte der Präsident mit seinen eigenen Gebäuden in Wettstreit treten. Obwohl die Stadt mit ungepflasterten Straßen und Abfallhügeln direkt hinter den kolonialen Prachtstraßen im Zentrum verfiel, war sie doch gleichzeitig voller neuer öffentlicher Bauten. Große Gebiete am Fluß waren in Schutzgebiete verwandelt worden, die dem Präsidenten unterstanden – Paläste mit großartigem Gemäuer, Gärten, Regierungsgebäude verschiedener Art.

In den Gärten des Präsidenten bei den Stromschnellen (die Stromschnellen hier glichen unseren, tausend Meilen flußaufwärts) hatte man die Statue des europäischen Forschers, der den Fluß kartographiert und erstmals den Dampfer auf ihm benutzt hatte, durch eine im modernen afrikanischen Stil gefertigte gigantische Statue von einem afrikanischen Stammesangehörigen mit Speer und Schild ersetzt – Pater Huismans hätte dafür keine Zeit gehabt. Neben dieser Statue war eine kleinere einer afrikanischen Madonna mit gebeugtem verschleierten Haupt. Ganz in der Nähe lagen die Gräber der frühesten Europäer: eine kleine tote Niederlassung, aus der sich alles entwickelt hatte, der unsere Stadt entsprungen war. Einfache Menschen mit einfachen Gewerben und einfachen Gütern, aber Vertreter Europas. Wie die Menschen, die nun kamen, wie die Leute im Flugzeug.

Die Stromschnellen machten ein beständiges, gleichbleibendes Geräusch. Die Wasserhyazinthen, »das neue Ding auf dem Fluß«, die so weit entfernt im Innern des Kontinents begannen, sprangen in Knäueln, Büscheln und einzelnen Ranken vorbei; hier fast am Ende ihrer Reise.

Am nächsten Morgen fuhr ich zum Flughafen zurück, um das Flugzeug ins Landesinnere zu nehmen. Bis dahin war ich mehr auf den Ort eingestimmt, und die Ausdehnung der Hauptstadt machte einen größeren Eindruck auf mich. Neben der Flughafenstraße gab es immer wieder neue Siedlungen. Wie lebten all diese Leute? Das hügelige Land war sauber abgetragen, ausgeschlachtet, ausgewaschen, schutzlos. War hier einmal Wald gewesen? Die Pfosten, die die Tafeln mit den Präsidentenaussprüchen stützten, waren oft in bloßen Ton eingesetzt. Und die Tafeln selbst, mit Schlamm von der Straße bespritzt und am unteren Rand mit Staub zugeweht, nicht so frisch, wie sie mir am vergangenen Morgen vorgekommen waren, waren wie ein Teil der Trostlosigkeit.

In dem für Inlandflüge bestimmten Sektor des Flughafens kündete die Abflugtafel meinen und noch einen anderen Flug an. Die Tafel wurde elektronisch betrieben und war laut eines Schildchens, das sie trug, in Italien hergestellt. Sie war ein modernes Ausstattungsgerät; sie entsprach den Tafeln, die ich in den Flughäfen von London und Brüssel gesehen hatte. Aber darunter, um die Abfertigungsschalter und Waagen herum, gab es die übliche Balgerei, und was unter lautem Geschrei da abgefertigt wurde, hätte die Fracht eines billigen Marktlieferwagens sein können: Metallkisten, Pappschachteln, Stoffbündel, Säcke mit diesem und jenem, große, in Stoff eingebundene Emailschüsseln.

Ich hatte meinen Flugschein, und er war in Ordnung, aber mein Name stand nicht auf der Passsagierliste. Da mußten zuerst einige Francs den Besitzer wechseln. Und dann, als ich zum Flugzeug hinausging, verlangte ein Sicherheitsbeamter in Zivil, der gerade beim Essen war, meine Papiere und beschloß, daß sie genauer überprüft werden müßten. Er sah beleidigt aus und schickte mich in einen kleinen, verborgenen Raum, damit ich dort wartete. Das war das Normalverfahren. Der gekränkte Blick von der Seite, der kleine, abgeschlossene Raum – so ließen mittlere Beamte einen wissen, daß sie einem ein bißchen Geld abnehmen würden.

Aber dieser Kerl bekam nichts, weil er Faxen machte und mich so lange in dem kleinen Raum warten ließ, ohne zu kassieren, daß er den Flug verzögerte und von einem Angestellten der Fluggesellschaft angeschnauzt wurde, der – genau wissend, wo ich zu finden war – in den kleinen Raum stürmte, mich anschrie, mich sofort davonzumachen und mich über das Rollfeld zum Flugzeug laufen ließ; der letzte Mann, der hereinkam, aber Glück gehabt hatte.

In der ersten Reihe saß einer der europäischen Piloten der Fluggesellschaft, ein kleiner, häuslich aussehender Mann in mittlerem Alter; neben ihm war ein kleiner afrikanischer Junge, aber es war schwer zu sagen, ob sie zusammengehörten. Einige Reihen dahinter saß eine Gruppe von sechs oder acht Afrikanern, Männer in den Dreißigern, mit alten Jacketts und ganz zugeknöpften Hemden, die sich laut unterhielten. Sie tranken Whisky direkt aus der Flasche – und das um neun Uhr morgens. Whisky war teuer hier, und diese Männer wollten jeden wissen lassen, daß sie Whisky tranken. Die Flasche wurde Fremden gereicht; sie wurde sogar an mich weitergegeben. Diese Männer waren nicht wie die Männer meiner Gegend. Sie waren größer, mit anderer Hauttönung und anderen Zügen. Ich konnte ihre Gesichter nicht deuten; ich sah nur, daß sie arrogant und betrunken waren. Ihr Gerede war prahlerisch; sie wollten jeden wissen lassen, daß sie Eigentümer von Plantagen wären. Sie waren wie Leute, die gerade zu Geld gekommen waren, und die ganze Sache fiel mir als sehr merkwürdig auf.

Es war ein einfacher Flug, zwei Stunden, mit einer Pause auf halbem Weg. Und mit meiner Erfahrung von interkontinentalen Reisen schien es mir, als ob wir gerade erst mit normaler Reisegeschwindigkeit über den weißen Wolken flögen, als wir zur Zwischenlandung ansetzten. Wir sahen dann, daß wir dem Fluß gefolgt waren – aus dieser Höhe braun, gekräuselt, gerunzelt, gemasert, mit vielen Kanälen zwischen langen, dünnen, grünen Inseln. Der Schatten des Flugzeugs zog über die Wipfel des Urwalds. Diese Oberfläche wurde in dem Maße, wie der Flugzeugschatten größer wurde, weniger gleichmäßig und dicht; der Urwald, in dem wir landeten, war ziemlich zerfetzt.

Nach der Landung befahl man uns, das Flugzeug zu verlassen. Wir gingen zu dem kleinen Gebäude am Rand des Flughafens, und während wir uns dort aufhielten, sahen wir das Flugzeug wenden, wegrollen und wegfliegen. Es wurde für eine Dienstleistung für den Präsidenten gebraucht; wenn es diesen Dienst ausgeführt hatte, würde es zurückkommen. Wir mußten warten. Es war erst gegen zehn. Bis zum Mittag ungefähr, so lange die Hitze sich aufbaute, waren wir rastlos. Dann wurden wir träge – wir alle, selbst die Whiskytrinker, gewöhnten uns daran, zu warten.

Wir waren mitten im Busch. Busch umgab das gerodete Gelände des Flugplatzes. Weit weg zeigten besonders dicht stehende Bäume den Flußlauf an. Das Flugzeug hatte gezeigt, wie verschlungen er war, wie einfach es wäre, sich zu verirren, Stunden damit zu vergeuden, Kanäle hochzupaddeln, die einen vom Hauptfluß wegbrachten. Nicht viele Meilen vom Flughafen würden die Leute in den Dörfern leben, wie sie mehr oder weniger seit Jahrhunderten lebten. Vor weniger als achtundvierzig Stunden war ich in der überlaufenen Gloucester Road gewesen, wo die Welt sich traf. Jetzt starrte ich schon seit Stunden auf den Busch. Wie viele Meilen trennten mich von der Hauptstadt, von meiner eigenen Stadt? Wie lange dauerte es, um die Entfernung zu Land oder zu Wasser zurückzulegen? Wie viele Wochen, wie viele Monate und unter welchen Gefahren?

Es bewölkte sich. Die Wolken wurden dunkel, und der Busch wurde dunkel. Der Himmel wurde von Donner und Blitz erschüttert, und dann kamen der Regen und der Wind und trieben uns von der Veranda des kleinen Gebäudes herein. Es regnete und stürmte. Der Busch verschwand im Regen. Es war Regen wie dieser, der diese Urwälder nährte, der das Gras und das leuchtend grüne Unkraut um das Flughafengebäude so hoch wachsen ließ. Der Regen ließ nach, die Wolken verzogen sich ein wenig. Der Busch offenbarte sich wieder, eine Reihe Bäume hinter der anderen, die näheren Bäume dunkler, die weiter entfernten Bäume Reihe um Reihe mit dem Grau des Himmels verschmelzend.

Leere Bierflaschen bedeckten die Metalltische. Nicht viele Leute liefen herum, fast jeder hatte den Platz gefunden, an dem er bleiben würde. Keiner redete viel. Die belgische Dame im mittleren Alter, die wir in dem Gebäude angetroffen hatten, weil sie darauf wartete, mitzufliegen, war immer noch in die französische Taschenbuchausgabe von ›Die Leute von Peyton Place‹ vertieft. Man konnte sehen, daß sie Busch und Wetter ausgeschlossen hatte und in einer anderen Welt lebte.

Die Sonne kam heraus und glitzerte auf dem nassen hohen Gras. Der Asphalt dampfte, und eine Zeitlang beobachtete ich das. Später am Nachmittag wurde die eine Hälfte des Himmels schwarz, während die andere hell blieb. Der Sturm, der mit lebhaftem Blitzen in der schwarzen Hälfte begann, erstreckte sich dann bis zu uns, und es wurde dunkel und kühl und sehr klamm. Der Urwald war ein Ort der Düsternis geworden. In diesem zweiten Sturm war keine Erregung mehr.

Einer der afrikanischen Passagiere, ein älterer Mann, erschien mit einem grauen Filzhut und einem blauen Bademantel aus Frotté über seinem Anzug. Niemand schenkte ihm große Beachtung. Ich bemerkte seine Verschrobenheit nur und dachte: »Er benutzt etwas Ausländisches auf seine Art.« Und etwas Änhnliches ging durch meinen Kopf, als ein barfüßiger Mann auftauchte, der einen Feuerwehrhelm trug, dessen transparentes Plastikvisier heruntergeklappt war. Es war ein alter Mann mit einem eingefallenen Gesicht; seine braunen Shorts und das graukarierte Hemd waren zerlumpt und völlig durchnäßt. Ich dachte: »Er hat eine Konfektionstanzmaske gefunden.« Er ging von Tisch zu Tisch und überprüfte die leeren Bierflaschen. Wenn er beschloß, daß es sich lohnte, eine Flasche zu leeren, hob er das Visier seiner Maske und trank.

Es hörte auf zu regnen, aber es blieb dunkel; es war die Dunkelheit des späten Nachmittags. Das Flugzeug, zuerst nur ein brauner Rauchschweif am Himmel, erschien. Als wir auf das nasse Flugfeld hinausgingen, um an Bord zu gehen, sah ich den Mann mit dem Feuerwehrhelm – und einen ebenfalls behelmten Begleiter – schwankend neben der Gangway stehen. Er war also doch ein Feuerwehrmann.

Als wir abhoben, sahen wir den Fluß, der das letzte Licht einfing. Er war goldrot, dann rot. Wir folgten ihm viele Meilen und Minuten, bis er nur noch ein Schimmer, eine Glätte, etwas besonders Schwarzes zwischen schwarzen Wäldern war. Dann war alles schwarz. Durch diese Schwärze flogen wir unserem Ziel entgegen. Die Reise, die am Morgen so einfach erschien, hatte eine andere Dimension angenommen. Entfernung und Zeit waren ihr wieder zugekommen. Ich hatte ein Gefühl, als wäre ich tagelang unterwegs gewesen, und als wir wieder zur Landung ansetzten, wußte ich, daß ich weit gereist war, und ich fragte mich, wie ich den Mut gehabt hatte, so lange an einem so abgelegenen Ort zu leben.

Und dann war es plötzlich leicht. Ein vertrautes Gebäude; Beamte, die ich kannte und mit denen ich verhandeln konnte; Leute, deren Gesichter ich verstand; eins unserer alten desinfizierten Taxis; die wohlbekannte holprige Straße in die Stadt, erst durch Busch, der unterscheidbare Züge hatte, dann an den Obdachlosensiedlungen vorbei. Nach der Fremdartigkeit des Tages war es nun wieder wie ein organisiertes Leben.

Wir kamen an einem ausgebrannten Gebäude, einer neuen Ruine, vorbei. Es war eine Grundschule gewesen, die wie ein niedriger Schuppen war und nie viel hergemacht hatte, und in der Dunkelheit hätte ich sie übersehen können, wenn der Fahrer mich nicht darauf hingewiesen hätte; es erregte ihn. Der Aufstand, die Befreiungsarmee – das lief immer noch. Das minderte nicht meine Erleichterung, wieder in der Stadt zu sein, die abendlichen Gruppen auf den Bürgersteigen zu sehen und mich selbst so kurz nach meiner Ankunft, während mir noch etwas von der Düsternis des Urwalds anhaftete, in meiner eigenen Straße zu finden – alles war da und so wirklich und gewöhnlich wie immer.

Es gab mir einen durchdringenden Stich, Metty kalt und abweisend anzutreffen. Ich hatte solch eine Reise gemacht! Ich wollte, daß er das wußte; von ihm hatte ich das wärmste Willkommen erwartet. Er mußte gehört haben, wie die Taxitür schlug und ich mit dem Fahrer verhandelte. Aber Metty kam nicht herunter. Und als ich die Außentreppe hinaufging und ihn in der Tür seines Zimmers stehen sah, sagte er bloß: »Ich habe nicht erwartet, Sie wiederzusehen, *patron.*« Die ganze Reise schien verdorben zu sein.

In der Wohnung war alles in Ordnung. Aber im Wohnraum und besonders im Schlafzimmer war irgend etwas – vielleicht eine besondere Ordnung, fehlende Muffigkeit – was mir das Gefühl gab, Metty hätte sich in der Wohnung breit gemacht, während ich weg war. Das Telegramm, das ich ihm aus London geschickt hatte, mußte ihn zum Rückzug veranlaßt haben. Nahm er das übel? Metty? Aber er war in unserer Familie aufgewachsen, er kannte kein anderes Leben. Er war immer bei der Familie oder bei mir gewesen. Er war noch nie allein gewesen, außer auf der Reise von der Küste und jetzt.

Er brachte mir Kaffee am Morgen.

Er sagte: »Ich vermute, Sie wissen, weshalb Sie zurückkkommen, patron.«

»Das hast du gestern abend gesagt «

»Weil Sie nichts haben, wofür Sie zurückkommen. Das wissen Sie nicht? Keiner hat es Ihnen gesagt in London? Lesen Sie keine Zeitung? Sie haben nichts. Sie haben Ihnen das Geschäft weggenommen. Sie haben es Bürger Théotime gegeben. Der Präsident hat vor vierzehn Tagen eine Rede gehalten. Er hat gesagt, er radikalisiert und nimmt jedem alles weg. Allen Ausländern. Am nächsten Tag haben sie ein Vorhängeschloß an die Tür gemacht. Und auch vor ein paar andere Türen. Sie haben das in London nicht gelesen? Sie haben nichts. Ich habe nichts. Ich weiß nicht, warum Sie zurückkommen. Ich glaube nicht, daß es wegen mir ist.«

Metty war böse. Er war allein gewesen. Er mußte außer sich gewesen sein, als er auf meine Rückkehr gewartet hatte. Er versuchte, mich zu einer wütenden Erwiderung zu provozieren. Er versuchte, mich zu einer schützenden Geste zu bewegen. Aber ich war genauso hilflos wie er.

Radikalisierung: vor zwei Tagen hatte ich das Wort in der Hauptstadt in einer Zeitungsschlagzeile gesehen, aber ich hatte es nicht beachtet. Ich hatte es nur als irgendein weiteres Wort betrachtet; wir hatten so viele davon. Jetzt verstand ich, daß Radikalisierung das große neue Ereignis war.

Und es war, wie Metty gesagt hatte. Der Präsident hatte eine weitere Überraschung losgelassen, und diese Überraschung betraf uns. Ich – und andere wie ich – waren verstaatlicht worden. Per Erlaß waren unsere Unternehmen nicht mehr unsere und vom Präsidenten neuen Eigentümern übergeben worden. Diese neuen Eigentümer wurden »Staatsverwalter« genannt. Bürger Théotime war zum Staatsverwalter meines Geschäftes ernannt worden; und Metty sagte, daß der Mann in der letzten Woche tatsächlich seine Tage im Geschäft zugebracht habe.

»Was macht er?«

»Machen? Er wartet auf Sie. Er wird Sie zum Geschäftsführer machen. Das ist es, wofür Sie zurückgekommen sind, *patron.* Aber Sie werden ja sehen. Beeilen Sie sich nicht. Théo kommt nicht gerade früh zur Arbeit.«

Als ich ins Geschäft ging, sah ich, daß der Vorrat, der sich in sechs Wochen verringert hatte, genauso wie früher ausgestellt war. Théo hatte daran nicht gerührt. Aber mein Schreibtisch war von seinem Platz an dem Pfeiler vorn im Geschäft zum Lagerraum im hinteren Teil verrückt worden. Metty sagte, das sei am ersten Tag geschehen, Bürger Théo hätte beschlossen, daß das Lager sein Büro werden sollte; die Abgeschiedenheit gefiele ihm.

In der obersten Schublade des Schreibtischs (in der ich Yvettes Fotos aufbewahrt hatte, die einmal den Anblick des Marktplatzes für mich umgewandelt hatten) lagen viele zerfledderte französisch-afrikanische Fotoromane und Comichefte: sehr modern lebende und in den Comicheften fast europäisch gezeichnete Afrikaner wurden darin vorgeführt – in den letzten zwei oder drei Jahren gab es hier in der Gegend viel von diesem in Frankreich hergestellten Schund. Meine eigenen Sachen – Zeitschriften und Geschäftsunterlagen, von denen ich gedacht hatte, daß Metty sie brauchen würde – waren in den zwei unteren Schubladen. Sie waren vorsichtig behandelt worden; so viel Anstand hatte Théo gehabt. Verstaatlichung: das war ein Wort gewesen. Es war erschütternd, ihr so konkret gegenüberzustehen.

Ich wartete auf Théo.

Und als der Mann kam, konnte ich sehen, daß er verlegen war; und sein erster Impuls, als er mich durch die Glastür sah, war, an der Tür vorbeizugehen. Ich hatte ihn vor Jahren als Mechaniker kennengelernt, er hatte die Fahrzeuge im Gesundheitsamt gewartet. Weil er gewisse Stammesbeziehungen hatte, war er dann politisch aufgestiegen, aber nicht sehr hoch. Er hatte bestimmt Schwierigkeiten, seinen Namen zu schreiben. Er war ungefähr vierzig, von unauffälliger Erscheinung, mit einem breiten dunkelbraunen Gesicht, das zerdroschen und vom Alkohol aufgeschwemmt war. Er war auch jetzt betrunken. Aber nur von Bier; er war noch nicht auf Whisky umgestiegen. Er war auch noch nicht zu der vorgeschriebenen Beamtenbekleidung mit kurzärmeliger Jacke und Halstuch übergegangen. Er blieb bei Hemd und Hose. Er war eigentlich wirklich ein bescheidener Mann.

Ich stand da, wo immer mein Schreibtisch gestanden hatte. Und als mir auffiel, wie verschwitzt und schmutzig Théos weißes Hemd war, fiel mir ein, daß es wie zu der Zeit war, als die Schuljungen mich als Beutestück behandelten und ins Geschäft kamen und mit simplen Methoden versuchten, Geld aus mir herauszuholen. Théo schwitzte durch die Poren auf der Nase. Ich glaube nicht, daß er sein Gesicht an dem Morgen gewaschen hatte. Er sah aus wie ein Mann, der einem schweren Kater neuen Alkohol und sonst nichts hinterhergekippt hatte.

Er sagte: »Mis' Salim! Salim! Bürger! Sie dürfen das nicht persönlich nehmen. Das ist nicht auf meinen Wunsch geschehen. Sie wissen, daß ich Sie sehr schätze. Aber Sie wissen, wie die Situation war. Die Revolution war« – er kramte nach dem Wort – *un pé pourrie.* Ein wenig verkommen. Unsere jungen Leute wurden ungeduldig. Es war notwendig« – er sah verwirrt aus, wie er versuchte, das richtige Wort zu finden, ballte die Faust und machte eine unbeholfen stoßende Gebärde – »es war notwendig, zu radikalisieren. Wir mußten unbedingt radikalisieren. Wir erwarteten zu viel vom Präsidenten. Keiner wollte Verantwortung übernehmen. Jetzt ist den Leuten Verantwortung aufgezwungen worden. Aber Sie werden keinen Schaden leiden. Es wird eine angemessene Entschädigung bezahlt. Sie stellen selbst Ihr Bestandsverzeichnis auf. Und Sie machen als Geschäftsführer weiter. Das Geschäft läuft weiter wie bisher. Der Präsident besteht darauf. Niemand kommt zu Schaden. Ihr Gehalt ist anständig. Sobald der Bevollmächtigte eintrifft, kommen die Papiere durch.«

Nach dem zögernden Anfang war seine Rede förmlich geworden, als hätte er seine Worte zurechtgelegt. Am Ende wurde er wieder verlegen. Er wartete darauf, daß ich etwas sagte. Aber dann änderte er seine Meinung und ging in den Lagerraum, sein Büro. Und ich ging weg, um im Bigburger nach Mahesh zu sehen.

Dort lief der Betrieb wie gewöhnlich. Mahesh, ein wenig

dicker geworden, bediente die Kaffeemaschine, und Ildephonse sprang herum und servierte noch späte Frühstücksgedecke. Ich war überrascht.

Mahesh sagte: »Aber das ist schon seit Jahren eine afrikanische Gesellschaft. Sie kann nicht mehr radikalisiert werden. Ich führe Bigburger nur für 'Phonse und ein paar andere. Sie haben diese afrikanische Gesellschaft gebildet und mir als Geschäftsführer einen kleinen Anteil daran gegeben, und dann haben sie es von mir gepachtet. Das war während der Hochkonjunktur. Sie haben hohe Schulden bei der Bank. Du kannst es dir nicht vorstellen, wenn du 'Phonse ansiehst. Aber es ist wahr. Das ist in vielen Unternehmen so gegangen, nachdem Noimon verkauft hatte. Das gab uns eine Ahnung, woher der Wind wehte, und einige von uns haben beschlossen, sich im voraus selbst zu entschädigen. Das war damals leicht genug. Die Banken schwammen im Geld.«

»Mir hat das keiner erzählt.«

»Über so etwas reden die Leute gewöhnlich nicht so gern. Und du warst mit deinen Gedanken anderswo.«

Das stimmte. Wir waren beide zugeknöpft gewesen zu der Zeit, und nach Noimons Abreise hatte es Spannungen zwischen uns gegeben.

Ich sagte: »Was ist mit dem Tivoli? Die ganze Küchenausstattung! Sie haben so viel investiert.«

»Das steckt bis über beide Ohren in Schulden. Kein Afrikaner bei vollem Verstand möchte da Verwalter sein. Für deins haben sie dagegen Schlange gestanden. Da ist mir klargeworden, daß du nichts unternommen hattest. Théotime und ein anderer Mann haben sich tatsächlich geprügelt, direkt hier im Bigburger. Solche Kämpfe hat es viele gegeben. Es war wie Karneval, nachdem der Präsident diese Maßnahmen verkündet hatte. Viele Leute gingen einfach irgendwo hinein, sagten nichts zu den Leuten drinnen und machten bloß ein Zeichen auf die Türen oder ließen Tuchfetzen auf den Fußboden fallen, wie wenn sie ein Stück Fleisch auf dem Markt für sich beanspruchten. Ein paar Tage lang war es wirklich schlimm. Ein Grieche hat seine Kaffeeplantage niedergebrannt. Nun haben sie sich beruhigt. Der Präsident hat eine Erklärung veröffentlicht, nur um jeden wissen zu lassen, daß, was der Große Mann gibt, der Große Mann auch wegnehmen kann. So packt der Große Mann sie. Er gibt und er nimmt.«

Ich verbrachte den restlichen Morgen im Bigburger. Es war seltsam für mich, den Arbeitstag mit Schwatzen umzubringen, Neuigkeiten zu erzählen, nach Neuigkeiten zu fragen, das Kommen und Gehen im »Bigburger« und im van der Weyden gegenüber zu beobachten und mich die ganze Zeit vom Leben der Stadt losgelöst zu fühlen.

Über Shoba hatte Mahesh mir wenig zu erzählen. Es hatte sich nichts geändert. Sie hielt sich immer noch mit ihrer Verunstaltung in der Wohnung versteckt. Aber Mahesh kämpfte nicht mehr gegen diesen Zustand an oder schien durch ihn aus der Fassung gebracht zu sein. Von London und meinen Reisen zu hören, machte ihn nicht, wie ich befürchtet hatte, unglücklich. Andere Leute reisten, andere Leute kamen hinaus; er nicht. So einfach war es für Mahesh geworden.

Ich wurde Théotimes Geschäftsführer. Er schien erleichtert und glücklich zu sein und stimmte dem Gehalt, das ich vorschlug, zu. Ich kaufte einen Tisch und einen Stuhl und stellte sie neben den Pfeiler, so daß es fast wie in alten Zeiten war. Ich verbrachte viele Tage damit, alte Warenrechnungen zu sammeln, den Lagerbestand zu überprüfen und ein Bestandsverzeichnis anzulegen. Es war ein kompliziertes Schriftstück, und natürlich war es frisiert. Aber Théotime erkannte es so bereitwillig an (während er sich bemühte, *Cit: Theot.* zu unterschreiben, schickte er mich aus dem Lagerraum), daß ich fühlte, Mahesh hatte recht, es würde keine Entschädigung gezahlt werden, und ich könnte höchstens, falls sich jemand daran erinnerte, mit Regierungsanleihen rechnen.

Die Inventur erinnerte mich nur daran, was ich verloren hatte. Was blieb? Auf einer Bank in Europa hatte ich ungefähr achttausend Dollar, Einnahmen aus meinen Goldgeschäften in der alten Zeit; das Geld lag einfach da und verfiel, verlor an Wert. Da war die Wohnung in der Stadt, für die es keinen Käufer geben würde; aber das Auto würde ein paar tausend Dollar einbringen. Und ich hatte ungefähr eine halbe Million hiesiger Franc auf verschiedenen Banken – nach dem offiziellen Wechselkurs ungefähr vierzehntausend Dollar, auf dem freien Markt die Hälfte. Das war alles; es war nicht viel. Ich mußte, so schnell ich konnte, mehr heranschaffen, und das bißchen, das ich hatte, mußte ich außer Landes schaffen. Als Geschäftsführer hatte ich Möglichkeiten, aber sie waren nicht außerordentlich. Und so begann ich, gefährlich zu leben. Ich begann, mit Gold und Elfenbein zu handeln. Ich kaufte, lagerte ein und verkaufte; oder ich lagerte und verschiffte im Auftrag größerer Unternehmer (die direkt an meine Bank in Europa zahlten) gegen Provision. Es war gefährlich. Meine Lieferanten und manchmal auch die Wilderer waren Beamte oder Armeeangehörige, und es war immer gefährlich, mit diesen Leuten Geschäfte zu machen. Das Entgelt war nicht großartig. Gold klingt nur so teuer, man muß mit Kilos handeln, bevor die Provision überhaupt nennenswert wird. Elfenbein war besser, aber Elfenbein war schwieriger einzulagern (ich benutzte weiterhin das Loch am Fuß meiner Treppe im Hof) und heikler zum Verschiffen. Zum Verschiffen benutzte ich einen der gewöhnlichen Markt- oder Lieferwagen und verschickte das Zeug (größere Stoßzähne in Matratzenlieferungen, kleine Stücke in Säcken mit Maniokwurzeln) zusammen mit anderen Waren, immer im Namen von Bürger Théotime nun. Und manchmal brachte ich Théotime selbst dazu, seinen politischen Rang ein wenig herauszustellen und dem Fahrer in aller Öffentlichkeit eine Standpauke zu halten.

Geld konnte man machen. Aber es aus dem Land zu schaffen, war eine andere Sache. Aus diesen Ländern kann man Geld nur herausbekommen, wenn es sich um sehr große Summen handelt und man hohe Beamte oder Minister bewegen kann, sich dafür zu interessieren, oder wenn die allgemeine Handelstätigkeit ein gewisses Ausmaß erreicht. Jetzt aber herrschte sehr wenig Aktivität, und ich mußte mich auf Besucher verlassen, die aus verschiedenen Gründen Landeswährung brauchten. Es gab keine andere Möglichkeit. Und ich mußte darauf vertrauen, daß diese Leute ihre Schulden zurückbezahlten, wenn sie nach Europa oder in die Vereinigten Staaten zurückkamen.

Es war ein langwieriges, erniedrigendes Unternehmen, bei dem man auf aufdringlichen Kundenfang gehen mußte. Ich wünsche, ich könnte sagen, daß ich bestimmte Regeln über menschliches Verhalten entdeckt hätte. Ich wünsche, ich könnte sagen, daß man Leuten einer bestimmten Klasse und eines bestimmten Landes trauen könnte und Leuten einer anderen Klasse und eines anderen Landes nicht. Das hätte es viel einfacher gemacht. Es war jedesmal ein Hasardspiel. Ich verlor zwei Drittel meines Geldes auf diese Weise; ich verschenkte es an Fremde.

Wegen dieses Geldgeschäftes ging ich in der Domäne ein und aus, denn dort knüpfte ich viele meiner Kontakte. Zuerst machte es mich beklommen, dort zu sein. Aber dann bestätigte es sich, daß Indar mit seiner Bemerkung über das Herumtrampeln auf der Vergangenheit recht gehabt hatte: die Domäne hörte schnell auf, das für mich zu sein, was sie einmal war. Sie wurde ein Ort, an dem ehrenwerte Leute – von denen viele zum ersten Mal das Gesetz brachen und später ihren Respekt vor dem Gesetz dazu nutzten, mir mit gutem Gewissen ein Schnippchen zu schlagen – versuchten, einen besseren Kurs zu bekommen als den, den wir vereinbart hatten. All diesen Leuten war nur ihre Nervosität und Verachtung gemeinsam, Verachtung für mich, Verachtung für das Land. Ich war halb auf ihrer Seite; ich beneidete sie um die Verachtung, die sie so leicht empfinden konnten.

Eines Nachmittags sah ich, daß Raymonds und Yvettes Haus einen neuen Mieter hatte, einen Afrikaner. Das Haus war seit meiner Rückkehr geschlossen. Raymond und Yvette waren weggegangen; und niemand, noch nicht einmal Mahesh, konnte mir sagen, wohin oder unter welchen Umständen. Nun standen die Fenster und Türen des Hauses weit offen, und das unterstrich die Schlampigkeit der Bauweise.

Der neue Mann grub mit nacktem Oberkörper den Boden direkt vor dem Haus um, und ich hielt für einen Plausch an. Er war von irgendwo am unteren Flußlauf und freundlich. Er erzählte mir, er würde Mais und Maniok anbauen. Von der Landwirtschaft großen Stils verstanden Afrikaner nichts, aber in dieser Art Kleinanbau waren sie begeisterte Pflanzer, zogen Nahrung für den Haushalt und liebten es, wenn alles ganz nah beim Haus wuchs. Er bemerkte mein Auto, und er erinnerte sich seines nackten Oberkörpers. Er erzählte mir, er arbeite bei der Körperschaft der Regierung, die den Dampferverkehr betrieb. Und um mir eine Vorstellung von seinem Rang zu geben, sagte er, daß er immer, wenn er mit dem Dampfer führe, umsonst und Erster Klasse reise. Dieser wichtige Posten bei der Regierung, dieses große Haus der Regierung in der berühmten Domäne – er war ein glücklicher Mann, war zufrieden mit dem, was man ihm gegeben hatte, und verlangte nicht mehr.

Haushalte wie diese gab es nun öfters in der Domäne. Das Polytechnikum war zwar noch da, aber die Domäne hatte ihren modernen Vorzeigecharakter verloren. Sie war armseliger, jede Woche wurde sie mehr zu einer afrikanischen Wohnsiedlung. An vielen Stellen wuchs Mais, der in diesem Klima und Boden innerhalb von drei Tagen keimte; die rotgrünen Blätter der Maniok, die selbst aus einem einfachen, verkehrt herum eingepflanzten Setzling sproß, erzeugten den Effekt von Gartensträuchern. Dieses Stück Land – wie viele Veränderungen hatte es erlebt! Urwald an einer Biegung im Fluß, ein Sammelbecken, eine arabische Niederlassung, ein europäischer Vorposten, eine europäische Vorstadt, eine Ruine wie die Ruine einer toten Zivilisation, die glitzernde Domäne und nun dies.

Während wir redeten, kamen Kinder hinter dem Haus hervor – Landkinder noch, die ein Knie beugten, wenn sie einen Erwachsenen sahen, bevor sie scheu herankamen, um zuzuhören und zuzugucken. Und dann kam ein großer Dobermann auf mich zugesprungen.

Der Mann mit der Forke sagte: »Keine Sorge! Der verfehlt Sie. Er kann nicht gut sehen. Der Hund ist von einem Ausländer. Er hat ihn mir gegeben, als er wegging.«

Es war, wie er sagte. Der Dobermann verfehlte mich um ungefähr zwanzig Zentimeter, lief ein wenig weiter, blieb stehen, rannte zurück, und dann fiel er über mich her, mit seinem coupierten Schwanz wedelnd, außer sich vor Freude über meinen Ausländergeruch, mich einen Augenblick für jemand anders haltend.

Ich war um Raymonds willen froh, daß er weggegangen war. Er wäre in der Domäne oder der Stadt nun nicht mehr sicher gewesen. Der merkwürdige Ruf, der ihm am Ende angehangen hatte – der weiße Mann zu sein, der dem Präsidenten voranging und all das Schlechte auf sich zog, das den Präsidenten hätte befallen sollen – hätte die Befreiungsarmee ermutigen können, ihn umzubringen, besonders nun, wo man munkelte, daß der Präsident plane, die Stadt zu besuchen und die Stadt auf diesen Besuch vorbereitet wurde.

Die Abfallberge in der Innenstadt wurden weggekarrt. Die buckligen Straßen wurden eingeebnet und begradigt. Und Farbe! Sie war überall im Zentrum, auf Beton und Gips und Holz geklatscht, auf die Bürgersteige hinabtröpfelnd. Jemand hatte seinen Vorrat abgeladen – rosa und zitronengelb und violett und blau. Der Busch befand sich im Krieg; in der Stadt gab es nächtliche Zwischenfälle, sie war in Aufruhr. Aber plötzlich schien in der Innenstadt Karneval zu sein.

17

Bürger Théotime kam gewöhnlich morgens mit roten Augen, gequält aussehend, von seinem Frühstücksbier beschwipst, mit ein paar Comicheften oder Fotoromanen, die ihm durch die Geschäftsstunden helfen sollten. In der Stadt gab es ein formloses System für den Tausch von Zeitschriften; Théo hatte immer etwas Neues zum Angucken. Und seltsamerweise gaben ihm seine fest zusammengerollten Comichefte oder Fotoromane ein geschäftiges, geschäftsmäßiges Aussehen, wenn er in den Laden kam. Er ging geradewegs in den Lagerraum und konnte dort, ohne herauszukommen, den ganzen Morgen bleiben. Zuerst dachte ich, er täte das, weil er aus dem Weg bleiben und nicht stören wollte. Aber dann begriff ich, daß es für ihn keine Härte war. Er war gerne in dem dunklen Lager, ohne etwas Bestimmtes zu tun zu haben, bloß um seine Zeitschriften zu betrachten, wenn die Laune ihn überkam, und sein Bier zu trinken.

Später, als er mir gegenüber ungezwungener und weniger scheu war, wurde sein Leben im Lagerraum ausgefüllter. Frauen fingen an, ihn zu besuchen. Es gefiel ihm, daß sie ihn als richtigen *directeur* mit Angestellten und Büro sahen, und den Frauen gefiel es auch. Ein Besuch konnte einen ganzen Nachmittag in Anspruch nehmen, an dem Théo und die Frau wie Leute, die im Regen unterstehen, schwatzten – mit langen Pausen und langem hypnotisierten Starren in verschiedene Richtungen.

Es war ein angenehmes Leben für Théo, leichter als alles, was er sich vorstellen konnte, solange er Mechaniker im Gesundheitsamt war. Aber als er an Zuversicht gewann und seine Furcht verlor, der Präsident könne ihm das Geschäft wieder wegnehmen, wurde er schwierig.

Es begann ihn zu beunruhigen, daß er als *directeur* kein Auto hatte. Vielleicht hatte ihm irgendeine Frau die Idee eingegeben oder es war das Beispiel anderer Staatsverwalter, vielleicht hatte er es auch aus seinen Comicheften. Ich hatte ein Auto: er begann, um Mitfahrgelegenheiten zu bitten, und dann forderte er mich auf, ihn von seinem Haus abzuholen und wieder hinzubringen. Ich hätte nein sagen können. Aber ich sagte mir, es wäre eine Kleinigkeit, um ihn friedlich zu halten. Die ersten Male saß er vorn, dann setzte er sich in den Fond. Das wurde für mich viermal am Tage zur Pflicht.

Er blieb nicht lange friedlich. Vielleicht war es meine Ungezwungenheit, mein Wunsch, nicht erniedrigt zu erscheinen: Théotime suchte bald nach neuen Möglichkeiten, sich geltend zu machen. Das Problem war nun, daß er nicht wußte, was er tun sollte. Er hätte eigentlich seine Rolle gern ausgelebt – die Leitung des Geschäfts übernommen oder das Gefühl gehabt (während er sein Leben im Lagerraum genoß), daß er das Geschäft führte. Er wußte jedoch, daß er nichts wußte; er wußte, daß ich wußte, daß er nichts wußte; er war wie ein Mann, der über seine eigene Hilflosigkeit wütend ist. Andauernd machte er Szenen. Er war betrunken, beleidigt, bedrohlich und so absichtlich unvernünftig wie ein Beamter, der beschlossen hatte, *malin* zu sein.

Es war seltsam. Er wollte, daß ich ihn als Chef anerkannte. Gleichzeitig wollte er, daß ich ihm zugute hielt, daß er ein ungebildeter Mann und Afrikaner war. Er wollte sowohl meinen Respekt als auch meine Toleranz, sogar mein Mitleid. Fast verlangte er von mir, daß ich meine untertänige Rolle ihm zu Gefallen inszenierte. Aber wenn ich seinem Drängen nachgab, wenn ich ihm irgendeine einfache Geschäftsunterlage brachte, dann maßte er sich eine betonte Autorität an. Er fügte sie seiner Vorstellung von seiner Rolle hinzu und benutzte diese Autorität später, um mir ein neues Zugeständnis abzuringen. Wie er es mit dem Auto gemacht hatte.

Es war schlimmer, als mit einem *malin* Beamten zu tun zu haben. Der Beamte, der vorgab, beleidigt zu sein – und einen beispielsweise anschnauzte, weil man sich mit der Hand auf seinen Schreibtisch lehnte – fragte nur nach Geld. Théotime, der aus einer einfachen Zuversicht in seine Rolle schnell ein Verständnis dafür entwickelt hatte, seine Hilflosigkeit einzusetzen, wollte, daß man so tat, als sei er eine andere Sorte Mensch. Es war nicht komisch. Ich war entschlossen, Ruhe wegen meiner Enteignung zu bewahren, meine Gedanken auf das Ziel, das ich mir selbst gesetzt hatte, zu richten. Aber es war nicht leicht, die Ruhe zu bewahren. Das Geschäft wurde mir verhaßt.

Für Metty war es schlimmer. Die kleinen Dienstleistungen, die er Théotime am Anfang erwiesen hatte, wurden nun von ihm verlangt und vervielfachten sich. Théotime begann, Metty auf ganz sinnlose Botengänge zu schicken.

Eines späten Abends, als er in die Wohnung zurückkam, nachdem er bei seiner Familie gewesen war, kam Metty in mein Zimmer und sagte: »Ich kann mir das nicht gefallen lassen, *patron*. Eines Tages tue ich etwas Schreckliches. Wenn Théo nicht aufhört, bringe ich ihn um. Lieber schufte ich auf dem Feld, als sein Diener zu sein.«

Ich sagte: »Es wird nicht lange anhalten.«

In Mettys Gesicht zuckte es vor Erbitterung, und er stampfte lautlos mit dem Fuß auf. Er war den Tränen nahe. Er sagte: »Was meinen Sie? Was meinen Sie?« und ging aus dem Zimmer.

Am Morgen holte ich Théotime ab, um ihn ins Geschäft zu fahren. Als wohlhabender und einflußreicher Mann der Stadt hatte Théotime drei oder vier Familien in verschiedenen Teilen der Stadt. Aber seitdem er Staatsverwalter geworden war, hatte er (wie andere Verwalter) eine Reihe neuer Frauen angenommen, und mit einer davon lebte er in einem der kleinen Hinterhäuser eines *cité* Hofes – nackte rote Erde, durchsetzt mit seichten, schwarzen Abwasserrinnen, die alle eine Seite hinunterflossen, zusammengeharkte Erde und Abfall an den Rand gekehrt, zerstreut stehende Mango- und andere Bäume, Maniok und Mais und Bananenstauden zwischen den Häusern.

Als ich hupte, kamen Frauen und Kinder aus verschiedenen Häusern und guckten zu, wie Théotime mit seinem zusammengerollten Comicheft zum Auto ging. Er tat so, als ignoriere er die Zuschauer und spuckte lässig ein- oder zweimal auf die Erde. Seine Augen waren vom Bier gerötet, und er bemühte sich, beleidigt auszusehen.

Aus der holperigen *cité* Gasse fuhren wir auf die planierte rote Hauptstraße, in der die Häuser für den Besuch des Präsidenten frisch gestrichen waren – jedes Gebäude in einer Farbe (Mauern, Fensterrahmen, Türen) und jedes in einer anderen Farbe als das Nachbarhaus.

Ich sagte: »Ich möchte mit Ihnen über Bürger Mettys Pflichten in unserem Unternehmen reden, Bürger. Bürger Metty ist der Gehilfe des Geschäftsführers. Er ist kein Mädchen für alles.«

Darauf hatte Théotime gewartet. Er hatte eine Rede vorbereitet. Er sagte: »Sie erstaunen mich, Bürger. Ich bin der vom Präsidenten ernannte Staatsverwalter. Bürger Metty ist Angestellter eines Staatsunternehmens. Es liegt an mir, zu entscheiden, wie der Mischling eingesetzt wird.« Er gebrauchte das Wort *métis,* um mit dem angenommenen Namen zu spielen, auf den Metty einmal so stolz gewesen war.

Die lebhaften Farben der Häuser wurden noch unwirklicher für mich. Sie wurden die Farben meiner Wut und Qual.

In Mettys Augen war ich kleiner und kleiner geworden, und jetzt enttäuschte ich ihn endgültig. Ich konnte ihm nicht länger den simplen Schutz bieten, um den er gebeten hatte – das machte Théotime im Laufe des Tages klar. So kam der alte Vertrag zwischen Metty und mir, der ein Vertrag zwischen seiner und meiner Familie war, zu einem Ende. Selbst wenn ich die Möglichkeit gehabt hätte, ihn in einem anderen Unternehmen der Stadt unterzubringen – was ich in der alten Zeit vielleicht gekonnt hätte – hätte das bedeutet, daß unser besonderer Vertrag abgelaufen war. Er schien das zu verstehen, und es brachte ihn aus dem Gleichgewicht.

Er begann zu sagen: »Ich tue etwas Schreckliches, Salim. Sie müssen mir Geld geben. Geben Sie mir Geld, und lassen

Sie mich weggehen. Ich fühle, ich werde etwas Schreckliches tun.«

Ich empfand seinen Schmerz als zusätzliche Belastung für mich. In Gedanken fügte ich seinen Schmerz meinem hinzu, machte ihn zu einem Teil meines eigenen. Ich hätte mehr an ihn denken müssen. Ich hätte ihn vom Geschäft fernhalten und ihm, solange wie es währte, etwas von meinem Gehalt zukommen lassen sollen. Das war es, was er in Wirklichkeit wollte. Aber er drückte es nicht so aus. Er verknüpfte es mit dieser wilden Idee, fortzugehen, die mich nur erschreckte und denken ließ: »Wohin wird er gehen?«

Also ging er weiterhin ins Geschäft und zu Théotime und wurde immer verquälter. Als er eines Abends zu mir sagte: »Geben Sie mir etwas Geld, und ich gehe weg«, sagte ich, weil ich an die Situation im Geschäft dachte und versuchte, tröstende Worte zu finden: »Das dauert nicht ewig, Metty.« Daraufhin schrie er: »*Salim!*« Und am nächsten Morgen brachte er mir zum ersten Mal nicht den Kaffee.

Das geschah Anfang der Woche. Am Freitagnachmittag kam ich, nachdem ich das Geschäft abgeschlossen und Théotime zu seinem Hof gefahren hatte, in die Wohnung zurück. Sie war nun ein Ort der Trostlosigkeit für mich. Ich betrachtete sie nicht mehr als meine eigene. Seit diesem Morgen im Auto mit Théotime empfand ich Ekel vor den hellen, neuen Farben der Stadt. Es waren die Farben eines Ortes, der mir fremd geworden war und mir das Gefühl gab, von allem anderen weit entfernt zu sein. Dieses Gefühl der Fremdheit erstreckte sich auf alles in der Wohnung. Ich überlegte gerade, ob ich in den Hellenic Club – oder was davon übriggeblieben war – gehen sollte, als ich Autotüren schlagen hörte.

Ich ging auf die Plattform und sah Polizei im Hof. Ein Offizier war dabei – sein Name war Prosper: ich kannte ihn. Einer der Männer bei ihm hatte eine Forke, ein anderer eine Schaufel. Sie wußten, weshalb sie gekommen waren, und sie wußten genau, wo sie graben mußten – unter der Außentreppe. Ich hatte vier Stoßzähne dort.

Meine Gedanken überschlugen sich, stellten Verbindungen her. Metty! Ich dachte: »Oh, Ali! Was hast du mir angetan?« Ich wußte, daß es wichtig war, jemandem Bescheid zu sagen.

Mahesh – es gab niemand anders. Er würde jetzt in seiner Wohnung sein. Ich ging ins Schlafzimmer und rief an. Mahesh hob ab, und ich hatte nur Zeit zu sagen: »Hier steht's schlimm«, bevor ich Schritte kommen hörte. Ich legte auf, ging ins Bad, zog die Wasserspülung und ging hinaus, um den rundgesichtigen Prosper, der allein und lächelnd heraufkam, zu empfangen.

Das Gesicht kam hoch, lächelnd, und ich trat vor ihm zurück, und ohne ein Wort zu sagen, bewegten wir uns so den Flur hinunter, bevor ich mich umdrehte und Prosper in den weißen Wohnraum ließ. Er konnte sein Vergnügen nicht verbergen. Seine Augen glitzerten. Er hatte noch nicht beschlossen, wie er sich verhalten wollte. Er hatte noch nicht beschlossen, wieviel er verlangen sollte.

Er sagte: »Der Präsident kommt nächste Woche. Wußten Sie das? Der Präsident interessiert sich sehr für Naturschutz. Deshalb ist das sehr bedenklich für Sie. Alles könnte Ihnen passieren, wenn ich meinen Bericht einschicke. Das wird Sie mit Sicherheit ein paar tausend kosten.«

Das schien sehr bescheiden zu sein.

Er bemerkte meine Erleichterung. Er sagte: »Ich meine nicht Franc. Ich meine Dollar. Ja, das wird Sie drei oder viertausend Dollar kosten.«

Das war unverschämt. Prosper wußte, daß es unverschämt war. In der alten Zeit wurden fünf Dollar als schöne Stange Geld betrachtet; und selbst in der Hochkonjunktur bekam man für fünfundzwanzig Dollar vieles erledigt. Das hatte sich seit dem Aufstand natürlich geändert, und mit der Radikalisierung war es ganz schlimm geworden. Jeder war gieriger und verzweifelter geworden. Es herrschte so ein Gefühl, daß alles sehr schnell verfiele und ein großes Chaos käme; und einige Leute konnten sich betragen, als ob das Geld schon seinen Wert verloren hätte. Aber trotzdem hatten Beamte wie Prosper erst kürzlich angefangen, von Hunderten zu reden.

Ich sagte: »Solche Summen habe ich nicht.«

»Ich dachte mir, daß Sie das sagen würden. Der Präsident kommt nächste Woche. Wir nehmen eine Reihe Leute in Sicherheitsverwahrung. So gehen auch Sie rein. Dann wollen wir die Stoßzähne vorläufig einmal vergessen. Sie bleiben drin, bis der Präsident abreist. Vielleicht beschließen Sie dann, daß Sie das Geld haben.«

Ich packte ein paar Sachen in eine Reisetasche aus Leinen, und Prosper fuhr mit mir auf der Ladefläche seines Landrovers durch die leuchtend bunte Stadt zur Polizeihauptwache. Dort lernte ich warten. Dort beschloß ich, daß ich Gedanken über die Stadt aussperren mußte, daß ich aufhören müßte, über Zeit nachzudenken und daß ich mein Bewußtsein so weit wie möglich entleeren müßte.

Auf meinem Weg durch das Gebäude durchlief ich viele Stationen, und ich begann, Prosper als meinen Führer durch diese besondere Hölle zu betrachten. Oft ließ er mich für lange Zeit in Räumen und Korridoren, die von frischer Ölfarbe glänzten, stehen oder sitzen. Es war fast eine Erleichterung, ihn mit seinen dicken Backen und seiner eleganten Aktentasche zurückkommen zu sehen.

Kurz vor Sonnenuntergang führte er mich zu dem Nebengebäude im Hof hinter dem Haus, in das ich einmal gegangen war, um Metty zu retten, und wo ich mir nun selbst die Fingerabdrücke abnehmen lassen mußte, bevor ich ins Stadtgefängnis gebracht wurde. Ich erinnerte mich, daß die Wände schmutzigblau gewesen waren. Jetzt waren sie strahlendgelb, und DISCIPLINE AVANT TOUT, Disziplin über alles, hatte man in großen schwarzen Buchstaben neu gemalt. Ich verlor mich in Betrachtungen über die schlechte, ungleichmäßige Aufschrift, die Körnigkeit des Fotos vom Präsidenten, die unebene Oberfläche der gelben Wand, die getrockneten gelben Spritzer auf dem geborstenen Fußboden.

Der Raum war voller junger Männer, die aufgegriffen worden waren. Es dauerte lange, bevor meine Fingerabdrücke abgenommen wurden. Der Mann am Tisch verhielt sich wie ein überarbeiteter Mensch. Er schien den Leuten, deren Fingerabdrücke er abnahm, nicht ins Gesicht zu sehen.

Ich fragte, ob ich mir nicht die Tinte von den Händen waschen könne. Es war nicht der Wunsch, sauber zu sein, entschied ich, nachdem ich gefragt hatte. Es war eher der Wunsch, ruhig, nicht erniedrigt zu erscheinen, zu fühlen, daß die Ereignisse normal seien. Der Mann am Tisch sagte ja und brachte aus einer Schublade eine rosa Seifenschale aus Plastik mit einem in der Mitte ganz schmalen Seifenstück hervor, das mit schwarzen Streifen durchzogen war. Die Seife war ziemlich trocken. Er sagte, ich könne hinausgehen und das Wasserrohr draußen benutzen.

Ich ging in den Hof hinaus. Es war dunkel jetzt. Um mich herum waren Bäume, Lichter, Rauch vom Kochen, Abendgeräusche. Das Wasserrohr war in der Nähe des offenen Garagenschuppens. Die Tinte ging erstaunlich leicht ab. Als ich zurückging, dem Mann seine Seife gab und die anderen sah, die mit mir in diesem gelben Raum warteten, ergriff mich Wut.

Wenn es einen Plan gäbe, hätten diese Ereignisse einen Sinn. Wenn es ein Gesetz gäbe, hätten diese Ereignisse einen Sinn. Aber es gab keinen Plan; es gab kein Gesetz; dies war nur Heuchelei, Spiel, Verschwendung der Zeit, die ein Mensch auf der Erde hatte. Und wie oft mußte das hier, selbst in der Zeit des Busches, stattgefunden haben, dieses Spiel mit Wärtern und Gefangenen, in dem Menschen umsonst vernichtet werden konnten. Ich erinnerte mich daran, was Raymond immer sagte – über Ereignisse, die vergessen wurden, verloren gingen, den Blicken entzogen blieben.

Das Gefängnis lag an der Straße zur Domäne. Es war ein gutes Stück nach hinten gesetzt, und auf dem Platz davor waren ein Markt und eine Ansiedlung entstanden. Der Markt und die Siedlung fielen einem auf, wenn man vorbeifuhr. Die Gefängnismauer aus Beton, nicht mehr als zwei Meter bis zwei Meter fünfzig hoch, war weißer Hintergrund. Es war mir nie wie ein richtiges Gefängnis vorgekommen. Es hatte etwas Künstlerisches und sogar Malerisches an sich: dieses neue Gefängnis in dieser neuen Siedlung, an der alles so roh und provisorisch aussah, in einer Lichtung im Busch. Man merkte, daß die Leute, die es gebaut hatten – Leute vom Dorf, die sich zum ersten Mal in einer Stadt niederließen – nur damit herumspielten, eine Gemeinschaft und Vorschriften zu haben. Sie hatten eine Mauer errichtet, die nur wenig höher als ein Mann war, und ein paar Leute dahinter gesteckt; und weil es Leute vom Dorf waren, reichte das als Gefängnis für sie. An einem anderen Ort wäre ein Gefängnis sorgfältiger ausgearbeitet gewesen. Dies war so einfach: man hatte das Gefühl, daß das, was hinter der Mauer vor sich ging, dem belanglosen Marktleben davor glich.

Am Ende der Gasse, hinter den Lichtern und Radios der kleinen Hütten und Schuppen und Stände und Getränkebuden, öffnete sich nun das Gefängnis, um mich hereinzulassen. Eine Mauer, die höher ist als ein Mensch, ist eine hohe Mauer. Unter elektrischen Lampen glänzte die äußere Mauer mit frischer weißer Farbe, und wieder, aber in über einen halben Meter hohen Buchstaben, stand da: DISCIPLINE AVANT TOUT. Ich fühlte mich von den Worten verurteilt und verspottet. Aber dieses Gefühl wurde von mir erwartet. Was für eine komplizierte Lüge waren diese Worte geworden. Wie lange würde es dauern, um sich von da aus, durch all die aufgetürmten Lügen, zu dem zurück zu arbeiten, was einfach und wahrhaftig war?

Innen, hinter den Gefängnistoren, war Stille und Raum: ein großer, leerer, staubiger Hof mit rohen, niedrigen Gebäuden aus Beton und Wellblech, quadratförmig angelegt.

Das vergitterte Fenster meiner Zelle sah auf einen leeren Hof hinaus, der von elektrischen Lampen auf hohen Masten erleuchtet war. Meine Zelle hatte keine Zimmerdecke; es gab nur das Wellblechdach. Alles war roh, aber stabil. Es war Freitagabend. Und Freitag war natürlich der Tag, um Leute aufzugreifen: das Wochenende über würde nichts geschehen. Ich mußte warten lernen, in einem Gefängnis, das plötzlich wirklich und gerade wegen seiner Einfachheit erschreckend war.

In einer Zelle wie meiner wird man sich sehr schnell seines Körpers bewußt. Man kann sich in einen Haß auf seinen Körper steigern. Und der eigene Körper ist alles, was man hat: das war der seltsame Gedanke, der immer wieder durch meine Wut geisterte.

Das Gefängnis war voll. Das fand ich am Morgen heraus. Schon vor ziemlich langer Zeit hatte ich von Zabeth und anderen über die Entführungsaktionen in den Dörfern gehört. Aber ich hatte nie den Verdacht, daß so viele junge Männer und Jungen ergriffen worden waren. Schlimmer noch, es war mir nie in den Sinn gekommen, daß sie in dem Gefängnis festgehalten würden, an dem ich so oft vorbeifuhr. In den Zeitungen stand nichts über den Aufstand oder die Befreiungsarmee.

Aber nur damit beschäftigte sich das Gefängnis – oder der Teil, in dem ich war. Und es war entsetzlich.

Es hatte, hell und früh am Morgen, geklungen wie irgendeine Schulklasse: Leute, denen von vielen Ausbildern Gedichte beigebracht wurden. Die Ausbilder waren Wärter mit dicken Stiefeln und Stöcken; die Gedichte waren Lobeshymnen auf den Präsidenten und die afrikanische Madonna; die Leute, die gezwungen wurden, die Verse zu wiederholen, waren diese jungen Männer und Jungen aus den Dörfern, von denen viele gefesselt auf dem Hof abgeladen worden waren und auf eine Weise, die ich nicht beschreiben möchte, mißhandelt wurden.

Das waren die schrecklichen Geräusche des frühen Morgens. Diese armen Leute waren auch den Worten auf der weißen Gefängnismauer in die Falle gegangen und von ihnen verurteilt worden. Aber man konnte ihren Gesichtern ablesen, daß sie mit Verstand, Herz und Seele weit zurückgewichen waren. Die rasenden Wärter, selbst Afrikaner, schienen das zu begreifen, schienen zu wissen, daß ihre Opfer unerreichbar waren.

Diese Gesichter Afrikas! Diese Masken kindlicher Ruhe, die die Schläge der Welt und ebenso der Afrikaner auf sich gezogen hatten wie jetzt im Gefängnis: ich fühlte, ich hatte sie nie vorher so klar gesehen. Gleichgültig gegenüber Beachtung, gleichgültig gegenüber Mitleid oder Verachtung, waren diese Gesichter doch nicht leer oder passiv oder resigniert. In den Gefangenen wie in ihren aktiven Peinigern war ein Rasen. Aber das Rasen der Gefangenen war verinnerlicht; es hatte sie weit über ihre Sache oder selbst das Wissen um ihre Sache hinausgetragen, weit hinter jedes Denken. Sie hatten sich auf den Tod vorbereitet, nicht weil sie Märtyrer waren, sondern weil sie nur besaßen, was sie selbst waren, und wußten, daß sie waren. Sie waren von der Vorstellung dessen, was sie waren, zum Wahnsinn getriebene Menschen. Nie fühlte ich mich ihnen näher oder weiter von ihnen entfernt.

Den ganzen Tag, durch die steigende und nachlassende Hitze, hielten diese Klänge an. Jenseits der weißen Mauern war der Markt, die Außenwelt. Jedes Bild, das ich von dieser Welt draußen hatte, wurde vergiftet durch das, was sich um mich herum tat. Und das Gefängnis hatte malerisch ausgesehen. Ich hatte gedacht, daß das Leben im Gefängnis dem Marktleben draußen gliche. Yvette und ich hatten eines Nachmittags an einem Stand gehalten, um Süßkartoffeln zu kaufen. Am Stand daneben verkaufte ein Mann haarige orangefarbene Raupen – er hatte eine große weiße Schüssel voll. Yvette hatte ein angeekeltes Gesicht gezogen. Er, der Verkäufer, hatte lachend seine Schüssel hochgehoben und sie ins Autofenster geschoben, er bot uns alle als Geschenk an; später hatte er eine sich windende Raupe über den Mund gehalten und so getan, als kaue er.

Dieses ganze Leben lief draußen weiter. Während die jungen Männer und Jungen hier Disziplin und Hymnen auf den Präsidenten lernten. Es gab einen Grund für das Rasen der Wärter, der Ausbilder. Ich hörte, daß eine wichtige Hinrichtung stattfinden sollte, daß der Präsident selbst ihr beiwohnen würde, wenn er in die Stadt kam, und daß er dann den Hymnen, die seine Feinde ihm sangen, zuhören würde. Für diesen Besuch war die Stadt in helle Farben getaucht.

Ich fühlte, daß mich fast nichts von diesen Männern im Hof trennte, daß es keinen Grund gab, warum ich nicht wie sie behandelt werden sollte. Ich entschloß mich, meine Position als Mann, der damit nichts zu tun hatte, der darauf wartete, eingelöst zu werden, beizubehalten und zu bestärken. Mir kam der Gedanke, daß es wichtig für mich wäre, nicht körperlich von einem Wächter berührt zu werden. Auf irgendeine Art berührt zu werden, könnte zu weiteren schrecklichen Dingen führen. Ich beschloß, nichts zu tun, um einen auch noch so geringen körperlichen Kontakt herauszufordern. Ich wurde kooperativ. Ich gehorchte Befehlen, fast bevor sie gegeben wurden. So war ich am Ende meines Wochenendes mit meiner Wut und meinem Gehorsam, den Anblicken und Geräuschen des Hofes, denen ich mich nicht entziehen konnte, ein abgebrühter Knastbruder.

Am Montagmorgen kam Prosper mich abholen. Ich hatte erwartet, daß jemand kam. Aber Prosper hatte ich nicht erwartet, und er sah nicht sehr glücklich aus. Das beutewitternde Glitzern war aus seinen Augen verschwunden. Ich setzte mich neben ihn in seinen Landrover, und er sagte fast kameradschaftlich, als wir durch die Gefängnistore fuhren: »Diese Angelegenheit hätte am Freitag erledigt werden können. Aber Sie haben es schlimmer gemacht für sich. Der Bevollmächtigte hat beschlossen, ein besonderes Interesse an Ihrem Fall zu nehmen. Ich kann nur sagen, ich hoffe, es geht gut für Sie aus.«

Ich wußte nicht, ob das gute oder schlechte Neuigkeiten für mich waren. Der Bevollmächtigte konnte Ferdinand sein. Seine Ernennung war schon vor einiger Zeit angekündigt worden, aber bis jetzt war er noch nicht in der Stadt aufgetaucht; und es war möglich, daß die Ernennung widerrufen worden war. Wenn es jedoch Ferdinand war, dann war dies nicht die beste Weise für mich, ihn zu treffen.

Ferdinand hatte, wie ich mich erinnerte, auf seinem Weg durch die Welt alle seine Rollen akzeptiert und ausgelebt: Schüler am Lycée, Student am Polytechnikum, neuer Mann Afrikas, Passagier der Ersten Klasse auf dem Dampfer. Wo würde er nun stehen, nach vier Jahren, nach seiner Zeit als Beamtenanwärter in der Hauptstadt, die so vom Präsidenten dominiert wurde? Was würde er gelernt haben? Welche Vorstellung würde er von sich selbst als Beamter des Präsidenten haben? In seinen Augen würde er aufgestiegen, ich kleiner geworden sein. Das hatte mich schon immer ein wenig verunsichert – das Wissen, daß die Kluft zwischen uns größer werden würde, wenn er älter würde. Ich hatte oft gedacht, wie vorgefertigt und leicht die Welt für ihn war, den Dorfjungen, der mit nichts anfing.

Prosper übergab mich den Leuten im Vorzimmer des Sekretariats. Eine geräumige Veranda lief um den ganzen Innenhof, und auf drei Seiten war die Veranda durch große Bastmatten von der Sonne abgeschirmt. Es verursachte ein seltsames Gefühl, durch die schmalen Streifen aus Licht und Schatten zu gehen und zu beobachten, wie sie sich über einen zu bewegen schienen, wenn man sich selbst bewegte. Der Offiziersbursche führte mich in einen Raum, in dem nach dem hin und her bewegten blendenden Licht auf der Veranda einen Augenblick lang Lichtpunkte vor meinen Augen tanzten; und dann wurde ich in den inneren Raum geführt.

Es war Ferdinand, fremd mit seinem getupften Halstuch und der kurzärmeligen Jacke und unerwartet gewöhnlich. Ich hatte Vornehmheit erwartet, eine gewisse Herzlichkeit, ein bißchen

Arroganz, ein bißchen Angeberei. Aber Ferdinand sah in sich zurückgezogen und krank aus, wie ein Mann, der sich vom Fieber erholt. Er hatte kein Interesse daran, mich zu beeindrucken.

Auf der frisch gestrichenen weißen Wand war ein Foto des Präsidenten, nur das Gesicht – das war ein Gesicht voller Leben. Unter dem Gesicht erschien Ferdinand geschrumpft und ohne Ausdruck von Persönlichkeit in der vorgeschriebenen Uniform, die ihn wie all diese Beamten aussehen ließ, die auf Gruppenfotos in den Zeitungen erschienen. Er war letzten Endes wie andere hohe Beamte. Ich fragte mich, wieso ich dachte, er würde anders sein. Diese Männer, die bei allem von der Gunst des Präsidenten abhingen, waren Nervenbündel. Die große Macht, die sie ausübten, wurde von einer ständigen Furcht, vernichtet zu werden, begleitet. Und sie waren labil, halb tot.

Ferdinand sagte: »Meine Mutter hat mir erzählt, Sie seien weggegangen. Ich war überrascht, zu hören, daß Sie noch hier sind.«

»Ich war für sechs Wochen nach London gefahren. Ich habe Ihre Mutter nicht mehr gesehen, seitdem ich zurück bin.«

»Sie hat das Geschäft aufgegeben. Und das müssen Sie auch tun. Sie müssen gehen. Sie müssen sofort gehen. Hier gibt es nichts mehr für Sie. Nun hat man Sie ins Gefängnis geworfen. Das hat man nie vorher getan. Wissen Sie, was das heißt? Es bedeutet, daß man Sie wieder hineinwerfen wird. Und ich werde nicht immer hier sein, um Sie herauszuholen. Ich weiß nicht, wieviel Prosper und die anderen von Ihnen wollten. Aber beim nächsten Mal wird es mehr sein. Darum dreht sich jetzt alles. Das wissen Sie. Man hat Ihnen im Gefängnis nichts getan. Das liegt nur daran, daß es ihnen nicht eingefallen ist. Man denkt immer noch, Sie seien nicht diese Sorte Mensch. Sie sind Ausländer; in dieser Hinsicht ist man an Ihnen nicht interessiert; nur Leute aus dem Busch werden zusammengeschlagen. Aber eines Tages wird man Ihnen hart zusetzen, und dann wird man entdecken, daß Sie wie jeder andere sind, und dann werden schlimme Dinge mit Ihnen geschehen. Sie müssen gehen. Vergessen Sie alles, und gehen Sie. Es gibt keine Flugzeuge. Alle Plätze sind für Beamte reserviert, die zum Besuch des Präsidenten heraufkommen. Das sind normale Sicherheitsvorkehrungen für diese Besuche. Aber am Dienstag fährt ein Dampfer. Das ist morgen. Nehmen Sie ihn. Es könnte der letzte sein. Die Gegend wird voller Beamter sein. Lenken Sie keinerlei Aufmerksamkeit auf sich. Nehmen Sie nicht zu viel Gepäck mit. Erzählen Sie es niemandem. Ich halte Prosper am Flughafen beschäftigt.«

»Ich werde tun, was Sie sagen. Und wie geht es Ihnen, Ferdinand?«

»Sie brauchen nicht zu fragen. Sie dürfen nicht denken, es sei nur für Sie schlimm. Es ist für jeden schlimm. Das ist das Schreckliche daran. Es ist schlimm für Prosper, schlimm für den Mann, dem man Ihren Laden gegeben hat, schlimm für jeden. Niemand gelangt irgendwohin. Wir fahren alle zur Hölle, und das fühlt jeder in seinen Knochen. Wir werden umgebracht. Nichts hat einen Sinn. Deshalb ist jeder so außer sich. Jeder will schnell sein Geld verdienen und weglaufen. Aber wohin? Das treibt die Leute in den Wahnsinn. Sie haben das Gefühl, sie verlieren den Ort, an den sie zurücklaufen können. Ich begann dasselbe zu fühlen, als ich in der Hauptstadt zur Ausbildung war. Ich fühlte, ich hatte für etwas herhalten müssen. Ich fühlte, ich hatte mir vergeblich Bildung zukommen lassen. Ich fühlte mich zum Narren gehalten. Alles, was man mir gab, wurde mir gegeben, um mich zu vernichten. Ich begann zu denken, daß ich gerne wieder ein Kind wäre, um Bücher und alles, was mit Büchern zu tun hat, zu vergessen. Der Busch sorgt für sich selbst. Aber es gibt keinen Ort, an den man gehen kann. Ich bin auf einer Rundreise durch die Dörfer gewesen. Es ist ein Alptraum. All diese Flugplätze, die der Mensch gebaut hat, die die ausländischen Gesellschaften gebaut haben – nirgendwo ist es nun sicher.«

Anfangs war sein Gesicht wie eine Maske gewesen. Jetzt zeigte er seinen inneren Aufruhr.

Ich sagte: »Was werden Sie tun?«

»Ich weiß es nicht. Ich tue, was ich tun muß.«

Das war immer seine Art gewesen.

Auf seinem Schreibtisch stand ein gläserner Briefbeschwerer – kleine Blumen in eine Halbkugel aus Kristall eingelassen.

Er stellte den Briefbeschwerer auf die ausgestreckte linke Handfläche und betrachtete ihn.

Er sagte: »Und Sie müssen gehen und Ihre Fahrkarte für den Dampfer holen. Das ist dort, wo wir uns das letzte Mal gesehen haben. Ich habe oft über diesen Tag nachgedacht. Wir waren zu viert auf dem Dampfer. Da war die Frau des Direktors – Sie gingen mit ihr weg. Da war der Dozent, der Ihr Freund war. Er reiste mit mir hinunter. Das war die beste Zeit. Der letzte Tag, der Tag des Abschieds. Es war eine gute Reise. Am anderen Ende wurde es anders. Ich habe einen Traum gehabt, Salim. Ich habe einen schrecklichen Traum gehabt.«

Er nahm den Briefbeschwerer von seiner Hand und stellte ihn wieder auf den Schreibtisch.

Er sagte: »Um sieben Uhr morgens soll eine Hinrichtung stattfinden. Dazu treffen wir uns. Wir werden bei der Hinrichtung zugegen sein. Es ist einer von uns, der hingerichtet wird, aber der Mann weiß es nicht. Er denkt, er wird zusehen. Wir treffen uns an einem Ort, den ich nicht beschreiben kann. Es ist vielleicht ein familiärer Ort – ich spüre die Gegenwart meiner Mutter. Ich bin in Panik. Ich habe etwas auf beschämende Weise beschmutzt, und ich versuche angestrengt, es zu bereinigen oder zu verstecken, denn ich muß um sieben Uhr bei der Hinrichtung sein. Wir warten auf den Mann. Wir begrüßen ihn wie üblich. Hier ist nun das Problem in dem Traum. Werden wir den Mann allein lassen, damit er allein zum Ort seiner Hinrichtung gefahren wird? Werden wir den Mut haben, bei ihm zu bleiben, um bis zum Schluß freundlich mit ihm zu reden? Sollen wir ein Auto nehmen, oder sollen wir mit zwei Autos fahren?«

»Ihr müßt in einem Auto fahren. Wenn ihr in zweien fahrt, heißt das, daß ihr nahe daran seid, eure Meinung zu ändern.«

»Gehen Sie und holen Sie Ihre Fahrkarte für den Dampfer.«

Das Büro der Dampfergesellschaft war bekannt wegen seiner unberechenbaren Öffnungszeiten. Ich saß auf der Holzbank vor der Tür, bis der Mann kam und aufschloß. Die *cabine de luxe* war frei; ich buchte sie. Das dauerte den längsten Teil des Morgens. Der Markt vor der Hafeneinfahrt war in vollem Gang; der Dampfer war an diesem Nachmittag fällig. Ich dachte daran, Mahesh im Bigburger zu besuchen, aber entschied mich dagegen. Das Lokal lag zu offen und zentral, und zur Mittagszeit waren dort zu viele Beamte. Es war seltsam, in dieser Weise an die Stadt denken zu müssen.

Ich nahm einen Imbiß im Tivoli. Es sah in diesen Tagen ein bißchen mitgenommen aus, als erwartete es seine Radikalisierung. Aber seine europäische Atmosphäre hatte es behalten, an den Tischen saßen europäische Handwerker mit ihren Familien, und an der Bar tranken Männer Bier. Ich dachte: »Was geschieht mit diesen Leuten?« Aber sie waren geschützt. Ich kaufte Brot und Käse und ein paar teure Büchsen – meine letzten Einkäufe in der Stadt – und beschloß, die restliche Zeit in der Wohnung zu verbringen. Ich wollte nichts anderes tun. Ich hatte keine Lust, irgendwohin zu gehen oder etwas anzusehen oder mit jemandem zu reden. Selbst der Gedanke, Mahesh anrufen zu müssen, war mir eine Last.

Am späten Nachmittag waren Schritte auf der Außentreppe zu hören. Metty. Ich war überrascht. Normalerweise war er um diese Zeit bei seiner Familie.

Er kam in den Wohnraum und sagte: »Ich habe gehört, daß man Sie rausgelassen hat, Salim.«

Er sah elend und verwirrt aus. Nachdem er bei Prosper über mich Bericht erstattet hatte, mußte er ein paar schlimme Tage durchgemacht haben. Darüber wollte er mit mir sprechen. Aber ich wollte nicht darüber sprechen. Der Schock, den ich in diesem Augenblick vor drei Tagen bekommen hatte, war verschwunden. Mir gingen andere Dinge durch den Kopf.

Wir sprachen nicht. Und bald war es, als hätten wir nichts zu besprechen. Nie hatte so eine Stille zwischen uns geherrscht. Er stand eine Weile herum, ging in sein Zimmer, kam dann zurück.

Er sagte: »Sie müssen mich mitnehmen, Salim.«

»Ich gehe nirgendwohin.«

»Sie können mich nicht hier lassen.«

»Was ist mit deiner Familie? Und wie kann ich dich mitnehmen, Metty? Die Welt ist nicht mehr so heutzutage. Es gibt Visa und Pässe, und ich kann diese Dinge kaum für mich selbst organisieren. Ich weiß nicht, wohin ich gehe oder was ich tun werde. Ich habe kaum Geld. Ich bin kaum in der Lage, mich selbst zu versorgen.«

»Es wird schlimm hier, Salim. Sie wissen nicht, worüber die da draußen reden. Es wird ganz schlimm, wenn der Präsident kommt. Zuerst wollten sie nur Regierungsleute umbringen. Jetzt sagt die Befreiungsarmee, das ist nicht genug. Sie sagen, sie müssen dasselbe tun wie beim letzten Mal, aber diesmal müssen sie es besser machen. Zuerst wollten sie Volksgerichte halten und Leute auf den Plätzen erschießen. Jetzt sagen sie, sie müssen viel mehr töten, und jeder muß seine Hände in dem Blut baden. Sie werden jeden töten, der lesen und schreiben kann, jeden, der jemals Jackett und Krawatte getragen hat, jeden, der ein *jacket de boy* angezogen hat. Sie werden alle Herren und alle Diener töten. Wenn sie fertig sind, wird keiner mehr wissen, daß es einmal einen Ort wie diesen gegeben hat. Sie werden töten und töten. Sie sagen, es ist der einzige Weg, zum Anfang zurückzugehen, bevor es zu spät ist. Das Töten wird Tage dauern. Sie sagen, es ist besser, tagelang zu töten, als auf ewig zu sterben. Es wird schrecklich, wenn der Präsident kommt.«

Ich versuchte, ihn zu beruhigen. »Sie reden immer so. Seit der Aufstand angefangen hat, reden sie von dem Morgen, an dem die ganze Sache in Flammen aufgeht. Sie reden so, weil sie gern hätten, daß das passiert. Aber keiner weiß, was geschehen wird. Und der Präsident ist schlau. Das weißt du. Er muß wissen, daß sie hier etwas für ihn bereithalten. Also wird er sie in Erregung versetzen, und dann kommt er vielleicht nicht. Du weißt, wie er mit den Leuten spielt.«

»Die Befreiungsarmee besteht nicht bloß aus diesen Jungen im Busch, Salim. Jeder hängt da drin. Jeder, den Sie sehen. Wie soll ich mich allein zurechtfinden?«

»Du mußt es riskieren. Das haben wir immer getan. Das hat jeder hier getan. Und ich glaube nicht, daß sie dich behelligen – du machst ihnen keine Angst. Versteck das Auto aber. Führ sie nicht damit in Versuchung. Was sie auch sagen, von wegen zum Anfang zurückgehen, an dem Auto werden sie Interesse haben. Wenn sie sich daran erinnern und dich danach fragen, sag ihnen, sie sollen Prosper fragen. Und denk immer daran, daß der Ort wieder aufleben wird.«

»Wie soll ich dann leben. Wenn es kein Geschäft gibt und ich kein Geld habe? Sie haben mir kein Geld gegeben. Sie haben es anderen Leuten geschenkt, selbst als ich Sie gefragt habe.«

Ich sagte: »Ali! Ich habe es verschenkt. Du hast recht. Ich weiß nicht, weshalb ich das getan habe. Ich hätte dir etwas davon geben können. Ich weiß nicht, weshalb ich das nicht getan habe. Ich habe nie darüber nachgedacht. Ich habe in dieser Hinsicht nie über dich nachgedacht. Du hast mich gerade erst auf den Gedanken gebracht. Es muß dich verrückt gemacht haben. Warum hast du nichts gesagt?«

»Ich dachte, Sie wüßten, was Sie tun, Salim.«

»Das wußte ich nicht. Ich weiß es auch jetzt nicht. Aber wenn das hier vorbei ist, hast du das Auto, und du hast die Wohnung. Das Auto ist eine Menge wert, wenn du es behältst. Und ich schicke dir Geld über Mahesh. Das wird leicht zu machen sein.«

Er war nicht getröstet. Aber das war alles, was ich nun tun konnte. Er erkannte das und drängte mich nicht weiter. Dann ging er weg, um zu seiner Familie zu gehen.

Am Ende rief ich Mahesh nicht an; ich dachte, ich würde ihm später schreiben. Die Sicherheitsmaßnahmen am Hafen waren nicht außergewöhnlich am nächsten Morgen. Aber die Beamten waren angespannt. Sie waren wie Leute, die eine Aufgabe zu erfüllen hatten, und das war für mich von Vorteil. Sie waren weniger an einem Ausländer, der Afrika verließ, interessiert als an den afrikanischen Fremden auf dem Markt um das Monument und die Hafeneinfahrt herum. Trotzdem wurde ich dauernd angehalten.

Eine Beamtin sagte, als sie mir meine Papiere zurückgab: »Weshalb fahren Sie heute weg? Der Präsident kommt heute nachmittag. Möchten Sie ihn nicht gerne sehen?« Die Frau war von hier. Lag Ironie in ihrer Stimme? Ich achtete darauf, aus meiner alle Ironie herauszunehmen. Ich sagte: »Ich möchte gerne, Bürgerin. Aber ich muß fahren.« Sie lächelte und winkte mich weiter.

Schließlich ging ich an Bord des Dampfers. Es war heiß in meiner *cabine de luxe.* Die Tür ging auf den Fluß hinaus, der blendete; und auf Deck schien die Sonne. Ich ging zur Schattenseite hinüber, wo man die Anlegestelle überblicken konnte. Das war kein guter Einfall.

Ein Soldat auf dem Kai begann, mir Zeichen zu geben. Unsere Augen trafen sich, und er begann, die Gangway heraufzukraxeln. Ich dachte: »Ich darf nicht mit ihm allein sein. Ich muß Zeugen haben.«

Ich ging in die Bar hinunter. Der Barkeeper stand vor seinen leeren Regalen. Ein fetter Mann mit mächtigen, glatten Armen, irgendein Dampferbeamter, saß an einem Tisch und trank.

Ich setzte mich an einen Tisch in der Mitte, und bald erschien der Soldat in der Tür. Er blieb eine Weile dort, war nervös wegen des fetten Mannes. Aber dann überwand er seine Nervosität, kam an meinen Tisch, beugte sich hinunter und flüsterte: »*C'est moi qui a réglé votre affaire.* Ich habe das für Sie arrangiert.«

Es war eine lächelnde Bitte um Geld von einem Mann, der vielleicht bald eine Schlacht schlagen mußte. Ich tat nichts, der fette Mann starrte. Der Soldat spürte das Starren des fetten Mannes und wich lächelnd zurück, deutete mit seinen Gebärden an, ich solle seine Bitte vergessen Aber danach achtete ich darauf, mich nicht mehr zu zeigen.

Mittags legten wir ab. Der Passagierkahn wurde in diesen Tagen nicht ins Schlepptau genommen – das sah man nun als kolonialistischen Brauch an. Statt dessen wurde der Kahn am vorderen Teil des Dampfers festgezurrt. Die Stadt war bald vorbei. Aber ein paar Meilen lang zeigte das Ufer immer noch, obwohl überwuchert, wo die Leute zur Kolonialzeit Landsitze angelegt und großartige Häuser gebaut hatten.

Nach der Morgenhitze war es stürmisch geworden, und im silbrigen Licht des Sturms war das buschige überwucherte Ufer leuchtend grün gegen den schwarzen Himmel. Unter diesem leuchtenden Grün war die Erde hellrot. Der Wind wehte und kräuselte die Spiegelbilder von der Flußoberfläche am Ufer weg. Aber der Regen, der folgte, hielt nicht lange an; wir fuhren aus ihm heraus. Bald kamen wir durch richtigen Urwald. Ab und zu passierten wir ein Dorf, und Einbäume mit Waren zum Verkauf stakten heraus, um uns zu treffen. So ging es durch den ganzen schwülen Nachmittag.

Der Himmel bezog sich mit einem Dunstschleier, die untergehende Sonne zeigte sich orange und spiegelte sich in einer gebrochenen goldenen Linie auf dem schlammigen Wasser wider. Dann fuhren wir in ein goldenes Glühen. Vor uns lag ein Dorf – das konnte man an den Einbäumen in der Ferne sehen. In diesem Licht waren die Umrisse der Einbäume und der Leute in ihnen verwischt, nicht scharf. Aber als wir zu ihnen kamen, hatten diese Einbäume keine Produkte zu verkaufen. Sie versuchten nur verzweifelt, am Dampfer festgebunden zu werden. Sie flüchteten von den Flußufern. Sie zwängten und drängelten sich gegen die Seiten des Dampfers und des Kahns, und viele wurden zum Sinken gebracht. Wasserhyazinthen schoben sich in den engen Zwischenraum von Dampfer und Kahn. Wir fuhren weiter. Die Dunkelheit fiel.

In dieser Dunkelheit geschah es, daß wir abrupt, mit lautem Getöse, anhielten. Vom Kahn, den Einbäumen bei uns und vielen Stellen des Dampfers erschollen Schreie. Junge Männer mit Gewehren hatten den Dampfer geentert und versuchten, ihn in ihre Gewalt zu bringen. Aber sie waren gescheitert; ein junger Mann lag blutend auf der Brücke über uns. Der fette Mann, der Kapitän, behielt die Kontrolle über sein Schiff. Das erfuhren wir später.

Zu der Zeit sahen wir nur den Scheinwerfer des Dampfers, der über das Ufer tanzte, über den Passagierkahn tanzte, der losgerissen war und in einem Winkel zum Dampfer durch die Wasserhyazinthen zum Ufer trieb. Der Scheinwerfer leuchtete die Kahnpassagiere an, die hinter Stangen und Drahtgittern noch kaum zu verstehen schienen, daß sie umhertrieben. Dann wurde geschossen. Der Scheinwerfer wurde ausgestellt, der Kahn war nicht mehr zu sehen. Der Dampfer setzte sich wieder in Bewegung und fuhr ohne Lichter den Fluß entlang, weg vom Ort der Schlacht. Die Luft mußte voller Motten und Flugtierchen gewesen sein. Der Scheinwerfer hatte, solange er eingeschaltet war, Tausende gezeigt, weiß in dem weißen Licht.

Inhalt

dtv drei kontinente

Gioconda Belli: In der Farbe des Morgens (11565)
Tochter des Vulkans (11678)
J.M. Coetzee: Im Herzen des Landes (11566)
Bessie Head: Die Schatzsammlerin (11639)
Nâzım Hikmet: Die Luft ist schwer wie Blei (11570)
Ruth Prawer Jhabvala: Eine Witwe mit Geld (11569)
Yasunari Kawabata: Handtellergeschichten (11621)
V.S. Naipaul: An der Biegung des großen Flusses (11694)
Eine islamische Reise. Unter den Gläubigen (11734)
Alifa Rifaat: Erste Liebe – letzte Liebe (11586)
João Guimarães Rosa: Grande Sertão (11598)
Nawal El Saadawi: Hamidas Geschichte (11571)
Eine Frau am Punkt Null (11714)
Ghada Samman: Alptraum in Beirut (11567)
Mit dem Taxi nach Beirut (11646)
José Mauro de Vasconcelos: Meine Brüder, der Wind und das Meer (11572)

Drei Kontinente. Ein Lesebuch aus Lateinamerika, Asien, Afrika und der arabischen Welt (11568)
Die Hälfte des Himmels. Frauen in Lateinamerika, Afrika, Asien und der arabischen Welt (11719)

V. S. Naipaul
Indien

Ein Land in Aufruhr

Titel der Originalausgabe: *India. A Million Mutinities Now*
Aus dem Englischen von Karin Graf

Leinen

Dieses Buch erzählt von einer mehrmonatigen Reise V. S. Naipauls durch Indien, von Begegnungen mit Indern unterschiedlicher Herkunft, Kaste, Religion. Naipaul vermittelt in seinem stilistisch brillanten Reisebericht das facettenreiche Bild eines Landes im Aufbruch. *Indien. Ein Land in Aufruhr* ist spannend zu lesen wie ein Roman.

Entdecken Sie drei Kontinente!

Afrika, Asien, Lateinamerika und die arabische Welt erleben wir als exotisch und fremd. Dabei vergessen wir leicht, daß wir alle in einer Welt leben und an einer Weltkultur teilhaben. Es gibt viele Wege, das Denken und Fühlen der Menschen anderer Länder kennenzulernen. Einer der besten, aber auch unterhaltsamsten ist sicher die Literatur. Bringen uns ein Gedicht oder ein Roman die Menschen Nicaraguas oder Indiens nicht tausendmal näher als eine Nachrichtensendung oder eine Statistik?

11565
Dieser Band enthält eine Auswahl aus allen bisher in deutscher Sprache veröffentlichten Gedichtbänden Gioconda Bellis – 49 Gedichte, davon 17 auch in spanischer Sprache.

11566
Magdas Vater nimmt sich eine junge, schwarze Geliebte, und die ledig gebliebene Tochter sinnt auf Rache…
Ein archaisches Drama über einsame Menschen.

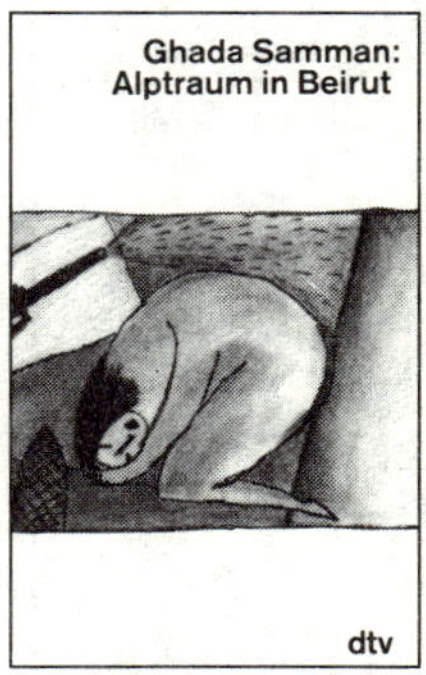

11567
Krieg und Bürgerkrieg gehören zum Alltag in den Ländern des Nahen Ostens. Was das für das Leben der Menschen wirklich bedeutet, machen uns Bücher wie dieses eindringlich klar.

11568
Erzählungen, Reportagen, Gedichte von Menschen aller Rassen und Religionen aus Lateinamerika, Afrika, Asien und der arabischen Welt.

11569
Von europäischen Selbstverwirklichungs-Touristinnen, von missionarisch angehauchten Wohlfahrtsclub-Memsahibs und natürlich vom Kampf der indischen Frauen gegen die Fesseln der Konvention.

11570 (Sept. '92)
Im poetischen Werk dieses größten türkischen Dichters im 20. Jahrhundert spiegelt sich beispielhaft die Geschichte der Türkei und ihrer Menschen wider, in deren Dienst er sein eigenes Leben stellte.

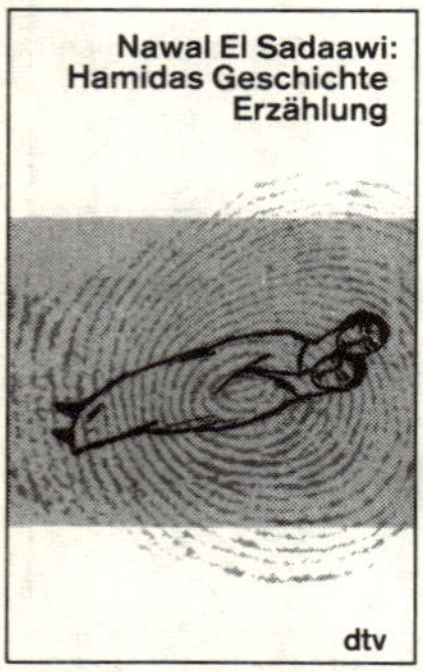

11571 (Sept. '92)
Mit hypnotischer Intensität schildert Nawal El Sadaawi, die ägyptische Vorkämpferin der Frauen aus der patriarchalischen Gewalt, das Schicksal des Mädchens Hamida.

11572 (Sept. '92)
Der Waisenjunge Chicão auf der Suche nach einer »lebenswerten Existenz«. Ein Schicksalsroman und bei aller Sozial- und Gesellschaftskritik eine Liebeserklärung an Brasilien.